WOKEN FURIES

RICHARD MORGAN

ウォーク

下

リチャード・モーガン

田口俊樹　訳

WOKEN FURIES
by Richard Morgan

Japanese translation rights arranged with Weidenfeld & Nicholson,
an imprint of The Orion Publishing Group Ltd.
through Japan UNI Agency, Inc., Tokyo

目次

主な登場人物

タケシ・コヴァッチ……元エンヴォイ・コーズ（特命外交部隊）隊員
ハーラン一族……植民星ハーランズ・ワールドの支配者一族
アイウラ・ハーラン……ハーラン一族の危機管理担当責任者
プレックス・コーヘイ……非合法取引業者
イサ……非合法情報仲買業者
ユキオ・ヒラヤス……ヤクザ
タナセダ……ヤクザ幹部
シルヴィ・オオシマ……デコム・コマンドのリーダー
オア……デコム・コマンド
ジャドウィガ……デコム・コマンド
キヨカ……デコム・コマンド

ラズロ……デコム・コマンド

トドール・ムラカミ……エンヴォイ・コーズ〈特命外交部隊〉隊員

クウェルクリスト・フォークナー……本名ナディア・マキタ。伝説の革命指導者

ラデュール・セゲスヴァール……タケシ・コヴァッチの旧友。ハイデュック・マフィア

サラ・サチロフスカ……タケシ・コヴァッチの元恋人

ヴァージニア・ヴィダウラ……タケシ・コヴァッチのエンヴォイ時代の上官

ジャック・ソウル・ブラジル……クウェリスト。元「黒の部隊」メンバー。元〈リトル・ブルー・バグズ〉メンバー

ソウセキ・コイ……クウェリスト。元「黒の部隊」メンバー

シエラ・トレス……クウェリスト。元〈リトル・ブルー・バグズ〉メンバー

マリ・アド……クウェリスト。元〈リトル・ブルー・バグズ〉メンバー

第三部

それは少し前のことだった

承前

第二十六章

そのあとの展開は速かった。

〝まず思考というものがあり、次に行動というものがある〟と若い頃のクウェルは言っている。あとでわかったことだが、そのことばはハーランズ・ワールドの古代サムライの伝統的教訓から借りたものだそうだ。〝そのふたつを混同してはいけない。行動を起こすべきときには、思考はすでに完了していなければならない。いったん行動が始まると、もう考えている暇などないのだから〟。

共同住宅に戻ると、ブラジルはコイの考えを自分のものとしてほかのメンバーに伝えた。それを聞いて、サーファーの何人か――サンクション第四惑星でのおれの行動がまだ許せないやつら――は口々に反論したが、それは長くは続かなかった。この問題に関して、おれという人間には周辺的な意味しかないことが明らかになると、マリ・アドでさえ壊れたおもちゃのように敵意を捨てた。夕陽の光と影に包まれた共同の居間に集まったヴチラ・ビーチの男と女たちは、ひとりまたひとりと同意を示した。

眼を覚ました幽霊――それだけで充分だったということだ。

襲撃の手順は速やかにむしろあっさり決まった。暗示にかかりやすい人間なら、神の意志や運命の為せる業といったことを思い浮かべたかもしれないが、コイにとってはひとえに歴史の必然だった。重力や熱力学の法則と同じようになんの疑問もないものだった。ときが来たことの証し以外の何物でもなかった。政治という鍋の中の熱湯が沸点に達した証しだ。そこまで熱せられたら、あとはもう噴きこぼれるしかない。こぼれた湯は同じ方向に流れ、床の上に落ちるしかない。ほかにどこに行くというのか。

おれたちには運があった。おれがそう言うと、彼はただにやりとした。

なんであれ、すべてがひとつところに収斂した。

人員――

〈リトル・ブルー・バグズ〉――実際のグループとしては今ではもう存在しているとは言いがたい。が、充分な数の元クルーが残っており、その元クルーで伝説を築き上げた時代と同じ〝核〟をつくることができた。また、伝説が持つ引力に惹き寄せられ、ここ何年ものあいだにある程度の数の若者が集まってきており、その多くが〈バグズ〉という名前を引き継いでいた。さらに長いときを経て、ブラジルはその新しいメンバーの何人かを信用するまでになっていた。彼らがサーフィンをする姿やファイトするところを見ることで。さらに重要なこととしては、彼らがみなクウェルの格言を実践する能力を備えているところも見ていた。武器による争いが望まれないときには、まともな暮らしを送ることができるところも。そういった新参者と古株とが一緒になって、昔のクウェリスト機動部隊に近い部隊――タイム・マシンがないかぎり、現在考えられる最もそれに近い部隊――ができあがった。

武器――

コイの家の裏庭にも戦闘スキマーが無造作に置かれていたが、それはストリップ全体に渡って言えることだった。ヴチラ・ビーチを隠れ場所に選んだギャングは〈バグズ〉だけではなかったということだ。ブラジルや彼の同類がこのビーチの波に惹きつけられた理由がなんであれ、言えるのはここに惹きつけられた連中はみなさまざまな違法行為に対する熱意を今も胸に抱いているということだ。だから、ソースタウンには引退した悪党や革命家がうじゃうじゃおり、その誰もが自分たちのおもちゃをまだ手放そうとはしていなかった。ストリップを篩(ふるい)にかければ、ミッツィ・ハーランのベッドのシーツから出てくる薬壜や大人のおもちゃぐらい多くのハードウェアが見つかりそうだった。

計画――

ブラジルのクルーの大半がいささか誇大妄想に陥っていた。〈リラ・クラッグズ〉はシマズ通りにある秘密警察本部ほどにも悪名高い場所だが、その昔、黒の部隊のメンバー、イフィゲニア・ディームが粉々に破壊した場所でもある。彼女は地下室で尋問を受け、体の中にインプラントした酵素点火式爆弾を爆破させたのだが、彼女と同じように〈リラ・クラッグズ〉を攻撃しようという空気が部屋には充満していた。そんな雰囲気の中、新しく結成された〈バグズ〉の中でもより血気盛んなメンバーを説得するにはかなり時間がかかった。〈リラ・クラッグズ〉に総攻撃をかけるというのは、ディームのやり方よりはるかに非効率的な自殺行為だとおれは訴えた。

「おれには彼らの気持ちもわからないではないが」とコイは言った。その声とともに黒の部隊のメンバーだった過去の栄光を光らせながら。「つけを払わせる機会をずっとみんな待ってたんだからな」

「ダニエルはちがう」とおれはぴしゃりと言った。「あいつはまだ二十年そこそこしか生きてないんだぜ」

コイは肩をすくめた。「不正への怒りは山火事みたいなもんだ。いろんな方向に飛び火する。世代を超えて」

　おれは立ち止まり、コイのほうを見た。明らかに彼は舞い上がっていた。おれたちふたりはまさに伝説の中から出てきた海の怪物だった——ミルズポート群島の縮尺二千分の一のヴァーチャル・オーシャンに膝まで浸かり、島や砂礁のあいだを歩いているのだから。シエラ・トレスがハイデュック・マフィアの伝手(つて)を頼りに、ある造船設計会社の高画質マップ・コンストラクトの中にはいれるよう手配してくれたのだ。その会社は合法とはほど遠いやり方で商売をしている会社で、最初、コンストラクトを貸すのを渋った。しかし、ハイデュック・マフィアなどと仲よくなってしまったのだ。こういうこともあることは初めから覚悟しておかなくてはいけない。

「実際に山火事を見たことはあるのか、コイ？」

　九十五パーセントを海が占めている世界ではめったに起こらないことだ。

「いや、ないが」と彼は身振りを交えて言った。「ただの喩えだ。それでも、不正が報復を惹き起こすと、最後にはどうなるか、それは見たことがある。そういう報復は長く続くものだ」

「ああ、それはおれも知ってる」

　おれはリーチの南側を見た。コンストラクトが大渦巻きを縮小版で再現していた。ごぼごぼと音をたて、砂を激しく叩き、水面下でおれの足を強く引っぱっていた。水深がコンストラクトのほかの部分と同じ縮尺になっていたら、渦巻きに足を取られて倒れていただろう。

「あんたはどうなんだ？　山火事を見たことはあるのか？　オフワールドとかで？」

「ああ、二回ほど見た。一回はロイコだ。まあ、おれが火事を起こすのを手伝ったようなものだが」おれはじっと大渦巻きを見ながら続けた。「パイロット暴動のときだ。ダメージを受けたやつらの船の多くがエカテリーナ区域に集まって、遮蔽物をまわりにめぐらせて何ヵ月もゲリラ戦を繰り広げたんだが、おれたちとしては火をつけてそいつらを追い出すしかなかった。エンヴォイにいた頃の話だ」

「ほう」彼はそれまでとまったく変わらない声音で言った。「で、その作戦は成功したのか?」

「ああ、しばらくのあいだは。かなりの数の敵を殺すことができた。しかし、この類いの抵抗は世代を超えてつながっていくというのは、さっきあんたが言ったとおりだ」

「ああ。で、火事のほうは?」

当時を振り返ると、どうしても暗い苦笑が口元に浮かんだ。「消えるまでにはかなりの時間がかかった。なあ、このあたりの海峡だが、ブラジルはまちがってる。そこの岬をまわると、ニューカナガワの警備地区からまる見えだ。それに見てくれ、反対側は浅瀬になってる。ということは、反対側から行くのは無理だ。船がばらばらになっちまう」

コイは水を切って進み、おれが言ったほうを自分の眼で見にいった。

「向こうがおれたちを待ち構えているという前提に立てば、確かにあんたの言うとおりだ」

「おれたちじゃなくても何かを待ち構えているはずだ。やつらはおれを知ってる。おれが彼女を助けようとするのも知ってる。そもそもやつらはおれを持ってるんだから。そんなやつらとしてはただおれに訊けばいいだけだ——つまり、おれの分身に。訊けば、あのくそ野郎がおれのやりそうなことを教えてくれる」

裏切りの感覚は生々しく、根深く、胸から何かを抉(えぐ)り出すようにおれを痛めつけた。そう、サラが実際そうされたように。

「じゃあ、あんたがここに来ることもわかってるんじゃないのか?」とコイはぼそっと言った。「ここヴチラに」

「それは大丈夫だと思う」テキトムラで〈ハイデュックズ・ドーター〉号に乗ったときに思いついた根

拠のない推論を思い出し、努めて説得力を持たせようと声を高めて言った。「あいつはまだ若い。だから、おれがその後〈バグズ〉と関わったことは知らない。やつらとしてもあいつに教えることができる公式記録までは持っていない。ヴァージニアのことはもちろんあいつも知ってるが、しかし、それはエンヴォイ時代のおれの教官だったということだけだ。ヴァージニアが今何をしてるのかということも、エンヴォイを辞めたあともおれたちは連絡を取り合ってたということも、あいつは知らない。もちろん、おれについてわかってる情報はくそアイウラがあいつに伝えるだろう。もしかすると、ヴァージニアについても。だとしても、その情報量は微々たるものだ。その程度の情報は逆に混乱を招く。おれたちは元エンヴォイなんだからな。おれたちのデータフローは行動を起こすたびに消してある。めくらましのティンセル弾を撃つみたいに」

「そりゃずいぶんと徹底してるな」

おれはコイの顔に皮肉な笑みを探した。が、それらしいものはどこにもなかった。おれは肩をすくめて続けた。「エンヴォイの特殊技能のひとつだ。ほとんど知りもしない世界から完全に姿を消すための訓練を受けるのさ。だから、生まれ故郷で足跡を消すなんていうのは朝飯前だ。やつらにできることと言えば、地下社会での噂や保管刑の判決リストを調べることだけだ。だけど、惑星全体を調べたって大したことは出てこない。それに、この惑星じゃ衛星を使ったり、空から監視したりすることもできないからな。結局のところ、あいつらが知ってると自分で思ってるのはこういうことだろう――おれは絶対にニューペストには戻らない。伝染病を避けるみたいに」

〈ハイデュックス・ドータ〉号で感じた家族の感覚が込み上げ、おれの咽喉をちくりと刺した。おれはそれを噛みつぶし、息とともに吐き出した。

「だとしたら、そいつはどこであんたを探すと思う?」

おれは眼のまえのミルズポートの模型を顎で示し、人が住み着いた幾多の島やプラットフォームについてしばらく考えてから言った。「たぶんミルズポートを探してるはずだ。オフワールドにいないときにはいつもそこにいたから。この惑星の一番大きな都市だし。市(まち)のことをよく知ってれば、身を隠すのも楽だ。それに、〈リラ・クラッグズ〉は湾をひとつ隔てたところだ。実際、おれがまだエンヴォイなら、ミルズポートに身をひそめるよ。隠れやすく、しかも攻撃しやすい場所なんだから」

波止場や通りを見下ろすと、まだ慣れていない空中視座がいっとき揺れた。ばらばらの世紀に散らばる焦点のずれた記憶――古い記憶と新しい記憶がぼんやりとしたひとつの塊になった。

あいつはミルズポートのどこかにいる。

おいおい、そうとは言いきれないだろうが――

いや、あいつはミルズポートのどこかにいる。探している敵に完璧に見合う装備をした抗体となって。都市生活の流れの中、人々にさりげない質問をし、買収し、脅し、こじ開け、押し入り――おれたちふたりがいやというほど教えられてきたすべての知識を動員して探していることだろう。あいつは深く息を吸い込み、その暗く愉しい瞬間を生きているはずだ。ジャック・ソウル・ブラジルの人生哲学の逆ヴァージョンを生きるかのように。

プレックスのことばがゆっくりと頭の中にはいり込んできた。

〝体じゅうにエネルギーがみなぎってる感じだった。ことを始めるのが待ちきれないみたいな。何もかも今すぐ始めたくてうずうずしてた。見るからに自分に自信を持ってて、怖いものなんか何もないみたいな。問題なんか何もないみたいな。で、すべてを笑い飛ばして――〟。

おれは去年関わった者たちを思い浮かべた。おれのせいで現在危険な状態に置かれているかもしれない者たちだ。

トドール・ムラカミ——彼がまだ戦闘配備されずにぶらぶらしていたら？　若いヴァージョンのおれは彼を知っているだろうか？　エンヴォイの入隊はムラカミもおれとほぼ同じ時期だったが、初めの頃はあまり顔を合わせる機会がなかった。ヌクルマーズ・ランドとイネニンに行くまでは、一緒に戦闘配備されたこともなかった。アイウラのペットのコヴァッチはおれとムラカミのつながりを見つけ出すだろうか？　見つけた場合、ムラカミをうまく操るだろうか？　いや、そういうことを言えば、アイウラはダブルスリーヴしてつくったペットを現役のエンヴォイに接近させたりするだろうか？　そういうリスクを冒すだろうか？

そんなことはしないだろう。それに、エンヴォイの世界にどっぷりと浸かっているムラカミが騙されるなどまず考えられない。

イサ——

ファック。

十五歳のイサ——チタンのように頑強で、世慣れした女のスリーヴ。特権的で甘い教育を受けたミルズポートの中層階級の生き残りが着る、豹革のジャケットのようなスリーヴだった。剃刀のように頭は切れるが、彼女には脆さもある。エンヴォイにはいる直前のまだ小さかったミトによく似ている。あいつがイサを見つけたら——

心配するな、おまえは安全だ。彼女の口から出る可能性があるのはテキトムラの名前だけだろうが。やつらがイサを見つけたとしてもなんの情報も得られない。

しかし——

不安を——速まった鼓動を——静めるのにはしばらくかかった。おれと〝あいつ〟とはちがう。その事実が冷たい嫌悪感となっておれの中から湧き起こった。

しかし――イサがあいつの邪魔をしたりしたら、あいつは彼女をまっぷたつにするだろう。エンジェルファイアのように彼女をぶち壊すだろう。

いや、そんなことをするだろうか。おれは彼女を見て、ミトのことを思い出した。ということはあいつも思い出すのではないか。なんといってもおれたちふたりの妹なんだから。だから、あいつもそんなにひどいことはしないんじゃないか？

だろ？

エンヴォイで任務を果たしていたときの闇に心を向けると、あいつがほんとうにそんなことで思いとどまるかどうかわからなくなった。

「コヴァッチ！」

空から声がした。おれは眼をしばたたき、ミルズポートの模型の通りから視線を上げた。派手なオレンジ色のサーフ・ショーツと低空の雲をまとったブラジルがヴァーチャル世界の宙に浮かんでいた。頑健な体、成層圏の風になびく長いブロンドの髪――いかがわしい小神さながらだった。おれは挨拶がわりに手を上げた。

「ジャック、あんたも降りてこいよ。この北からのアプローチをちょっと見てくれ。これじゃあ――」

「タケシ、そんなことをしてる暇がなくなった。出てきてくれ。今すぐ」

胸を締めつけられたような感覚があった。「何かあったのか？」

「客だ」と彼はぶっきらぼうに言い、ゆがんだ白い光の奥に消えた。

〈ズリンダ・トゥジマン・スクレップ〉――お得意様専用の造船設計と流体力学エンジニアリングの会社のオフィスは、ソースタウンの北にあった。このあたりのビーチには安全な波が打ち寄せることで知られ、ストリップが一大リゾート・コンプレックスに徐々に姿を変えている一帯だった。ブラジルのクルーたちにしてみれば、普段は死んでも来たくないような場所だ。それでも、みな観光客の大群にうまく溶け込んでいた。ひどいミスマッチの色調の強いブランドもののビーチウェアを着て、カムフラージュしていた。その下に隠れている彼らの本性を見破れるのは、本格的な波を求めるコアなサーファーだけだろう。おれたちが今いるのは、プロムナード・レヴェルから十階上にあるニルヴァイブ張りの会議室。そのおだやかな雰囲気の中にいる彼らの姿は、風変わりな反大企業型資本主義の真菌感染を思わせた。

「坊主？　くそ坊主？」

「そうみたいね」シエラ・トレスがおれに言った。「ひとりで来てるみたいだけど。新啓示派だとすると珍しいことよ」

「シャーヤの殉教者部隊のトリックを真似してるんじゃなければ」とヴァージニア・ヴィダウラがむっつりと言った。「標的となる異端者を殺すよう、神の命を受けた孤高の暗殺者というわけじゃなければ。タケシ、いったい何をしたの？」

「個人的なことだ」とおれはぼそっと言った。

「あなたっていつもそれね」ヴィダウラは顔をしかめ、集まったメンバーを見まわした。ブラジルは肩をすくめただけだった。トレスの顔にもことさら感情は表われていなかった。アドとコイはふたりとも黙り込んでいたが、明らかに腹を立てていた。ヴィダウラが続けて言った。「タケシ、わたしたちには何が起きてるのか知る権利がある。知らなかったがために計画全体が台無しになることもあるんだから」

「ヴァージニア、くそ坊主の件はおれたちの計画とはなんの関係もないことだ。まったく別のことだ。

ひげ野郎というのは馬鹿で無能な集団だ。おれたちが心配しなきゃならない相手じゃない。食物連鎖の底辺にいる虫けらだ」

「馬鹿であれなんであれ」とコイが指摘した。「そいつらのひとりがあんたをここまで尾けてきた。で、そいつは今、ケム・ポイントであんたのことを訊いてまわってる」

「わかった。今すぐ行って殺してくる」

マリ・アドが首を振って言った。「駄目、ひとりじゃ駄目」

「いいか、これはおれの問題なんだ、マリ」

「落ち着いてよ、タケシ」

「おれはいたって冷静だ！」

おれの怒鳴り声は、エンドルフィンの点滴に痛みが吸い取られるようにニルヴァイブの壁に吸い込まれた。しばらくのあいだ誰も口を開かなかった。マリ・アドはあてつけがましく窓の外をじっと見ていた。シエラ・トレスは片方の眉を吊り上げ、ブラジルは真剣な眼で床を凝視していた。おれは顔をしかめ、もう一度説明し直した。努めておだやかに。

「これはおれの問題なんだ。だからおれひとりで片をつける」

「それはちがう」とコイが言った。「そんなことをしてる暇はあんたにも誰にもない。すでに準備だけで二日も延びてる。もうこれ以上は遅らせられない。あんたの個人的な復讐はあとにしてもらう」

「そんなに時間はかから――」

「駄目と言ったら駄目だ。どっちみち、明日の朝には、ひげづらのあんたの友達はまったく見当ちがいの場所であんたを探してることになるんだから、いいじゃないか」そう言って、黒の部隊の元隊員は顔をそむけ、おれの言ったことを撥ねつけた。エンヴォイの訓練中、おれたちの出来があまりよくなかったときのヴァージニア・ヴィダウラさながら。「シエラ、コンストラクトとリアル・タイムとの時間比率を上げる必要がある。そもそもそんなに速くはできないだろうが」

トレスは肩をすくめて言った。「アーキテクチャ仕様がどんなものか知ってるでしょ？　時間はあまり重要じゃないの。どんなに鞭打ってもリアル・タイムの四十倍か五十倍がいいところね、このシステムだと」

「それでいい」コイの内なるエネルギーが増しているのが眼に見えるようだった。不安定時代にも奥の隠れ部屋でこんな秘密会議を開いていたのだろうか？　今にも消えそうな電灯の明かりのもと、計画を紙に殴り書きしていたのだろうか？　「それで充分だ。それでも、異なるふたつのレヴェルでやらなきゃならない。マップ・コンストラクトと会議用施設のあるヴァーチャル・ホテルのスイートで。ふたつのあいだを自由に行き来できるようにしてくれ。二度まばたきをする——そういうシンプルな合図で移動できるように。計画を立ててるあいだは現実世界に戻ってくる必要がないようにしたい」

うなずいたときにはトレスはもう動いていた。「トゥジマンに調整してもらうように言ってくる」

彼女がニルヴァイブ張りの部屋を出ていくと、ドアがゆっくりと静かに閉まった。コイは残ったおれたちのほうに向き直って言った。

「さて。ちょっと休んで頭をすっきりさせておこう。いったん始まったら、終わるまでずっとヴァーチャルにいることになる。うまくいけば、リアル・タイムで言う今夜のうちに終わらせて、出発できるかもしれない。コヴァッチ、これは個人的な意見だが、あんたにはおれたちに説明しなきゃならないことがいくつかあると思う」

おれは彼と眼を合わせた。くそみたいな〝歴史の流れ〟を重んじる彼の政治手腕に対する嫌悪が不意にあふれた。おかげでじっと彼を睨み返すことができた。

「そう、そのとおりだ、ソウセキ。今のはあんたの個人的な意見だ。そういうものは自分の胸にしまっておいたらどうだ?」

ヴァージニア・ヴィダウラが咳払いをして言った。

「ふたりで階下でコーヒーでも飲まない、タケシ?」

「ああ、そうしたほうがよさそうだ」

おれは最後にもう一度コイを睨みつけ、ドアに向かった。ヴァージニアはブラジルと視線を交わしてからおれのあとについてきた。建物中央の明るい吹き抜けに設置されたガラス張りのエレヴェーターに乗って、階下に降りるあいだ、おれも彼女も何も言わなかった。半分ほど下がったところで、大きなガラス張りのオフィスの中にいるシエラ・トレスの姿が見えた。トゥジマンが冷静な様子の彼女に怒鳴り声をあげているように見えた。ヴァーチャル環境のリアル・タイム比率を上げるというのは、あまり彼の気に召さないことだったのだろう。

エレヴェーターの扉が開き、おれたちは吹き抜けのアトリウムに出た。表の通りの音が聞こえてきた。ロビーを横切って観光客でごった返すプロムナードに出ると、おれは片手を振ってオートタクシーを停めた。タクシーが地面に降りてくると、ヴァージニア・ヴィダウラにもう一方の手をつかまれた。彼女は言った。

「いったいどこへ行く気?」

「それはきみにもわかってると思うが」

「駄目」彼女はおれの腕を強く引っぱった。「行かせない。コイが言ったとおりよ。こんなことをしてる暇はない」

「心配するほど時間はかからない」

オートタクシーの開いたハッチに向かいかけた。が、殴り合いの喧嘩でもしないかぎり、まえには進めそうになかった。たとえ殴り合ってもヴィダウラ相手では勝てるかどうか自信はなかった。おれは苛立って彼女のほうに向き直って言った。

「ヴァージニア、手を放してくれ」

「タケシ、うまくいかなかったらどうするつもり？　もしその僧侶が――」

「心配は要らない。おれはもう一年以上もあのいかれ頭を殺しつづけて――」

おれはことばを切った。ヴィダウラのサーファー・スリーヴはおれとほぼ同じ背丈で、ふたりの顔と顔とのあいだは十センチもなかった。彼女の息がおれの口にかかり、体の緊張が伝わってきた。おれの腕に指を強く食い込ませて彼女は言った。

「ここまでよ。もうやめて。タケシ、わたしに話して。もういいからわたしには全部話して」


「いったい何を話せっていうの？」

ミラーウッド製のテーブル越しに彼女はおれに笑みを向ける。おれが覚えている顔ではない。何歳か若い。が、その新しいスリーヴにも昔の面影は残っている。なんと言っても、カラシニコフの銃弾の嵐の中で――一生涯前、おれの眼のまえで――死んだその同じ体をまとっているのだから。同じ長さの四肢。横に流れる同じ黒髪。右眼にかかった髪の毛を払おうと、彼女が頭を傾げるその仕種。煙草を吸う仕種。さらに彼女がいまだに煙草を吸っているということ。

サラ・サチロフスカ。保管施設を出て、また自分の人生を生きている。

「そうか、話すことなんてないか。幸せなら」

「幸せよ」彼女は一瞬苛立ち、横を向いて煙草の煙の綿を吐き出す。昔よく知っていた女をわずかに彷佛させる仕種。「そりゃそうでしょ？　相当な額のお金を払って保管刑が軽減されたのよ。それでも、お金はどんどん流れ込んできていて、これから十年はバイオコードの仕事が約束されてる。海の活動がまた落ち着くまでは、落ち着かせなきゃならない新しい海流レヴェルがいっぱいある。ここだけでも。コースからのミクニ海流が暖流とぶつかるあたりの衝突モデルはまだ誰かが考えて、解決策を見つけなくちゃいけない。政府の予算が決まったら、すぐに入札するわ。ジョセフが言うには、今の月々の返済額なら、減刑のために払ったお金は十年以内に返済できるって」

「ジョセフ？」

「そうそう、さきに言っておくべきだったわね」また笑みが浮かぶ。今度のはさきほどより大きく、はっきりとした笑みだ。「タケシ、彼はすごいのよ。ぜひ会ってほしい。あっちでプロジェクトに参加してる人なんだけど、こんなにわたしが早く出られたのは一部彼のおかげよ。ヴァーチャル審問をやってる人で、わたしのプロジェクトとの連絡係だった。で、わたしが外に出ると、わたしたちは……そう……わかるでしょ？」

サラは笑みを浮かべたまま自分の脚に視線を落とす。

「サラ、顔が赤くなった」

「そんなことないわ」

「いや、なった」彼女のために喜ぶべきだとはわかっている。しかし、それがおれにはできない。おれの体にあたったときの彼女の白く長い脇腹——その思い出がありすぎる。ホテルのスイートのベッドの彼女。隠れ家のみすぼらしいアパートメントでの彼女。「ということは、そのジョセフっていう男は今、真剣におまえとつきあってるわけだ」

彼女はびくっと顔を上げると、怒ったような眼をおれにじっと向ける。「タケシ、わたしたちはふたりとも真剣なの。彼はわたしを幸せにしてくれてる。こんなに幸せだったことは今までに一度もないわ。たぶん」

だったら、どうしてわざわざおれを探しにきたんだ、このくそ女。

「そりゃよかったな」とおれは言う。

「あなたのほうはどうなの？」と彼女はひどく心配そうに訊いてくる。「幸せなの？」

おれは眉を吊り上げ、時間を稼ぐ。そのあと視線をそらす――昔はおれがそんなことをやると、彼女はよく笑ったものだ。しかし、今はただ母親のような笑みを投げかけられる。

「まあ、幸せだ」おれはまた顔をしかめる。「なんていうか……幸せっていうトリックは昔から苦手だが。そう……おれもおまえみたいに減刑されて出てきたんだ。国連の恩赦で」

「ええ、それは噂で聞いたわ。地球にいたのよね」

「しばらくのあいだ」

「今は？」

おれはあいまいなジェスチャーをしてみせる。「今は働いてる。北の入り江でやってるおまえたちの仕事みたいに立派なもんじゃないが。それでも、スリーヴの借金を返せるぐらいは稼いでる」

「合法的な仕事？」

「からかってるのか？」

彼女の表情が曇る。「タケシ、違法の仕事をしてるなら、あなたとは会えない。再スリーヴの条件のひとつなのよ。まだ仮釈放中の身だから、その、そういう人とは……」

彼女は首を振る。

「犯罪者？」とおれは訊く。

「笑わないで、タケシ」

ため息をつく。「笑ったりしないさ。サラ、おまえがうまくやってるってのはすごく嬉しいよ。だけど、おまえがバイオコードを書いているっていうのはちょっとな。盗むんじゃなく、書いてるっていうのは」

彼女はまた笑みを浮かべる。会ってからずっと変わらない標準仕様の笑み。しかし、今回の笑みには苦痛が交じっている。

「人は変われるものよ」と彼女は言う。「あなたも試してみるべきね」

ぎこちない間(ま)ができる。

「考えておこう」

また間(ま)ができる。

「わたし、そろそろ戻らなきゃ。ジョセフはきっと知らない――」

「もうちょっといいだろ？」そう言って、おれは疵(きず)のついたミラーウッドの上に、離れてばらばらに置かれた空(から)のグラスを手で示す。昔はこんなふうにバーをあとにしようとはしなかった。そういう時期がおれたちふたりにはあった。あの頃は、空(から)になったタンブラーと使い捨てパイプで、テーブルの上が埋め尽くされるまでずっとバーにいた。おれはおどけて言う。「女よ、おまえには自尊心というものがないのか？　もう一杯くらいつきあえよ」

彼女は言うとおりにする。しかし、おれたちのあいだのぎこちない空気は消えない。サラはもう一杯飲みおえると、立ち上がり、おれの両頬にキスをして、おれを置き去りにして離れていく。

それが彼女と会った最後となる。

「サチロフスカ?」ヴァージニア・ヴィダウラは記憶をたどって眉をひそめた。「背が高かったわよね? おかしなヘアスタイル。こんなふうに片方の眼にかかってた。思い出したわ。一回あなたがパーティに連れてきたことがあった。ヤロスとわたしがまだウカイ通りに一緒に住んでた頃に」

「ああ、その女だ」

「じゃあ、彼女が北の入り江に行っちゃったから、あなたはまた〈リトル・ブルー・バグズ〉にはいったってわけ? そうなの? 彼女を困らせるために?」

おれたちがいるコーヒー・テラスに降り注ぐ日光と安っぽい金属の食器さながら、その質問はあまりにまぶしく輝いた。おれは顔をそむけ、海を眺めた。しかし、なんの効果もなかった。ブラジルのようにはいかなかった。

「ヴァージニア、そういうことじゃない。彼女と会ったときには、おれはもうあんたたちとつきあいはじめてた。彼女が出てきてたこともまったく知らなかったんだ。最後に噂を聞いたのは、おれが地球から戻ってきた頃だ。そのときには、刑期満了まで出られないってことだった。結局のところ、警官殺しの罪じゃ仮釈放はむずかしい」

「あなたも同じ罪状だった」

「ああ。おれの場合は地球の金と国連の影響力のすごさの証しだな」

「つまり、こういうことね」と言って、ヴィダウラは自分のコーヒー・キャニスターを指で突きながらまた眉をひそめた。あまりうまいコーヒーではなかった。「あなたたちふたりは別々の時期に保管施設から出てきた。そして、自然と別々の道を歩むことになった。悲しいことよ。でも、それはどこでもいつでもしょっちゅう起きてることよ」

波の音の向こうからジャパリゼの声がまた聞こえてきた。

この海には三つの月に影響された三つの潮の干満がある。だから、ただされるがままになってると、自分が愛した者からも物からも引き裂かれちまう。そういうことだ。

「ああ、そのとおりだ。どこでもいつでもしょっちゅう起きてることだ」頭上のスクリーンのおかげで日陰ができ、あたりは涼しかった。おれはテーブル越しに彼女をまた見やった。「だけど、おれたちは、自然と別々な道を歩むことになったわけじゃない。おれが彼女を行かせてやったんだ。あのいんちき野郎、ジョセフのところに。そのあとおれはただそこから立ち去った」

彼女の顔に理解の色が広がった。「なるほどね。それで、ラティマーとかサンクション第四惑星に急に興味を持ったわけね。あのときあなたはどうしてあんなに急に気を変えたのか、わたしにはずっと不思議だった」

「それだけが理由というわけでもないが」とおれは嘘をついた。

「そう」彼女の顔が〝もうわかった〟と言っていた。彼女はおれの嘘などいとも簡単に見抜く。「で、あなたがあっちに行っているあいだに、サチロフスカに何があったの？　どうしてあなたは坊主たちを殺さなくちゃならなくなったの？」

「ミルズポート諸島の北の入り江だぜ。わかるだろ？」

「ふたりは改宗したの？」

「あのクソ男が改宗させたんだ。彼女は巻き込まれただけだ」

「ふうん？　彼女ってそんなに簡単に犠牲になるタイプだった？」

「ヴァージニア、サラは無理やり署名させられたんだ！」おれはなんとか自分を抑えた。頭上のスクリーンが熱や音をいくらかさえぎってくれてはいたが、それは完全ではなかった。まわりのテーブルの客たちがおれのほうをちらちらと見ていた。おれは焼けつくような怒りの巨塔の脇を手探りで進んで、エンヴォイの諦観を探した。不意に抑揚のないことばが口を突いて出た。「政府が変われば、人も変わる。彼女があっちに行ってから二年後、政府は北の入り江プロジェクトへの財政支援を中止した。その打ち切りは、新しく叫ばれはじめた反エンジニアリング倫理によって正当化された。惑星バイオシステムの自然なバランスを妨げるなというやつだ。ミクニ海流あたりの地殻隆起は自然な形で平衡状態が生まれるまでそっとしておく——それがよりよい、より賢い解決策ということになった。もちろん、それはより金のかからない解決策でもあった。しかし、そのとき彼女にはまだ七年分の支払いが残っていた。毎月の返済額はそれまで稼いでた金額をあてにしたものだった。バイオコード・コンサルタントとしてのね。あそこらへんの村にはなんの産業もなかったわけだが、ミクニ・プロジェクトは村人たちを貧困からいったんは救った。だけど、突然また沿海漁業の漁師としてかつかつの生活をしなきゃならなくなった。それはどんなものか、想像にかたくない」

「彼女には村を離れることもできた」

「ふたりには子供がいたんだ、子供が！」やめろ。深呼吸。海を見るんだ。落ち着け。「ふたりには子供がいたんだよ、娘が。まだ二歳だった。それが突然一文無しになった。ふたりとももともと北の入り江の出なんだ。仮釈放候補のひとりとしてマシンからサラの名前が出たのもそのためだ。そのあとのことは詳しくはわからない。まあ、なんとかやっていけるだろうと思ったのかもしれない。聞いた話じゃ、ミクニへの資金援助は中止や再開を何度か繰り返した挙句、最後には完全に打ち切りになったらしい。だから、また方針が変わることをどこかで期待していたのかもしれない」

ヴィダウラはうなずいて言った。「実際に変わったわね。新啓示派が現われてからというもの」

「ああ。古典的な貧困のダイナミズムだ。貧乏人は何にでもすがろうとする。彼らの望みが宗教か革命であるかぎり、政府もいちいち介入しない。涼しい顔で坊主どものやりたいようにさせる。それに、もともとあのあたりの村には古い教義信仰があった。禁欲的な生活スタイル、厳しい社会秩序、それにひどい男尊女卑。まるであのくそシャーヤみたいなところさ、あのあたりは。そんなところに新啓示派の過激派の登場と経済不況が重なった。そうなると、もう誰にも止められない」

「それで、彼女に何があったの？　おエラいさんを怒らせたとか？」

「いや。彼女じゃなくて娘のほうだ。サラの娘が船の事故にあった。詳しくは知らないが、それで死んじまったのさ。まあ、スタックは回収可能だったけれど」また激しい怒りが湧き起こり、氷塊となっておれの頭の中で凍りついた。「だけど、もちろんスタックの回収は許されない」

最後の皮肉――火星人は人類出現以前から百万年もの長きにわたる恒星間文明を持っていた。そのことがわかると、地球に縛られた人類の信仰は大いに打撃を受けた。今は新啓示派がかつての火星人の役割を演じている。天使となって――神が最初につくった翼のある創造物となって。そんな彼らは声高に訴える――〝ミイラとなって残された数少ない火星人の死体から、大脳皮質スタックが発見された形跡はまったくない〟と。信仰という病に罹った精神にとっては当然の答だったのだろう――再スリーヴは人間科学の邪悪な心にはびこる悪であり、死後の世界と神のいる場所に続く道からはずれた行為であり、忌まわしい習慣である。

おれは海を眺めた。ことばが灰のように口からこぼれ落ちた。「あいつは逃げようとした。ひとりで。ジョセフはもう信仰で頭がいかれちまってたから、助けてくれないと思ったんだろう。で、こっそりスキマーを盗んで娘の死体を持ち出すと、海岸沿いに東に向かい、南のミルズポートまで近道をして行ける航路を探した。が、やつらに捕まって連れ戻された。ジョセフが追跡を手伝ったんだ。それから、村の真ん中に坊主どもがつくった懲罰椅子に坐らされ、娘の脊髄を切り裂いてスタックを取り出されるところを見せられた。取り出されたスタックはそのまま持ち去られた。やつらはサラにも同じことをした。

意識があるまま。自らの救済に感謝できるようにと」

唾を嚥下すると、咽喉に痛みが走った。おれたちのまわりではまるで色とりどりの狂った潮流のように、観光客の集団が満ち引きしていた。

「村人たちはそのあとふたりの魂を解放したことを祝った。新啓示派の教えでは、大脳皮質スタックは滓（かす）になるまで溶かし、スタックに宿る悪霊を追い払うことになってる。ただ、北の入り江にはまた地域独自の迷信がある――スタックを水中音波探知機で感知できないプラスティック容器に密封し、ふたり乗りのボートで持ち出す。それから五十キロ沖まで出る。そして、どこか適当な場所で、祭司が水中にスタックを落とす。落とした祭司にはボートが海のどのあたりを進んでいるのかわからない。舵取りもスタックがいつ落とされたのか知ってはいけない決まりになってる」

「簡単にズルができそうなシステムに思えるけど」

「かもしれない。しかし、サラの場合はちがった。おれはそのボートに乗ってたふたりを死ぬまで拷問したんだ。それでもそいつらには落とした場所を言うことができなかった。くそヒラタ礁がひっくり返りでもしないかぎり、サラのスタックが見つかる可能性は皆無だ」

ヴィダウラの視線を感じ、ややあっておれにもやっと眼を合わせることができた。

「つまり、あなたは北の入り江に行ったのね」と彼女はつぶやくように言った。

おれはうなずいて言った。「二年前にね。ラティマーから戻ってきたときにサラを探しにいったんだ。だけど、見つかったのはサラの墓のまえですすり泣いてるジョセフだけだった。そんな彼から無理やり話を聞き出したのさ」思い出すと、顔が引き攣（つ）った。「ジョセフも最後にはあきらめて、祭司と舵取りの名前を教えてくれた。で、そのふたりを探し出した。だけど、さっき言ったとおり、そのふたりから役に立つ情報は何も聞き出せなかった」

「それから？」

「それから、おれは村に戻って、残りのやつらを殺した」

彼女はかすかに首を振って言った。「残りの誰を？」

「残りの村人だ。サラが死んだ日、あの村にいたくそども全員だ。大人だけだが。ミルズポートのデータ・ネズミに村の住民ファイルを調べさせたんだ。名前と顔を。サラを助けることができたのに、助けなかったやつら全員だ。おれはそのリストを手に村に戻ると、そいつらを皆殺しにした」おれは自分の手のひらを見た。「それと、おれの邪魔をしてきたやつらも何人か」

彼女はまるで初めて会う相手を見るような眼でおれをじっと見つめた。おれはその眼に苛立ち、身振りを交えて言った。

「やめてくれ、ヴァージニア。おれたちはふたりとももっとひどいことをしてきたじゃないか。覚えきれないほどいろんな世界で」

「あなたにもエンヴォイの記憶力があるはずだけど」と彼女はどこか感覚が麻痺したように言った。

おれはまた身振りを交えて言った。「ただの喩えだ。十七の世界と五つの月。それとネフスキー・スカッターの居住地。それに――」

「彼らのスタックは？　奪ったの？」

「ジョセフと坊主どものは」

「そして破壊した？」

「そんなことはするわけがないだろうが。それこそやつらの願ってることじゃないか。死のあとの忘却。二度と還らないというのは」おれはためらってことばを切った。しかし、ここで話をやめてもなんの意味もないような気がした。ヴィダウラを信用できないというのなら、ほかに信用できるやつなど誰もいない。空咳をしてから、おれは親指を北のほうに向けて言った。「あっちのほう、ウィード・イクスパンスにハイデュック・マフィアの知り合いがいてね。いろんな事業をしてるやつなんだが、闘豹用の沼豹も育ててる。で、たまに見込みのありそうな強い豹が育つと、その豹に大脳皮質スタックを埋め込んだ。そうしておけば、勝ちはしても負傷した豹を新しいスリーヴにダウンロードして、さらに勝率を高めることができる」

「話のさきが読めた気がする」

「ああ。おれは手土産がわりにそいつのところにスタックを持っていくのさ。そいつは最盛期を過ぎた豹にそのスタックをダウンロードする。いったい何が起きてるのか理解する時間を与えてから、下のレヴェルのリングに入れて様子を見る。人間が豹にダウンロードされてるというのが話題になって、そいつはそれでかなり儲けてる。格闘技好きのあいだじゃ、ちょっと不気味なサブカルチャーみたいな感じで流行ってるらしい」おれはコーヒー・キャニスターを傾け、底に残った滓をじっと見つめた。「きっとほとんど発狂状態なんだろうよ、豹の中に封じ込まれたやつらは。人間とあまりにかけ離れた動物の頭の中に閉じ込められてるんだからな。愉しいはずがない。リングの中で泥まみれになって、それも命を賭けて、歯と爪で戦うことは言うに及ばず。人間としての意識が残ってるかどうかもあやしい」

ヴィダウラは自分の太腿に視線を落として言った。「それがあなたにはわかるの?」

「いや、ただの想像だ」おれは肩をすくめた。「だからまちがってるかもしれない。人間の意識は少しは残ってるのかもしれない。いや、まだたくさん残ってるのかもしれない。自分は地獄に堕ちた、なんてふと正気に戻る瞬間があるのかもしれない。まあ、おれにはどれであってもかまわない」

「お金はどうしてるの?」と彼女は囁くように言った。

おれは口を大きく開けた笑みをどこかから引っぱり出してきて、それを自分の顔にかぶせた。「サンクション第四惑星じゃ何もいいことはなかったみたいにみんなは思ってるようだが、うまくいったこともあった。金には困ってない」

彼女は顔を起こした。表情が硬くなっていた。怒りの顔に変わっていた。「あなたはサンクション第四惑星でお金を儲けたって言ってるの？」

「報酬はなかったわけじゃない」とおれはぼそりと言った。

彼女は怒りを抑え込んだようだった。表情がいくらか和らいだ。が、声はまだこわばっていた。「お金はこれからも足りるの？」

「足りるって何に？」

「その――」彼女は眉をひそめた。「復讐を終わらせるのに。村の僧侶を追ってるって言ったけど――」

「いや、それは去年の話だ。坊主を探すのにはそれほど時間はかからなかった。そんなに大勢はいなかったから。今はあいつが殺されたときに新啓示派の長老会のメンバーとして仕えてたやつらを探してる。結果として彼女が殺されることになったルールをつくったやつらだ。そっちのほうが長くかかってる。人数も多いし、ただの坊主より位が高いんで、当然警護も厳しくなるからね」

「でも、そこで終わるわけじゃない」

おれは首を振った。「ヴァージニア、おれの復讐は終わらない。おれのもとに彼女を戻すことはやつらにはできない、だろ？　だったら、なんでやめなきゃならない？」

第二十七章

リアル・タイムとの比率を上げたヴァーチャルの中に戻ってから、ヴァージニアがほかのメンバーにどれだけ話したのかはわからない。みんなはホテルのスイート・セクション——ただの二階としかおれには思えなかったが——へ移動していたが、おれは階下のマップ・コンストラクトにいた。彼女が何を話したのかもわからない。が、あまり気にはならなかった。すべてを人に打ち明けただけで、おれは肩の荷を降ろしたような気分になっていた。

おれが打ち明けたのはヴィダウラひとりだけではないが。

イサやプレックスのようなやつらも断片的には知っている。ラデュール・セゲスヴァールはさらに多くのことを知っている。しかし、それ以外知っている者はいなかった。新啓示派はおれがやつらに対してしていることを初めからずっと隠そうとしていた。悪い評判を立てられたくなかったのか、ファースト・ファミリーのような信仰心のない支配層に邪魔されたくなかったのか。坊主どもの死因はいつもこう発表されていた——〝事故〟、〝寺院への押し込み強盗が最悪の結果になった〟、〝つまらない路上強盗の不運な結末〟。しかし、イサは長老会がおれの暗殺契約をさまざまな人間と結んでいると言っていた。新啓示派内部には過激派組織もあったが、長老たちはそいつらをさほど信用していないのだろう、ミルズポートの殺し屋まで何人か雇ったところを見ると。実際、サフラン群島の小さな町にいたときのある夜のことだ。雇われたチンピラのひとりに見つかってしまい、危うく撃たれそうになったことがある。幸い、そいつはさほどすぐれ者ではなかったが。

ヴァージニア・ヴィダウラがサーファー仲間にどれくらい教えたのかもわからない。が、ケム・ポイントに坊主がいるということだけ考えても、〈リラ・クラッグズ〉を襲撃したあと、おれたちがストリップに戻れないのははっきりしていた。新啓示派の坊主でもおれを追ってこれほど遠くまでやってこられたのだ。もっと有能な殺し屋にそれができないわけがない。

つまるところ、ヴチラ・ビーチはもはや聖域ではなくなってしまったということだ。

みんなが思っているだろうことをマリ・アドが代表して言った。

「あんたのせいで全部台無しじゃないの。個人的な厄介事をあたしたちの隠れ家に持ち込むなんて。後始末は自分でちゃんとやってよ」

おれはそうした。

マニュアルにあるエンヴォイの能力のひとつ——手近にあるものを使え。おれは身のまわりをざっと見て、影響を与えられそうなものを掻き集めた。探していたものはすぐに見つかった。個人的な厄介事が問題を起こしたのだ。だったら、ほかでもないその個人的な厄介事がおれたちを泥沼から引っぱり出してもくれるはずだ。同時に、言うまでもなくほかのいくつかの個人的な問題も解決できる。その皮肉がおれににやりと笑い返してきた。

が、おれの提案は全員には受けなかった。たとえばアドあたりには。

「くそハイデュックを信用しろって言ってるの?」彼女のことばの奥には育ちのいいミルズポートの冷笑が隠れていた。「冗談じゃない」

シエラ・トレスが眉を吊り上げて言った。

「マリ、わたしたちだって彼らを使ったことがまえにあったじゃない」

「それはちがう。あんたが使ったのよ、わたしたちじゃなく。あたしはああいうクズどもには近づかないようにしてる。それよりなにより、コヴァッチが言ったのはあんたも知らないやつなのよ」

「いいえ、知ってるわ。彼と取引きしたことがある連中と取引きしたことがあるのよ。聞いたかぎりでは信用できる男みたいだったけど。もちろん、自分でも調べてみるわ。コヴァッチ、彼はあなたに借りがあるのね？」

「ああ、大きな借りがね」

彼女は肩をすくめて言った。「だったら問題はないわ」

「冗談じゃないわ、シエラ。あんたは――」

「ラデュール・セゲスヴァールは信頼できるやつだ」とおれはマリのことばをさえぎって言った。「恩義には厚いやつだ。自分に対しても他人に対しても。金さえ用意すれば仕事はしっかりやってくれる。あんたたちに金があるのかどうかは知らないが」

ブラジルがうなずき、コイがブラジルのほうをちらっと見て言った。

「ああ。金は簡単に集められる」

「くそ誕生日おめでとう、コヴァッチ！」とマリ・アドが皮肉を言った。

ヴァージニア・ヴィダウラがアドに眼で釘を刺して言った。「マリ、ちょっと黙りなさい。あんたのお金を使おうって言ってるんじゃないんだから。あんたのお金はミルズポートの投資銀行にしっかり預金してある。ちがうの？」

「それってどういう意味――？」

「もういい」とコイが言うと、全員が黙った。シエラ・トレスが立ち上がり、ハイデュック・マフィアの知り合いと連絡を取りに廊下のつきあたりの部屋に向かった。残りのメンバーはマップ・コンストラクトへと戻った。速度を上げたヴァーチャル環境の中だったので、トレスはその日の終わり近くまで部屋にこもっていた。外の世界のリアル・タイムで言えば、十分ほどだが。コンストラクトの中では、時間差を利用して三、四回線同時の通信ができる。通信相手が何秒かの間を取ると、こっちではそれが数分の沈黙となり、次々に回線をスウィッチできる。部屋から出てきたトレスは、セゲスヴァールというのは初めの印象どおりの人間だったと請け合った。古いタイプのハイデュックみたい——まあ、少なくとも本人はそう思ってるみたい、と彼女は言った。みんなで階上のホテル・スイートに戻り、おれはヴィジュアル・スクリーンのないスピーカーフォンを使って、慎重にコードをダイヤルした。

回線の状態はあまりよくなかった。さまざまな雑音越しにセゲスヴァールの声が聞こえてきた。その中には現実世界とヴァーチャル世界間の調整音もあれば、そうではない音もあった。調整音ではない音は誰かの——もしくは何かの——叫び声のように聞こえた。

「タケシ、ちょっと今は忙しいんだ。あとでかけ直してくれないか？」

「ラッド、借金を返そうって話なんだが、それでも興味はないのか？　まず、すぐにプライヴァシー保護ルートで金の一部を直接トランスファーする。あとでほぼ同じ金額を加えて返す」

ヴァーチャルの中では彼の沈黙が数分にまで引き延ばされた。実際には通信ラインの向こう側でほんの三秒ばかりためらっただけなのだろうが。

「面白そうな話だな。まず金を見せてくれ。詳しいことはそれからだ」

おれはブラジルをちらっと見やった。彼は指を開いた手を掲げ、何も言わずに部屋を出ていった。おれは頭の中で急いで時間差を計算した。

「口座を確認してくれ」とおれはセゲスヴァールに言った。「十秒以内に入金されてるはずだ」

「コンストラクトの中から通信してるのか?」

「ラッド、早く口座を確認してくれ。このまま待ってるから」

あとは簡単だった。


短期滞在ヴァーチャルの中では睡眠を取る必要がない。ほとんどのプログラムに睡眠を引き起こすサブルーチンが初めから組み込まれていないのだ。それでも、もちろん長い目で見ると体に悪影響が及ぶことがある。短期滞在型コンストラクトに長くとどまりつづけると、次第に正気を保つのがむずかしくなる。二、三日の滞在で体に影響が出ることもあるが、それはサミットやシナグリップのような専心ドラッグとテトラメスを同時に使ったときみたいに、少し気分がおかしくなる程度のものだ。時々、突然止まったエンジンのように、集中力が途切れることもある。が、それを克服するのはさほどむずかしいことではない。近所を散歩するように頭の体操をする。まったく関係のないことを考えて、思考プロセスをなめらかにする。それだけで通常すぐに治る。それまでの病的なまでに鳴り響くもの悲しい音が頭から消え、まさに狂喜と呼ぶにふさわしい喜びに満たされる。それもサミットやシナグリップを使ったときと似ている。

三十八時間休みなく、おれたちは計画を練った。襲撃計画の欠点をひとつひとつ解決し、あらゆる場面を想定したシナリオを考え、忌憚(きたん)のないやりとりを繰り返す中、こんなこともよくあった――メンバーの誰かが腹を立てて不満をぶちまけ、膝の高さまであるマップ・コンストラクトの水に向かって背中から飛び込み、水平線に向かって、群島のあいだの海を背泳ぎで泳ぎはじめるのだ。飛び込む角度をきちんと見きわめ、突然現われる孤島に激突したり、背中を岩にぶつけたりしなければ、心を休める理想的な小休止になる。海上に浮かんでそのまま遠くへ流されていくと——人々の声がだんだんと消えていくと——痙攣した筋肉がほぐれるように、緊張した意識がまた解(ほど)けだすのが感じられるようになる。

また、その場から姿を消して、ホテルのスイート階に戻ることでも同じような効果が得られた。スイートには食べものも飲みものもふんだんにあった。ヴァーチャルの中では食べものが実際に胃に届くことはない。が、味やアルコールの酩酊感のサブルーチンはプログラムにきちんと組み込まれていた。コンストラクトでは睡眠と同じように食事の必要もないが、食べものや飲みものを摂取するという行為には、それ自体心を落ち着かせる効果がある。三十時間を超えた頃だ。おれがスイートのテーブルにひとりでついて、ボトルバックサメのサシミをつまみにサフラン酒を呷(あお)っていると、ヴァージニア・ヴィダウラが眼のまえに現われた。

「ここにいたのね」と彼女は妙に明るい声で言った。

「ここにいたんだ」とおれはおうむ返しに言った。

彼女は咳払いをしてから訊いてきた。「頭の調子はどう?」

「落ち着いてきた」おれは片手に持っていたサフラン酒のカップを持ち上げた。「飲むか?　サフラン群島の最高級ニゴリらしい」

「ラベルに書いてあることを信じるのはいい加減やめたほうがいいと思うけど」

そう言いながらも、彼女はフラスクを手に取ると、もう一方の手にいきなり出現させたカップに中身を注いで言った。

「カンパイ」

「おれたちのために(ボル・ノソトロス)」

おれたちは飲んだ。向かいの自動成形椅子に坐って、彼女は言った。「わたしをホームシックにさせたいの?」

「さあ。あんたはこっちの住人とうまくやっていこうと思ってる。そうなのかい?」

「タケシ、わたしはアドラシオンにはもう百五十年以上戻ってない。今はここが故郷みたいなものよ。わたしはもうここの人間よ」

「ああ、地域政治の世界にはかなりうまくはいり込んでるようだな」

「ビーチ・ライフにもね」彼女は自動成形椅子の背に少しもたれ、片脚を横にもたげて椅子の上にのせた。なめらかな筋肉をまとって、ヴチラの太陽にほどよく焼けた脚だった。スプレー式水着しか着ていなかったので、脚全体が見えた。脈がわずかに速くなったのが自分でもわかった。

「ずいぶんきれいになったね」とおれは言った。「ヤスロから聞いたよ。きみはそのスリーヴに全財産を注ぎ込んだって」

その姿勢が明らかにエロティックな雰囲気を醸し出していることに気がついたのだろう、彼女は脚をまた下げると、酒を注いだカップを両手で包み、身を乗り出して言った。

「彼はほかにはなんて言ってた?」

「あんまり長い話はしなかった。おれはただあんたを探そうとしてただけだから」

「わたしを探してた?」

「ああ」そのシンプルな答の何かがおれの心を引っぱった。「探してた」

「で、わたしを見つけた。そのあとは?」

脈は速まったままの速さで打ちつづけていた。ヴァーチャルに長くいすぎたときのもの悲しい音が鳴りだした。さまざまなイメージがおれの頭の中に雪崩れ込んできた。ヴァージニア・ヴィダウラ——その鋭い眼つき、逞しい体、誰より優れたエンヴォイの教官。彼女が入隊式でおれたちのまえに現われたときのことが思い出された。想像を超えた能力を兼ね備えた夢のような女。彼女の声や眼にきらりと光る明るさ。はっきりと定義できないおれたちの関係の中、思いがけずおれの官能に火がついたのはその明るさのせいだったかもしれない。一度、基地のバーで、ジミー・デ・ソトが彼女を口説こうとしたことがある。ちぢこまり、なんとも不器用な口説き方だったが。いずれにしろ、ヴァージニア・ヴィダウラのそのときの残酷なまでの無関心にジミーは叩きのめされた。性的緊張感の完全な欠如による権威というものが彼女にはあった。おれ自身抱いていたきわどい妄想ももちろん実現されることはなかった。入隊式の日から骨に浸透した深いレヴェルの敬意におもむろに抑え込まれた。

そして戦闘。訓練期間にはまだいくらかロマンスの煙が残っていたとしても、戦闘が始まるとそんなものはすぐに雲散霧消した。さまざまな世界において、さまざまなスリーヴをまとったヴィダウラ。痛みや激しい怒り、作戦活動中のすさまじい集中力に険しくなる顔。ロイコの月の裏を飛ぶ狭苦しいシャトルの中に広がる、長く風呂にはいっていない彼女の強い体臭。ジヒッチェでの激しい銃撃戦の夜に死にかけた彼女。その血のなめらかな感触。ネルーダの抵抗軍を皆殺しにしろという命令を受けたときの彼女の表情。

そういった瞬間を共有し、もうセックスを超越した関係になっているのだろうとおれは思っていた。あまりに深い感情が抉り出され、セックスなど表面的なものになってしまったのだろうと。最後にヴチラを訪ねたとき、彼女とブラジルがいちゃついているのを見た——彼女がアドラシオンの出だというだけで、ブラジルは興奮しているようで、おれはかすかに優越感のようなものを覚えた。ヤロスラフと彼女が長いあいだ別れたりまたくっついたりを繰り返していたときでさえ、ヴァージニア・ヴィダウラの心の奥底まで彼が理解することはないだろう、となぜかおれはずっと思っていた。ほかの多くの者が経験しえないほど多くの保護国の街角で、彼女と一緒に戦ってきた歴史がおれにはあるのだから、と。

当惑した仮面を顔につけると、ほんとうに当惑しているような気分になってきた。

「こんなことしていいと思うか?」とおれは訊いてみた。

「思わない」と彼女はかすれた声で答えた。「あなたは?」

「んんん、ヴァージニア、正直言うと、だんだんどうでもいいじゃないかという気がしてきた。だけど、ジャック・ソウル・ブラジルとつきあってるのはおれじゃなくてきみだからな」

彼女は笑った。「ジャックはこんなことをいちいち気にする人じゃないわ。それにタケシ、これはリアルでもないんだから。彼に知られることもない」

おれはスイートを見まわした。「だけど、今ここにあいつが現われてもおかしくない。ほかのメンバーの誰かが来るかもしれない。おれはセックスしてるところを人に見られるのはあまり好きじゃなくてね」

「わたしもよ」と言って彼女は立ち上がると、手を差し出してきた。「来て」

彼女に導かれ、スイートを出て奥の廊下を歩いた。単調なグレーの絨毯が敷かれた廊下の両側には、合わせ鏡に映っているかのようなまったく同じドアがいくつも並んでいた。が、何十メートルか先を見ると、それらのドアは青白い霧の中に消えて見えなくなっていた。おれたちは手を取り合ったまま、ドアが消えかかっているあたりまで歩いた。あたりにはかすかに冷気が漂っていた。ヴィダウラが左側の一番奥のドアを開け、おれたちはするりと中にはいった。そのときにはもう互いの手が互いの体をまさぐっていた。

スプレー式水着を剥がすのにはさほど時間はかからない。ドアが閉まって五秒後には、彼女はおれのサーフ・ショーツを足首まで下げ、急速に硬くなったおれのペニスを両手でまわすように刺激していた。おれはなんとか身を引き、彼女の水着を肩からはずし、腰まで下げると、片方の手のひらのつけ根を彼女の股のあいだに強く押しあてた。彼女の呼吸が激しくなり、腹筋が硬くなった。おれは膝をつき、尻と太腿の上の水着をさらに下げ、完全に脱げるようにしてから、指でプッシーの襞を広げ、開かれた場所に舌を軽く這わせた。それから立ち上がり、彼女にキスした。彼女は全身を震わせ、おれの舌に吸いつき、やさしく嚙み、両手でおれの頭をつかんで、うしろに体をのけぞらせた。おれは指先をまたプッシーの割れ目に這わせた。熱く濡れていた。クリトリスにやさしく刺激を与えた。彼女はまた体を震わせ、おれに向かってにやりとした。

「あなたはわたしを見つけた」うつろな眼のまま、さっきのことばを繰り返した。「そのあとは？」

「そのあとは――」とおれは言った。「股の筋肉が見かけほど強いものかどうか調べてみる」

彼女の眼が光り、笑みが戻った。

「あなた、怪我をするかも」と彼女はきっぱりと言った。「あなたの背骨、折れちゃうかも」

「やってみればいい」

彼女は飢えた声を発して、おれの下唇を嚙んだ。おれは腕を彼女の一方の膝の下にあてがい、片脚を持ち上げさせた。彼女はおれの肩をつかむと、もう一方の脚をおれの腰に巻きつけてきた。それからペニスに手を伸ばし、プッシーの割れ目に強く押しつけた。話をしているあいだにも彼女のプッシーは充分に柔らかく、充分に濡れていた。おれはあいているほうの手でプッシーをさらに広げた。彼女は自分の体をそのまま下に降ろし、挿入の快感に喘ぎ、上半身をおれのまえで前後に揺すった。おれの腰に巻きついている太腿が、〝怪我をする〟ほどの強い力でおれを締めつけてきた。おれは彼女を抱いたまま体を振り、壁に背中を押しつけ、動きをコントロールした。

しかし、長くはコントロールできなかった。ヴィダウラはおれの肩にさらに強く手を食い込ませ、勃起したペニスを軸に体を前後に振って、息を洩らし、短い喘ぎ声をあげた。オーガズムが近づくにつれ、その声はさらに高く、激しくなった。おれも同じように興奮していた。ペニスが根元まで熱を帯び、さらに硬くなっていくのがわかった。亀頭と彼女の襞がこすれ合う感触。それまで保っていたなけなしのコントロールまで失い、おれは両手で彼女の尻をつかみ、彼女の体をさらに強く自分に打ちつけ、上を見た。閉じた眼を一瞬開き、彼女はおれに笑いかけ、舌先を出して上の歯にゆっくりと這わせた。おれも笑みを返した。引き攣って強ばった笑みを。それからは戦いだった。ヴィダウラは腰をうしろに引くと、おれの亀頭をプッシーの入口あたり——末端神経の襞が密集した場所——に戻した。おれは彼女の尻を強く引きつけ、ペニスの根元までまた埋めようとした。

　争いは快感の雪崩とともに崩れ去った。

したたる汗に濡れた肌に手がすべった。

硬い笑み、まるで嚙み合っているかのようなキス——

コントロールが利かなくなり、狂ったように激しく噴き出される息——

小さく膨らんだ彼女の胸に埋めたおれの顔。汗にまみれてすべらかになったその平らな谷間——

おれの頭のてっぺんにこすりつけられる彼女の頰——

思いきり力を込め、彼女が自分をおれから解放した苦悶のとき——

彼女のものなのか、おれのものかもわからない叫び声——

——解放され、噴出した体液。激しく震え、くずおれ、壁からずり落ちる体。広げられた腕と脚。痙攣。

　あとに続く消耗感。

　しばらく経ってから横向きに上体を起こすと、萎れたペニスが彼女の中からすべり出た。彼女は片脚を動かしてかすかにうめいた。おれはふたりの体の向きを変え、楽な体勢を取ろうとした。彼女が片眼を開けてにやりと笑った。

「それで、兵隊さん？　ずっとやりたいって思ってた、でしょ？」

おれも弱々しく笑い返して言った。「いや、ほんの永遠のあいだだな。きみは？」

「そういうことも一度か二度考えたことがあったわね」彼女は両足の裏を壁に押しつけて坐り直し、片肘を突いた。そして、自分の全身を順にちらちらと見てからおれの体を見て言った。「でも、わたしは新兵とはファックしない主義だったから。見て、ふたりとも汗まみれ」

おれは彼女の汗ばんだ腹に手を伸ばし、プッシーの割れ目の始まりまで指を一本這わせ、彼女が痙攣したのを見て笑った。

「だったら、シャワーを浴びたら？」

彼女は顔をしかめて言った。「そうね。あなたも浴びたほうがよさそうね」

シャワーを浴びながら、おれたちはまたファックしようとした。が、さきほどのような狂った力は出てこなかった。お互いの体を支え合うこともできなかった。かわりにおれは彼女を抱きかかえ、寝室まで連れていき、濡れた体をそのままベッドに寝かせ、彼女の顔の横に膝を突いた。そして、顔をゆっくりと横に向けさせ、彼女の口をペニスに導いた。彼女は舐めた――初めはやさしく、それからなけなしの力を振り絞って強く。おれは筋肉がほどよくついたスリムな彼女の体に沿って横たわり、頭をめぐらせ、手で脚を開かせると、腕を尻にまわしてプッシーを眼のまえに引き寄せ、舌を動かした。そのとたん、彼女を欲する気持ちが突然湧き起こった怒りのように体じゅうを駆けめぐった。腹の底で何本もの導火線が火花を散らしていた。ベッドの枕元では彼女が押し殺したような声を出して、体を回転させて膝を広げ、ベッドに肘を突いておれの上に乗ってきた。彼女の尻と太腿がおれの顔に強く押しつけられ、彼女の口がおれの亀頭をふくみ、彼女の手がおれの竿をしごいた。

長くゆっくりとした興奮のときが続いた。ケミカルの助けなしで、同時にオーガズムに達するにはお互いの体のことをあまりに知らなすぎたが、それでもエンヴォイの特殊技能か、もしくはほかの何かがそれを補ってくれた。最後に彼女の咽喉の奥に射精すると、その勢いに体が自然と起き上がり、うずくまる彼女の上にのしかかるようにして、おれは両方の腕で彼女の尻をしっかりと抱え込んだ。そうして彼女の体を引き寄せると、彼女は舌を狂ったように動かして、まだ痙攣して体液が滲出しているおれを口から放し、自らもクライマックスを迎えて叫び声をあげ、体を震わせたままおれの体の上でぐったりとした。

そうしていっときが経つと、転がっておれから離れ、脚を交差させてあぐらをかき、真面目な眼でおれを見つめた。まるで解決できない問題を凝視するかのような眼で。

「もうこれで充分ね。そろそろ戻ったほうがいいかも」

そのしばらくのち、おれはシエラ・トレスとジャック・ソウル・ブラジルと一緒にビーチに立っていた。沈んでいく太陽の最後の光線がマリカンノンの端の明るい銅色を切り取るように伸びていた。どこかでまちがいを犯してしまったのだろうか。おれはそんなことを考えていた。が、頭がちゃんとまわらず、答は出なかった。フィジカル・フィードバックはクローズしていたので、ヴァーチャルの中でヴァージニア・ヴィダウラと戯れ、あれほど性欲を放出したにもかかわらず、外に出たおれの実物の体は溜まったままのホルモンにまだ支配されていた。少なくともあるひとつのレヴェルでは、ヴィダウラとおれとのあいだには何もなかったということだ。

こっそりとブラジルを盗み見て、さらに考えた。ヴィダウラとおれが数分の間隔を置いて、マップ・コンストラクトにはいったにもかかわらず、眼に見える反応は何も示さなかった。おれとヴィダウラは群島の別々の方向からマップ・コンストラクトにはいったにしろ。襲撃とその後の撤退について話し合うあいだ、彼は常に同じ態度を崩さなかった。感情をあらわにすることなど一度もなく、温厚で、優雅な態度を保ちつづけた。ふたりがヴァーチャルを出るとき——そのときのふたりの様子はふたりのつながりを実に雄弁に語っていた——彼はヴィダウラの腰のくびれに何気なく片手をまわし、おれに薄い笑みを向けた。

「金はちゃんと返すよ」とおれは言った。

ブラジルは苛立ったように顔を引き攣らせて言った。「タケシ、そんなことはわかってる。金のことなんかどうでもいい。言ってくれれば、おまえがセゲスヴァールに借りてる金をそのまま清算してやってもよかったくらいだ。いや、今からでも遅くないか。おれたちに教えてくれたことに対する奨励金とでも思ってくれればいい」

「その必要はない」とおれはぎこちなく言った。「おれはあんたらに金を借りた。すべて落ち着いたら、金はちゃんと返す」

シエラ・トレスが鼻を鳴らして、くぐもった音をたてた。おれは彼女のほうを見やった。

「何が面白い?」

「だって、今すぐにでもすべてが片づくみたいな言い方だから」

おれたちは眼のまえの海に忍び寄る夜を見つめた。徐々に暗くなる水平線上にダイコクが昇りはじめ、西の空に浮かぶマリカンノンに少しずつ近づいていった。ビーチをさらに奥に進んだところで、ブラジルのクルーが焚き火の準備をしていた。集められた流木の山のまわりに笑い声が聞こえ、ふざけて動きまわる体の薄暗いシルエットが見えた。トレスにしろ、おれにしろ、それぞれが抱いているかもしれない不安をよそに、平穏で深い時間が夜を包み込んでいた。足元の砂のように柔らかくて心地よい夜だった。ヴァーチャルでの気が狂ったような時間は終わり、明日まではもうやるべきことも、言うべきことも何もないような気がした。それに、〝明日〟はまだ惑星の裏側でごろごろと転がっているしかないのだ。力を貯めて海底を進む波のように。コイなら、歴史の流れが息を殺して身をひそめているのが感じられる、などと言うかもしれない。

「早く寝ようなんてやつは誰もいなさそうだな」焚き火の準備が進められているほうを顎で示して、おれは言った。

「二、三日後にはわたしたちみんなに真の死(リアル・デス)が待ってるかもしれないのよ」とトレスが言った。「睡眠はそのときにいっぱい取れる」

そこで彼女は手を胸のまえで交差させてTシャツの裾をつかみ、頭の上までまくり上げた。彼女の胸が持ち上がり、見ていると不安になるほど大きく揺れた。今のおれには不必要なものだったが。彼女は砂の上にTシャツを放り投げると、海に向かって走りだし、おれたちのほうを振り向いて言った。

「泳ぎにいくわ。一緒に来る?」

おれはブラジルを見やった。彼は肩をすくめ、彼女のあとについていった。

水辺まで行くと、ふたりは中に飛び込み、沖に向かって泳ぎはじめた。十メートルほど泳ぐと、ブラジルが水中にもぐった。が、またすぐに頭を海面に出し、トレスに向かってなにやら呼ばわった。彼女は水の中でウナギのように体をくねらせながらしばらく彼の話を聞いてから、水中に頭を沈めた。ブラジルも彼女に続いてもぐった。今度はふたりとも一分ほど水中にとどまってから、また水面に頭を出した。水をはねかしながら愉しそうに話していた。すでに岸から百メートルほどのところまで行っていた。おれはまるでヒラタ礁のイルカを見ているような気分になった。

体の向きを直角に曲げ、焚き火のほうに向かって砂浜を歩いた。みんながおれに会釈をしてきた。中には笑いかけてくるやつさえいた。おれの知らない二、三人のメンバーと一緒にダニエルが坐っていた。おれのほうを見上げ、何かがはいっているフラスクを掲げた。むげに断わるのは礼を失する行為のように思われ、おれはそのフラスクを受け取り、傾け、一気に中身を飲んだ。自家製のウォッカのようだった。その強さに咳き込みながら、おれはフラスクを返して言った。

「ずいぶん強い酒だな」

「ああ、でも、ストリップのはずれのこのあたりじゃ、これ以上のものはないぜ」と彼はほろ酔い加減で手を振って言った。「坐ってくれ。一緒に飲もう。こいつはアンドレア、おれの親友だ。こっちはヒロ。こいつ、よく見てくれ――見かけよりずっと歳がいってるんだ。おれが生まれるまえからヴチラにいる。それからあっちはマグダ。ちょっと面倒くさい女だけど、仲よくなれば大丈夫。手に負えないことはない」

マグダがダニエルの頭をふざけて叩き、フラスクをつかみ取った。ほかには何もすることがなかったので、おれも砂の上に坐って彼らの輪に加わった。アンドレアがおれのほうへ身を乗り出して、握手を求めてきた。

「これだけは伝えておきたくて」と彼女はミルズポート訛りのアマングリック語でぼそぼそと言った。「あなたがしてくれたことにほんとに感謝してる。あなたがいなかったら、彼女がまだ生きてるなんてずっとわからなかったかもしれないんだから」

ダニエルがうなずいたのがわかった。ウォッカのせいだろう、やけに仰々しい仕種になっていた。

「そのとおりだ、コヴァッチ−サン。あんたが来たとき、ちょっと言いすぎたよ。今だから正直に言うよ。あんたの言ってることはでたらめだと思ってた。なんか企んでるんだって。だけど、今じゃコイが参加してる。みんな大盛り上がりさ。この惑星をみんなで逆さまにひっくり返すんだからな」

みんなが口々に同意した。おれには少し熱烈すぎた。

「不安定時代の戦争なんて、波止場のちょっとした口喧嘩くらいにしか見えなくしてやる」とヒロが言った。

おれはフラスクをつかんで飲んだ。二度目は最初よりましな味がした。味蕾（みらい）が麻痺したのかもしれない。

「彼女、どんな印象だった？」とアンドレアが訊いてきた。

「ああ」自分のことをナディア・マキタと思っている女の姿が頭の中で揺れた。クライマックスを迎え、感覚の激しさにゆがむ彼女の顔が心に浮かんだ。おれのシステムじゅうのホルモン・カクテルがその記憶に向かって一気に流れた。「彼女は……人とちがうっていうかなんというか……説明するのはちょっとむずかしいな」

アンドレアはいかにも嬉しそうな顔をしてうなずいた。「あなたはすごく運がいいわ。彼女に会えたなんて。それに話までしたなんて」

「おまえにもチャンスはめぐってくるさ」とダニエルが酔った声音で言った。「あのくそ野郎どもから彼女を助け出したらすぐ」

耳ざわりな歓声があがった。誰かが焚き火に火をつけていた。

ヒロがしかつめらしくうなずいて言った。「ああ。ハーラン信奉者にお礼参りするときがやってきたということだ。ファースト・ファミリーのくずども全員に。やつらには真の死（リアル・デス）が待っている」

「ほんとに。ほんとにすばらしいことになる」みんなで焚き火の炎が燃え上がるのを見ながら、アンドレアが言った。「何をやるべきか。そのことを知ってる人がまた戻ってきたんだから」

第四部

重要なのはこれだけだ

これだけは充分に理解しなくてはいけない――革命には犠牲がともなう。

サンドア・スパヴェンタ
『クウェリスト前衛隊の任務』

第二十八章

コスース大陸の北東側、曲がりくねった海岸線の沖に広がるヌリモノ海。ミルズポート群島の島々はその海原に点在している。砕け散った皿のように。数十億年前、そのあたりは数百キロにわたる巨大な火山群だった。島の海岸線が奇妙な形に削られているのはその名残だ。炎を噴き上げた数々の火山活動ははるか昔に終わっているが、噴火の結果、ねじれるように高く聳(そび)える山が連なる地形が残った。その後、海面が上昇して大部分が海に没したが、山頂部は今でもさも居心地がよさそうに海の上に浮いている。ハーランズ・ワールドのほかの群島とは対照的に、この群島は火山灰によって質のいい土壌が形成され、惑星の絶滅危惧作物がその土地の大部分にところ狭しと植えられている。その昔、火星人がやってきて、彼ら独自の植民植物生命体を加え、その後人類が現われ、同じことを繰り返したというわけだ。

群島の中心に、永久コンクリートと融解ガラスに覆われた雄大なミルズポートの市(まち)がある。最新の都市エンジニアリングが駆使され、ごつごつした岩や斜面には可能なかぎり尖塔が建てられ、海には幅の広いプラットフォームや橋が何キロにもわたって延びている。コスースやニューホッカイドウにある都市もそれぞれここ四百年のあいだに成長し、かなりの規模と豊かさを誇る街に成長している。が、惑星のどこを探してもミルズポートに匹敵するようなメトロポリスはない。人口は二千万人を超え、惑星で唯一の商業宇宙船の発射場所であり、打ち上げ可能時間には軌道上防衛装置のネットの穴に向けてロケットが打ち上げられる。そして、もちろん政治、商業、文化の中心地だ。ミルズポートにいると、まるで自分が市に吸い込まれているような感覚になる。それはハーランズ・ワールドのどこにいても、脚を踏ん張っていないと大渦巻きに巻き込まれてしまいそうになるのに似ている。

「こんな市、大嫌い」とマリ・アドが言った。おれたちは、〈マキタズ〉という名のコーヒー・ショップを探し、タダイマコ地区の高級な店が建ち並ぶ通りを歩いていた。襲撃が終わるまでは、ブラジルと一緒に彼女も脊髄膜炎化合物をやるのを一時やめていた。そのせいで怒りっぽくなっているのだろう。

「惑星全体に圧政が及んでる星のくそメトロポリタン。ひとつの街がこんなに影響力を持つなんて変だよ」

彼女は大げさに言ったが、それはクウェリストのマニュアルに書かれている有名な一節だ。何世紀ものあいだ、彼らはミルズポートについて同じような主張を繰り返してきた。もちろん、彼らの言っていることは正しい。しかし、面白いことに、ここまでしつこく繰り返されるとさすがに苛立たしくなってくるもので、このあたりまえの真実にさえ反対したくなる。

「おまえさんはここで育ったんじゃないのか？」

「だったら何？」と言って彼女はじろりとおれを睨んだ。「ここで育ったら、ここを好きにならなくちゃいけないの？」

「そんなことはないだろうが」

おれたちはタダイマコ地区のとりすました雑踏をしばらく無言で歩いた。おれが覚えている三十数年前より人が増え、さらに高級な雰囲気が醸されていた。その昔、この港地区はあやしげでいささか危険な場所で、貴族や大企業の若いエグゼクティヴの遊び場としてよく知られていたのだが、今ではさまざまな新しい店やカフェが立ち並ぶ洒落た一帯に様変わりしていた。記憶にあるバーやパイプ・ハウスの多くは比較的きれいな死に方をしていたが、中にはまわりの雰囲気と完全に同化し、悲しいまでの変貌を遂げている店もあった。通りにある店の正面はどれも新しいペイントと抗バクテリア被覆が施され、陽の光に輝き、足元の舗道には染みひとつなかった。何本か通りを離れた海からの風のにおいさえも消毒処理されているかのようだった。実際、海には腐った海藻や流入するケミカルのにおいもなく、港にはヨットがひしめき合っていた。

横溢的なまでに美しいまわりの街並みに調和するように、〈マキタズ〉もまたできるだけみすぼらしく見せようと努力している、完璧なまでに美しい店だった。人為的に汚された窓が太陽の光をほとんどさえぎり、店内は薄暗く、不安定時代の写真の複製やクウェリズムの警句が書かれた紙が、職人技の小さなフレームに入れられ、壁に飾られ、隅にはクウェルクリスト・フォークナーのお定まりのホロ彫刻が置かれていた。顎に榴散弾から受けた傷がある像だ。ミュージック・システムからはディジー・チャーンゴーの歌が流れていた――〈ミルズポート・セッション〉のときの『ウィードの夢』だ。

奥のブースにイサが坐っていた。長細いグラスに注がれた酒を飲んでいたが、ほとんど中身は残っていなかった。彼女の今日の髪は荒々しい深紅色で、まえより少し長くなっており、顔にはピエロの衣裳の市松模様のようなメイクが施されていた――顔全体を四つの部分に分け、向かい合う四分の一の部分をスプレーでグレーに塗り、眼の上にはヘモグロビンが不足したような色のきらきらと光る粉を振りかけていた。眼のまわりの細い血管が白く光り、今にも破裂しそうだった。首についたデータ・ネズミ用プラグを自慢するかのように露わにし、そのうちのひとつを用意したデッキに接続していた。そのマシンの上にデータコイルが浮かんでおり、フィクションが映し出され、フィクションの中のイサは学生で、試験前の猛勉強をしていた。おれたちが最後に会ったときの会話から判断したのだろう、そのデータコイルは見事な妨害フィールドも生み出しており、ブースでのやりとりは外に漏れないようになっていた。

「どうしてこんなに時間がかかったのよ?」と彼女は訊いてきた。

おれは坐りながら、にやりと笑って答えた。「少し遅れるのが礼儀ってもんだろ、イサ。こちらはマリ。マリ、こいつがイサだ。調子はどう?」

イサはことさら時間をかけ、横柄にマリを眺めやると、首をめぐらせ、手慣れた優雅な手つきでプラグをはずした。うなじがちらりと見えた。

「うまく行ってる。音をたてないように静かにやってる。ミルズポート警察のネットに新しい情報は何も出てきてない。ファースト・ファミリーが使いそうな民間セキュリティ会社にも情報は上がってない。あんたたちがここにいることはまだばれてないみたい」

おれはうなずいた。嬉しいニュースではあったが、当然と言えば当然だった。今週初めの数日のあいだに、おれたちは六つのグループに別れてばらばらにミルズポートに潜入していた。事前に調整し、時間が重ならないようにして。それぞれが〈リトル・ブルー・バグズ〉の名にふさわしい完璧な偽IDを持ち、格安のスピード・フライターから〈サフラン・ライン〉の豪華クルーザーまで、さまざまな移動手段を使って乗り込んでいたが、今、ミルズポートにはハーランズ・デイの祭に合わせて惑星じゅうから大勢の人々が流れ込んできていた。そんな状況の中で捕まるとすれば、よほどの悪運の持ち主か、よほど管理能力のない人間かのどちらかだろう。

それでも、まだ見つかっていないことが確認できたというのはいいことだった。

「〈リラ・クラッグズ〉のセキュリティはどうなってる?」

イサは首を振った。「坊主のカミさんがイクときの音くらいしか聞こえてこない。あんたたちの計画をあいつらが知ってるなら、まったく新しいプロトコル層がなければならないわけだけど、そんなものも見あたらない」

「それか、ただあんたには発見できてないだけか」とマリが言った。

イサはまたマリに冷たい視線を放って言った。「あらあら、お嬢さんはデータフローについて何もかもご存知なの？」

「あたしたちがどういうレヴェルの暗号化を相手にしてるのかぐらいはわかってる」

「ええ、それはあたしもよ。ねえ、あたしはどうやって学費を稼いでるんだと思う？」

マリ・アドはイサの爪をじっと見た。「ちょっとした犯罪ってところかしら」

「すばらしい」イサは視線を彼女からおれに向けた。「タケシ、この女、いったいどこで拾ってきたの？〈マダム・ミーの店〉？」

「イサ……」

イサは苦労の絶えない十代のため息をついた。「いいわ、タケシ。あんたのために——あんたのために、このおしゃべりな性悪女の髪の毛をむしり取らないでおいてあげる。それから、マリ、一応教えておくけど、あたしは毎晩働いてきちんとお金をもらってるの。サイバー上で偽のアイデンティティを使ってね。フリーランスのセキュリティ・ソフトウェアの開発者として、大きな会社を何社も相手に。たぶんあんたが裏通りで尺八した人数よりもっと多くの会社を相手に」

イサはそれだけ言って体をこわばらせ、アドの出方を見た。アドはぎらりと光る眼でイサを見返した。が、そのあと笑みを浮かべ、少しだけ身を乗り出して声を荒らげることもなく、むしろつぶやくように言った。

「いい？　おつむの弱いチェリーちゃん。あたしがあんたの挑発に乗ってキャットファイトでもすると思ってるなら大まちがいよ。運がよかったね、チェリーちゃん。あんたの挑発なんかにあたしが乗るなんてことはありえないけど、でも、あたしがキレたらもう終わり。そのときにはあんたは自分でも気づきもしないうちに死んでることになる。とっととビジネスの話をしなよ？　それが終わったら、あんたが言ってる研究パートナーとやらとデータ犯罪ごっこでもすればいい。それと、知ったかぶりごっこも続ければいい」

「このくそあばずれ――」

「イサ！」とおれはぴしゃりと言い、立ち上がりかけた彼女のまえに手を向けた。「いい加減にしろ。今のはアドの言ったとおりだ。おまえを殺すことなんて素手でもできる。汗ひとつかくこともなく。いいからおとなしくしてくれ。こんなんじゃ金は払えない」

イサは裏切られたような顔をおれに向けたものの、また椅子に坐った。道化のメイクのせいではっきりとはしなかったが、怒りに顔を紅潮させているだろうことは容易に察しがついた。チェリーちゃんなどと呼ばれたのが癇に障ったのだろう。マリ・アドのほうが大人だった。満足げな表情を浮かべたりはしていなかった。

「あんたを手伝わなきゃいけない義理なんてなかったのに」とイサはぼそっと言った。「タケシ、一週間前にこの話を聞いたとき、あんたを売ったってよかったんだ。あんたに金をもらうより、そのほうがずっと儲かったかもしれない。そのこと、忘れないで」

「忘れないよ」おれはアドに一瞥を送ってたしなめながら請け合った。「とにかく話を進めよう。おれたちがここにいるということは気づかれてない。それはわかった。ほかにはどんな情報がある？」

イサが持っていた情報――光沢のない黒い陳腐なデータチップにすべてダウンロードされていた――は襲撃のためのバックボーンとなるものだった。ハーランズ・デイの祭に合わせてさまざまな修正が加えられた、〈リラ・クラッグズ〉のセキュリティ・システムの概要だ。それに、リーチ付近の来週の潮の流れを予想した最新マップ。祝賀式典のあいだのミルズポート警察の配置情報、水上交通の取締まりプラン。情報のほとんどは彼女自身か、ネット上にいるミルズポートのデータ犯罪エリートたちの周辺をうろつく、彼女の奇妙な影の分身が手に入れたものだった。おれたちに手を貸すことに同意した彼女は今、襲撃の手順について熟考していた。それでイラつき、いささか冷静さを失くしていたのだろう。違法データ・ブローカーの襲撃は普段やっていることにしろ、それでもハーラン一族の所有地への襲撃となると、当然いつも以上にストレスを感じているにちがいない。そもそもおれがけしかけるように巻き込まなければ、こんなことには関わっていなかっただろう。

しかし、こういうことをけしかけられて断われる十五歳の子供がどこにいる?

十五歳のおれなら絶対に無理だ。

断わり方がわかっていたら、あのときあの裏通りなどに行き着き、魚鉤を持ったテトラメス・ディーラーとやり合うようなことにはなっていなかっただろう。たぶん――

もういい。今さら考えてもやり直せるわけではないし、遅かれ早かれ、同じことになっていただろう。大切なのは、顔だけは泥沼の水面から出して、つまずきながらも一歩一歩進んでいくことだ。

イサがくれた情報はかなり広範囲にわたっており、賞賛に値するものだった。初めはいろいろと不信感を抱いていたのだろうが、おれたちに次々と情報を示す段になると、彼女も怒りを引っ込めた。話しことばにも普段のゆっくりとしたぶっきらぼうなミルズポート訛りが戻ってきた。

「ナツメは見つかったか?」とおれは尋ねた。

「ええ、見つかることは見つかったけど。でも、あんたが彼に会いたがるかどうか、よくわからなくて」

「どういう意味だ?」

　彼女はにやりと笑った。「それは、コヴァッチ、今の彼は信仰を持ってるからだよ。で、修道院に住んでる。ホエールバック通り九丁目にある修道院に」

「ホエールバック?　あの放棄教の修道院に?」

「そう」彼女はふざけて祈りのポーズをしてみせた。その髪や顔にはまるで似合わないポーズになった。「〈眼を覚まして、悟りを開いてしまった者〉兄弟会。生きとし生けるものと全世界との関係を永久に放棄した人たち」

　おれには自分の口元が引き攣ったのがわかった。おれの横ではマリ・アドがリップウィング鳥みたいなユーモアのかけらもない顔をしていた。

「イサ、おれはそういうやつらのことはなんとも思わない。人畜無害なやつらなんだから。女との関係まで断ち切るというのはなんとも愚かな話だとは思うが、まあ、それも連中が自分で決めたことだ。しかし、驚いたな。ナツメのような人間がそんなふうになるとは」

「そうそう、あんたはずっとここを離れてたんだよね。最近じゃ、女もはいれるようになった」

「ほんとに?」

「そう。かなりまえからね。十年近くまえから。聞いた話だと、それより何年もまえから女の改宗者がふたりまぎれ込んでたんだそうだよ。見かけは?　自分の性別をごまかすなんて、再スリーヴすれば簡単なことでしょ?」話題が彼女のホーム・グラウンドのものになり、イサはビートに乗るように話しだした。「政府以外、そんなことまでデータチェックする金は持ってない。男のスリーヴをしばらくのあいだまとってると、精神外科医でもそもそも男なのか女なのか判断するのがむずかしくなる。兄弟会に話を戻すと、彼らの選択はふたつしかなかった——新啓示派みたいに再スリーヴを禁止して嫌われ者になるか、時代の流れに合わせて性差別をなくすか。驚くなかれ、天からの声は彼らに後者を選ばせた」

「でも、名前までは変えなかった。そういうことか?」

「そうみたいだね。今でもまだ〝兄弟会〟のままよ。つまり、兄弟ということばには女も含まれるってことみたいだね」十代の少女らしく彼女は肩をすくめた。「そのことを姉妹たちがどう思ってるのかは知らないけど。まあ、それを受け容れるのが入会金みたいなものなんだよ、きっと」

「そういうことを言えば」とマリ・アドは言った。「あたしたちが中にはいることはできるの?」

「うん、訪問することはできる。でも、ナツメが出てくるまではしばらくかかるかもしれない。あんたたちが再スリーヴしたナツメを探すのに時間がかかるってことじゃなくて。生きとし生けるものとの関係を断ち切ることのいいところは――」イサはまたにやりと笑った。「時間とか空間とか、そういう面倒くさいものをいちいち心配する必要がなくなるってことだから」

「イサ、よく調べてくれた」

彼女はおれに投げキスをしてみせた。

が、おれたちが立ち上がってその場を去ろうとすると、彼女はわずかに眉をひそめ、心の中で何かを決めたような顔をした。そして、手を掲げ、おれたちにそばに近寄るように手招きした。

「ねえ、聞いて。あんたたちが〈リラ〉で何をしようとしてるのかはわからない。正直言って、知りたくもない。でも、これはただで教えてあげる。今年はコンラッド・ハーランが人前に出てくることはないよ」

「出てこない?」誕生日に人前に姿を現わさないというのは珍しいことだ。

「そう。昨日、ハーラン一族についてのゴシップをちょっと見つけたんだよ。まだ公(おおやけ)にはされてないけど。アマミ砂州で、またハーランの遺産相続人がひとり死んだんだ。梱用の鍬でめった切りにされたみたい。公表はされてないけど、最近のミルズポート警察の暗号化はちょっといい加減でさ。ハーラン一族関係の情報を探ってたら、たまたま見つかったんだよ。データフローから簡単にいただけたわけ。そのことに加えて、先週のセイイチのスキマーの事故があったでしょ？　だから、彼らはものすごく慎重になってて、人前に出る回数も半分になって、あのミッツィ・ハーランにだって、諜報部門のスタッフの警護がいつもの二倍ついてる。で、ハーラン爺さんも今回は再スリーヴなしってわけ。これは確実な情報だよ。式典の様子はヴァーチャル・リンクアップを通して見せる計画みたいだね」

おれはおもむろにうなずいて言った。「ありがとう。知らせてくれて助かった」

「こんなことで、あんたたちの華々しい暗殺計画が台無しになってなきゃいいんだけど。訊かれなかったから、ほんとは言うつもりはなかったんだけど、ここまで準備してあそこに乗り込んで、殺す敵がいなかった、なんてところは見たくないから」

アドが薄い笑みを浮かべたのがわかった。

「おれたちの目的はそういうことじゃない」とおれは即座に訂正した。「でも、教えてくれてありがとう。なあ、イサ、二、三週間前の事故のことを覚えてるか？　埠頭地区で別のハーラン一族の雑魚が死んだやつ」

「うん。マレック・ハーラン＝ツチヤでしょ？　テトラメスで完全にラリっちゃって、カルロヴィ埠頭から落っこちた。頭を打って、溺死。涙がちょちょ切れそうな話じゃないの」

アドが苛立たしげな素振りを見せたので、おれは手を上げてさきに言った。

「そのマレックというガキだが、殺された可能性はあると思うか？」

イサは顔をしかめた。「可能性はある、とは思うけど。夜のカルロヴィはすごく安全な場所とは言えないし。でも、今頃はもう再スリーヴされてるはずでしょ？　それでも殺人って話はこれっぽっちも出てないところを見ると……でも、考えてみると——」

「そんなことをわざわざ公にするか。だろ?」おれにはエンヴォイの直感がぴくぴくと動きだしたのがわかった。何かを理解するにはあまりにもかすかな動きだったが。「イサ、いろいろと情報をありがとう。ほんとに。まあ、こっち側にはなんの影響もないことだが。それでも、アンテナは張っておいてくれ」

「いつも張ってるよ」

勘定を払い、おれとアドは席を立った。振り返ると、イサが手を振っていた。赤く脈打つ眼、道化のメイク、飼い慣らされた悪鬼のように、肘のあたりで光を織りなしているデータコイル。彼女を愛おしく思う気持ちが胸にちくんと突き刺さり、それは通りに出るまで抜けなかった。

「馬鹿なくそ娘」海に向かって歩きながら、マリ・アドが言った。「ああいう嘘だらけの下層階級の女というのにには虫唾が走る」

おれは肩をすくめて言った。「反乱を起こすときにはいろんなところから情報を集めないとな」

「そうだけど。でも、あの店じゃ役に立つ情報なんてひとつも得られなかった」

おれたちは本キール式のフェリーに乗ってリーチを渡り、イースト・アカンと呼ばれる郊外のプラットフォームに向かった。明らかに、アカン地区の丘陵地帯に住むだけの余裕はない者たちを誘い込もうとして名づけられた地区だ。アドがお茶を買いにいき、おれはデッキの手すりにもたれ、水上交通や、フェリーが進むにつれて変わる景色を眺めた。離れているとすぐに忘れてしまうことだが、ミルズポートには魔法が隠されている。リーチのあたりの海まで出ると、街全体が自分のためだけにあるかのように見渡すことができるのだ。顔にあたる風とベラウィードの強いにおいが交ざり合って、都会の不快さなどどこかに消し飛び、それにかわって、船乗りの気楽さが心に大きく広がる。その気持ちは陸に上がってからも何時間も続くことがある。

そんな気楽さが頭の中にはいり込まないように、おれは眼を細めて南の水平線を見すえた。大渦巻きが起こす薄い海霧の向こうに、ほかの場所から隔絶された〈リラ・クラッグズ〉がぼんやりと聳え立っていた。ごつごつとした岩が露出する群島の南端近くにあり、北側にある一番近い集落――ニューカナガワの端――からはたっぷり二十キロほど離れていた。その周囲十キロには人が立てそうな岩ひとつ見あたらない。その昔、多くのファースト・ファミリーがミルズポートの丘の上に住み、所有権を主張したが、ハーラン一族はそのすべてを滅亡させた。〈リラ・クラッグズ〉――光を放つ黒い火山岩の上に聳え立つその建物はまさに要塞そのもので、優雅で強大なその威容が支配者は誰かということを街全体に常に思い出させている。さらにその上にそれらすべてを圧倒する高巣がある。火星人の先駆者たちが造ったものだ。

船がイースト・アカンに着岸した軽い衝撃で、おれはわれに返った。下船ランプのそばにいたマリ・アドと落ち合い、おれたちは直線的な通りを何本か歩いた。誰にも尾けられていないことを確認するため、努めて速く歩いた。十分後、ヴァージニア・ヴィダウラがまだがらんとしたロフト・アパートメントのドアを開け、おれたちを中に入れてくれた。ブラジルがアジトに選んだ場所だ。まるで殺菌でもするかのように、ヴィダウラはおれたちをじろじろと見て言った。

「うまく行った？」

「ああ、マリに新しい友達はできなかったけど、おれに何ができる？」

アドは不満げな声をあげながら、おれの肩をかすめ、ロフトの中に消えた。ヴィダウラがドアを閉め、しっかりと鍵をかけているあいだにおれはナツメのことを話した。

「そのことを聞いたら、きっとジャックはがっかりするわね」と彼女は言った。

「ああ、おれも信じられなかった。伝説の男の終わりがこれとはな、ええ？　一緒にホエールバックへ行かないか？」とおれは眉を吊り上げ、おどけて言った。「ヴァーチャルで？」

「それはどうかしら」

おれはため息をついて言った。「ああ、だろうな」

第二十九章

ホエールバック九丁目に建っていた修道院は、なんとも気味の悪い無機質な建物だった。同じように区画整理されたまわりの土地や埋め立て地同様、ホエールバック小島もニューカナガワの通勤圏内にあり、ドックや水産工場の労働者が多く住んでおり、道路はどこもきちんと舗装され、小さな海に架けられた吊り橋もあり、カナガワ本土へのアクセスも悪くない。しかし、こうした衛星島の土地の有効利用面積はかぎられており、労働者のための狭苦しい団地スタイルのアパートメント・ハウスがひしめき合っていた。それに引き換え、放棄教の信徒たちが住んでいるのは正面が百メートルほどもある建物で、どの窓も開かないように釘が打ちつけられていた。

「セキュリティのためです」ドアを開けておれたちを中に入れてくれた修道士はそう説明した。「はいるまえに武器をお預けください。最小限の人手で運営しておりまして、高価な設備も多くありますので」

シンプルなグレーの修道服を着たその男は、基本装備だけが搭載された低価格の〈ファブリコン〉製人造スリーヴをまとっていた。それでも、おれたちが武器を持っているのがわかったということは、スキャニング・ギアが内蔵されているのだろう。その声は電波の悪い通信コネクションから聞こえてくる音のようで、シリコンの顔には表情というものがまったくなかった――男がおれたちについて感じていることを反映しているのかもしれないし、していないのかもしれない。安いモデルのスリーヴでは小さな筋肉群はあまりうまく機能しないが、安い人造スリーヴでも通常マシン・レヴェルの反射神経と強度は備わっている。だから、こいつをブラスターで撃ったとしても、ただ怒らせるだけだろう。スリーヴにぽっかりと穴はあいても死ぬことはない。

「ああ、もっともだ」

そう言って、おれはGSラプソディアをポケットから出し、グリップを相手に向けて手渡した。おれの横ではシエラが見るからに性能の悪そうな破砕銃を同じように渡していた。ブラジルは愛想よく腕を広げた。人造スリーヴは彼が武器を持っていないことを認めると、うなずいて言った。

「ありがとうございます。お預かりしたものはお帰りになるときにお返しします」

おれたちは人造スリーヴに案内され、永久コンクリートの暗い玄関ホールにはいった。置くことが義務づけられているコンラッド・ハーランの像がこれ見よがしにプラスティックの板で覆われ、目隠しされていた。かつては一階のアパートメントだったと思われる部屋に通された。案内してくれている人造スリーヴと同じくらい質素で、坐り心地の悪そうな椅子が奥の頑丈そうな鋼鉄のドアと机に向けて、二列に並べられていた。机の向こうでふたり目の女の案内係が待っていた。同僚と同じように彼女も人造スリーヴで、グレーの修道服をまとっていた。が、わずかではあったが、顔の表情には最初のやつよりいくらか生気が宿っているような気がした。新たに取り入れられた男女参加の教令下、最初の男より一生懸命仕事をしているのかもしれない。

「面会を希望されるのは何人ですか?」〈ファブリコン〉製人造スリーヴの性能を考えると、それで精一杯愛想を込めた声なのだろう。

ジャック・ソウル・ブラジルとおれが手を上げた。シエラ・トレスは片隅に立ったままじっとしていた。その女の案内係はおれたちについてくるように身振りで示すと、鋼鉄のドアのキーパッドにコードを打ち込んだ。金属がこすれるどこか懐かしい音とともにドアが開き、おれたちは中にはいった。グレーの壁で囲まれたその部屋には、たわんだカウチが六つと、いまだにＩＣを使って動いていそうなヴァーチャル転送システムが置かれていた。

「お好きなカウチにかけておくつろぎください。右側のホロに説明が出ますので、それに従って電極と催眠フォンをお取り付けください」

〝おくつろぎください〟というのはずいぶんと野心的なリクエストだった。カウチは自動形成ではもちろんなく、そもそもくつろぐことを意図しているとはとても思えない代物だった。案内係が転送コントロール・ルームへはいり、電源を入れたときにもまだおれはどうにか楽な体勢が取れないかと悪戦苦闘していた。催眠フォンから音響コードがごそごそと聞こえはじめた。

「頭を右に向けてホロフォームを見つめ、意識が遠のくのをお待ちください」

転送自体は、設備を見て予想したより奇妙なほどなめらかだった。ホロスフィアの中心に、振動する〝8〟の字が現われ、色のスペクトルの中を循環しはじめ、対旋律の音響コードがぶんとうなった。数秒後、光が広がっておれの視野を満たし、勢いよく流れる水の音が聞こえてきた。おれは振動する字形に吸い込まれるような感覚を覚えながら、そのままその中に落ちていった。顔のまえで光の束が揺らめいたかと思うと、それがちぢんで白くなった。そのあと、水の流れる音がさらに大きく複雑なうねりとなって耳に届いた。体の下のすべてのものが傾き、全世界が百八十度ひっくり返ったような感覚が走り、突然、おれは途方もない量の水が落ちる滝の内側にいた。体がまっすぐになり、摩耗した石のプラットフォームの上に置かれ、振動するスペクトルの残影がかすかな霧の中で屈折する光の端に少しのあいだ現われ、フェイドアウトする音符のように薄れていった。不意に足のまわりに水たまりができ、冷たく湿った空気に顔を包み込まれた。

振り向いて出口を探そうとしたところで、すぐ脇の空気が濃くなり、光の人形のスケッチのような形の波紋が広がって、それがジャック・ソウル・ブラジルになった。彼が固体化するあいだ、滝の流れが揺れ動いたが、またすぐにもとに戻った。振動するスペクトルがまた空気の中にさっと現われたかと思ったら消えた。彼の足元がちらちらと光り出し、水たまりが現われた。ブラジルは眼をしばたたき、まわりを見まわした。

「こっちだと思う」と言っておれは滝の片側を指差し、奥行きのあまりない石の階段を示した。

絶壁に築かれた階段を上がっていくと、まぶしい太陽が照りつける滝の上に出た。階段は途中から舗装された小径に変わり、苔生す丘の斜面を這っていた。そのことに気づくと同時に、修道院が見えた。なだらかな丘の中腹に建ち、その背後にはぎざぎざの稜線の山々が連なっていた。サフラン群島の景色をほのかに思い出させる山だった。装飾が施された木と花崗岩でできた修道院は七階建てで、その上に五つの塔が聳えていた。昔ながらのパゴダ・スタイルの建物。滝から続く小径は丘の斜面を這って、陽に照らされた巨大なミラーウッドのゲートのまえで終わっていた。修道院からはほかにも似たような小径が丘の上をさまざまな方向に延びていた。ひとりかふたりその小径を歩く人影が見えた。

「どうして彼らがヴァーチャルにはいったのかよくわかる」とおれはほとんど自分に言い聞かせるように言った。「ホエールバック九丁目よりははるかにましだよ、こっちのほうが」

ブラジルはうなるような声をあげた。アカンからずっと寡黙になっていた。ニコライ・ナツメが世界と生きとし生けるものとの関係を断ち切ったことが、彼にはいまだにショックなのだろう。

丘をさらに上がると、開かれて楔で固定されたゲートのまえまでやってきた。はいっても問題はなさそうだったので、中に足を踏み入れた。梁が露出した天井と磨かれた地球木の床に囲まれた玄関ホールがあり、その奥に中庭があった。その中庭には桜と思しい木が植えられ、花を咲かせていた。両側の壁には色とりどりの糸が複雑にからんだタペストリーが吊るされ、ホールの中心にさらに進むと、そのタペストリーの中の人型の模様のひとつが解け、からみ合った大量の糸が宙に浮かび、その塊がそのまま床に下がって、男の姿に変わった。現実世界にいた修道士たちと同じ修道服を着ていたが、その下の体は人造スリーヴではなかった。

「何かご用ですか?」と男はおだやかな声で言った。

ブラジルがうなずいて答えた。「ニコライ・ナツメを探してるんです。古い友人なんです」

「ナツメ」修道士は一礼するようにいっとき頭を下げると、すぐに上げて言った。「彼は今、庭で作業をしていますが、あなたたちが見えたことはもう伝えてありますから、すぐに来るでしょう――」

修道士が言いおえないうちに、ホールの一番奥に人影が現われた。白髪をポニーテールに結った痩せぎすの中年の男で、見るかぎり、いかにも自然な登場と言えた。すぐ角を曲がったところに庭があるというなら話は別だが、きっとヴァーチャルのシステム・マジックが陰でそっと使われたのだろう。その登場の速さを考えただけでもそれは明らかだった。それに彼の修道服には水も泥もついていなかった。

「ニコライか?」そう言って、ブラジルは男のほうに歩きだした。「あんたなのか?」

「ああ。きみはまちがってない。それは請け合うよ」ナツメはそう言って、板張りの床をすべるようにして近づいてきた。近くで見ると、彼の何かがラズロを思い出させた。ポニーテール。筋金入りの強靭さがありそうなその立ち姿。ラズロと同じような狂気じみた魅力が見え隠れする顔。〝バイパス・ジョルトをふたつほどかけて、つるつるのスティール煙突を七メートル這い登ってきたんだ〟。しかし、ラズロの眼には常に自らに課している緊張の鎖が見えていた。一方、ナツメは永遠の平和を手にするため、体を駆ける感情をすべて圧殺してしまっているように見えた。眼つきは真剣で鋭かったが、それは今見ている世界に何かを求めている眼ではなかった。「最近は自分のことをノリカエと呼んでる」

そう言うと、彼はもうひとりの修道士と何やら神妙なジェスチャーの短いやりとりを交わした。修道士の体がさっと床から浮き上がった。その体は色とりどりの糸に裂かれ、またタペストリーの中へと織り込まれていった。修道士が消えたのを確認すると、ナツメは振り返り、おれたちをとくと眺めた。

「申しわけないが、私にはあなたたちがわからない。少なくともそのスリーヴをまとったあなたたちは誰なのか」

「おれのことは初めからあんたは知らない」とおれは言った。

「ニコライ、おれだ。ジャックだ。ヴチラの」

ナツメはちらっと自分の手に視線を落としてから、またブラジルに眼を戻した。

「ジャック・ソウル・ブラジル?」

「そうだ。こんなところで何をやってるんだ? まったく」

ナツメの顔に薄い笑みが浮かんだ。「学習だ」

「おいおい、ここのどこに海がある? ええ? フォー・フィンガー・リーフみたいな波がどこにある? パシュカニみたいなそそり立つ岩がどこにある? 頼むぜ、なあ」

「今、私が学んでいるのは金線細工ケシの栽培だ。それがひどくむずかしくてね。でも、どれくらいうまくなったか見せようか?」

ブラジルは落ち着かない様子で体を動かして言った。「ニコライ、おれたちにはそんな時間は――」

「時間のことなら心配は要らない」また薄い笑み。「ここでの時間はいくらでも自由になるからね。きみたちのために時間を引き延ばそう。こっちに来てくれ」

おれたちは玄関ホールを出て、桜の木が植えられた四角い中庭を取り囲む回廊を左に曲がり、アーチをくぐり、小石が敷かれた別の中庭に出た。その一隅ではふたりの修道士がひざまずき、瞑想にふけっていた。おれたちが近づいても顔を上げなかった。修道院に住んでいる人間なのか、さきほどの玄関番のようなコンストラクトの機能の一部なのか、見分けることはできなかった。どちらにしろ、ナツメはふたりをまったく無視していた。おれはブラジルと顔を見合わせた。彼は困り果てたような顔をしていた。まるでプリントアウトして提示されたかのように、おれには彼の心を読み取ることができた——こいつはもうおれの知ってるナツメじゃない。果たして信用できるかどうか。

ナツメはおれたちを従え、さらにさきに進んだ。アーチ形のトンネルを抜け、また別の四角い中庭に出ると、地球木で組まれた短い階段を降り、湿地性の芝生や雑草が生えた浅い窪地の中にはいった。石畳の小径がそのまるい窪地を取り囲んでいた。クモの巣状に複雑にからみ合うグレーの根の中に、十輪ほどの金線細工ケシの花が咲いていた。緑や紫に光る玉虫色のくたびれた様子の花びらがヴァーチャル・スカイに向けて開いていた。一番長く伸びているものでも高さは五十センチ弱しかなかった。園芸的見地からすればすごいことなのかもしれないが、そんなことをおれは知るよしもない。しかし、かつて、拳と足とケミカルの爆発的な高揚感だけを頼りに大人のボトルバックサメを撃退したことのある男の功績としては、あまり評価したくなるようなものではなかった。かつて、反重力装置もロープも使わず、〈リラ・クラッグズ〉の城壁をよじ登った男の功績としては。

「大したもんだ」とブラジルは言った。

おれもうなずいて言った。「ああ。ご自慢のケシだね」

「自慢できるほどではないけれど」ナツメは花びらがずたずたになったケシを批判的に見まわした。

「結局のところ、大失敗だ。初心者のご多分に洩れず」

そう言うと、彼は何か反応を求めるかのようにおれたちのほうを見た。

おれはブラジルを見やった。が、なんの助けにもならなかった。

「そう言えば、全体的にちょっと丈が低い感じはするが」とおれはどうにか言った。

ナツメは首を振り、くすくす笑った。「いや、これくらい湿った土だとこの高さがちょうどいいんだ。すまん――また庭いじりの悪い癖が出てしまったみたいだ。個人的な趣味をきみたちに押しつけている」

彼は肩をすくめ、おれたちのいる階段まで戻ってきて階段に坐ると、ケシの花のほうを身振りで示した。

「色が明るすぎるんだよ。金線細工ケシは光沢が出ないのが理想なんだ。ああやって光っているのはよくない。趣味が悪い。少なくとも修道院長からはそう教わった」

「ニコライ……」

彼はブラジルのほうを見やった。「なんだね?」

「ニコライ、おれたちは……話を聞きにきたんだ……あることについて」

おれは待った。これはブラジルの役目だった。彼自身ナツメのことが信頼できないのであれば、おれから話すことはない。

「あること?」ナツメはうなずいて言った。「どんなことだね?」

「おれたちは……」ブラジルがこれほど体を強ばらせているのを見たのは初めてだった。「おれには……あんたの助けが要る、ニコライ」

「ああ、そのようだね。でも、どんな助けだね?」

「それは――」

ナツメはいきなり笑いだした。いくらか嘲るようなところもないではなかったが、明るくやさしい笑い声だった。

「ジャック」と彼は言った。「これが今の私だ。しかし、花を育てているから、きみには私が信用できないのか？　世の中との関係を断ち切るというのは人間性まで売ることだと思っているのか？」

ブラジルはそらした眼を浅い窪地の隅にやって言った。

「ニコライ、あんたは変わっちまった」

「もちろん変わったよ。一世紀も経つんだから。変わらないわけがないだろ？」今日初めて、修道士としての落ち着きが少しだけ消え、かすかな苛立ちが表情に表われた。立ち上がると、ブラジルとまっすぐ向かい合い、彼は続けた。「同じビーチに一生とどまって、波に乗りつづけるとでも思っていたのか？　スリルを味わうために百メートルもの殺人的な断崖絶壁を登りつづけるとでも？　企業のバイオウェアの暗号を破りつづけるとでも？　闇市で楽な稼ぎをするために盗みつづけるとでも？　それをネオクウェリズムと呼びつづけるとでも思っていたのかね？　こそこそとした血まみれの革命を続けるとでも？」

「そういうことじゃ――」

「もちろん私は変わったよ、ジャック。頭がいかれてでもいなければ、そりゃ変わるだろう、普通」

ブラジルは階段を一段降り、すばやくナツメに近づいて言った。「この生活のほうがいいとでも言うのか？」

そう言って、腕を振り、金線細工ケシのほうを示した。その動きの荒々しさに格子模様のようにからまった根が震えたかのように見えた。

「あんたはこのくそみたいな夢の世界に逃げ込んで、くそみたいな花を育ててる。ちゃんと生きようともせず。そんなあんたにおれの頭がいかれてるなんて非難する資格があるのか？　くそったれニコライ。

頭がいかれちまったのはあんたのほうだ。おれじゃない」

「ジャック、きみはヴチラで何をやり遂げた？　これ以上の価値があることをやったのなら、言ってみてくれ」

「四日前、おれは十メートルもあるウォールの上に乗ってた」ブラジルは努めて自分を落ち着かせ、怒鳴り声をつぶやきに変えて続けた。「それはこのくそヴァーチャルの倍以上の価値があることだ」

「そうだろうか？」ナツメは肩をすくめた。「ウォールであれなんであれ、ヴチラの波に呑まれて死んだとする。そのまま戻ってきたくないという遺書はもうどこかに書いてあるのか？」

「ニコライ、そういうことを言ってるんじゃない。そりゃ戻ってくるさ。死んだことにはなっても。もちろん、新しいスリーヴの費用はかかる。しかし、そういう経験を積むことで学ぶことも大きい。あんたが忌み嫌う現実世界じゃ――」

「忌み嫌ってなど――」

「外の世界では行動には結果がともなう。体が傷つけば、すぐにわかる。ひどい痛みがそのことを教えてくれる」

「ああ。それにはスリーヴの強化エンドルフィン・システムが作動するまで――あるいは痛みを抑えるために何かを飲むまで――という但し書きがつくが。なあ、いったい何が言いたいんだ？」

「何が言いたいか」ブラジルは力なくケシのほうをまた示した。「ニコライ、こんなのは何ひとつリアルじゃない！」

　眼の端にちらりと人影が見えたので、おれは振り返った。ふたりの修道士がこちらに歩いてきていた。大きな声に引き寄せられたのだろう、四角い中庭の入口のアーチの下、ふたりは浮かんで流れるようにやってきた。実際、ひとりは文字どおり浮かんでいた。そいつの足はでこぼこの敷石から三十センチ以上離れていた。

「ノリカエ－サン？」とその修道士が声をかけてきた。

おれはもぞもぞと体を動かし、彼らも修道院の真の居住者なのかどうかぼんやりと考えた。そうではない場合、このような環境の中でいったいどんな動作パラメーターが設定されているのだろう？　インターナル・セキュリティ・システムが稼働しているようなら、戦っても勝つ可能性はゼロだ。他人のヴァーチャルの中で喧嘩に勝とうなどとは思わないほうがいい。相手がわざと負けてくれないかぎり、勝ち目はない。

「カタナ－サン、なんでもないです」ナツメはそう言って、複雑な慌ただしいジェスチャーを両手で示した。「ちょっとした意見の相違です。友人同士の」

「そうでしたか。お邪魔して申しわけありませんでした」カタナは両の握り拳を胸のまえでひとつに合わせ、一礼した。ふたりはアーチのトンネルの奥に戻っていった。彼らがリアル・タイムで立ち去ったのかどうかはわからなかったが。

「そうかもしれない――」ナツメは静かに話しはじめ、そこでことばを切った。

「ニコライ、すまなかった」

「いや、きみの言うとおりだ、もちろん。昔のわれわれの考えからすれば、こんなものは何ひとつリアルじゃない。それでも、ここの私はこれまでのどんな私よりリアルなんだよ。自らどう存在するべきか、ここでは自分でそのことを決めることができる。しかし、それこそ何よりむずかしいことだ。嘘じゃない」

　ブラジルは何やらぼそぼそとつぶやいた。ナツメは木の階段の踏み段にまた坐って、振り返ってブラジルを見た。ブラジルも何段か上の踏み段に坐った。ナツメはうなずき、自分の庭をじっと見つめながら、ぼんやりとした様子で続けた。

「東に行くとビーチがある。南には山がある。望めば、そのふたつを同じ場所につくることもできる。いつでも好きなときに山登りができ、好きなときに泳ぐこともできる。サーフィンもできる——まだやったことはないが。

そんな環境の中、私は選択しなくてはいけない。さまざまな結果がともなう選択をね。海にボトルバックサメは必要かどうか？　体をこすると血が出てしまうような珊瑚礁はつくるべきかどうか？　もっと言えば、流れる血自体必要なのか？　そういうことをすべてまえもって考えておかなくてはならない。山にはほかの場所と同じような重力を持たせるべきかどうか？　持たせるとしたら、それは崖から落ちたときには死んでしまうほどの重力にするかどうか？　そうするとしたら、その意味はなんなのか？」

彼は自分の手を見た。まるでそれ自体何かの選択でもあるかのように。「体が傷ついたり裂けたりしたら、痛みを感じさせるべきか。感じさせるなら、痛みはどれくらい続かせればいいのか？　治るまでどれくらい待たなければいけないのか？　治ったあともその痛みをきちんと記憶させるべきかどうか？こういう疑問を考えていると、二次的な問題が闇から這い出てくる——まあ、それを基本的な問題だと考える人もいるだろうが。どうして私はこんなことをしているのか？　私は痛みを欲しているのか？それはなぜか？　私は崖から落ちてみたいのか？　それはなぜか？　山頂にたどり着くことが重要なのか、それとも登る過程で苦しむことが重要なのか？　私はいったい誰のためにこんなことをしているのか？　誰かのためにそうしていたのか？　私自身？　父親？　それともララのため？」

そこまで言うと、彼は金線細工ケシに笑いかけた。「どう思う、ジャック？　すべてはララのためなのだろうか？」

「ニコライ、あれはあんたのせいじゃない」

ナツメの顔から笑みが消えた。「私はここではただひとつのことしか研究していない。自分を怯えさせるただひとつのこと――つまり自分自身に関する研究だ。その過程においては誰を傷つけることもない」

「誰を助けることもない」とおれは指摘した。

「ああ。それは自明の理だ」彼は首をめぐらせ、おれのほうを見た。「あんたも革命支持者なのか？　忠実なネオクウェリストのひとりなのか？」

「いや、そんなタマじゃない」

「それでも、放棄教の信徒には共感できないということかな？」

おれは肩をすくめた。「放棄教は人畜無害だ、あんたの言うとおり。それに、自分が望まない人間を演じる必要など誰にもない。しかし、あんたたちは勝手に決めつけている気がする。あんたたちの生き方を可能にするインフラは、あんたたち以外のおれたちが提供してくれるってな。それが放棄教の基本的な過ちだよ。というか、根源的な」

おれのそのことばに彼の顔にまた笑みが戻った。「ああ、実際、われわれの多くにとってそれが信仰の試練のようなものだ。もちろん、究極的には人類すべてがわれわれのようにヴァーチャルにはいればいいと信じてはいるが。われわれはただその準備をしているだけだ。その過程を学んでいる、とでも言おうか」

「それはいい」とブラジルがぴしゃりと言った。「だけど、あんたたちがそんなことをしてるあいだに、残りのおれたちがいる外の世界はばらばらになってる」

「ジャック、外の世界は昔からずっとばらばらだった。その世界で私がしていたこと――くだらない窃盗や抵抗が何かを変えたなどと本気で思っているのか？」

「〈リラ〉を襲撃する」ブラジルはだしぬけに強い口調で言った。「ニコライ、おれたちはそうやって世界を変えてみせる。そうやってな」

空咳をしておれは言った。「あんたの助けを借りて」

「なるほど。そういうことだったのか」

「ああ、そういうことだったのさ、ニコライ。襲撃のルートを決めなきゃならない」ブラジルは立ち上がると、四角い中庭の隅まで歩いた。秘密を打ち明けたことでほっとしたのか、声量で自分の意志を表明しようとするかのように、彼はさらに語気を強めて言った。「教えてくれないか？　そう、昔のよしみということで」

ナツメも立ち上がり、訝しげにおれを見て言った。

「海食崖を登ったことは？」

「ない。ただ、そういうところの登り方なら、おれが今まとってるスリーヴが知ってる」

彼はいっときおれの眼を見すえた。おれが今言ったことを処理しようとしてロード不能になったかのように。が、そこでだしぬけに大きな声で笑った。それまでおれたちが話していた男の笑い声とはまるで異なっていた。

「スリーヴが知ってる？」笑い声が小さくなり、抑制されたくすくす笑いになったかと思うと、今度は一変して険しい表情になった。「そんなものじゃ〈リラ・クラッグズ〉の絶壁は登れない。〈リラ〉の崖を三分の二ほど登ったところから上は、リップウィング鳥の営巣場所になっていることは知ってるね？おそらく今では私が登った頃より多くが生息していることだろう。さらに、胸壁の下にはフランジが張り出ている。私が登ってからいったいどれくらいの反侵入テクをアップデートしていることか、それこそ仏陀のみぞ知る、だ。〈リラ〉のまわりの潮の流れのこともわかってるんだろうね？　呑み込まれたら一巻の終わりだ。負傷したままリーチの真ん中あたりまで一気に流される」

「ということは」おれは肩をすくめて言った。「落ちても、捕まって尋問されるようなことはないわけだ」

　ナツメはブラジルのほうをちらっと見て言った。

「このご仁はいったい何歳なんだ？」

「そいつのことは無視してくれ、ニコライ。〈エイシュンドウ〉製のスリーヴをまとってるんだよ。こいつが言うには、ニューホッカイドウで見つけたそうだ。金のためにミミントを殺してたときに。ミミントってわかるよな？」

「ああ」ナツメはまだおれを見ていた。「メクセク計画のニュースはここにも伝わってきている」

「ニコライ、最近じゃもう〝ニュース〟とは言えないが」とブラジルは嬉しそうに言った。

「ほんとうに〈エイシュンドウ〉のスリーヴをまとってるのか？」

　おれはうなずいた。

「どれくらい価値のあるものか知ってるのか？」

「ああ、何度か自分で試してみたよ」

　ブラジルは中庭の石畳の上を落ち着かなげに歩きまわっていた。「ニコライ、ルートを教えてくれるのか、くれないのか、はっきりしてくれ。それとも、あんたの記録をおれたちが破るのを心配してるだけとか？」

「あんなところに行くなど死にに行くのと変わらない。スタックも回収不能になる。きみたちふたりとも。どうしてそんなことの手助けをしなきゃいけない？」

「なあ、ニコライ、あんたは生きとし生けるもの、そもそも世界との関係を断ち切ったんだろ？　ちがうのか？　だったら、現実世界でおれたちがどういう最期を迎えようと、それはここにいるあんたが心配することじゃないんじゃないか？」

「ジャック、私が心配しているのは、きみたちはふたりともくそトチ狂っているということだ」

ブラジルはにやりとした。彼の昔のヒーローからついに汚いことばを引き出せたことが嬉しかったのだろう。「それでも、少なくともおれたちはまだ現実社会に生きてる。それに、あんたの助けが得られようと得られまいと、おれたちはやる。だから――」

「わかった」ナツメは両手を上げた。「教えてやろう。今すぐ。詳しいことまで細かく。それできみたちが満足するなら。よかろう、〈リラ・クラッグズ〉でもどこでも乗り込んで死ねばいい。それこそきみたちの望む最高の〝リアル〟というやつかもしれない」

ブラジルはただ肩をすくめ、またにやりと笑った。

「どうした、ニコライ？　おれたちのことが羨ましいのか？」

ナツメに連れられ、おれたちは修道院の中にはいった。三階まで上がると、ふた間続きの部屋――木のフローリングで、家具がまばらに置かれた部屋――に通された。ナツメは両手を使って宙にイメージを浮かび上がらせ、〈リラ〉の登り方をおれたちに説明した。そのイメージの大部分は、ヴァーチャル・コーディングの中に保存されていた彼の過去の記憶から直接呼び起こされたものだったが、修道院のデータファンクションには、現在の〈リラ〉の客観的なコンストラクトも保存されており、ナツメは自分の描く地図と現在の状況を比較して、修正することができた。彼の予測が正確なのはすぐにわかった。リップウィング鳥の営巣地は彼が登ったときより広がり、胸壁のフランジも修正されていたが、修道院のデータスタックではこのふたつを画像で確認するのが精一杯で、それ以外にどんなものがおれたちを待ち受けているか、それを知る術はなかった。

「悪い知らせにはいい面もある」とナツメはルートをスケッチするまでは聞けなかった快活な声で言った。「フランジは彼らにとっても邪魔になる。下をきちんと見渡せないからだ。それに、リップウィング鳥がセンサーを誤作動させることもあるはずだ」

ナツメが知らなくてもいいことをわざわざ言うことはない。おれはブラジルをちらっと見やってそのことを伝えた——〈リラ〉のセンサー・ネットについてはおれたちはほとんど心配する必要がない。

「ニューカナガワで聞いたことだが」おれはかわりに言った。「彼らはリップウィング鳥にマイクロカメラ・システムを仕込んでるそうだ。で、鳥にいろいろ教え込んでるということだ。それはほんとうか？」

ナツメは鼻を鳴らして言った。

「ああ、その噂は百五十年前からあったよ。しかし、それはくそみたいな被害妄想だった。だから今でもおそらくそうだと思う。リップウィング鳥にマイクロカメラを仕込んでどうなる？　やつらはできるだけ人間の居住地には近づこうとしないし、リップウィング鳥を飼い慣らすことはできない——私の記憶では、それは研究され、証明されているはずだ。リップウィング鳥を簡単に訓練することはできない。それに、そんなシステムをつけた鳥が空を飛んだら、軌道上防衛装置に見つかって、すぐ撃ち落とされるだろう」そこまで言うと、彼は不敵な笑みをにやりと浮かべた。世を捨てた修道士のための平穏な部屋には似つかわしくない笑みだった。「そもそも野生のリップウィング鳥の営巣地を登るには、細心の注意が必要だ。飼い慣らされたサイボーグがたとえいたとしても、そんなものにはあまり気を取られないほうがいい」

「わかった。ありがとう。ほかに何か役立ちそうなアドヴァイスは？」

彼は肩をすくめて言った。「とにかく落ちないことだ」

ことば少なにそう言ったものの、彼の眼はそのことばのさりげなさを裏切っていた。そのあと、彼はヴァーチャルの外からでも入手できるようにデータをアップロードしてくれた。ことばはその間も少なかった。それまでの修道士らしい落ち着いた態度は消え、どこか緊張しているように見えた。さらに、おれたちを連れて階下(した)に降りる段になると、まるで口を利かなくなった。ブラジルに会いにこられて、さすがに心が揺れたのかもしれない。ダンチに点在する鯉の池を春風が波立たせるように。さざ波立ったその水面の下では、落ち着きをなくした強大な力が前後に収縮を繰り返していた。玄関ホールに着くと、彼はブラジルを振り返り、ぎこちない口調で言った。

「聞いてくれ、もし――」

金属的な音が聞こえた。

放棄教の信徒のコンストラクトの性能はなかなかのものだ――気づくと、おれの手のひら一面、棘状(きょくじょう)突起が逆立っていった。〈エイシュンドウ〉スリーヴのヤモリの反射神経が岩をつかみ、崖を登る準備を始めていた。同時に周辺視野の感度が増し、ブラジルが体を強ばらせたのが見えた。彼のうしろで壁が振動していた。

「逃げろ!」おれは叫んだ。

最初、それは玄関番の声のように思われた。横の壁のタペストリーが奥から押し出されるように膨らんだのだ。が、すぐにタペストリーが掛けられた石造りの壁そのものが突き出し、現実世界では考えられない力で折り曲げられるのが見えた。さきほどの金属的な音は、強大な圧力を受けているコンストラクトの声か何かの音だったのだろう。それか、ただ単に中へはいってこようとしている何かの声か。いずれにしろ、そんなことを確認している暇はなかった。次の瞬間、巨大なメロンが破裂するような音とともに、壁が内側に向かって炸裂した。タペストリーは中心から裂け、十メートルほどはある人型が玄関ホールの中にはいってきた。信じがたい光景だった。

放棄教の修道士が体内にたっぷり溜まった高級潤滑油を外に出すために、体のすべての関節を破裂させたかのような光景だった。グレーの修道服を着たその人型は、宙に散らばったさまざまなものの中央にぼんやりと浮かび上がり、体じゅうからきらきらと光る黒い液体を噴出させ、ねばつく長い巻きひげ状のものを伸ばして宙を舞った。噴出する油の圧力に眼も鼻も口も裂け、人型の顔がまず消えた。顔を消した油は体のあらゆる穴や四肢の連結部から脈打つように飛び出していた。それを見るかぎり、体内の心臓はまだ動いているようだった。脈打つたび、全身から悲鳴のような音を発し、その音が聞こえているあいだに次の爆発が起きた。

気づくと、おれはうずくまって戦闘体勢を取っていた。が、そんなことをしてもなんの意味もなかった。今できるのはただ走って逃げることだ。

「ノリカエ－サン、ノリカエ－サン。すぐにこの場所を離れてください」

それは完璧なリズムの叫び声の合唱だった。反対側の壁にかけられたタペストリーの糸が解け、中から玄関番の一団が現われたかと思うと、優雅な身のこなしで弧を描くようにしておれたちの頭上を侵入者のほうに進み、スパイクを打ちつけた奇妙な形の棍棒や槍を巧みに操って戦った。新たに押し出し成形されたように紡がれたその体は、陰影のあるほのかな金色に輝く糸でできていた。

「お客さまをすぐに出口へお連れください。ここは私たちにお任せください」

金色の糸の塊が破裂した人型に触れると、人型があとずさりした。同時に、金属的な音が裂け、声量も音程も上がり、鼓膜に突き刺さった。ナツメはおれたちのほうを振り返ると、その音越しに叫んだ。

「聞こえたね？　きみたちにできることは何もない。すぐに逃げるんだ」

「ああ。でも、どうやって?」とおれも叫び返した。

「戻るんだ――」まるでスウィッチを切られたかのように、彼のそのことばはフェイドアウトした。ふと見上げると、玄関ホールの屋根に何かが巨大な穴をあけており、石のブロックが雨のように降り注いできた。玄関番たちは宙で右往左往しながらも、金色の光をそのブロックに向けて放った。石のブロックはおれたちの上に落ちてくるまえに粉々に破砕された。ただ、ふたりの玄関番が殺された。黒い糸で紡がれたその侵入者は玄関番の一瞬の隙を見逃さなかった。新しく生えてきたずんぐりとした触手を伸ばして、ふたりの体を引き裂いた。ふたりが死ぬ瞬間、体から青白い光の血が噴き出たのが見えた。屋根の上に――

「ファック!」

オイルを噴出させる人型がもう一体現われた。初めのものより倍近い図体で、人間の腕まで生えていた。指の関節と爪の下から、巨大な鉤爪のように油が噴き出し、破裂してぐちゃぐちゃになった頭を屋根から室内に突き出し、おれたちにぼんやりと笑いかけてきた。その裂けた口から、よだれのような黒い雫が雪崩れ落ち、床を叩き、銀線細工の立派な下張りを浸食した。その一滴が頬にあたると、皮膚が焦げた。何かを引き裂いたような耳ざわりな音がさらに激しくなった。

「滝を抜けていけ」とナツメがおれの耳元で怒鳴った。「滝の中に飛び込むんだ。早く!」

二番目の侵入者が下に降りてくると、踏みつぶされた屋根全体が玄関ホールに落ちてきた。おれは、恐怖に呆然と上を見上げていたブラジルの腕をつかみ、楔で固定して開けたままになっているドアのほうへ引っぱった。おれたちのまわりでは、玄関番が集結し、新しい脅威に立ち向かうため上昇していた。タペストリーの残った部分から新たな波が湧き起こっているのが見えた。それでも、屋根の上の巨大な人型につかまれ、形となるまえにその波の半分が引き裂かれた。石が敷かれた床に光の血が雨のように降り注ぎ、さまざまな和音がホールに鳴り響いた。と思ったときにはもうその音はばらばらの不協和音に変わり、黒いずたずたの二体の人型がそんなホールの中を揺れるように動きまわっていた。

小さな火傷をいくつか負いながらも、どうにかドアのところまでたどり着くと、おれはブラジルの体を押しやり、先に行かせ、そこでちらりとうしろを振り返った。そのとたん後悔した。黒い人型のゆがんだ巻きひげがナツメをとらえていた。大きな甲高い音をしのいで彼の叫び声が聞こえた。ほんの一瞬のことだった。が、その叫びはさきほどまでとは異なる〝人間らしい〟声だった。音響制御システムのコントローラーを急にひねったような、音程が滅茶苦茶な叫び声だった。どうやらナツメは最期に自らの呪縛を解いたのだろう。二枚のガラス板のあいだにはさまれた魚のように体を前後に揺すりながら、二体の侵入者の激しい怒りと不気味なハーモニーの中、悲鳴とともに溶けていった。

おれは外に出た。

滝に向かってひた走った。もう一度うしろをちらっと振り返った。修道院の横壁全体が崩れ落ちてしまっているのが見えた。触手を持った二体の人型は、群がってくる玄関番を叩きのめすたび、その図体を大きくしており、頭上の空は嵐のまえぶれのように暗く、あたりの空気も急に冷たくなっていた。なんとも説明しがたい歯擦音が小径の両側の芝生の上を流れていた。土砂降りの雨のように。高圧ガスが洩れたときのような音をたてながら。くねくねと曲がる小径をすべるように降りて滝までたどり着くと、水のカーテンを切り裂くように干渉縞が形成されているのが見えた。滝の背後のプラットフォームまで行くと、水の流れがぐらぐらと揺れて止まり、裸の岩と外気だけの荒涼とした景色になった。が、すぐにまた水がぽたぽたと落ちはじめ、滝に水が流れだした。

おれはブラジルと眼を合わせた。不安がはっきりと表われていた。おれ同様。

「あんたがさきに行け」とおれは言った。

「いや、いい。おまえが――」

甲高い轟きが小径の先から聞こえてきた。おれはブラジルの背中を強く押し、激しく流れる水の幕の中に彼が消えたのを見届けてから、おれも続いて飛び込んだ。腕と肩が水に圧迫され、体が傾き――

――ぼろぼろのカウチの上にどすんと尻から落ちた。

緊急転送だ。まだ滝の水で濡れている感覚――服はびしょ濡れで、髪の毛が顔に貼りついているような感覚――がしばらく残った。じめっとした吐息をひとつつくと、現実世界の知覚が戻ってきた。もちろん濡れてなどいなかった。無事だった。催眠フォンと電極を引き剥がし、カウチから転がり出てまわりを見まわした。アドレナリンの効いた運転席に戻った〝意識〟が発するシグナルに体が反応し、心臓の鼓動が遅ればせながら高まった。

転送ルームの奥に眼をやると、ブラジルはすでに立ち上がっていた。しかめっつらのシエラ・トレス――どうしたわけか、おれのラプソディアと彼女自身の破砕銃を手に持っていた――に口早に話していた。部屋には、いがらっぽい咽喉が発するような大きな音が鳴り響いていた。何十年ものあいだ使われていなかった警報装置の音だ。さまざまな色の光がぼんやりと点滅していた。部屋の真ん中あたりに女の案内係がいた。狂ったようにいろいろな色を発する計器パネルを床に放り投げていた。筋肉があまりついていない〈ファブリコン〉製スリーヴの顔には、あまり激しい表情が浮かばないものだが、おれを睨みつけたその眼にはショックと怒りがあふれていた。

「あなたのせいなの？」と女は怒鳴った。「あなたが汚染したの？」

「いや、もちろんちがう。そのくそ計器をちゃんとチェックしてみろ。それはまだ動いてるだろ？」

「いったい今のはなんだったんだ？」とブラジルが言った。

「よくわからないが、スリーパー・ウィルスじゃないかな」おれは無意識にトレスからラプソディアを受け取り、反射的に装填を確認した。「あの形を見ただろ？　体の一部はどう考えても元修道士だ。眠ってた攻撃システムの陰にデジタル人間が姿を変えてひそんでた。出てくるきっかけを待っていた。その隠れたパーソナリティ自身、実際に姿を現わすまで、自分がどんな力を持ってるのか知らなかったのかもしれない」

「ああ。だけど、どうしてだ？」

「ナツメだよ」おれは肩をすくめて言った。「きっとやつらはナツメに眼をつけてたんだろう。おそらくずっとまえから――」

案内係が口をぽかんと開けておれたちのほうを見ていた。まるでおれたちがわけのわからないマシンコードで話してでもいるかのように。彼女のうしろに――転送ルームの戸口に男の案内係が現われ、おれたちのほうに歩いてきた。その案内係は小さなベージュのデータチップを左手に持っており、チップを握る指のあたりの安っぽいシリコンの皮膚がぴんと張っていた。チップをこれ見よがしにおれたちに振って見せ、サイレンの大きな音に負けないように身を乗り出して、男は強い口調で言った。

「今すぐお引き取りください。ノリカエーサンから頼まれました、これをあなたたちに渡すように。とにかく、早くここから出ていってください。あなた方はもうここでは歓迎されていません。また、ここはあなた方にとってもう安全ではありません」

「ああ、言われなくてもわかってる」とおれはチップを受け取って言った。「だけど、おれがあんたなら、おれたちと一緒に来るがな。出ていくまえに修道院に接続してあるすべてのデータポートをシャットダウンして、腕のいいウィルス処理屋を呼ぶんだね。あっちの様子を見るかぎり、玄関番が太刀打ちできる相手じゃない」

警報は、テトラメス・パーティでラリった若者たちのような大きな叫び声をあげていた。男はその音を断ち切るかのように首を振って言った。「いいえ。これがわれわれに与えられた試練だとしたら、われわれはアップロードされた世界でそれに向き合います。兄弟を見捨てることはできません」

「もしくは姉妹を。まあ、好きにしてくれ。なかなか気高い心構えだ。だけど、おれは個人的にはこう思うね。あっちに送り込まれた連中はみんな潜在意識を骨まで剝ぎ取られた状態で戻ってくるだろう。その場合、現実世界からのサポートが絶対に必要だ」

男はおれをじっと見つめながら声高に言った。

「あなたには何もわかっていない。ここにあるのはわれわれの〝領域〟であって、われわれの肉体ではないのです。これこそ人類の運命なんです――アップロードされた世界で生きることこそが。その世界でこそわれわれは一番強い状態になれる。その世界でこそわれわれは勝利を収めることができるんです」

おれはあきらめ、彼に叫び返した。

「すばらしい。すばらしいよ。いずれにしろ、決着がついたらあとで教えてくれ。ジャック、シエラ。こんな低能どもにはこのまま自殺してもらって、おれたちはとっととおん出よう」

おれたちはふたりの案内係を転送ルームに残して、部屋を出た。最後に振り返ると、男の案内係がカウチのひとつに横たわり、じっと天井を見つめているのが見えた。女のほうは電極を体に取り付けていた。男の顔は汗で光っていた。何かに没頭した様子で、爆発しそうな意志と感情の世界にひたっていた。

ホエールバック九丁目通りに出ると、柔らかな午後の光が修道院の無表情な壁を温かなオレンジ色に染めていた。リーチの海上交通の音が海のにおいとともに風に乗ってやってきた。西から吹くそよ風が側溝の中の埃や干からびたカイテンキリサメ虫の芽胞子を舞い上げていた。道の先では、子供がふたり、銃声を口で真似ながら、カラクリに似せたおもちゃの小型ロボットを追いかけ、通りを横切っていた。ほかには誰もいなかった。今、放棄教のコンストラクトのど真ん中で、ひどい戦いが起きているなど、あたりの静けさからは想像もできなかった。あれはすべて夢だったのだと思っても、赦されるような気がした。

それでも、通りを歩きはじめると、旧式の警報装置の音がかすかに聞こえてきた。ニューラケムがやっと反応する程度の音量で、今にも消えそうな弱々しい警告音ではあったが。その音は大きな力の流れとカオスの訪れを告げているようでもあった。

第三十章

ハーランズ・デイ。

正確に言えば、ハーランズ・デイの前夜。さらに厳密に言えば、祭は夜中の十二時になるまでは始まらないことになっており、それまでにはまだ四時間以上あった。それでも、太陽の最後の光が西の空を照らすまだ宵の口から、すでにさまざまなイヴェントが始まっていた。ニューカナガワやダンチの中心部では、仮面をかぶった人たちとホロディスプレーの薄気味悪いパレードが繰り広げられ、酒場では、国からの援助による誕生日特別価格で酒が出されているはずだった。独裁政治体制を維持する秘訣のひとつは、国民を鎖から解き放つタイミングとそのやり方をしっかり把握することだ。その点、ファースト・ファミリーはプロ中のプロだった。ことストリート・パーティに関するかぎり、ハーランとその一族を蛇蝎（だかつ）のごとく忌み嫌う者たちも、彼らの手腕を認めないわけにはいかない。

お祝いムードはタダイマコ地区の水辺にも漂っていた。ほかの場所より上品ぶった感じはあったが。商業港の業務は午頃（ひる）までに終わり、この時間、港で働く者たちはいくつもの小さなグループをつくり、本キール式の貨物船の甲板上に坐って、パイプや酒をまわし合い、何かを期待するかのように空を見上げていた。マリーナでもほとんどのヨットの上で小さなパーティが開かれていて、大人数のグループもひとつかふたつあり、人々が桟橋の上にまであふれていた。いたるところからさまざまな音楽が鳴り響き、ごちゃついた寄せ集め音となって聞こえていた。夕焼けの光が強くなると、イリュミナム・パウダーをスプレーしたデッキやマストが緑やピンクに輝き、船と船とのあいだの水面でも、海に落ちたパウダーが浮きかすのように光っていた。

おれたちが盗んだ三胴船（トライマラン）から二艘離れたヨットの上から、ミニマムドレスをまとったブロンドの女が浮ついた様子で手を振ってきた。おれはエルケゼスの葉巻——これも盗んだものだ——を持った手を上げ、慎重に挨拶した。船を飛び越えてこっちに来てくれというメッセージなどと誤解されないことを祈りながら。デッキの下ではイサが大きな音で音楽をかけていた。彼女が今流行っていると言い張った曲だが、もちろんそれは愉しみのためではなかった。そのビートの役目はただひとつ、三胴船〈ボービン・アイランダーズ〉号に搭載されているセキュリティ・システムの中枢に侵入するあいだ、あたかもパーティを開いているかのように見せかけるためだ。おれたちのこのパーティに招かれざる客がやってきた場合、そいつは昇降階段の下でシエラ・トレスかジャック・ソウル・ブラジル、それにカラシニコフ破砕銃の銃口と向き合うことになるだろう。

おれは葉巻の灰を落とすと、座席がある船尾のエリアをうろついて、さも自分の船であるかのように見えるよう振る舞った。ぼんやりとした緊張感がおれの腸（はらわた）の中をウナギのようにのたくっていた。仕事のまえにいつも感じるよりしつこい感覚だった。そのわけを知るにはさほど想像力は要らない。いきなり激痛が——心理的要因によるものだとはわかっていたが——左腕のつけ根から指先まで走った。〈リラ・クラッグズ〉になど登りたくない。

なんとおれらしいことか。街じゅうが浮かれ騒いでいるときに、二百メートルの断崖にへばりついて夜を過ごさなければならないとは。

「ハロー」

顔を上げると、ミニマムドレスのブロンドの女がタラップに立って、笑顔をきらきら輝かせていた。やけに先の尖ったスパイク・ヒールに支えられた体をいくらかぐらつかせながら。

「やあ」とおれは慎重に応えた。

「見ない顔ね」と女は酒に酔ったときの率直さで言った。「こんなゴージャスな船なら覚えてるはずだもの。この港にはあんまり来ないの？」

「ああ、そうだ」とおれは手すりを叩いて言った。「この船でミルズポートに来たのは初めてだ。二日前に来たばかりなんだ」

少なくとも、〈ボービン・アイランダーズ〉号のほんとうの所有者にとって、それは嘘ではなかった。その船はオーリッド諸島に住む二組の金持ち夫婦のものだった――国が投売りした地方の航行システムを買い取って儲けた夫婦で、彼らがミルズポートに来るのは数十年ぶりのことだった。港長のデータスタックから盗んだ情報の中から、イサがこの理想的な船を選び出したのだ。三十メートルもある三胴船を動かすのに必要なすべての情報も彼女は調べ上げていた。どちらの夫婦も今は意識を失って、タダイマコ地区のホテルの一室に倒れている。これから二日間はそのままでいてくれるよう、ブラジルの若いふたりの革命信奉者が見張ってくれているはずだった。ハーランズ・デイの祝典の混乱の中、この四人がいなくなったことに気づく者などまずいまい。

「船に乗って、中をちょっと見せてもらってもいいかしら？」

「ああ、まあ、それはかまわないんだが……ただ、あと少しで出航するんでね。あと数分で。リーチまで行って、花火を見ようと思ってる」

「あら、素敵。わたしも一緒に行きたいわ」女はおれのほうに上体を折り曲げてきた。「わたし、花火が死ぬほど好きなの。花火を見てると、なんだか体がなんていうか――」

「あら、ダーリン」誰かの腕がおれの腰に巻きつき、けばけばしい深紅の髪がおれの顎の下をくすぐった。イサだった。おれにすり寄ってきた。大胆な切れ込みのはいった水着姿で、びっくりするようなボディ・ジュエリーを埋め込んだ体もあらわに、悪意に満ちた眼でブロンド女を睨みつけた。「こちらの新しいお友達はどなた？」

「ええっと、おれたちはまだ……」おれはそのさきは女に引き取らせようと手を広げた。

ブロンド女は口元をぎゅっと引き締めた。それは女同士の競い合いの合図のようなものだったのかもしれなければ、ただイサに赤い血管の浮き上がった眼で睨まれたせいだったかもしれない。あるいは、十五歳の少女がふたまわり以上も歳の離れた男といちゃついているところを見たときの健全な嫌悪感か。再スリーヴをすると、奇妙な体があてがわれることもないではない。しかし、〈ボービン・アイランダーズ〉号を買えるほどの金を持った男なら、自分から望まないかぎり、そんな奇妙な体を女にあてがうことはありえない。十五歳に見える女とセックスしているとして、彼女が実際に十五歳だろうが、彼女が十五歳に見えることをただ望んでいるだけであろうが、そんなことはどうでもいいことだ。結局のところ、どっちも大して変わらないことなのだから。

「そろそろ戻らなきゃ」と女は言って、よろけながらおれたちに背を向けた。そして、二、三歩ごとにわずかに体を傾けながらも堂々と退散していった。なんとも馬鹿げたハイヒールを履いていることを考えると、これ以上ないほど堂々たる態度で。

「そうよ」とイサが女の背に声をかけた。「パーティを愉しんで。機会があったらまたどこかで会いましょう」

「イサ」とおれはぼそっと言った。

イサはにやりとしておれを見上げた。「何よ?」
「手を放してくれ。それに、何か着ろよ、まったく」

二十分後、おれたちは船を出し、一般誘導電波航路に沿って沖へ向かった。リーチから花火を見るというのは、誰もが考えることで、おれたちのほかにも何艘ものヨットがタダイマコ港からリーチに向かっていた。しばらくのあいだ、イサが船内のコックピットにつき、海上通航インターフェースを使って、船を自動操縦で走らせた。いったん花火大会が始まれば、ほかの船に気づかれることなく、容易にリーチを離れられるはずだった。

おれはブラジルと船の前方にある船長室でギアの準備を始めた。〈アンダーソン〉製の装備一式がついたステルス仕様のウェットスーツは、シエラ・トレスと彼女のハイデュック・マフィアの仲間が用意してくれたものだった。それに、ヴチラ・ビーチに百以上ある個人所有の武器庫から集めた武器の数々。スーツの汎用プロセッサーには、襲撃のためにイサがカスタマイズしたソフトウェアがインストールされていた。さらに、その日の午後、彼女が工場から盗んできた盗聴防止機能(スクランブラー)付きのコミュニケーション・システムもあり、セキュリティは万全だった。システムが盗まれたこと自体、〈ボービン・アイランダーズ〉号の昏睡状態の所有者同様、二、三日は誰も気づかないはずだった。

立ち上がって、集められたハードウェアを眺めた。電源のまだはいっていない黒く輝くスーツ。さまざまな疵(きず)がつき、くぼんだ武器の数々。それらがミラーウッドの床にところ狭しと置かれていた。

「懐かしい気がするんじゃないか、ええ?」とおれは言った。

ブラジルは肩をすくめて言った。「タケシ、懐かしいものなんてこの世にありはしない。波と同じで、どれもちがうんだから。過去を振り返るというのは人間が犯す最大のミスだ」

サラ――

「格安のくそビーチ哲学はおれには要らないよ」

彼を残して船長室を出て、イサとシエラ・トレスの様子を見に船尾のコックピットに向かった。船長室を出るとき、ブラジルがおれの背中を見ているのがわかった。廊下を歩き、三段の階段を上がって船内コックピットにはいるまでずっと、燃えるような苛立ちの残滓がおれを苛んだ。

「あら、ダーリン」おれに気づいて、イサが言った。

「もうやめろ」

「あんたがそう言うなら」イサは懲りない様子でにやりと笑うと、コックピットのサイド・パネルに寄りかかっているシエラ・トレスを見て言った。「さっきはあんまり嫌がってなかったのに」

「さっきは、あの女が――」おれはそこであきらめ、手を振った。「スーツの用意ができた。ほかのやつらから何か連絡は？」

シエラがゆっくりと首を振った。イサがコムセット・データコイルを顎で示して言った。

「みんなオンラインになってるし、全員が青信号よ。今の段階では、必要なものも欲しいものもこれだけ。誰もへまをしてないって証拠でしょ？　これでいいのよ。便りのないのがいい便りってやつ」

おれはぎこちなく首をめぐらせ、閉ざされた空間を見まわした。

「デッキに出ても安全か？」

「ええ、もちろん。なかなかの船だよ、これは。帆柱のジェネレーターから、天候遮断スクリーンが出るようになってる。光を部分的に通さない設定にしておいたから、外から船を見ようとしても――たとえばあんたのあのブロンドのお友達みたいに――あんたの顔はぼんやりとした塊にしか見えないはずだよ」

「それはいい」

おれはコックピットから出ると、船尾へ行って座席のあるエリアに上がり、デッキに出た。ここまで北に来ると、リーチの波もおだやかになり、三胴船は静かなうねりの中をほとんど揺れることもなく進んでいた。舳先側に——船外コックピットまで——歩き、席のひとつに坐り、新しいエルケゼスの葉巻をポケットから取り出した。キャビンには葉巻がいっぱい詰まったヒュミドール・クレートがあった。二、三本もらったところで船の持ち主も怒らないだろう。それが革命政治の原則というものだ——誰もが犠牲を払わなくてはいけない。まわりでは船の軋む音が聞こえていた。空はすっかり暗くなっていたが、タダイマコの稜線上の低空にダイコクが浮かび、青みがかった光を海に与えていた。ほかの船の航海灯がまわりのあちらこちらに見えた。海上交通ソフトウェアのおかげで、それぞれ互いに安全な距離を保っている。ニューカナガワとダンチの光輝く岸辺から海を越え、パーティがフルスウィングしている、ずんずんというベースラインの音がかすかに聞こえてきた。

南に眼を向けると、〈リラ・クラッグズ〉が海から空に伸びていた。遠くから見る〈リラ〉はとても細長くて、それ自体武器さながらだった。最上部だけに明かりがともり、そこ以外はねじ曲がった暗い刃のように見えた。

しばらくのあいだ黙って葉巻を吸いながら、そんな〈リラ〉を眺めた。

あの男はあそこにいる。

あるいは、どこか街中でおれを探している。

いや、あいつはあそこにいるはずだ。現実的に考えれば——

そう、あいつはあそこにいる。あの女も。敵はアイウラだ。二、三百人はいるだろうハーラン一族選りすぐりの従僕だ。いや、そんな心配は〈リラ〉のてっぺんにたどり着いてからすればいい。

月明かりのもと、花火打ち上げ用の動力艇が一艘まえを横切った。リーチのさらにさきの打ち上げ地点へ向かっているのだろう。その動力艇の船尾デッキには、梱包されたものやストラップやヘリウムシリンダーが乱雑に積み上げられていた。細くなった船の舳先の上部構造の舷側に人が集まり、手を振り、夜空に向けて花火を打ち上げていた。おれたちの船のまえを通り過ぎるとき、そいつらが何やら囃し立てるような声──警戒発射の爆音に交じって、ハーランの誕生日賛歌が聞こえた。

ハッピー・バースデー、マザーファッカー。

「コヴァッチ」

シエラ・トレスだった。彼女がコックピットに来ているのにまったく気づかなかった。彼女がこっそりと人に近づくのがうまいのか、おれの集中力が足りなかったのか。おれとしては前者であることを祈った。

「どうかした？」

おれは少し考えてから答えた。「どうかしたように見えるか？」

彼女はいつものように何も言わず、ただ腕を振り、おれの隣りの席に坐った。それからいっときただおれをじっと見つめた。

「あの娘とは何かあるの？」彼女はようやく口を開いた。「長いこと忘れていた若さを取り戻そうってわけ？」

「ちがうよ」おれは親指を立て、南を示して言った。「長いこと忘れていたおれのくそ若さはあそこのどこかにいる。おれを殺そうと手ぐすねを引いて待ってる。イサとはなんでもない。おれはロリコンじゃないよ」

長い沈黙ができた。さきほどの動力艇は夜の闇に静かに消えていった。トレスとの会話はいつもこんなふうだった。普段なら、イラついていたかもしれない。が、午前零時近いこの平穏の中だとなぜか心地よかった。

「どれくらいまえからナツメはあのウィルスに狙われてたんだと思う？」

おれは肩をすくめた。「それはむずかしい質問だ。長期にわたって見張られてたのか、それともあれはおれたちに向けられた罠だったのか。そういう意味か？」

「そう考えてくれてもいい」

おれは葉巻の灰を落とし、赤い葉巻の先端を見つめながら言った。「ナツメは伝説の男だ。みんながみんなその伝説を覚えてるわけじゃないかもしれないが、少なくともおれは覚えてる。ということは、ハーラン一族が雇ったおれのコピーも覚えてるということになる。そいつはおれがテキトムラであれこれ人と話したことも知ってる。やつらがシルヴィを〈リラ〉に連れていったことをおれが知ってることも。それがわかれば、おれがどうするかはやつにもたぶんわかる。あとはエンヴォイの直感に任せればいいだけの話だ。やつがとんでもない見当ちがいでもしないかぎり、おれが現われるのを待って、ウィルス番犬にナツメを見張らせていたということは大いに考えられる。やつのうしろに誰がついているのか考えれば、見せかけのパーソナリティのひとつやふたつ簡単につくれるだろう。で、放棄教のほかの修道院からの信任状をフェイクして、それを使って中に侵入する」

おれは葉巻を吹かし、煙を口の中でたっぷり味わってから吐いた。

「一方、考えてみれば、ハーラン一族はずっとまえからナツメに眼をつけていたのかもしれない。やつらは執念深いからな。ナツメはあんなふうに簡単に〈リラ〉に登って、やつらをコケにしたんだから。それがただ人目を惹くためのクウェリストのプロパガンダであっても、やつらは絶対赦さない」

シエラは黙ったまま、コックピットのフロントガラスの先をしばらくじっと見つめてから言った。

「どちらにしても、結論は同じね」

「ああ、そうだ。おれたちが来ることをやつらは知ってる」奇妙なことに、そのことを口にすると、なぜか笑みがこぼれた。「いつ、どうやって？　そこまではわかってないだろうが、それでもおれたちが来ることはもう知ってる」

おれたちはまわりの船を眺めた。おれはエルケゼスの葉巻を根元まで吸った。シエラは何も言わず、ただじっと坐っていた。

「サンクション第四惑星ってすごいところだったのよね」だいぶ経って彼女が言った。

「ああ」

今度だけは彼女の無口ゲームにおれのほうが勝った。吸いおえた葉巻を指で弾いて投げ捨て、新しい葉巻を二本取り出し、一本をシエラに差し出した。彼女は首を振った。

「アドはあんたを責めてる」と彼女は言った。「アドと同じ気持ちの人はほかにもいる。でも、ブラジルはちがう。あんたのことが好きみたい。それはずっとまえから変わらないみたいに見える」

「まあ、おれはあんまり人に好かれる人間じゃないけど」

彼女は口元に笑みを浮かべて言った。「そうみたいね」

「それってどういう意味だ？」とおれはわざと訊き返した。

シエラは三胴船の舳先のデッキを見つめた。笑みは消え、猫のようないつものおだやかな顔に戻っていた。

「コヴァッチ、わたし、見たのよ」

「見たって何を？」

「あなたがヴィダウラといるところ」

しばらくのあいだ、そのことばがおれたちのあいだを漂った。おれは葉巻にまた火をつけ、目一杯煙を吐いた。その背後に隠れようとして。

「見て、面白かったか？」

「部屋の中にいたわけじゃない。でも、あんたたちがはいっていくところを見たのよ。ビジネス・ランチという雰囲気じゃなかった」

「ああ」頭にこびりついたヴィダウラのヴァーチャル・ボディの記憶が甦り、みぞおちのあたりが鋭くうずいた。「ああ、そういうわけじゃなかった」

また沈黙ができた。煌々と光るカナガワの南から、かすかなベースラインがまだ聞こえていた。北東の空にはマリカンノンが浮かび、ダイコクと重なっていた。船がゆっくり南へ向かうにつれ、亜音速並みの速さで猛り狂う大渦巻きの音が次第に大きくなった。

「ブラジルは知ってるのか？」とおれは尋ねた。

今度は彼女が肩をすくめる番だった。「さあ。話したの？」

「いや」

「ヴィダウラは話したかしら？」

さらに沈黙。ヴァージニアのかすれた笑い声が甦り、おれの不安を取り除いて感情の水門を開くために彼女が言った三つのセンテンスが思い出された。鋭いセンテンスのかけらが。

ジャックはこんなことをいちいち気にする人じゃないわ。それにタケシ、これはリアルでもないんだから。彼に知られることもない。

おれと彼女は十七もの異なる世界で爆弾の爆破に巻き込まれ、サンジェット破砕銃の弾丸（たま）に追われてきた。そんな中、おれは彼女の判断力を信じることにすっかり慣れてしまっている。それでも、彼女の三つのセンテンスにはどこか説得力がなかった。みんな同様、ヴァージニア・ヴィダウラもヴァーチャルの世界のことをよく知っているはずだ。そこで起こることはリアルでないと彼女は言ったが、おれにはただの言い逃れにしか思えなかった。

やっているときのあの感覚はどう考えてもくそリアルだった。

ああ、確かに。それでも、行為が終わっても、鬱積した感情もそのまま、溜まった精液もそのままだ。それはつまり、エンヴォイに入隊したばかりの頃、ヴィダウラに対して抱いた妄想ほどにもリアルなことではなかったということだ。

とはいえ、彼女もそこにいた……

しばらくのち、シエラは立ち上がって背すじを伸ばすと、ぶっきらぼうに言った。

「ヴィダウラはすばらしい人よ」そう言って、船尾のほうへ歩いていった。

零時少しまえにイサがリーチのトラフィック・コントロールを切り、ブラジルが船外コックピットで舵を取りはじめた。恒例の花火となり、ソナー・ディスプレー上の点滅のように、ミルズポートの空に緑や金色、ピンクの花を咲かせはじめた。花火はほとんどすべての小島とプラットフォームから打ち上げられていた。ニュー・カナガワやダンチやタダイマコのような大きな陸塊では、ほぼすべての公園から打ち上げられていた。リーチ上でも花火を用意している船が何艘かあった——おれたちの船の一番近くにいた船からは、酔っぱらったようにふらついた火花の光線が空に伸びていた。花火を用意していない船ではかわりに発煙筒が使われていた。ラジオの一般チャンネルでは、音楽やパーティの喧噪をBGMに、狂おしいまでに興奮した司会者がその模様を無意味に実況していた。

ブラジルがスピードを上げると、〈ボービン・アイランダーズ〉号はいくらか船体を傾げ、南に向かい、波を掻き分け、走りはじめた。リーチのこのあたりまで来ると、大渦巻きから舞い上がる飛沫（しぶき）が細かな霧となって風に運ばれてくる。その霧がクモの巣のように顔にかかった。が、かかったあとはまた水滴に戻り、顔を冷たく濡らして垂れた。涙のように。

本物の花火大会が始まった。

「見て」イサが顔を輝かせて言った。冷静な十代のマントの下から、興奮した子供の袖がちらりと見えた。花火大会の始まりを見逃さないよう、彼女もおれたちのいるデッキに上がってきており、雨よけのついたレーダーのディスプレーのひとつを顎で示して言った。「そろそろ始まるわ。発射」

ディスプレーには、おれたちの船の位置より北にいくつかの点が表示されていて、それぞれの点に赤い警告マークがつき、空中に何かが打ち上げられたことを示していた。ほかの金持ちのおもちゃ同様、〈ボービン・アイランダーズ〉号にもやたらとたくさんの計器が装備されていて、そのディスプレーは空中にある物体の高度まで教えてくれ、それぞれの点の上に表示される高度を見ていると、どうしても恐怖に腸（はらわた）がかすかにねじれた。これはもうハーランズ・ワールドの遺産のようなものだ――この惑星で生まれ育って、この恐怖を覚えない者はいない。

「ロープがカットされました」と司会者が浮かれて言った。「風船がいっせいに空へと上がっていきます。その様子は――」

「ラジオはつけておかなきゃいけないのか？」とおれは言った。

ブラジルは肩をすくめて答えた。「このくそ野郎が出てないチャンネルを見つけてくれ。おれには探せなかった」

次の瞬間、空が割れた。

爆発物を詰めたバラストをくくりつけたヘリウム風船の第一陣が四百メートル上空まで上がると、近くの軌道防衛装置が超人的な正確さと機械的な迅速さでそれを感知し、雷のような音を響かせてエンジェルファイアの長い槍を放ったのだ。その槍は闇を引き裂き、西の空高く雲の大群を切り裂き、おれたちを取り囲むぎざぎざの山の稜線を青く染め、風船に突き刺さった。

バラストが爆発し、虹色の火花がミルズポートじゅうに降り注いだ。

エンジェルファイアがバラストを爆発させると同時に、荘厳な轟音が群島じゅうに響いた。何か黒いものを切り裂くように。

ラジオの司会者までもが黙り込んだ。

さらに南のほうで風船の第二陣が空に舞い上がった。軌道上防衛装置はその風船にも光の槍を放ち、夜の闇がまた青みがかった明るさに包まれ、空からまたさまざまな色が降り注ぎ、焦げた夜気がうなり声を上げた。

そのあと、ミルズポートじゅうの軍事施設やリーチに配備された動力艇から、いっせいに打ち上げが始まった。あらゆる場所で風船が空高く放たれ、火星人がつくった軌道上防衛装置を何度も挑発した。エンジェルファイアの揺らめく光線が息継ぐ暇なく放たれ、破壊する対象物を探し、あらゆる角度から雲を切り裂き、四百メートルの境界線を越えた風船にやさしく触れた。そのたび耳をつんざくような轟音が続いた。リーチもその向こうの風景も閃光に照らされた静止画像に変わった。ラジオのスウィッチが切られた。

「そろそろ時間だ」とブラジルが言った。

笑っていた。

気づくと、おれも笑っていた。

第三十一章

リーチの海水は冷たかった。が、不快な冷たさではなかった。おれは手すりから手を放し、〈ボービン・アイランダーズ〉号のステップから海にすべり込んだ。もぐると、ウェットスーツのスキン全体にゼリー状になった冷たさが押しつけられた。何かに抱擁されているような感覚。ストラップで体にくくりつけた武器と、〈アンダーソン〉製スーツの装備の重さで、体は自然と沈み、二、三メートルほどもぐったところで、ステルススーツと浮揚システムのスウィッチを入れた。反重力装置が震え、おれの体をゆっくりと海面に押し上げた。眼のあたりまで頭を水面に出し、ヘルメットのマスクをはずし、息を吹きかけて付着した水滴を払った。

数メートル離れた水面からトレスが頭を出し、手袋をはめた手を上げて合図してきた。おれはブラジルを探した。

「ジャック?」

ブラジルの声が感応マイクを通して聞こえてきた。骨身にしみる寒さに唇をぶるぶる震わせていた。

「あんたの下だ。ひどい寒さだな、ええ?」

「だから、自己感染剤はしばらくやめておけって言っただろうが。イサ、聞こえてるか?」

「もちろんよ」

「よし。段取りはわかってるな?」

彼女がため息をつくのが聞こえた。「はいはい、パパ。ここで待機して、チャンネルの通信状態を監視する。ほかの人から何か情報がはいってきたらそれを伝える。あと、知らない人とは話さない」

「正解だ」

おれは片手を慎重に上げ、ステルス・システムがウェットスーツのスキンの屈折変動システムを起動したかどうか確かめてみた。海底近くまで降りると、標準的なカメレオクロームはその色を変え、まわりにある色と同化する。しかし、水面上では屈折変動システムはおれを幽霊のように透明にする。ほの暗い水が瞬間的にねじれるように見える。システムがつくり出す光の錯覚だ。

そのことがなぜかおれを落ち着かせた。

「よし」必要以上に強く空気を吸って言った。「行こう」

ニューーカナガワの南端の光を確認し、それから二十キロ先にある〈リラ・クラッグズ〉の黒い重なりを眺めやってから、また海中にもぐり、ゆっくりと方向転換して、泳ぎはじめた。

ブラジルは〈ボービン・アイランダーズ〉号をリーチのかなり南まで持ってきていた。一般交通上、人に気づかれずに来られるぎりぎりのところまで。それでも、〈リラ〉まではまだかなりの距離がある。なんの装備もつけずに泳いでいたら、少なくとも二時間はかかる重労働になっていただろう。大渦巻きに引き寄せられ、リーチの海流は南に向かって流れており、それはもちろん役に立つが、潜水作戦の決め手となったのは改良された浮揚システムだ。群島の電子セキュリティ・システムは軌道上の光と音の嵐に邪魔され、水中でひとり用の反重力エンジンが作動していても感知はできない。また、反重力エンジンはダイヴァーを浮揚させるのと同じ原動力で、計算し尽くされたベクトルをたどり、高速でダイヴアーを南に押し進めてくれる。

夷の娘の伝説から這い出てきた海の亡霊のように、おれたち三人は暗い海の中を並んで進んだ。おれたちの上の静かな水面では、エンジェルファイアの光が繰り返し反射して輝いていた。〈アンダーソン〉製の装置がかちゃりと音をたて、おれの耳元で小さな泡を立てた。その装置は、周囲の海水を直接電気分解して酸素を取り出し、背中につけた超小型ミニタンクに詰めたヘリウムと融合させ、その融合気体をおれの体内に送り込む。それから、おれが吐き出した気体をゆっくりと分解して、魚卵ほどの小さな泡にして放出する。はるか遠くで、大渦巻きのベースの対旋律がうなりを上げていた。

すべてがおだやかに感じられた。

もちろん。まだ序の口だ。

懐中電灯がぼんやりと照らす薄闇の中、ある記憶がおれの頭に漂ってきた。ニューペストの裕福な家の出の若い女と、夜のヒラタ礁に一緒に飛び込んだ夜のことだ。その日、ラデュール・セゲスヴァールやほかの〈リーフ・ウォリアーズ〉のメンバーとともに、彼女は突然〈ワタナベズ〉に現われた。いかがわしい連中とつき合うのが好きな金持ちの娘たちと、悪臭漂う市の不良たちの寄せ集めの中に。エヴァ？　イリーナ？　ロープのように束ねられた濃い蜂蜜色の髪、すらりとした四肢、光輝く緑の眼。おれがまだ覚えているのはそれだけだ。そう言えば、海大麻の巻き煙草を吸っていた。そのひどいブレンドの大麻に、何度もひどく咳き込み、苦しそうに息をしていた。彼女が咳き込むたび、不良気取りの仲間は馬鹿にして笑っていた。それでも、彼女はおれがそれまでに出会った中で一番美しい女だった。

その夜――おれとしては珍しいことだが――やる気を出して、セゲスヴァールから彼女を奪った。もっとも、セゲスヴァールは彼女のことをあまり面白味のない女と思っていたようだが。〈ワタナベズ〉の厨房近くの隅の静かなテーブルについて、おれはひと晩彼女を独占した。彼女はおれにとってまさに別の惑星の生きものだった。娘を溺愛し、いつも心配している父親——普段なら笑い飛ばしてしまうような父親だ。専業主婦とは思いたくないという理由だけでパートタイムで働く母親。彼らが所有する郊外の豪邸。ミルズポートとエルケゼスへの数ヵ月に一度の旅行。オフワールドに働きに出ている、家族みんなが誇りに思っている伯母。その伯母のようにオフワールドに行くことを望んでいる兄。彼女はそういうことをなんの気なしに話した。そのすべてがごくごく普通のことだと信じきった様子で。そして、海大麻を吸っては咳き込み、おれに向かってきらきらとした笑みを浮かべた。何度も。

〝で？〟彼女はそのきらきらした笑みをおれに向けて訊いてきた。〝あなたはいつもどんなことをして遊んでるの？〟

〝ああ……そうだな……リーフ・ダイヴとか〟

微笑みが笑いに変わり、彼女は言った。〝そりゃそうよね。〈リーフ・ウォリアーズ〉っていうくらいなんだから。よくやるの？〟

それはおれの台詞だった。女を口説くときの男の台詞だ。しかし、自分の台詞を彼女に盗まれてもまるで気にならなかった。

〝ヒラタ礁の一番先から飛び込むんだ〟。気づくと、つい言ってしまっていた。〝今度やってみるか？〟

〝もちろん〟と彼女は同意した。〝今からやらない？〟

夏真っ盛りのコスースでのことで、その数週間前、内陸の湿度は百パーセントを記録していた。そんな中では海に飛び込むというのは大いに感染力のある考えとなる。おれは彼女と〈ワタナベズ〉をこっそり抜け出し、オートタクシーの流れを読んで、まだ発車していないタクシーを見つけると、屋根に飛び乗る術を彼女に伝授した。おれたちはそうやってタクシーの屋根に乗り、市（まち）を横切った。流れ出る汗が皮膚の熱を冷ましてくれた。

〝しっかりしがみついてろよ〟。

〝ええ。あなたにそう言われなければ、思いもよらなかった。しがみつくなんて〟と彼女は叫び、スリップストリームの中、おれのほうを向くと、また声をあげて笑った。

タクシーは港湾管理委員会の建物のそばで客を見つけて、停車した。おれたちは屋根から転がるようにして降りた。タクシーを待っていたほかの客たちが驚き、みな気取った悲鳴を上げた。その最初の驚きが収まると、今度はぶつぶつと何やらつぶやき、おれたちに非難の眼を向けてきた。おれたちはよろめきながら、息を切らしながら、喘ぎながら、逃げた。ホヴァーローダーのドックの東側の角に、港のセキュリティ・システムが行き届かない場所があった——そのまえの年、十歳程度の少年ハッカーが面白半分にフェンスをこじ開けたのだ。少年はホロ・ポルノと引き替えにその情報を〈リーフ・ウォリアーズ〉に売り、おれたちはその隙間を抜けて、ホヴァーローダーのランプの下にもぐり込み、本キール式の小型ボートを盗み出したりしていた。おれたちはふたりで櫂を漕いで静かにボートを出すと、そのあとモーターを入れ、クリームのように白く泡立つ大きな波を起こしながら、ヒラタ礁に向かった。歓声を上げながら。

そのあと、おれはもぐった海の静寂の中から、ホテイに照らされ、さざ波を立てる海面を見上げた。ライフジャケットの黒いひもを体に巻きつけて、旧式の空気圧縮装置を身につけた彼女の白い体が上に見えた。そこでいっとき彼女の体の動きが止まり、海面を漂った。横に聳えるヒラタ礁の絶壁をじっと見ていたのかもしれない。それとも、皮膚を圧迫する海の冷たさに身を任せていたのかもしれない。いずれにしろ、おれはそのあと一分ばかり、彼女の下の海中にとどまって、その景色を愉しんだ。水の中でペニスが硬くなっていくのがわかった。彼女の体の線を眼で追った。太腿、尻。それから、垂直な一本の線になるように剃られた下腹部の毛をじっと見つめた。脚を広げて気だるそうに水を蹴るたびにちらちら見える花びら。ライフジャケットの裾から見え隠れする引き締まった筋肉。胸のあたりの明らかなふくらみ。

そのとき何かが起きた。海大麻をやりすぎたせいかもしれない。ダイヴィングのまえに大麻をやるのはいい考えとは言えない。それとも、おれ自身の家庭生活から聞こえてくる父親の声のこだまだったのか。視界の横から、珊瑚礁の壁が徐々に近づいてきたのだ。その次の瞬間、全体が傾き、おれたちに向かって倒れてきたように思われた。気だるそうに水を蹴る彼女の姿に感じていたエロティシズムは一変し、心臓を鷲づかみにする不安に取って代わられた。彼女は死んでしまったのではないか、意識を失ってしまったのではないかという不安だ。突然のパニックに襲われ、おれは水を蹴って水面に上がり、彼女の肩を両手でつかんで水中でぐるぐるまわした。

無事だった。

マスクの向こうで、彼女は驚いて、眼をまるくしていた。そのあと、おれの体に触れると、にやっと笑って口を開き、歯の隙間から空気の泡を出し、何かを伝えるようにそっとおれの体を撫で、脚をからみつけてきた。レギュレーターを口からはずし、おれにもそうするように身振りで示して、キスしてきた。

「タケシ?」

そのあと、おれたちは〈リーフ・ウォリアーズ〉がヒラタ礁の上に建てたギア用バブルファブの中にいた。かび臭い冬用ウェットスーツを重ねてつくった即席のベッドの上で、彼女はおれの横に横たわり、おれが彼女の体をやさしく扱っていることに驚いていた。

〝タケシ、わたしの体はそんなにヤワじゃないわ。子供じゃないんだから〟。

そのしばらくのち、彼女は脚をおれの体にまたからませ、激しく押しつけると、嬉しそうに笑って言った。おれがオートタクシーの上で言ったことばを真似て。

〝しっかりしがみついてて!〟

おれのほうはすっかり彼女に夢中になっており、タクシーの屋根の上での彼女の返答を真似ることさえできなかった。

「タケシ、聞いてるのか?」

エヴァ? アリアナ?

「コヴァッチ!」

おれは驚いて眼をしばたたいた。ブラジルの声だった。

「すまん。どうした?」

「ボートが近づいてきてる」彼がそう言いおえないうちに、おれにもそのボートがわかった。大渦巻きのうなりを越えて、水中で小さなスクリューが軋る音がはっきりと聞き取れた。近接感覚システムをチェックしたが、反重力トレースには何も感知されていなかった。次にソナーのほうを確認して、やっとその船を見つけた。南西方向からおれたちのほうへリーチを猛スピードでやってきていた。

「本キール船だ」とブラジルがぼそっと言った。「注意したほうがいいと思うか?」

ハーラン一族がキール式のパトロール船を出すとは思えなかった。それでも――

「スウィッチを切って」とシエラ・トレスがおれのかわりに言った。「スタンバイ浮揚モードに切り替えましょう。わざわざ危険を冒すことはないわ」

「ああ、そのとおりだ」おれは不承不承手探りで浮揚装置のコントローラーを見つけると、反重力サポートをオフにした。すぐに装備の重さがのしかかり、体が沈んでいくのがわかった。非常浮揚ダイヤルをつつくと、ライフジャケットのスタンバイ用スペースに空気がはいった。体が浮かび上がっていくのがわかるとまたすぐにオフにして、懐中電灯がぼんやりと照らす闇の中、体を浮かせたまま海面を漂った。ボートの耳ざわりな音が徐々に近づいてきた。

もしかすると、エレーナだったかもしれない。

緑の虹彩が輝くあの眼。

おれたちに向かって崩れ落ちてくる珊瑚礁。

空でまたエンジェルファイアの光が炸裂した。その光に船影が見え、巨大なキールが眼に飛び込んできた。サメのような形をした大きな船で、一方の舷側がひどくゆがんでいた。おれは眼を細め、爆発のあとの闇を凝視した。ニューラケムが反応した。ボートは何かを牽引しているようだった。

緊張感が少しずつ和らいだ。

「チャーター・ボートだ。釣ったボトルバックサメを引っぱってる」

ボートは単調な音をあたりに響かせ、ひどく揺れながら北に向かい、そのまま視界から消えた。ボトルバックサメの重さのせいで奇妙に横に傾いていた。結局、おれたちの近くに来ることもなかった。ニューラケムが働き、青く光る海面に浮かぶ死んだボトルバックサメの輪郭が頭の中に映し出された。海中には血の細い糸がまだ延びていて、船の舳先が起こす波に流され、その巨大な殺し屋の体はゆっくりと回転し、壊れた翼のように尾をうしろにたなびかせていた。背中の突起の一部が裂かれて体から離れ、まえにうしろに海面を叩き、その端の部分にはぐちゃぐちゃになった肉片や巻きひげ状の体内組織がからまり、そのそばでゆるんだケーブルがもつれ合っていた。銛が二、三度打ち込まれたのだろう。ボートをチャーターしたのが誰であれ、それはつまりそいつらの釣りの腕前は今ひとつということだ。

人類が初めてハーランズ・ワールドにたどり着いたとき、ボトルバックサメには天敵がいなかった。社会的な生物で、高い知能を持ち、海のハンターとして輝かしい進化を遂げ、食物連鎖の頂点に立っていた。惑星で最近進化した生物の中にも彼らの存在を脅かすようなものは現われなかった。

やがておれたちが変えてしまうまでは。

「凶兆じゃなきゃいいけど」とだしぬけにシエラ・トレスがつぶやいた。

ブラジルが咽喉を鳴らしてそれに応じた。おれはライフジャケットのスタンバイ用スペースの空気を抜いて、反重力システムのスウィッチを入れた。体のまわりの海水がいきなり冷たくなったように感じられた。航路の自動チェックと自動ギア整備が終わるのを待つうち、漠然とした不確かな怒りが体内にしみ込んできた。

「さあ、とっとと終わらせよう」

二十分後、おれたちは〈リラ〉の裾の浅瀬にはいり込んだ。さきほど抱いた怒りはまだ消えず、こめかみと眼の裏側で脈打っていた。スキューバ・マスクのガラスには、ナツメのシミュレーション・ソフトウェアが示す薄赤いルート・ポインターが投影されていた。体の血が頭にのぼってくるのと一緒に、そのポインターが炎のように燃えだしたように見えた。早くぶっつぶしたいという衝動が体内を駆けめぐった。まるで覚醒のように。まるで浮かれ騒ぎのように。

おれたちはナツメが教えてくれた水路を見つけ、手袋をはめた手で岩や珊瑚の露岩をつかみ、体が引っかからないように気をつけて奥へ進んだ。しばらくすると、ソフトウェアが悪魔のような微笑を浮かべた顔をディスプレー上に映し出し、その横に光の点が示された。おれたちは海中から体を引き上げ、細い岩礁に這い上がった。〝エントリー・レヴェル〟――ほんの一瞬だけ修道士らしい振る舞いを忘れ、ナツメがそう言った場所だ。いよいよそのときが来た。おれは気持ちを奮い立たせ、まわりを見渡した。ダイコクのかすかな銀色の月影が海にぼんやりと浮かんでいた。ホテイはまだ昇っていなかった。大渦巻きと、まわりの岩にぶつかる波のしぶきが光をさえぎり、ほとんど何も見えなかった。どこか北のほうで花火が炸裂し、エンジェルファイアの光が岩の上に影を走らせ、雷のような轟きが空に響いた。おれはまず頭上の崖を見てから、さきほどまでもぐっていた暗い海を見た。誰かに見つけられた形跡はなかった。ダイヴ用ヘルメットのフレームをマスクからはずして持ち上げ、足ひれを取りはずし、ゴム・ブーツの中で足の指を曲げた。

「みんな無事か？」

ブラジルは肯定のうめき声を上げ、トレスはうなずいた。おれは邪魔にならないようにヘルメットのフレームをウェストのベルトにとめると、手袋を取ってバッグの中にしまい、スキューバ・マスクより軽いマスクにつけ直した。それまでより少し楽になった。マスクがデータフィードにきちんと接続されているかを確認した。上に視線を向けると、ナツメが教えてくれたルートを示す点がディスプレー上に浮かび上がり、脚や手をかける崖の隙間(ホールド)が赤いマークではっきりと表示されていた。

「ふたりとも、マークがちゃんと見えてるか？」

「ああ」ブラジルがにやりと笑った。「愉しみ半減だな。こんなふうにマークが示されてるなんて」

「じゃあ、さきに行くか？」

「おさきにどうぞ、ミスター・エイシュンドウ」

おれはブラジルのそのことばについて考える時間を自分に与えず、初めに示されていたホールドに腕を伸ばしてつかみ、崖を足でしっかりと踏ん張り、体を持ち上げた。振り子のように体を大きく振り、もう一方の手で次のホールドを見つけた。大渦巻きの霧で岩肌は濡れていたが、〈エイシュンドウ〉のグリップがしっかりと体を支えてくれた。片脚を持ち上げて斜めになった岩棚にかけ、また体を振って次のホールドをつかんだ。

そうやって崖を登った。

ちょろいものだった。

二十メートルほど登ったところで、あることばをふと思い出して、おれは狂気じみた笑みを浮かべた。崖の下の部分は簡単そうに見えるが、油断してはいけない、とナツメはおれたちに警告していた。〝猿人間じゃないと登れないような崖なんだからな〟と彼は真面目くさって言った。〝反動をつけて大きく体を振らないとつかめないホールドも多い。かなり大きな動きが必要になる。初めの段階だとまだ体力も充分にあるんで、気が大きくなる。しかし、体力はそう長くは続かない。それを忘れるな〟。

おれは唇をチンパンジーのようにすぼめ、息を吐き出して小さな音をたてた。下を見ると、激しい波が起こっては休みなく岩に襲いかかっていた。その音とにおいが崖肌を伝って立ち昇り、冷たく湿った空気が体にまとわりついた。おれは肩を揺すって冷気を払った。

体を振って、ホールドをつかむ。

おれは高所にいるのにエンヴォイの特殊技能がまだ機能していないことに、遅まきながら気づいた。しかし、眼のまえわずか五十センチに岸壁があり、骨のまわりについた〈エイシュンドウ〉の筋肉システムがぎしぎしと音をたてているこの状況下では、断崖絶壁が下に続いていることなどほとんど忘れることができた。上に登るにつれて、それまで岩を覆っていた大渦巻きの水しぶきの湿り気が徐々に減り、繰り返される波のうなりもはるか遠くから聞こえるホワイトノイズに変わった。ヤモリ仕様の手のグリップのおかげで、すべりやすく不安定な岩肌を笑えるほど簡単につかむことができ、〈エイシュンドウ〉製の四肢がその効果を最大限に発揮していることを思うと、畢竟(ひっきょう)、おれがナツメに言ったことは正しかったように思われた——スリーヴが登り方を知っていた。

ある地点まで登ると、ディスプレーが〝休憩ポイント〟というマークを表示した。おれは登るのをいったんやめ、ブラジルとトレスの様子を見ようと下に眼を向けた。それがすべてをぶち壊した。

六十メートル下――まだ崖全体の三分の一も登っていなかった――に黒ずんだフリースのような海が広がっていた。さざ波が立ったところに、銀色のダイコクが反射していた。崖の一番下の部分は固形化した影のように水の中に沈んでいた。おれたちが侵入した水路をはさんで聳える一対の絶壁は、今ではおれの手の中に収まっているかのように小さく見えた。そのあいだを行ったり来たりする水の流れが催眠術師のようにおれの体を下へと引っぱった。まわりの景色がめくるめく旋回しはじめた。

そこで間一髪、エンヴォイの特殊技能が機能し、恐怖を抜き取ってくれた。頭の中で風が起こり、ドアが勢いよく閉められたかのように。おれはまた視線を戻して岩と向き合った。シエラ・トレスが腕を伸ばして、おれの脚を軽く叩いた。

「大丈夫?」

そう言われて、自分がその場で一分近くも凍りついていたことに気がついた。

「ちょっと休んでただけだ」

ホールドのマークがまず左に、そのあとは文字どおり眼のまえに立ちはだかる幅の広い岩壁(バットレス)を迂回して、斜め上に延びていた――ここを普通に登ろうとするのはほぼ不可能だろう、とナツメが言っていた個所だ。ナツメはそのかわり、バットレスの顎の下で背中を下に向け、ほとんど逆さまになった状態で移動したという。小さな窪みや裂け目に足を掛け、ホールドとはほとんど呼べないようなわずかな隙間に急角度で指をからませ、ぶら下がった状態のままバットレスを渡り、その向こうに連なる傾斜した岩棚を両手でつかみ、また体が垂直になるまで体を引き寄せる……

おれは歯を食いしばって、ナツメの指示に従った。

が、その行程のちょうど真ん中あたりで足がすべった。全体重が両手にかかり、右手が岩から離れた。思わずうなり、左手だけで岩にぶら下がった。足を振ってもそんな低い位置には空気しかなかった。叫び声まで出そうになった。そこでわずかに力を取り戻した左手の腱がどうにか踏ん張ってくれた。

「ファック」

しっかりしがみついてて。

ヤモリのグリップがその機能を発揮してくれた。

なんとか腰を折り曲げ、首を伸ばしてマスクのディスプレーに示された足のホールドを探した。恐怖に息が短くなっていた。片脚を上げ、ごつごつとした岩肌にくっつけた。左腕の緊張がほんの少しだけ軽減された。マスクのディスプレーをしっかり見ることができず、右手を闇に伸ばして、岩肌に触れ、ホールドを探した。

あった。

岩肌に押しつけた足をわずかに動かし、もう一方の足をその脇に押し込んだ。

喘ぎ、必死でしがみついた。

ちがう、動きつづけるんだ！

おれは意志の力を総動員して、右手を動かし、次のホールドをつかんだ。さらに二度移動し、また吐き気がするほどの意志の力で次のホールドを探した。そのあとさらに三度移動した。わずかに角度がゆるくなり、まわりを見ると、バットレスの反対側近くまで来ていることがわかった。おれは腕を伸ばし、傾斜した岩棚の一段目をつかむと、大きく息を吐き、悪態をつきながら体を垂直に引き上げた。そこには深く抉（えぐ）られたしっかりとしたホールドがあった。おれは岩棚の一番下に足を置いた。石の冷たさを肌に感じながら、安堵に体の力が抜けた。

さっさと登れ、タケシ。ふたりが登ってこられないじゃないか。

おれはホールドをつかんでよじ登り、バットレスの上まで行った。マスクのディスプレーに映る大きな岩棚が赤く光り、その上に笑顔が浮かんでいた。休憩ポイントだ。そこで休んでいると、まずシエラ・トレスが上がってきて、そのあと少しすると、ブラジルも岩陰から現われ、おれのいるところまでやってきた。ブラジルは子供のようににやにや笑っていた。

「タケシ、さっきは心配したぜ」

「あれは……言うな。何も言うな」

おれたちは十分ばかりそこで休んだ。そのあたりまで来ると、要塞の胸壁から張り出したフランジが頭上にはっきりと見えた。信じられないような角度で聳える自然岩の上に、鋭く尖ったエッジが突き出ていた。ブラジルが顎で上を示して言った。

「あと少しだな。ええ?」

「ああ。あとはリップウィング鳥に用心するだけだ」おれは鳥よけスプレーを取り出し、体じゅうに噴射しまくった。トレスとブラジルも同じようにした。そもそもちょっと青臭い液体だが、断続的な闇の中、そのにおいがより強くにおった。そのスプレーでリップウィング鳥を完全に追い払うことはできない。が、やつらの気を殺ぐくらいはできる。それで充分でなければ……

おれは肋骨の下につけたホルスターからラプソディアを引き抜き、胸のユーティリティ・パッチに押しあてて貼りつけた。そうしておけば、瞬時に楽に銃を手にすることができる。もちろん、片手を動かして銃をつかむ余裕があればの話だが。雛鳥を守ろうとするリップウィング鳥の群れと鉢合わせすることも考えられた。興奮して怒ったリップウィング鳥に対抗するには、背中につけた頑丈なサンジェット破砕銃を使ったほうがいいかもしれない。しかし、この状況でサンジェットをうまく使いこなすことなどできそうになかった。おれは顔をゆがめ、マスクの位置を調節し、データジャックをもう一度確認した。それから深呼吸をひとつして、次のホールドに手を伸ばした。

そこから上の崖は凸状にふくらみ、体をうしろに二十度ばかり傾けた体勢で登らなければならない。ナツメがたどったのは岸壁を右へ左へとジグザグと進むコースだったが、休憩できる場所など言うに及ばず、しっかり握れるホールド自体なきに等しかった。岩のふくらみが収まり、また垂直になる頃には、肩から指先まで痛みの塊と化していた。喘ぎつづけているために咽喉もひりひりしていた。

しっかりしがみついてて。

ディスプレーにマークされている岩の斜めの割れ目を見つけ、それを手がかりによじ登り、あとのふたりにも同じホールドが使えるようスペースをあけ、片腕を肘のあたりまで割れ目に挿し込んでぶら下がり、呼吸を整えた。

何かのにおいが鼻を突いた。それとほぼ同時に、クモの糸ほどにも細い白い線状の何かが上からぶら下がっているのが眼にはいった。

油っぽい、酸性のにおい。

着いた……

首をめぐらし、上を見て確認した。真上にいくつものリップウィング鳥の巣が広がっていた。岩全体にクリーム状の分泌液が網状になって厚く塗りつけられていた。リップウィング鳥は胎生で、胎児はその網状の巣に直接産み落とされ、四ヵ月のあいだその中で成長する。どうやらおれの頭上のどこかで、四ヵ月経った幼鳥が網から出てきて飛び立ったようだった。あるいは、無力にもそのまま海に落下して、進化論的結末を迎えたか。

今はそういうことは考えないことだ、ちがうか?

おれはニューラケム・ヴィジョンの感度を上げて、営巣地をスキャンした。突き出た岩のあちこちにある白い巣の中で、鳥の形をした黒い影が羽づくろいをしたり、翼をはためかせたりしていた。が、数はそれほど多くなかった。〝リップウィング鳥は――〟ナツメは強調していた。〝――巣の近くではあまり長い時間過ごさないんだ。普通の鳥みたいに親鳥が卵を温める必要はないからな。胎児は網状の巣から直接栄養を摂取する〟。多くの筋金入りの登山者同様、彼もリップウィング鳥のエキスパートだった。〝見張り役をしている大人の鳥が何羽かいるだろう。それと、出産中のメスが何羽か。あるいは、分泌液を自分の巣に塗りつけている肥った親鳥も数羽いるかもしれない。慎重にゆっくりと行動すれば、向こうから攻撃してくることはめったにない〟。

おれはまた顔をしかめ、岩の割れ目に沿って登った。油っぽい悪臭がさらに強くなった。網状の巣の一部が剝がれ、その断片がスーツに付着した。カメレオクローム・システムがその断片に反応し、その部分だけ白くなった。おれは鼻で息をするのをやめた。ブーツの先をすばやく見ると、ほかのふたりが続いて登ってきているのが見えた。おれ同様、においに顔をしかめていた。

岩の割れ目も最後には尽き、次のホールドがディスプレーに示された。それは網状の巣の中に埋まっていた。おれはうら侘しく自らを納得させ、巣の中に手を突っ込んだ。指を動かし、あたりを探り、ディスプレー上の赤い形と似た岩の突起を見つけた。かなり硬そうな岩だった。もう一方の手も中に突っ込み、さらにしっかりしていそうな別のホールドをつかんだ。それから、一方の脚を横に振って、同じように網状の分泌液の塊に覆われた岩棚の上にのせた。口で息をしていても咽喉の奥に油っぽさが感じられた。

凸状にふくらんだ岩を登るよりはるかにきつかった。ホールドは悪くなかったが、ねばねばと厚く積み重なった網状の巣の中に手や足を押し込まないと、体を固定することができなかった。さらに、巣の中にぶら下がっている胎児のぼんやりとした影にも注意しなければならない。未発達の段階でも嚙みつくことがあるのだ。その体に触れると、化学物質のサイレンみたいに恐怖ホルモンがあたりに大量に排出され、見張りの成鳥がすぐにやってくる。成鳥と戦って崖の下に落ちないですむ確率など考えたくもない。

手を突き刺し、指を動かし、中を探る。

ホールドをつかみ、移動する。

腕を引き、手を振って付着物を落とす。悪臭に耐え、また腕を突き刺す。

すぐに体じゅうどこもかしこもねばねばした網の房に覆われた。気づくと、通常のロッククライミングというのがどんなものだったか、思い出せなくなっていた。中がほとんど空（から）になっている巣の端を過ぎると、幼鳥が一羽鉤爪を網にからませて、ぶら下がって死んでいるのが見えた。網を突き破るだけの力がなかったのだろう。幼鳥はもう腐っていた。吐き気をもよおす甘ったるい腐敗臭がもともとの悪臭に加わった。さらに上に進み、ねばねばした網の中におれは用心深く手を差し込んだ。五十センチほど離れたところから、胎児から成長しおえたばかりの幼鳥が嘴（くちばし）の突き出た頭をめぐらしておれを見た。そんなふうに見えた。

おれは網で覆われてねばつくまるい岩棚の上に体を引き上げた。

そのときだ。その幼鳥がおれに向かってきた。

そいつもおれと同じくらい驚いたのだろう。鳥よけのスプレーのにおいに続いて、ずんぐりした黒い人影が現われたのだ。それが何を意味するか、そいつにも本能的にわかったのだろう。おれの眼を狙って、何度も嘴で攻撃してきた。そんなことをしてもマスクにあたるだけだが。それでもおれは頭をのけぞらせた。嘴がガラスにあたる音があたりに響いた。左手がホールドから離れ、右手を支点に体が回転した。その生まれたてのリップウィング鳥はしわがれた鳴き声を上げ、さらにおれに近づくと、今度はおれの咽喉を狙ってきた。のこぎり状の嘴の先がおれの咽喉の皮膚を抉った。もう選択の余地はなかった。右腕を曲げて体を岩棚に引きつけ、ニューラケムを高め、自由になる左手でそのくそったれ鳥の首をつかむと、岩棚からつかみ出し、そのまま下に投げつけた。そいつはまたしわがれた声で鳴き、硬い翼を狂ったようにばたつかせた。シエラ・トレスの叫び声が聞こえた。

おれは左手で別のホールドをつかみ、下を見た。ふたりともまだそこにいた。幼鳥はだんだん小さくなる翼のある影となり、海上を滑空して消えていった。おれはそこでようやく息をした。

「大丈夫か?」

「二度と同じことをしないでくれ」とブラジルが歯を軋らせて言った。

同じことは二度としないですんだ。ナツメのルートに従って進むと、次はもう使われていないぼろぼろの営巣地で、最後に濃い分泌液に覆われた狭い一帯を抜けると、そこで営巣地は終わった。さらに十ほどのしっかりしたホールドをつかんで登ると、石を加工したプラットフォームにたどり着いた。おれたちはそこに――〈リラ〉の要塞の一番大きな胸壁から突き出したフランジの真下に――身をひそめた。

そして、引き攣った笑みを交わした。プラットフォームには三人が坐れるぐらいのスペースは充分あった。おれは感応マイクを指で叩いて言った。

「イサ?」

「うん、いるよ」彼女の声が珍しく上ずり、緊張に慌てた口調になっていた。思わずまた笑みがこぼれた。

「上に着いた。ほかの連中に知らせてくれ」

「わかった」

おれは石の壁にもたれると、唇をゆるめて息を吐き、水平線を眺めながら言った。

「こんなことはもう二度とやりたくないね」

「まだこれが残ってる」とトレスが言って、親指をフランジのほうに突き立てた。おれも眼を向け、胸壁の下側を見た。

〝入植時代建築〟――ナツメは馬鹿にするようにそう言っていた。〝くそみたいなバロック様式だ。これじゃ梯子を立てかけてるのと同じだ〟。その彼のことばの裏には彼のプライドのかけらがのぞいていた。放棄教の信徒として生きていてもプライドだけはなくしていなかった。〝そもそもそこまで誰かが来るなんてやつらは考えてもいないということだ〟。

上に迫り出すように傾斜したフランジの下部に模様が彫られていた。それを仔細に見た。その大半はお決まりの翼と波のモチーフだったが、コンラッド・ハーランの顔を図案化したものや、入植時代に活躍した著名な親族の顔もところどころに彫られていた。石の壁には十平方センチごとにきちんとつかむことのできるホールドがあり、フランジの端までは三メートルもなかった。おれはため息をつき、立ち上がった。

「そろそろ行くか」

ブラジルもおれのすぐ横で立ち上がり、聳える石壁を見上げて言った。「やけに楽そうに見える、だろ？　センサーがあるんじゃないか？」

おれは胸のラプソディアに手をあて、まだきちんと貼りついていることを確かめると、破砕銃を入れた背中のホルダーの留め具をはずした。

「そんなこと誰が気にする？」

おれは手を伸ばし、コンラッド・ハーランの眼に拳を突っ込み、指でまさぐった。そのあとはもう何も考えず、急斜面を登り、その三十秒後には垂直な壁に張りついていた。そこの壁にも同じような図柄が彫られており、それをホールドがわりにして、さらに登り、その数秒後には三メートルの幅がある胸壁の上にいた。先を見据えた。眼のまえに回廊に囲まれた凝った涙形の庭園があった。地面に敷き詰められた小石はきれいに均され、岩が芸術的に並べられていた。その中央近くにハーランの像があった。頭を垂れ、両の手を組んで瞑想にふけっている像だった。そのうしろには理想化された火星人のさらに立派な像が置かれていた。ハーランを守り、力を授与するかのように翼を広げていた。そうしたスペースの一番奥に堂々たるアーチがあった。さらにその向こうには要塞の来客用ウィングの庭——日よけのある中庭と花壇があることをおれは知っていた。

ハーブと棚果物の香りが漂ってきた。近くの音はそよ風以外何も聞こえなかった。来客たちはみな中庭の向こうの中央棟にいるようだった。光が煌々と輝き、祝賀の音が風に乗って聞こえたり、聞こえなくなったりしていた。おれはニューラケムを高めて耳をすました。人々の歓声、イサが毛嫌いしそうなエレガントな音楽、張り上げられた美しい歌声。

おれは背中のホルダーからサンジェット破砕銃を引き抜き、パワーをオンにして、パーティ会場からいくらも離れていない闇の中、武器を手に持って佇んだ。一瞬、伝説から抜け出てきた悪霊のような気分になった。ブラジルとトレスが胸壁の上までやってきて、おれのうしろの両脇に立った。ブラジルはアンティークの重厚な擲弾ライフルを腕に抱えていた。トレスはブラスターを左手に持ち替え、右手で固形弾を装填したカラシニコフを抜き、遠くを見るような眼つきで、ふたつの武器の重さを試し、バランスを取るような手つきをした。遠くを見る眼つきは、武器を捨て去ろうかどうか考えているようにも見えた。エンジェルファイアが夜空を裂き、おれたちを青く、非現実的な色に塗らし、おれたちを鼓舞するかのように、雷鳴が轟いた。それらの音の下では大渦巻きがうなりをあげていた。

「よし、行こう」とおれはぼそっと言った。

「そう、もう充分遠くまで来たものね」庭の香りが漂う物陰から女の声がした。「武器を降ろしなさい」

第三十二章

庭を取り囲んでいる回廊から人影が現われた。武器を持った重装備の人影が少なくとも十体は見えた。青白い顔もいくつか見えたが、ほとんどは大きな視覚強化マスクと戦術海兵隊仕様のヘルメットをつけていた。戦闘服がもうひとつの筋肉のように彼らの胸や四肢を包み込んでいた。持っている武器もまた重装備だった――口を大きく開けた分散角度調整器付き破砕銃、ジャック・ソウル・ブラジルが持っているものより一世紀ほど新しい型の擲弾ライフル。みなプラズマ銃を腰に二、三丁付着させていた。ハーランの高巣のこの連中は誰ひとり危険を冒そうとはしていなかった。

おれはサンジェットの銃把を軽く握ったまま銃身をゆっくりと下げ、足元の胸壁に向けた。ブラジルも擲弾ライフルを同じように下げ、シエラ・トレスも両腕を体の脇に垂らしたのが周辺視野にとらえられた。

「わたしは武器を放棄するようにという意味で言ったの」と同じ女がまたおつにすまして言った。「完全に手放すようにとね。わたしのアマングリック語が伝わらなかったのかしら?」

おれはその声のほうに向き直って言った。

「アイウラ、あんたか?」

長い沈黙のあと、凝った庭園の奥のアーチの下から彼女が出てきた。軌道上防衛装置からまたエンジェルファイアが放たれ、一瞬彼女を照らし、またすぐに闇が広がった。おれはニューラケムを高めて彼女の姿をとらえた。そのハーラン一族の危機管理担当責任者は、ファースト・ファミリーの美しさを縮図化したような女だった。エレガントで、歳をほとんど感じさせないユーラシア特有の容貌。うしろに流してぴしっと決めた真っ黒な髪。髪は静止場発生クリップでとめられ、髪全体が王冠のようにも、青白い顔を取り囲むフレームのようにも見えた。口元にもその視線にも活性化された知性が感じられた。生きていることを示す眼尻のあるかなきかの皺。長身瘦軀。シンプルなキルトのジャケット。黒と暗い赤の生地でできたそのジャケットには一族の人間であることを示す高い襟がついていた。ジャケットに合わせたゆったりとしたスラックス。じっと立っていると、全身に一着のコート・ガウンをまとっているように見えた。履いているのはフラットヒールの靴――必要とあれば、走ったりも戦ったりもできるということだろう。

それに破砕銃。おれのほうを狙っているわけではなかった。といって、降ろしてもいなかった。

暗い光の中、彼女は笑みを浮かべて言った。

「そう、アイウラよ」

「おれの狂った若い分身があんたのところにいるらしいな?」

また笑みを浮かべた。それから、自分が出てきたアーチのほうをちらっと見やった。そのとき両の眉がぴくっと動いた。アーチの物陰から男が現われた。男もまた笑みを浮かべていたが、落ち着きのない笑みだった。

「おれだ、爺さん。何かおれに言いたいことがあるのか?」

おれは日焼けした戦闘用スリーヴをまとったそいつの体を見た。その立ち姿、うしろに流してまとめた髪――まさに三流サムライ映画に出てくる悪党そのものだった。

「おれが何を言ってもおまえは聞きゃしないだろうが」とおれは言った。「おれはただこの馬鹿げた問題を片づけたいだけだ」

「馬鹿はどっちだ？　ただ待ち伏せされるために、断崖絶壁を二百メートルも登ってきたのはおれじゃないぜ」

揶揄は無視して、おれはアイウラに視線を戻した。彼女は何か面白いことを期待するかのような眼でおれを見ていた。

「シルヴィ・オオシマを返してもらおう」とおれはおだやかに言った。

おれの若い分身が笑い声を上げた。武装した男や女の中の何人かも笑った。が、それは長くは続かなかった。みな神経質になっていた。あまりに多くの銃がありすぎた。アイウラが最後の笑い声が消えるのを待って言った。

「コヴァッチ－サン、そのことはみんな知ってるわ。でも、わからないのはあなたがどうやってそれをやろうとしているのか、そこね」

「あんたが彼女をここに連れてくればすむことだ」

さらに耳ざわりな笑い声が上がった。が、アイウラはすでに笑みを消しており、静まるように身振りでまわりに厳しく示すと言った。

「真剣な話をしましょう、コヴァッチ－サン。わたしにも我慢の限界ってものがあるんで」

「それはこっちも同じだ。それにおれは疲れてもいる。だから、さっさと部下に命じてくれ。尋問部屋だかどこかに閉じ込めてるシルヴィ・オオシマを連れてくるように。怪我でもしてなければいいが。かすり傷ひとつでも彼女の体にあったら、この交渉は決裂だ」

石庭がまた静寂に包まれた。もう笑い声は起きなかった。エンヴォイの説得力、声の調子、ことばの選び方、冷静さ——それらがとりあえず受けたのだろう。

「コヴァッチ―サン、あなたはなんの〝交渉〟をしてるつもり？」

「ミッツィ・ハーランの命と引き換えってことさ」とおれは単純明快に答えた。

静寂がさらに深まった。が、アイウラの顔からはどんな反応もうかがえなかった。石の彫刻さながら。それでも、彼女の立つ姿勢がどこかしら変わったのがわかった。おれのことばの意味ははっきりと伝わったということだ。

「アイウラ―サン、これははったりじゃない。クウェリストの急襲部隊がコンラッド・ハーランが一番溺愛してる孫娘を拉致したということだ。二分前、ダンチで。シークレット・サーヴィスの警護班はみんな死んだ。まちがって彼女を助けようとしたやつらも全員。つまり、あんたたちは見当ちがいのところに眼を向けてたということだ。期限はもう三十分もない。シルヴィ・オオシマをおれに引き渡してもらおう。もちろん無傷のシルヴィをということだが。その時間が過ぎたら、おれにはもう何もできなくなる。おれたちを殺そうが、捕虜にしようが、好きにすればいい。どうせ何も変わらない。ミッツィ・ハーランが苦しんで苦しみぬいて死ぬことになるだけのことだ」

しばらく時間が空転した。胸壁の上の空気は冷たく、どこまでも静かだった。遠くで大渦巻きがうなりをあげているのがかすかに聞こえる程度だった。おれたちの計画は細心の注意を払って練られたものだ。だからと言って、もちろんおれの命の保証はどこにもない。撃たれて崖の下に落ちたらどうなるのか。ちょっと考えた。海に落ちるまえに死ぬことになるのか。

「馬鹿馬鹿しい！」おれの分身だった。胸壁のほうにやってきた。なんとか感情を抑えようとしているものの、怒り狂っているのはその態度から一目瞭然だった。「そんなのはったりだ。そんなことできるはずが——」

じっと見すえると、黙った。おれには分身の気持ちが手に取るようにわかった——彼の眼をじっと見つめ、その眼の奥に誰がいるのかがはっきりわかると、彼と同じような冷ややかな疑念がおれの中にも生まれたのだから。ダブルスリーヴされたことはもちろん以前にもある。しかし、それはカーボン・コピーのようなもので、そのときの自分のダブルスリーヴだ。おれの人生の別の時間と空間からやってきたこのコピーとはちがう——この幽霊とは。

「そう思うのか?」とおれは身振りを交えて言った。「だったら、思い出すことだ。おまえはおれの人生のすべてを知ってるわけじゃない。おまえが知らない百数十年という時間がある。しかし、ここじゃそんなことも関係ない。これはおれ自身の問題じゃないからだ。三世紀にわたる恨みを咽喉の奥に溜め込んだクウェリストの部隊に関することだからだ。そんな連中と連中の愛する指導者のあいだに、今、役立たずの貴族の淫売が立ちはだかって邪魔をしているということだ。アイウラ-サン、あんたにはちゃんとわかってるはずだ。おれの馬鹿な若い分身には理解できなくてもな。必要とあらば、彼らはどんなことでもする。おれが何をしても、何を言っても、それは変わらない。シルヴィ・オオシマをおれに渡さないかぎり」

アイウラはおれの若い分身に何か囁くと、ジャケットから電話を取り出し、おれのほうを見て、馬鹿丁寧に許可を求めた。

「ちょっと失礼。あなたを信用してないような真似をすることになるけど」

おれはうなずいて言った。「必要なことはなんでも確認してくれ。だけど、急いだほうがいい」

アイウラが必要とする答を得るにはさほど長くはかからなかった。二、三のことばを電話に向かって話すなり、慌てふためいた相手のことばが彼女の耳に流れ込んできた。ニューラケムの助けなしでも電話の相手の声が聞こえた。アイウラの顔が険しくなった。日本語でいくつかの命令をすばやくくだすと、スピーカーを切ってラインを切断し、電話をジャケットに戻して言った。

「どうやってここから脱出するつもり？」

「ああ、それにはヘリコプターが必要になる。ここに五、六機常駐してるうちのひとつでいい。そんな立派なやつじゃなくていい。パイロットひとりで操縦できるやつでいい。そいつが妙な真似をしなければ、ちゃんと生きたまま帰してやる」

「過剰反応しやすくなってる軌道上防衛装置に撃たれなければな」と〝コヴァッチ〟がおもむろに言った。「今夜はフライトに適した夜とは言えないぜ」

　おれは嫌悪もあらわに彼を見て言った。「それぐらいの危険はもとより冒すつもりだ。これがこれまで冒してきた中で一番大きな危険というわけでもないんでね」

「それで、ミッツィ・ハーランは？」アイウラが肉食動物が狙った獲物を見る眼つきでおれを見て言った。「彼女の身の安全の保証については？」

　アイウラたちと対峙してから初めて横にいたブラジルが身動きをして言った。

「おれたちは人殺しじゃない」

「あら、そう？」アイウラは音声反応機能のついた哨戒砲のようにブラジルに視線を移した。「じゃあ、まったく新しいタイプのクウェル主義が誕生したということね。そんなものがあるとは知らなかった」

　ブラジルが声を上ずらせるのを聞いたのは、このときが初めてだったような気がする。

「このくそ女(アマ)。用心棒の雌犬。何世代にもわたって手を血に染めてきたやつが道徳者ぶっておれたちに説教か？　いったいファースト・ファミリーがこれまでに――」

「その話はまたいつか別の機会にしよう」とおれは声を高くして言った。「アイウラ－サン、三十分がどんどん減っていくぜ。ミッツィ・ハーランを惨殺したら、クウェリストの評判はガタ落ちだ。彼らにしてもそういう事態はできるだけ避けたいと思ってる。それはあんたにだってわかるだろ？　それでもまだ満足できないということなら、個人的に請け合おう——おれたちの要求に従えば、ハーランの孫娘は無傷のまま帰してやる。それはこのおれが見届ける」

アイウラは首をめぐらすと、もうひとりのおれをちらっと見た。彼は肩をすくめ、それからわずかにうなずいたように見えた。あるいは、ミッツィの血まみれの死体をコンラッド・ハーランのところへ持っていったときのことを想像しただけかもしれない。

アイウラが心を決めたのがわかった。

「いいでしょう」と彼女はきびきびとした口調で言った。「コヴァッチ－サン、約束はちゃんと守ってもらう。それはどういう意味か、わざわざ言う必要はないと思うけど。すべてが話し合いのとおり進めば、今回の一連のあなたたちの行動に対してハーラン一族からの報復はないものとする」

おれは短い笑みを浮かべて言った。「おれを脅迫するのはやめろよ、アイウラ。すべてが話し合いのとおりに進んだときには、どのみちおれはここからずっと遠いところにいるんだから。まったく残念だよ。そのときのあんたらを見ることができないんだから。脂ぎったおエラ方とあんたが必死になって、大衆の見世物になるまいと、ミッツィをあたふたどこかのオフワールドにやろうとしてるところが見られないんだからな。それよりおれのくそヘリコプターはどこだ？」

シルヴィ・オオシマは反重力ストレッチャーにのせられてやってきた。その姿をまず眼にしたときには、結局のところ、〈リトル・ブルー・バグズ〉は、ミッツィ・ハーランを殺すことになるのではないかと思った。毛布にくるまれた金属の髪の女は、テキトムラでおれが見た女とは似ても似つかなかった。

死人のように青ざめた肌、何週間も鎮静剤を打たれつづけたせいでひどく痩せてしまった体、頬のあたりに熱っぽい赤みを帯びた青い顔、ひどい嚙み痕のある唇、震える眼球の上で頼りなく閉じている瞼。額の上にうっすらと汗がにじみ、頭上に置かれた検査用ランプの光を反射していた。顔の左側には頬骨から下顎まで細い切り傷があり、その上に透明な医療用フィルムが貼られていた。エンジェルファイアの閃光が石畳の庭をまた照らし、青みがかったスナップショットの光に照らされたシルヴィ・オオシマの体はまさに死体同然だった。

シエラ・トレスとブラジルが怒りに体をこわばらせたのが見えたというより感じられた。空に雷鳴が轟いた。

「これが彼女？」とトレスが緊張した声で訊いてきた。

おれは銃を持っていない手を上げて言った。「落ち着け。ああ、彼女だ。アイウラ、彼女にいったい何をしたんだ？」

「過剰反応はしないことね」そのことばとは裏腹に、アイウラの声には明らかに不安が交じっていた。「そおれたちがどれだけ分水嶺に近いところに立っているか、彼女にはよくわかっているようだった。「その傷は自傷行為によるものよ。すぐに止めたけれど、すでに傷ができたあとだった。処置はちゃんとした。でも、彼女はそれに対してもひどい反応を示した。そういうことよ」

気づくと、おれの心はイネニンにまた舞い戻っていた。ローリング・ウィルスに感染し、自分の顔を自分で破壊していくジミー・デ・ソト。シルヴィ・オオシマに彼らが施そうとした処置とはどんなものだったのか。おれにはよくわかった。

「食事は与えたのか？」自分の声が鼓膜を軋らせるようにして聞こえた。

「静脈注射で」アイウラは、手下がシルヴィを石庭に連れてくるあいだに銃をしまっていた。相手をなだめる手つきで、彼女はまえに出てきて言った。「わかってもらえると思うけど――」

「ああ、完璧にわかってる」とブラジルが言った。「あんたとあんたの仲間がどういう人間なのか。そのことは完璧にわかってる。いつか近いうちにあんたたちの世界を浄化しにきてやるよ」

そう言って、ブラジルがまず動いたのだろう。擲弾ライフルの銃身を震わせるかして。一気にパニックになったように、庭じゅうの武器が構えられた音がした。アイウラがまわりをすばやく見まわして言った。

「駄目！　武器を降ろしなさい。全員」

おれはちらっとブラジルを見て小声で言った。「おまえもだ、ジャック。ここは落ち着いてくれ」

空気を斬る柔らかな音が聞こえてきた。空高く聳える要塞の来客用ウィングの上空に、〈ドラキュル〉製のスウープコプターの黒くて細長い機体が現われ、機首を下げたと思うなり、おれたちに向かって急降下してきた。が、石庭を横に大きくそれ、海に出ていった。そのとき、空に青い光が炸裂し、スウープコプターは空中で静止した。ややあって、ランディング・ギアが出されたのが見え、ゆらゆらと揺れながら戻ってきた。エンジン音が切り替わり、胸壁の右側に昆虫並みの正確さで着陸した。パイロットが軌道上の活動のことを心配していたとしても、見るかぎり、それが操縦に影響を与えたようなところはまったく見られなかった。

おれはシエラ・トレスに向かってうなずいた。ローターが巻き起こす柔らかな嵐の中、彼女は身を屈めながらスウープコプターに向かって走った。そして、体を乗り出して、パイロットと短くことばを交わすと、おれのほうを振り返り、大丈夫だと身振りで示した。おれはサンジェット銃を足元に置いてから、アイウラのほうに向き直って言った。

「あんたとそこのおれの分身、ふたりで彼女の体を抱えてここまで連れてきてくれ。スウープコプターに乗せるのを手伝ってくれ。ほかのやつらは動かないことだ」

　奇妙な組み合わせながら、おれたち三人でどうにかシルヴィ・オオシマを石畳の庭から胸壁の上に運んだ。ブラジルは崖とおれたちのあいだに立って見守っていた。おれが銀色のたてがみのある女の腋に腕を差し入れて抱え、アイウラが彼女の背中を支え、もうひとりのコヴァッチが彼女の脚を持った。そうやってスウープコプターまで、力の抜けた体を運んだ。

　ドアのところまで来ると、頭上のローターの音が大きくなった。アイウラ・ハーランが、おれたちが抱えている意識の薄れた人間の上に身を乗り出し、なにやら言ってきた。スウープコプターはステルス仕様で、静かな飛行ができるようにデザインされているが、それでもここまでローターに近いと、何を言っているのか聞き取れない。おれは彼女のほうに首を伸ばして訊き返した。

「なんだって？」

　彼女はさらに身を乗り出しておれの耳元に口を近づけ、息を吹きかけるようにして言った。

「ミッツィ・ハーランをちゃんと無傷で戻すように。そう言ったのよ、コヴァッチ。ジョークみたいな革命家たちとはまた別の機会に決着をつけるけど、ミッツィ・ハーランの心にしろ体にしろ少しでも傷ついていたら、わたしは一生あなたを追いかける。そのつもりでいて」

　騒音の中、おれはにやりと彼女に笑いかけ、身を引くアイウラに向かって声を高めて言った。

「アイウラ、おれを脅そうなんて思わないことだ。おれはこれまでずっとあんたみたいなクソを相手にしてきた男だ。ミッツィはもちろん無傷で帰してやる。それが約束なんだから。だけど、そんなにあの女のことが心配なら、彼女のためにオフワールドへの長期休暇でも考えておくことだ。こいつらは本気なんだから」

　彼女はシルヴィ・オオシマの体をじっと見て呼ばわった。

「これは彼女じゃない。これが彼女であるわけがない。クウェルクリスト・フォークナーは死んで、それは真の死(リアル・デス)だったのよ」

おれはうなずいた。「ああ。しかし、だったら、どうしてあんたらファースト・ファミリーのクソどもがこんなに大騒ぎしてるんだ?」

アイウラの大声が動揺したときの怒鳴り声に変わった。「なぜって? コヴァッチ、これが誰にしろ——彼女はクウェルじゃないけど——これが誰にしろ、この女は未浄化地帯から疫病を持ち帰ってきたからよ。まったく新しい形の死を。彼女が眼を覚ましたら、〝クゥアルグリスト・プロトコル〟について訊いてみるといい。そのあとで自問するといい。わたしがここで彼女を止めるためにしたことがそんなにひどいことだったのかどうか」

「なあ!」おれの若い分身だった。シルヴィの膝の下に肘まで差し入れ、意味深長に両手を大きく広げていた。「このトチ女(アマ)をコプターにほんとに乗せる気があるのか? それとも一晩じゅうそうやって立ち話をしてるのか?」

しばらくのあいだ彼と眼を合わせたあと、おれはシルヴィの頭と肩を慎重に持ち上げ、シエラ・トレスの待つスウープコプターの狭苦しいキャビンの中へ引き上げた。もうひとりのコヴァッチがシルヴィの体を強く押すと、彼女の体がそのまま中にすべり込んだ。動きに合わせ、コヴァッチがおれのほうに身を乗り出し、おれの耳元で叫んだ。

「これで終わりだと思うなよ。おれとおまえには決着をつけなきゃならないことがまだ残ってる」

おれは片腕をシルヴィ・オオシマの膝の下に入れて体を持ち上げ、分身の体を肘で押しやって遠ざけた。互いの視線ががっちりとからまった。

「おれを挑発しても無駄だよ」とおれは言った。「金で買われたクソの分際じゃな」

分身は体をこわばらせた。ブラジルが急いでそばまでやってきた。アイウラはおれの分身の腕に手を置き、彼の耳に何やら強いことばを吹き込んだ。分身はうしろにさがると、指をピストルの恰好にして、おれを撃つ真似をした。何か言ったが、ローターの音に掻き消された。アイウラは胸壁に沿って彼をさらに引き戻し、おれたちのあいだに安全な距離をつくった。おれはドラキュルの中を移動して、ブラジルが坐れるスペースをつくると、シエラ・トレスに向かってうなずいた。彼女がパイロットに直接話しかけると、スウープコプターは胸壁の上にそっと浮かんだ。おれは窓の外を見やり、もうひとりのおれ、若いコヴァッチを見つめた。おれをじっと見つめている彼の眼を見つめた。

スウープコプターが上昇した。

隣りに坐っているブラジルはにやにや笑いを顔じゅうに貼りつかせていた。おれなんぞはついぞ招待されたことのない祭の儀式で使われる仮面みたいな顔をしていた。おれは不承不承うなずいた。そのとたん、心と体にひどい痛みが走った。長時間の潜水、和らぐことのない緊張、崖を登っていたときに死を覚悟した瞬間、ぴんと張りつめた中での睨み合い――そのすべてがおれの上に雪崩れ落ちてきた。

「やったな、タケシ」とブラジルは声を大きくして言った。

おれは首を振りながら、どうにか声を掻き集めて言った。

「ここまでのところは、まあ、うまく行ってる」

「そんな言い方はやめろよ」

おれはまた首を振った。スウープコプターの戸口を支えに身を乗り出し、眼下で急速に小さくなっていく〈リラ・クラッグズ〉の要塞の光の連なりを眺めた。裸眼では石庭の人影までは見えなかったが、あまりにも疲れていて、ニューラケムを高める気にもならなかった。それでも、どんどんと離れているにもかかわらず、あいつがまだじっとおれを見つめているのがはっきりと感じられた。情け容赦のない怒りに燃えた眼でおれをじっと見つめているのが。

第三十三章

〈ボービン・アイランダーズ〉号は計画どおりの場所に停泊していた。三胴船のパイロット・ソフトウエアを使ったイサの航海術は完璧そのものだった。シエラ・トレスがパイロットに話しかけた。今日会ったばかりの男だが、見るかぎり、パイロットはまともな男のようだった。人質になっているにもかかわらず、フライトのあいだ、ナーヴァスになっているようなところはほとんど見せなかった。彼が何かを言って、シエラ・トレスが声を出して笑うといった場面さえあった。今、彼女に話しかけられると、パイロットはただうなずいて、フライト・ボードの二枚のディスプレーを最大にした。スウープコプターは針路を変え、船のほうに近づいていった。おれはスペアのコムセットを渡すように身振りで示し、それを手に取って耳にあてた。

「アイウラ、まだいるか?」

彼女のことばは正確で、気味が悪いほど丁重だった。「コヴァッチーサン、まだ聞こえています」

「よし。そろそろ着陸する。パイロットにはすぐに去るように言ってあるが、念のためにこのあたりの飛行物を全部排除してくれ。全方向で——」

「コヴァッチーサン、わたしにはそんな権限は——」

「だったらもらえよ。コンラッド・ハーランが言えば、ミルズポート群島上の飛行物を排除するくらい簡単なことだ、だろ？　あんた自身には権限がないとしても。よく聞くんだ。これから六時間、おれたちの視界にヘリコプターが一台でもはいってきたら、ミッツィ・ハーランは死ぬ。これから六時間、なんらかの飛行物がレーダーに感知されたら、ミッツィ・ハーランは死ぬ。おれたちのあとを尾ける船を一隻でも見つけたら、ミッツィ・ハーランは――」

「コヴァッチ、わかったわよ」さきほどの丁寧さは雲散霧消していた。「あとを尾けるような真似はしない」

「そりゃどうも」

おれはコムセットをパイロットの隣りの席に放った。スウープコプターの外ではどんよりとした空気が機体のまわりで渦巻いていた。飛び立ってから、軌道上防衛装置からの攻撃は一度もなかった。北側で花火が上がっていないところを見ると、光のショーもそろそろ幕を閉じるところなのだろう。西の空に厚い雲が立ち込めはじめ、上昇中のホテイの端を覆った。その上のダイコクはうっすらとした雲のうしろに隠れていた。マリカンノンはすでに消えていた。雨が降りだしそうな気配があった。

〈ドラキュル〉が三胴船の上で小さく旋回すると、青白い顔をしたイサがデッキに立っているのが見えた。ブラジルの年代物の擲弾ライフルを手に持ち、おぼつかない恰好で銃口をあちこちに向けていた。思わず、笑ってしまった。スウープコプターはさらに旋回していったんうしろに退き、海面近くまで降下すると、〈ボービン・アイランダーズ〉号の横まで前進した。おれはドアのまえに立ってゆっくりと手を振った。イサは安堵に緊張の糸を解き、擲弾ライフルを下げた。パイロットは〈ボービン・アイランダーズ〉号のデッキの隅にスウープコプターを着陸させて、肩越しに叫んだ。

「さあ、着いたぜ」

おれたちは機体から飛び降りると、まだ意識のほとんど戻っていないシルヴィの体をゆっくりと持ち上げ、慎重にデッキに降ろした。大渦巻きの霧が海の妖精の冷たい吐息のように、おれたちの体にまとわりついた。おれはスウープコプターのほうに身を乗り出して言った。

「どうも。いい操縦だった。早くここを離れたほうがいい」

パイロットがうなずいたのを確認し、おれはうしろに下がった。〈ドラキュル〉はまた浮かんで飛び去った。機首をくるりとまわした数秒後にはもう百メートル先の上空を飛んでおり、小さな音をたてながらそのまま夜空に消えた。その音が聞こえなくなると、おれは足元の女に注意を戻した。ブラジルがひざまずき、彼女のまぶたを押し上げていた。

「容態はそんなに悪くはなさそうだ」おれも横に膝をつくと、彼は言った。「微熱はあるが、呼吸は問題ない。下のキャビンにギアがあるから、もっと詳しく調べてみよう」

おれは手の甲を彼女の頰にあててみた。大渦巻きの水しぶきの膜越しの肌は弱々しく、熱かった。未浄化地帯での彼女と同じだ。ブラジルの専門的な意見とは裏腹に、彼女の呼吸もおれにはあまりいい状態には聞こえなかった。

なあ、ミッキー、こいつはドラッグよりレクリエーション・ウィルスを好むようなやつだ。こいつの言う微熱というのはそりゃ相対的なことばさ。だろ?

ミッキー？　コヴァッチに何があったんだ？

コヴァッチは〈リラ〉にいる。今頃はアイウラ・ハーランの割れ目を舐めてるところだろうよ。それがコヴァッチの運命だ。

はっきりとした怒りが頭の中でぎらついた。

「キャビンに連れていかなくちゃ」とシエラ・トレスが言った。

「そうよ」とイサが意地悪な口調で言った。「今にも死にそうじゃん」

突然沸き立った理不尽な憤りの炎をどうにか抑えて、おれは言った。「イサ、コイから何か連絡はないのか?」

「わからない」彼女は肩をすくめた。「最後に確認したときには移動してるみたいだったけど――」

「最後に確認したとき? イサ、いったいそれはどういう意味だ? それはいつの話だ?」

「忘れた。あたしはあんたたちのレーダーをずっとチェックしてたのよ!」傷ついたのだろう、彼女は声を張り上げた。「あんたたちが戻ってくるのを見て、それであたしは――」

「イサ、どれくらいまえなんだ?」

彼女は唇を噛み、おれを睨みつけた。「そんなにまえじゃない。わかった?」

「おまえは――」おれは体の横の拳をきつく握りしめ、努めて落ち着きを取り戻そうとした。彼女のせいではない。彼女が悪いのではない。「イサ、今すぐコックピットに戻ってコムセットをつけてくれ。頼む。コイと連絡を取って、すべてが予定どおり進んでるかどうか確認してくれ。こっちはうまくいったと伝えてくれ。もう船を出すところだって」

「わかった」まだ傷ついているのが表情と声音に表われていた。「今、行くよ」

イサがコックピットに戻るのを見送り、おれはため息をついて、ブラジルとトレスの三人でシルヴィ・オオシマの熱い四肢を持って持ち上げた。彼女の頭ががくんと下がった。おれはすばやく片手を出して首を支えた。水しぶきに濡れて垂れ下がった銀色のたてがみがところどころでぴくぴく動いていたが、その動き自体なんとも弱々しかった。熱で赤くなってはいるものの、青白いその顔をのぞき込むと、失望に顎が硬直した。イサの言ったことは正しい――シルヴィは今にも死にそうだった。ぎらぎらとした眼、しなやかな四肢、未浄化地帯の戦闘ヒロイン――そんなことばから連想される体ではまるでなかった。復讐に燃えた幽霊が眼を覚ました——コイたちがそんなふうに語る女にはとうてい見えなかった。それはどうかな、〝幽霊〟にはあともう少しでなりそうだが。

はははは。ははは。

船尾の昇降階段の下までたどり着くと、イサがちょうど階段の上に現われた。おれは自らの苦々しい感情にまだ支配されており、彼女の顔を見上げるのに少し時間がかかった。しかし、遅すぎた。

「コヴァッチ、ごめんなさい」と彼女はすまなそうに言った。

スウープコプター。

大渦巻きのうなり越しに、革砥で刃物を研ぐような柔らかなローターの音がかすかに聞こえてきた。ニンジャの羽根に乗って、死と激しい怒りが近づいてきていた。

「やられた」とイサは叫んだ。「ファースト・ファミリーの部隊に見つけられた。アドが撃たれて——みんなも……半分くらいはやられた。ミッツィ・ハーランの居場所も突き止められてしまった」

「彼女は?」とシエラ・トレスが言った。さすがにいつもの冷静さを失っていた。眼が大きく見開かれていた。「ミッツィ・ハーランはまだコイが捕まえたまま? それとももう——」

その答はおれにはもうわかっていた。

「来るぞ!」

おれは叫んだ。そう叫んだときにはもう、落とすことなく、シルヴィ・オオシマの体を抱えてデッキに持っていこうとしていた。ブラジルも同じ行動を取った。が、互いの方向がちがっていた。その結果、おれたちはシルヴィの体をふたりで引っぱり合うような恰好になった。シエラ・トレスが叫び声をあげた。おれたちはみな泥の中でもがいているも同然だった。優雅なスロー・モーションで動いているのと変わらなかった。

怒り狂った百万の海の妖精が解き放たれたかのように、マシンガンの弾丸が船尾方向の海上に降り注ぎ、きれいに仕上げられた〈ボービン・アイランダー〉号のデッキまで迫ってきた。不気味なまでに無音だった。子供が水遊びをしているかのように水が静かに、しかし、勢いよく跳ね上がった。おれたちのまわりにあるすべてのもの――木もプラスティックも粉々になって飛び散った。イサが悲鳴を上げた。おれはシルヴィの体を船尾の座席に横たえ、その上に覆いかぶさった。音のしないマシンガンの銃火に続いて、暗い空から〈ドラキュル〉製の機体が海上をすさまじい勢いでやってくる音が轟いた。そのスウープコプターは機銃掃射できる高さを飛んでおり、またマシンガンの攻撃が始まった。おれは座席から転がるようにして落ち、反応のないシルヴィの体を引き寄せた。狭いスペースしかない床の上で、何かが肋骨にぶつかり、鈍い痛みが走った。スウープコプターが頭上を横切り、遠くに消えた気配があった。静音モーターの小さな音が徐々に小さくなった。

「コヴァッチ?」デッキにいるブラジルの声だった。

「まだここにいる。あんたは?」

「やつらはまた戻ってくる」

「もちろん戻ってくるさ」おれは船の外に頭を突き出した。霧でぼやけた大気の向こうに、〈ドラキュル〉が機体を横に傾けているのが見えた。さきほどの銃撃はステルス攻撃だった。あのパイロットが戻ってくるなどおれたちはまるで予想していなかったわけだが、あいつはあいつでそこまでは知るすべがなかったわけだ。が、今となってはどうでもいいことだ。向こうはゆっくりと時間をかけ、離れた場所で待機し、そのあとおれたちをずたずたに切り裂こうとするだろう。

くそったれ。

ことばが勝手に噴出した。アイウラとの約束は破棄され、それまで抑えられていた戦いが一気に始まった。おれは船尾の座席の上でなんとか体勢を立て直し、昇降階段の縁材を握り、デッキに上がった。擲弾ライフルを両手で抱えて、ブラジルがうずくまっていた。顔をゆがめながら、まえのほうを顎で示した。見るなり、新たな激しい怒りがおれの体を突き抜けた。シエラ・トレスが片脚を撃たれ、赤く光るその肉片があたりに散らばっていた。イサも血まみれになり、トレスの近くに倒れていた。つらそうな喘ぎ声を上げ、短くて浅い息をしていた。二、三メートルほど離れたところに彼女が持っていた擲弾ライフルが放り出されていた。

おれは走り、愛するわが子をすくい上げるようにライフルを手に取った。

デッキの反対側からブラジルが撃ちはじめた。擲弾ライフルの擲弾が大きなうなりを上げて空気を引き裂いた。銃口から閃光が一メートルほど伸びた。パイロットがその光に気づいて、スウープコプターの機体を右に傾け、ゆっくりと上昇させた。マシンガンの弾丸が鋭い音をたてながら、〈ボービン・アイランダー〉号のマストを突き破った。が、それはマストのずっと上のほうで、おれたちに弾丸があたる心配はなかった。おれはわずかに傾くデッキの横壁にもたれて体を支え、ライフルの銃床を肩に押しあて、狙いを定め、〈ドラキュル〉が後方にさがったところで撃ちはじめた。ライフルがおれの耳元でうなった。命中する望みはあまりなかったが、標準的な擲弾ライフルの擲弾には近接信管が組み込まれている。目標物に命中しなかったとしても、近くに到達しただけで爆発する。だからもしかすると……もしかすると——

もしかすると、パイロットがわざわざスピードを下げて、おまえが撃ちやすいようにしてくれる？おいおい、ミッキー。

そのときふと思い出した。シルヴィ・オオシマをスウープコプターに乗せたとき、サンジェット銃を〈リラ・クラッグズ〉の胸壁の上に置いてきてしまったことを。今、あの銃があれば、こんなくそスウープコプターなど唾を吐くくらい簡単に空から落とせるのに。

ああ、そのとおり。しかし、今はアンティークみたいなブラジルの銃で立ち向かうしかない。すばらしい。たったひとつのミスが命取りになるかもしれないとは。

ブラジルに続いておれも船上から撃ちはじめたために、パイロットもいくらかは慌てたようだった。おれたちが空に向けて発射している擲弾が機体をかすめたわけでもなんでもないのに。もしかすると、軍のパイロットではないのかもしれない。スウープコプターは、ほとんどマストに引っかかりそうなほどの低空を急角度で横すべりして飛び去った。機体が横に傾いたとき、下をのぞき込むマスクをつけたパイロットの顔が見えた——怒りに軋らせた歯、舞い上がる大渦巻きの霧でずぶ濡れになった顔。なんとか彼を見失わないように眼を凝らし、おれはひたすらスウープコプターを狙って擲弾ライフルを撃ちつづけた。

銃撃戦の轟音と漂う霧の中、〈ドラキュル〉の後部で何かが炸裂した。おれかブラジルのどちらかが撃った擲弾が機体の近くに届いたのだ。続いて近接信管が反応し、爆発した。スウープコプターはよろめき、旋回を始めた。実際に機体が壊れた様子はなかったが、ニアミスがパイロットを動揺させたにちがいない。パイロットは機体をまた上昇させ、おれたちの頭上で大きな円を描くように旋回した。音のないマシンガンの攻撃がまた始まった。デッキの上をおれのほうに向けて弾丸（たま）が連続して炸裂した。擲弾ライフルの弾倉が空（から）になり、かちりと音をたてて開いた。おれは体を横に転がし、デッキの上をすべるように移動した。スプレー塗装されたなめらかな木材に取り付けられた手すりのほうへ——

そのとき、エンジェルファイアが轟いた。

長くまっすぐに伸びる青い指がどこからともなく現われ、雲を突き破り、霧で湿った空気を断ち切った。一瞬のうちにスウープコプターの機影が消えた。おれたちに執拗に迫ってくるマシンガンの銃撃も爆発もなくなった。ビームの軌跡で空気分子が焼かれ、ぱちぱちと立てる音以外には音らしい音も消えた。〈ドラキュル〉は爆発してぱっと空が燃え上がったものの、それもすぐにおれの網膜に映る残像の輝きとなって消えた。

――おれは自分の体を手すりにぶつけた。

しばらくのあいだ、大渦巻きのうなりと、おれの下で小さな波が船体にぶつかる音しか聞こえなかった。上を向いて、空をじっと眺めた。まだ何もなかった。

「おれたちの勝ちだ、クソ野郎」とおれは空に向かって囁いた。

記憶が甦った。すぐに立ち上がって、イサとシエラ・トレスのほうに走った。ふたりのまわりには、水しぶきで薄められた血の海が広がっていた。トレスは船外コックピットの横壁に背中をもたれさせて坐り、血でにじんだ布きれを使って止血しようとしていた。歯を軋らせ、布きれを強く縛りつけていた――苦痛のうめき声をひとつ上げ、おれと眼を合わせると、黙ってうなずいた。それから首をめぐらせ、脇に横たわっているイサのほうを示した。ブラジルがその脇にうずくまるようにして、イサの体の上で狂ったように手を動かしていた。おれも近寄り、ブラジルの肩越しにのぞき込んだ。

腹と脚に六発か七発は命中しているようだった。腹のほうは沼豹に襲われたみたいにひどく抉られていた。顔に表情はなく、喘ぐような呼吸がさきほどまでよりさらにゆっくりになっていた。ブラジルがおれを見上げ、首を振った。

「イサ?」血の海の中におれは膝をついた。「イサ、何か言ってくれ」

「コヴァッチ」イサはそう言って顔をおれのほうに向けようとした。が、ほんのわずかしか動かなかった。おれは身を乗り出して、自分のほうから顔を近づけた。

「イサ、ここにいる」

「ごめんね、コヴァッチ」と彼女はうめくように言った。わずかに上ずったその囁き声は小さな少女のものだった。「ちゃんと考えてなかった」

おれは込み上げてきたものを呑み込んだ。「イサ——」

「ごめんね——」

彼女の呼吸が突然止まった。

第三十四章

エルティヴェッテムという皮肉な名前がつけられた一帯——迷路のように入り組んだ小島と砂礁の集合体——の中心には、かつて二キロ以上もの高さがある塔が聳え立っていた。火星人が海底を土台にして築いたものだ。なぜそんな塔を築いたのか、その理由は彼らに訊かなければわからない。同じように不可解なことに、今から五十万年ほどまえ、その塔は崩壊し、海中に崩れ落ち、その残骸のほとんどがこの海域の底に沈んでしまったのだが、巨大な破片の一部が地上にまだ突き出しているところもあった。さまざまな小島や砂礁の上に崩れ落ちたそれらの残骸は、長い時間を経て、今では自然の一部として溶け込んでいる。それでも、塔の残像がサブリミナル効果のように人の意識下に残っているせいだろう、人はエルティヴェッテムには住み着かない。一番近くにある人間の居住地——ミルズポート群島の北の入り江にある漁村でさえそこから二十キロばかり離れている。ミルズポートの街そのものはさらに南に百キロほど行ったところで、エルティヴェッテム（前入植時代のマジャール語の方言のひとつで、〝道に迷った〟という意）の中には、浅喫水船の小艦隊ぐらいは充分隠れられる場所があちこちにある。見つからないことを望めば。いくつもの小島のあいだの海は狭く、木の葉に覆われ、さらにその両側に露出した岩が高く聳え立ち、〈ボービン・アイランダー〉号の帆の先端部まで覆い隠してくれた。岬のあいだにいくつかの海食洞ができていたが、その入口も近くまで行かなければ見えない。火星人の塔の残骸がアーチ状になって連なり、そこに大量の植物がぶら下がるように繁茂し、入口を隠しているのだ。隠れるには持ってこいの場所だった。

少なくとも、外部の追跡者から身を隠すには。

おれは〈ボービン・アイランダー〉号の手すりにもたれ、澄んだ海を眺めた。海面より五メートルほど下に、おれたちがイサの死体を入れた噴霧コンクリートの白い石棺が見えた。そのまわりを色鮮やかな自生魚と移植魚の群れがゆっくりと泳いでいた。おれはぼんやりと考えていた。逃げきることができたら、彼女の家族に連絡してイサがどこにいるか知らせようか、と。しかし、そんなことをしてもなんの意味もないような気がした。スリーヴが死んでしまえば、それはやはり死なのだ。それに、捜索隊が噴霧コンクリートの石棺を壊して開けたときの家族の気持ちを考えると、なおさら知らせないほうがいい気がした。脊髄からスタックが抉り出されているのを知ったら、もっと不安になって寝込んでしまうかもしれない。

彼女のスタックはおれのポケットの中にあった。そう、〝イサの魂〟――ほかに適切な記述子がない以上、そう呼ぶしかない――はおれのポケットの中だ。ひとりの人間の重みを指にひしひしと感じ、おれの中で何かが変わった。このスタックをどうすればいいのか、おれにはわからなかった。が、体を残したまま、誰かほかの人間に発見させるわけにはいかなかった。イサはこの襲撃に深く関わっているからだ。スタックが回収されれば、まちがいなく〈リラ・クラッグズ〉のヴァーチャル尋問部屋送りになる。だから、おれが保管していなければならない。死んだ坊主のスタックを復讐のために南へ運んだときと同じように。なんらかの交渉が必要になったときのことを考え、ユキオ・ヒラヤスとそのギャングスター仲間のスタックをヴチラに持っていったときと同じように。

ヤクザのスタックはヴチラ・ビーチにあるブラジルの家の下の砂に埋めた。これほど早くまたポケットにスタックを入れることになろうとは考えてもいなかった。東のミルズポートに向かう船上では、運ぶべきものがないという感覚が奇妙で新鮮で、おれは時折喜びさえ感じたものだ。が、それも憎悪という悪癖とサラの記憶がまた頭の中に舞い戻ってくるまでのことだった。

今、空（から）だったポケットがまた重くなった。タナカ伝説の中に出てくる、夷（えびす）に呪われたトロール網の現代版のようだ。溺死した船員の死体を、ただ死体だけを、引き上げるよう運命づけられた網の狂気じみた現代版。

ポケットが空（から）になるのがありえないことのように思えてきた。そう思うと、自分が何を感じているのかもわからなくなった。

ここ二年近くそんなことはなかったのに。おれという存在は絶対的な確信によってざらついたモノクロームに塗られていたのに。ポケットに手を突っ込んで、中にあるいくつかのスタックの重みを手のひらで感じては、暗くこわばった満足を得ていたのに。その満足がゆっくりとおれの中で蓄積され、小さな増加を繰り返し、塊となって天秤の皿の一方にのせられた。天秤のもう一方の皿には〝サラ・サチロフスカの死〟という桁外れの重みを持つ分銅がのせられていた。ここ二年のあいだ、ポケットをひと握りの盗んだ魂で満たす以外、ほかにはなんの目的も要らなかった。未来も要らなかった。ポケットを満たすことと無関係の展望など要らなかった。セゲスヴァールがイクスパンスに持っている沼豹の檻と無関係の展望など。

ほんとうか？　だったらテキトムラで起きたことはなんだったんだ？

手すりに振動が伝わってきた。ケーブルがこつこつと床にあたり、軽く弾んだ。顔を上げると、シエラ・トレスがよろけながらやってきた。両手で手すりをつかみ、怪我をしていないほうの脚でけんけんをしながらやってきた。いつもの無表情は消え、もどかしそうに顔が引き攣っていた。今とまた異なる状況であれば、笑いを誘うような表情だ。が、太腿の途中から切り取られたズボンを見てしまうと、笑うことなどとてもできない。もう一方の脚には透明なギプスが巻かれ、その下に傷が見えていた。

おれたちはもう三日近く、エルティヴェッテムに隠れていた。ブラジルは時間が許すかぎり、彼女の治療をしていた。かぎられた戦闘地用メディカル・ギアで、できるかぎりの治療を施していた。トレスの片脚はスウープコプターのマシンガンの弾丸に肉を貫かれ、ところどころで裂けており、ギプスの下の皮膚はひどい状態で、黒と紫に腫れ上がっていた。傷は消毒され、薬が塗布されてはいたが。さらに青と赤のタグがいくつか貼られ、ブラジルが即効性再生バイオケミカルを注入した個所がわかるようになっていた。トレスはギプスの上から収縮合金のブーツを履いていたが、トレスが飲んでいる鎮痛剤の量では、その脚で歩くのは無理というものだった。

「寝てなきゃ駄目じゃないか」彼女が近づくと、おれは言った。

「そんなことわかってる。でも、仲間が大変な状況にいるときに寝てなんかいられない。よけいな心配はしなくていいから、コヴァッチ」

「わかったよ」おれはまた海を眺めた。「何か連絡は?」

彼女は首を振った。「でも、オオシマが眼を覚ました。あんたを呼んでる」

一瞬、水中の魚を見失った。が、すぐにまた焦点が戻った。おれはその場を離れようとも顔を上げようともしなかった。

「オオシマが?　それとも、マキタが?」

「それは、あんたが何を信じたいかによるわね。ちがう?」

おれはむっつりとうなずいた。「ということは、彼女はまだ自分が――」

「今のところは、そうみたい」

さらに魚をじっと見つづけた。その次の瞬間、おれは手すりから手を放して体を起こし、うしろの昇降階段を見た。無意識に顔がゆがみ、唇がねじ曲がった。おれは一歩を踏み出した。

「コヴァッチ」

苛立って振り向き、トレスを見た。「なんだ?」

「彼女にあんまりきつくあたらないで。イサが撃たれたのは彼女のせいじゃないんだから」

「ああ、そんなことはわかってる」

船の前部にあるキャビンのひとつで、シルヴィ・オオシマは二段ベッドに置かれた枕に背中をあずけ、舷窓越しに外を見ていた。海の上を突進し、蛇行し、海岸を這うように逃げてエルティヴェッテムまで来るあいだも、さらに身を隠しているこの数日のあいだも、彼女はずっと眠ったままだった。精神を錯乱させて手脚をやみくもにばたつかせたことが一度あったが。さらに一度、わけのわからないマシンコードを口走りもしたが。船を操舵しながらレーダーをチェックしていたブラジルが合間を見て、栄養剤の皮膚パッチを彼女の体に貼ったり、カクテル注射を皮下スプレーしたりしていた。あとは静脈への点滴に任せるしかなかったのだが、それらの薬が効いたようだった。熱っぽかった頰から赤みが薄れ、呼吸音も正常に戻っていた。顔はまだ血の気がなく青白かったが、表情はしっかりしていた。頰の細長い傷痕も治ってきているように見えた。自らをナディア・マキタだと信じているその女は今まとっているスリーヴの眼を開き、おれを見つめた。そして、口元に弱々しい笑みを浮かべた。

「ハロー、ミッキー・セレンディピティ」

「ハロー」

「起き上がりたいんだけど、駄目だって言われてるから」と彼女は言い、壁の中に成形されたアームチエアのほうを顎で示した。「坐らない？」

「いいよ、立ってる」

彼女はさきほどより真剣な眼でいっときおれを見た。おれを値踏みしているようにも見えた。シルヴィ・オオシマの面影のある眼つきだった。おれの中の何かが小さくねじれた。が、彼女が話しだし、表情を変えると、その面影は消えた。

「もうすぐ移動しなきゃいけないのよね？」と彼女は静かに言った。「徒歩で」

「そうなるかもしれない。あと二、三日は大丈夫だと思うが。結局、最後は運頼みになるだろう。ゆうべ上空からのパトロールがあった。音は聞こえたが、それほど近づいてはこなかったから、見つかることはなかった。体温や電子活動をスキャンできるようなハイテク機器を搭載したものを飛ばすことはできないからな」

「そうね。そういうことはいつまでも変わらない」

「軌道上防衛装置のことか？」おれはうなずいた。「ああ、まだ同じパラメーターで動いてる。きみのときと――」

おれはことばを切り、身振りを交えて言った。「それは昔からずっと変わらない」

彼女はまた値踏みするようにおれを見た。おれもあたりさわりなく見返した。

「教えて」最後に彼女が言った。「いったいどれくらい経ってるの？　つまり不安定時代から」

おれはためらった。そういう話はまだ少し早すぎるような気がした。

「お願い。どうしても知っておきたいの」

「三百年くらいだ。ここの時間で」おれはまた身振りを交えて言った。「三百二十年近く」

彼女の眼の奥にあるものを知るのにエンヴォイの特殊技能は要らなかった。

「ずいぶんと経ったのね」と彼女はつぶやいた。

人生ってなものは海みたいなものさ。で、この海には三つの月に影響された三つの潮の干満がある。だから、ただされるがままになってると、自分が愛した者からも物からも引き裂かれちまう。そういうことだ。

ジャパリゼが操舵室で言った手づくりの格言。そのことばはおれの心に深く刻まれた。今頃、自分が〈セヴン・パーセント・エンジェルズ〉の強盗になっていてもおかしくはないし、ハーラン一族の重鎮になっていてもおかしくはない。ある物事がすべての人間に同じ歯形を残すこともある。自分がクウェルクリスト・くそ・フォークナーになっていてもおかしくはないということだ。

あるいはなっていなくても、とおれは自分に言い聞かせた。

彼女にあんまりきつくあたらないで。

「知らなかったのか?」とおれは訊いてみた。

彼女は首を振った。「知らなかった。夢には見たけど。長い時間だってことはわかっていたような気はするけど。そのことを聞いた記憶はあるわね」

「誰から?」

「それは——」彼女はことばを切ると、両腕をわずかに持ち上げ、ベッドの外側にだらりと垂らした。「わからない。覚えてない」

そう言うと、彼女はベッドの上で両手を握った。ゆるい拳ができた。

「三百二十年か」

「ああ」

彼女は横たわったまましばらくゆるく握った拳を見つめた。波が船体にぶつかる音が聞こえた。自分でも気づかないうちにおれはアームチェアに坐っていた。

「わたし、あなたに電話したのよ」だしぬけに彼女が言った。

「ああ。〝急いで、急いで〟ってやつだろ？　言いたいことはよく伝わったよ。でも、そのあとはぱたっとかかってこなくなった。どうしてだ？」

その質問が彼女を黙らせてしまったようだった。彼女の眼が大きくなり、その視線の行き先がまた内側に向かってしまった。

「わからない。でも、わかってた」彼女は咳払いをしてから続けた。「いいえ、彼女にはわかってた――あなたが助けにきてくれることが。彼女のために。わたしたちのために。彼女はわたしにそう言った」

おれは坐ったまま身を乗り出した。「シルヴィ・オオシマが？　彼女はどこにいる？」

「ここのどこかにいる。この体のどこかに」

二段ベッドの上で彼女は眼を閉じた。そのまま一分かそこらが経った。眠ってしまったのだろうか。おれはキャビンを出てデッキに戻ろうかと思った。が、デッキの上で何か愉しいことが待っているわけでもない。そこでいきなり彼女が眼を開けた。そして、耳元で囁かれたことを確認するかのようにうなずいた。

「あるのよ――」そう言って、ひと呼吸置いた。「奥のほうに空間があるの。二千年紀以前の牢獄みたいな場所が。並んだ独房、通路、廊下。そこには何かがあって、彼女はこんなことを言うのよ――捕まえたって。チャーターしたヨットに乗ってボトルバックサメを釣り上げるみたいに。あるいは、捕まえたというのは、病気にかかったという意味なのかもしれない。いずれにしろ、それは……だんだん形を変えていくんだけど、わたしが何を言ってるのかわかる？」

おれは司令ソフトウェアのことを思った。ドラヴァに行く途中に聞いたシルヴィ・オオシマのことばが思い出された。

——自らを複製しようとするミミントのインタラクティヴ・コードとか、マシン侵入システムとか、外面的人格構成体とか、伝達漂流物とか、なんでもありってわけ。わたしはそのすべてを受け入れて、分類して、利用して、ネットには何も洩れないようにしなければならない。それがわたしの仕事よ。それを何度も繰り返す。でも、あとでどれほどすぐれたクリーニングをしても、そのうちの何かは残ってしまう。抹み消しがたいコードの切れ端とか痕跡とか伝達漂流物とか。幽霊みたいなものね。隔壁の向こうに何かが横たわっている。考えることさえしたくない何かが横たわっている。そういうことよ。

おれはうなずいた。そのような牢獄から逃げ出すためにはどうしたらいいのか。そうするにはどんな人間に——もしくはどんな〝もの〟に——ならなくてはならないのか。

幽霊みたいなものね——

「ああ、わかるよ」おれはそのあと言うのが躊躇されるまえにすぐさま続けて言った。「ナディア、それがきみなのか？　つまり、きみは彼女が捕らえた何かなのか？」

一瞬、やつれた顔に恐怖が走った。

「グリゴリ」と彼女はつぶやいた。「その空間に何かがあるのよ。わたしには〝グリゴリ〟って聞こえる何かが」

「グリゴリ？　苗字は？」

「グリゴリ・イシイ」それはまだつぶやきだったが、うつろな眼に映る恐怖は完全に消えていた。彼女はおれをしっかりと見すえて言った。「ミッキー・セレンディピティ、あなたはわたしがリアルだとは思ってない、でしょ？」

脳裏に不安がよぎった。〝グリゴリ・イシイ〟という名前がエンヴォイ入隊前の記憶のどこかで警鐘を鳴らしていた。おれはベッドにいる女をまたじっと見つめた。

彼女にはあんまりきつくあたらないで。

うるさい。

おれは立ち上がった。「きみは何者なのか、おれにはわからない。だけど、これだけは言わせてもらおう。きみはナディア・マキタじゃない。ナディア・マキタは死んだんだ」

「ええ」と彼女は消え入りそうな声で言った。「わたしだってそう信じたい。でも、死ぬまえに彼女がバックアップされて、保管されてたことはまちがいないのよ。だってわたしが今ここにいるんだから」

おれは首を振った。

「それはちがう。きみはここにはいない。きみが存在する証拠は何もない。ナディア・マキタは消えた。蒸発したんだ。コピーがつくられた証拠もない。コピーが実際に存在したとして、それがシルヴィ・オオシマの司令ソフトウェアにどうやってはいり込んだのか、それを技術的に説明することなどできない。実際のところ、きみが偽物のパーソナリティ・ケーシング——外っ面だけのパーソナリティじゃない証拠はひとつもないということだ」

「タケシ、もういいだろう」ブラジルがいきなりキャビンにはいってきた。友好的と言える顔ではなかった。「その辺でやめておけ」

おれは彼のほうを向き、歯を見せて引き攣った笑みを見せた。「ジャック、それは医者としての専門的な意見か？　それとも、クウェル主義革命家の教義か？　コントロールされた少ない投与量の薬の中の真実というやつか？　患者にはどうすることもできないと言いたいのか？」

「タケシ、それはちがう」と彼は静かに言った。「これは警告だ。おまえもそろそろ水の中から出てきていい頃合いだと言ってるんだ」

自然と手が曲がった。

「おれに指図するのはやめろよ、ジャック」

「タケシ、ニューラケムがワイヤリングされてるのはおまえだけじゃないんだぜ」

時間が止まり、旋回して、死んだ。そのくだらないダイナミズムがおれに追いついた。シエラ・トレスの言ったことは正しい。イサが死んだのは、この壊れた女のせいでもブラジルのせいでもない。ナディア・マキタの幽霊の化けの皮を剥いでやりたいという衝動は消えていた。おれはうなずき、戦闘モードの緊張感を脱いだ。コートのように。ブラジルのすぐ横を通り、ドアまで行くと、ベッドにいる女のほうを振り返って言った。

「きみが誰であってもかまわない。それでも、おれはシルヴィ・オオシマを取り戻したい。無傷のままの彼女を」おれは頭を振ってブラジルを示した。「おれはきみに新しい友達をつくってやった、彼らを。だけど、おれはそのひとりじゃない。もしきみがオオシマを傷つけたと少しでも思われたら、おれはエンジェルファイアみたいにこいつらをぶっ殺す――きみを捕まえるためだけに。それだけは覚えておいてくれ」

彼女はまっすぐにおれを見つめて言った。

「ありがとう」その声に皮肉はなかった。「覚えておくわ」

おれはデッキに上がった。シエラ・トレスが鉄骨フレームの椅子に坐り、双眼鏡で空を見まわしていた。おれは彼女の背後で立ち止まると、ニューラケムを高めて同じ方向を眺めた。かぎられた範囲しか見えなかった。〈ボービン・アイランダー〉号は崩壊した火星人の建造物――浅瀬に落ちたその残骸のぎざぎざの破片は長い時間を経て化石化し、岩礁と同化していた――の陰に隠れて停泊しており、また海上は浮遊胞子によって生まれた多量の蔓植物や地衣植物に厚く覆われており、残骸の下からの眺めはロープのように垂れ下がるその群葉にさえぎられていた。

「何か見えるか？」

「超軽量飛行機が飛んでるみたい」と言って、トレスは双眼鏡を眼からどけた。「すごく遠くて、光がちらちらしてるだけなんだけど。でも、岩礁のはずれで何かが動いてる。すごく小さいんだけど」

「ということは、やつらはまだ怒ってるんだ」

「そりゃそうでしょうが。ファースト・ファミリーの飛行体がエンジェルファイアに焼かれるなんて、百年に一度のことよ」

「確かに」そう言って、おれはなけなしの落ち着きを装って肩をすくめた。「ただ、軌道上防衛装置が嵐を起こしてる最中に、航空攻撃を始めるなんて馬鹿げたことをしたのも、百年に一度のことだろう」

「でも、あのヘリコプターは四百メートルの高さには達してなかったって思わない？」

「それはわからない」おれはエンヴォイの記憶力を使って、スウープコプターの最後の姿を思い描いた。「ただ、かなりの速さで上昇してた。だから、四百メートルには達してなくても、その急角度の動きが防衛装置を反応させたんだろう。それと、武器の作動を感知したかして。なんであれ、軌道上防衛装置が何を考えてるかなんて誰にもわからない。防衛装置が何を脅威と見なすか、それは永遠の謎だ。ルール破りの前科もあるし。入植時代、棚果物オートに何が起きたか思い出してみろよ。それに、オーリッド諸島のレーシング・スキフの事故。覚えてるか？　そのほとんどが上空百メートルにも達してなかったと言われてる。なのに、防衛装置に爆破された」

彼女はいかにも嬉しそうな顔をおれに向けて言った。「コヴァッチ、その事故のときはまだわたし、生まれてなかったんだけど」

「そうか、すまん。きみは大人っぽいから」

「これはどうも」

「いずれにしろ、おれたちが逃げてるあいだ、やつらとしても空にはあまり多くのものを飛ばしたくなかったはずだ。だから、人工知能が慎重になりすぎて逆に判断を誤ったのか」

「それとも、わたしたちはただ運がよかったのか」

「それとも、おれたちはただ運がよかったのか」とおれはおうむ返しに言った。

ブラジルが昇降階段を上がってきて、おれたちのいるほうへゆっくりとした足取りでやってきた。彼としては珍しく怒りをはっきりと態度で示していた。嫌悪もあらわな眼でおれを睨んできた。おれのほうは睨み返すこともなく、視線をまた海に戻した。

「彼女にあんなことはもう二度と言うな」と彼は言った。

「もういいだろうが」

「コヴァッチ、これは警告だ。おまえが政治的コミットメントをよく思ってないことはおれたちみんなわかってる。だけど、その腐った頭にどんな怒りを抱えてるにしろ、それをあの女性にぶちまけるのはやめろ」

おれは振り返ってブラジルを見た。

「あの女性？　あの女性だって？　おれの頭が腐ってる？　あんたが言ってるあの女性は人間なんかじゃない。なんかの破片——よくて亡霊だ」

「それはまだわからない」とトレスがぼそっと言った。

「いい加減にしてくれ。どういうことなのか、ふたりともわからないのか？　あんたらは自分たちの願いをデジタル人間の像に投影しようとしてるだけだ。いや、もう投影しちまってる。彼女をコスースに連れ帰ったら、結局、そういうことになるんじゃないのか？　架空の馬鹿話を利用して、くそみたいな革命運動をでっち上げるつもりなんだろ？」

ブラジルが首を振って言った。「革命はもうすでに起きてる。でっち上げる必要なんてない。すでに準備はすんでる」

「そうだろうな。あと必要なのは名目上のリーダーだけだ」昔感じたもどかしさが体の中に立ち昇り、おれは顔をそむけた。怒りよりも強い感情だった。「便利なことだな。くそ名目上のくそリーダーが実際にいるってことは」

「おまえには何もわかってない」

「ああ、そのとおりだ」おれはその場を離れた。三十メートルの長さしかないボートの上ではそれほど遠くへは行けないが、それでも、このふたりの馬鹿どもからはできるかぎり距離を取りたかった。が、何かの力がおれを振り返らせ、おれはデッキの上でふたりと向き合った。突然の激しい怒りに声が上ずった。「ああ、おれには何もわかっちゃいないよ。おれはこんなことも知らないんだからな——ナディア・マキタのパーソナリティ・コピーは保管なんかされてなかったのかもしれないってことも、誰もが迷惑がる不発弾みたいに、ニューホッカイドウのどこかをさまよってたかもしれないってこともな。おれはこんなことも知らない——通りすがりのデコムの体にアップロードされたなんてことはなかったのかもしれないってことも。だけど、そういうことにどれほどの可能性がある？」

「そういう判断はまだできない」ブラジルはそう言って、おれのほうに近づいてきた。「いずれにしろ、おれたちは彼女をコイのところに連れていかなきゃならない」

「コイ？」おれはすさんだ笑い声を上げた。「すばらしい。くそったれソウセキ・コイ。ジャック、またコイに会えるなんてほんとうに思ってるのか？　コイはもう肉片になってるだろうよ。飛び散って、ミルズポートの裏通りで掻き集められる肉片にな。それか、アイウラ・ハーランの尋問ゲストとして呼び出されてるか。まだわからないのかよ、ジャック？　もう終わったんだ。あんたの望んだネオクウェリストの復活は失敗したんだ。コイは死んだ。おそらくほかのやつらもみんな。革命運動への輝かしい道でまた犠牲者が出た。そういうことだ」

「コヴァッチ、イサの身に起きたことに、おれたちは何も感じてないとでも思ってるのか？」

「イサはあんたらの伝説のリーダーの抜け殻を救う犠牲になった。だろ？　あんたらは伝説のリーダー以外誰が死のうと、何が起きようと、そんなことはどうでもいいんだろ？」

シエラ・トレスが手すりにぎこちなくつかまって言った。「イサは自分からわたしたちに関わることを選んだ。危険を承知で。その報酬も受け取った。誰も彼女に強制なんかしなかった」

「あいつはまだ十五歳だったんだぞ！」

ふたりとも何も言わなかった。ただ、おれをじっと見ていた。船体を叩く波の音が大きくなった。おれは眼を閉じ、息を深く吸い込み、ふたりを見返し、うなずき、疲れた声で言った。

「もういい。これからどうなるかは眼に見えてる。こういうことはまえにも見てきた。サンクション第四惑星でも。インディゴ・シティじゃ、あのくそジョシュア・ケンプがこんなことを言った――〝われわれが求めるのは革命への推進力であり、それをどのように手に入れるかはさして重要ではない。だから、その間の倫理的な議論など言うまでもなく無意味だ。歴史的な結果が最後に道徳的な審判をくだすのである〟ってな。あのキャビンにいるのがクウェルクリスト・フォークナーじゃなかったとしても、彼女としてでっち上げる。ちがうか？」

ふたりは顔を見合わせた。おれはうなずいて続けた。

「だろ？　だったら、シルヴィ・オオシマはどうなる？　彼女はこんなことを自ら選んだわけじゃない。こんなことなど望んじゃいなかった。彼女はなんの罪もない傍観者だ。あんたらは欲しいものをどうしても手に入れたい。そういうことなら、彼女はその過程における大勢の犠牲者の第一号ということだ」

さらに沈黙ができ、最後にブラジルが肩をすくめて言った。

「おまえはそもそもどうしておれたちのところに来たんだ？」

「あんたという人間の判断をまちがったのさ、ジャック。あんたのことをまちがって覚えてたからだ。自分の願いを叶えることしか考えられない悲しいやつとは思ってなかったからだ」

彼はまた肩をすくめて言った。「だったら、おまえの記憶がまちがってたってことだ」

「そのようだ」

「あなたがわたしたちのところに来たのはほかに選択肢がなかったから」とシエラ・トレスがむっつりと言った。「でも、あなたには初めからわかってたはずよ。わたしたちが彼女の表面上のパーソナリティよりナディア・マキタの存在の可能性のほうを重視することは」

「表面上のパーソナリティ？」

「不必要にオオシマを傷つけたいなんて誰も思ってない。でも、犠牲が避けられないとなれば……彼女がほんとうにマキタだとしたら——」

「あれはマキタじゃない。眼を覚ませよ、シエラ」

「そうかもしれない。でも、コヴァッチ、あなたには残酷かもしれないけど、正直に言うわ。もし彼女がほんとうにマキタなら、ハーランズ・ワールドの人々にとってははるかに重要な存在になる。あなたがたまたま心惹かれてしまったどこかのデコムよりはるかに。賞金稼ぎの傭兵よりはるかに」

トレスをじっと見つめていると、冷ややかで破壊的なまでの気楽さが体を這い上がってきた。長い旅から家に帰ってきたときのようなすがすがしささえ覚えた。

「彼女が本物なら、脚がいかれちまったネオクウェリストのサーファー女なんかよりもはるかに重要な存在になる。そんなふうに思ったことはあるのか？　犠牲になる覚悟はきみにもできてるのか？」

彼女は自分の脚を見てから、その視線をまたおれに戻し、子供に嚙んで含んで聞かせるように言った。

「もちろん。わたしがここで何をしてると思ってるの？」


一時間後、隠しチャンネルの通信が突然つながり、興奮気味の声が聞こえてきた。詳細ははっきりとはわからなかったが、およそのことは驚くほどはっきりとわかった。ソウセキ・コイを含めた少人数の生存者グループはミッツィ・ハーラン側の部隊を敗走させ、ミルズポートから逃げ出すルートも確保したということだった。

つまり、彼らは今にもおれたちを助け出しにくるということだ。

第三十五章

村の港にはいってあたりを見まわすと、圧倒的なまでの既視感に襲われた。またあの焼けたにおいを嗅いでいるような気がした。またあのパニックに陥った叫び声が聞こえたような。

あのときの自分が見えるほどだった。

落ち着け、タケシ。ここで起きたわけじゃない。

それはそのとおりだった。それでも、海岸沿いの斜面には風雨にさらされた同じような家々が点在しており、海岸沿いのメインストリートには商店が軒を連ねる小さな一帯があった。どうやらそこが村の中心部のようで、それもほとんど変わらなかった。入り江の一端には、同じような商業港用の建造物の複合体があった。同じような本キール式の沿岸トロール船や補給船まで埠頭に沿って係留されていた。その中には、外洋航行用のエレファント・エイ捕獲船も停泊していて、舷外浮材(アウトリガー)のついた不気味で巨大なその船体がほかの船をみな小さく見せていた。入り江の一番奥に今は廃屋になっているミクニ研究所があるのも同じだった。そのさらに少しさき——ごつごつとした岩の上に——祈りの家があった。プロジェクトへの融資が中止されたあと——新啓示派が現われなければ——そこが村の活動の中心となっていたのだろう。メインストリートにいる女たちは誰もが危険物質を取り扱う仕事をしているかのように、全身を布で包み込んでいた。男たちとは対照的に。

「とっとと終わらせよう」とおれはぼそっと言った。

おれたちは小舟でビーチのへりまで行き、染みだらけの磨り減ったプラスティック桟橋に船を舫った。桟橋はほとんど使われていないらしく、浅瀬の水の中で傾いていた。ブラジルとおれが荷物を船から降ろしているあいだ、シエラ・トレスと自らをナディア・マキタと呼ぶ女は船尾に坐っていた。ミルズポート群島をクルーズする者の多分に洩れず、〈ボービン・アイランダー〉号の所有者も、北の入り江にある村に立ち寄らなければいけない場合に備え、村にふさわしい婦人服を船に常備しており、トレスもマキタも眼の高さまで布を体に巻きつけていた。おれたちは体を支え、ふたりがディンギーを降りるのに手を貸した。そして、婦人服同様、村にふさわしいと思われる不安げな表情をつくり、巻きつけバッグを身につけ、メインストリートを歩いた。が、どうしても老婆のようにゆっくりとした道行きになった。〈ボービン・アイランダー〉を降りるときに、シエラ・トレスは戦闘用鎮痛剤に目一杯浸っていたが、ギプスに固定され、収縮合金のブーツを履いた足では、ひたすらゆっくりと歩くことしかできなかった。村人が二、三人、不思議そうにおれたちのほうを見てきた。が、どうやらそれはブラジルのブロンドの髪と高い身長のせいのようだった。彼も布で包むことができたらいいのだが。おれはそう思った。

誰もおれたちに話しかけてはこなかった。

村の中心の広場まで行くと、一軒しかないホテルがあり、部屋を一週間分予約した。支払いには、ヴチラから持ってきたさまざまなデータチップの中から、二枚のかなり古いＩＤチップを選んだ。女のトレスとマキタはおれたちの連れということで、ＩＤの読み取りはおこなわれなかった。それでも、スカーフと服で肌を隠した受付係はふたりを温かく迎えてくれた。が、伯母はもう歳で、おまけに腰に怪我をしていてね、とおれが言うと、その温かな歓迎が逆に少し厄介なものになった。村の女医を呼ぼうかと言われたのだ。おれはなんとかその申し出を断わった。受付係は男の責任者が映し出されたディスプレーのまえまで行くと、口をしっかりとつぐんでおれたちのIDを機械に通した。彼女のデスクの横の窓から広場が見えた。一段高くなったプラットフォームには、村の処刑椅子を置く位置が示されていた。おれは寒々とした気分でそれを見つめ、いっときのち、また現実に自分を引き戻した。おれたちは古色蒼然としたスキャナーの上に鍵代わりの手をかざしてから、部屋に上がった。

「あなた、ここの人たちに何か恨みでもあるの？」部屋にはいると、頭の布を解きながらマキタが言った。「なんだか怒ってるみたいに見えるけど。だから僧侶たちに復讐してるの？」

「まあ、関係はある」

「そう」彼女は頭を振って髪に指を通すと、布と金属でできた頭のカヴァーをもう一方の手で持ち、困惑したような好奇の眼でそれを見つめた。テキトムラでスカーフを巻かなくてはならなかったときに、シルヴィ・オオシマが見せたぶっきらぼうな嫌悪とはまたちがっていた。「三つの月の下でどうしてこんなものを身につけようと思うのかな？」

おれは肩をすくめた。「もっと馬鹿げたことに人間がコミットしてるのを見たことがある」

彼女は鋭い視線をおれに向けて言った。「それってひねくれたあてこすり？」

「いや、そんなんじゃない。おれがあんたを批判するときは大きな声で堂々と言うよ」

彼女は肩をすくめて言った。「そのときを愉しみにしてる。でも、あなたはクウェリストじゃない。そう思っていればいいのよね？」

おれは荒っぽく息を吸ってから言った。

「好きに思ってりゃいいさ。出かけてくる」

おれは港を歩きまわった。店がなくなるはずれまでやってくると、やっとバブルファブのカフェが一軒あった。漁師や埠頭の労働者相手に、安い料理と飲みものを出す店だ。おれは注文したフィッシュ・ラーメンを受け取って、窓ぎわの席まで持っていき、ラーメンをすすりながら、エレファント・エイ捕獲船のデッキや、アウトリガーと船体をつなぐ鉄骨の上で動きまわっている乗組員を眺めた。しばらくして、中年の痩せた村人がひとり、トレーを持っておれのテーブルのほうにやってきた。

「ここに坐ってもいいかな。ちょっと混み合ってるんで」

おれはバブルファブの店内を見まわした。確かに混んではいたが、あいている席はほかにもいくつかあった。おれは無愛想に肩をすくめた。

「ご勝手に」

「どうも」男は坐ると、ベントウ・ボックスの蓋を開けて食べはじめた。しばらくのあいだおれたちは黙々と食べた。が、やはり予想どおりの展開になった。男が口に食べものをいっぱい入れたまま眼を合わせてきた。そして、風雨にさらされた顔をしわくちゃにして笑って言った。

「このあたりの人間じゃないよな?」

神経がいくらか張りつめた感覚が走った。「どうしてそう思う?」

「ほら、やっぱりそうだ」男はまたにやりと笑った。「このあたりの人間なら、そんなふうに訊き返してはこない、だろ? それに初めからおれを知ってるはずだ。おれはクラミナトの人間なら全員知ってるんだよ」

「そりゃよかったな」

「あのエイ捕獲船の乗組員でもなさそうだ、だろ?」

おれは箸を置いた。あとでこの男を殺すはめになるのだろうか? そう思うと、薄ら寒い気分になった。「いったいなんなんだ。あんた、刑事かなんかなのか?」

「おいおい!」彼は嬉しそうに笑った。「おれが何者かって? おれは流体力学の専門家だ。ちゃんと大学で勉強したんだ。ただ、学歴はあっても今は失業中だ。まあ、不完全就業の身と言ったほうがいいかもしれないが。最近はだいたいあのトロール船の乗組員をしてる。あの緑の船だ。親がおれを大学に行かせてくれたのは、ミクニ・プロジェクトで村が沸いてた頃のことだ。もちろんリアル・タイムで。ヴァーチャルで行けるほどの金はなかった。七年かよったよ。ミクニ・プロジェクトに関係する仕事に就けば生活が保証される。親はそう思ったんだろう。だけど、おれが大卒資格を取ったときにはもうそんな状況じゃなかった」

「だったら、なんでまだこんなところにとどまった?」

「いや、ここはおれの故郷じゃない。おれはここから海岸沿いに十キロばかり行ったところ——アルバミサキの出だ」

その名前が爆雷のようにおれの体内に落下した。おれはその場に凍りついて、爆発を待った。ほんとうに爆発したらどうなるのか考えながら。

なんとか声を搾り出して言った。「ふうん」

「で、大学で出会った女と来たんだ。彼女の家族がこっちにいてさ。キールの製造業でも始めようかと思ってた。トロール船の修理で生計を立てようって。ほんとうはミルズポートのヨット組合で設計の仕事をするのが夢だったんだけど」そこまで言って、彼は顔をゆがめた。

「でも、子供が生まれてさ。今じゃ子育てで手一杯だ。食費やら服代やら教育費を稼ぐのに仕事に追われる毎日だ」

「親は? よく会ってるのか?」

「いや、ふたりとももう死んだ」彼はことばを切って顔をそむけると、不意に口をぎゅっと結んだ。おれはしばらく彼を見つめてから最後に言った。

「すまん。よけいなことを訊いてしまったな」

彼は空咳をしてから、おれにまた視線を戻して言った。

「いや。あんたが悪いんじゃない。あんたにわかるわけがないんだから。しかたのないことさ」彼は息を吸い、息をするとどこか痛むような顔をした。「一年くらいまえのことだ。突然だった。どこかのいかれ頭が村でブラスターをぶっ放したんだ。それで何十人もの村人が殺された。五十代以上の老人ばかりが。ひどいもんさ。わけのわからない事件だった」

「その男は捕まったのか？」

「いや」息を吸って、また痛そうな顔をした。「捕まってない。犯人はまだどこかにいる。今でも殺しつづけてるって話だ。誰もそいつを止められないんだそうだ。探し出せるなら、おれが阻止してやるんだが」

さきほど見かけた路地が思い浮かんだ――港の複合体のへり、貯蔵庫と貯蔵庫のあいだの道。彼にチャンスを与えることも考えた。

「再スリーヴする金もなかったのか？　あんたの両親のことだが」

男はおれをじっと見てから言った。「おれたちはそういうことはしない。わかってるだろ？」

「ちょっと待ってくれ。あんたがさっき言ったとおり、おれはこのあたりの人間じゃないんでね」

「ああ。だけど――」彼はためらい、バブルファブの中を見まわし、またおれに視線を戻すと、声をひそめて言った。「もちろんおれは新啓示派の信徒だよ。だからといって、坊さんの言うことを全部信じてるわけじゃないが。特に最近は。それでも、信仰は信仰だ。それがおれの生き方だ。信仰はよりどころとなるものを与えてくれる。子供たちを育てる道を示してくれる」

「子供は息子か？　娘か？」

「娘がふたりに息子が三人」彼はため息をついた。「言われなくてもわかってる。くそ教養のせいだ。知ってるかい、岬をちょっと行ったところに海水浴場があるんだけど。たいていの村にある。子供の頃には、夏になると毎日そこで過ごしたもんだ。みんなで。仕事が終わると、親が来ることもあった。だけど、今はいろいろと厳しくなっちまって、海のど真ん中に壁ができた。でもって、昼のあいだは祭司がいつも眼を光らせてる。女たちは壁の反対側に行かなきゃいけない。今は女房や娘たちと一緒に泳いで遊ぶことはできない。確かに狂ってるよ。行き過ぎもいいところだ。だけど、おれたちに何ができる？　ミルズポートに引っ越す金なんてありゃしないし、そもそも子供にあの市の通りを走りまわらせようとは思わない。大学にかよってた頃、いやというほど思い知ったんだ。あそこは堕落したクソどもでいっぱいの市だ。あそこには人の心なんてものはもうない。あの市は感情のないゴミ溜めみたいなところだ。少なくとも、ここの人間はあらゆる動物的欲望を満足させようなんて思っちゃいない。もっとちがう何かを信じてる。まわりの人間がなんと思おうと。それでいいんだよ。おれは別の人生を別の体で生きたいなんて思わない。ただ、生きることだけが目的の人生なんてな」

「だったら、再スリーヴする金がないというのはむしろラッキーだったわけだ。ふらふらとそんな気にならなくてすむんだから。そんなことになったら残念だろ？」

　両親に会えないのも残念なことだが——とは言わなかった。

「そのとおりだ」と男は言った。おれの皮肉には気づかなかったようだった。「そういうことだ。人生が一回きりしかないってわかれば、まちがったことはしないようにって一生懸命になれる。物質的なことも退廃的なことも全部忘れられる。今のこの人生についてしっかり考えられるようになる。次のスリーヴで何をしようかなんて心配する必要がないんだから。意味のあることに人生の焦点を合わせられる。家族、コミュニティ、友情といったようなことに」

「それにもちろん、規律だ」とおだやかにおれは言った。意外なことに自然とそういう声音になっていた。おれたちはこのあと数時間はめだたないようにしなくてはいけない。しかし、声がおだやかになったのはそのせいではなかった。怪訝に思って、おれは自分の心を探った。すると、こういうやりとりをしていると必ず頭をもたげる〝侮蔑〟がどこにも見つからなかった。おれはテーブル越しに彼を見やった。今のおれにはただ疲労しか感じられなかった。サラと彼女の娘を永遠に死なせたのはこの男ではない。あの事件があったとき、こいつはまだ生まれていなかったかもしれない。同じ状況に置かれれば、こいつも両親と同じ道——めえめえと鳴く羊の群れと同じ道——を選ぶことだろう。が、今はそれがどうでもいいことに思えた。港の裏のあの路地に連れていくほど、おれはこの男のことが嫌いになれなかった。おれが誰かという真実を話して、こいつに復讐のチャンスを与える気にもなれなかった。

「そのとおりだ——規律だ」男の顔がぱっと明るくなった。「それが鍵だ。それこそすべてのものの基本となるものだ。考えてもみてくれ。科学はおれたちを裏切った。今じゃもう誰にも手に負えない状態になってる。人間がコントロールできるものじゃなくなってる。科学はあまりに物事を簡単にしてしまった。自然と老化するということが人間にはなくなり、死ぬ必要さえなくなり、神をまえに弁明する必要もなくなった。ほんとうの価値とはなんなのか。そういうことがおれたちにはもうわからなくなってしまってる。再スリーヴする金をただ貯めるためだけに、せせこましい一生を生きてる。そんなことをしてると、このほんとうの時間が無駄になってしまうのに。おれたちはこの人生を正しく生きなきゃいけないのに。もし人がただ——」

「よお、ミクラス」おれは顔を上げた。おれの話し相手と同じくらいの年恰好の男が大股でおれたちのほうへやってきて、陽気な大きな声で言った。「長ったらしい説教はそろそろ終わりにしたらどうだ？　船体磨きの仕事ができた」

「ああ、すぐ行くよ」

「こいつの話は無視したほうがいい」新たに現われた男は顔に大きな笑みを浮かべて言った。「こいつは村の住人全員を知ってると思いたがっててね。で、知らない顔を見つけると、それが誰か調べないと気がすまないんだ。まあ、あんたはもうその被害にあったみたいだけど」

おれも笑みを浮かべて言った。「まあ、そんなところだ」

「だよな。おれはトヨだ」肉厚の手が伸びてきた。「クラミナトへようこそ。長くいるのなら、またどこかで会うかもな」

「ああ、どうも。会えるといいな」

「今は仕事をしなくちゃいけなくてね。ちょっとでも話せてよかったよ」

「ああ」とミクラスも同意して立ち上がった。「話せて愉しかったよ。おれが言ったこと、考えてみてくれ」

「ああ、わかった」おれは立ち去ろうとしている彼を呼び止めた。最後の用心として。「ひとつ教えてくれないか。どうしておれがエレファント・エイ捕獲船の乗組員じゃないってわかったんだ？」

「ああ、それか。あんたは捕獲船をじっと見てた。乗組員が何をやってるのか興味がありそうな感じで。港に停泊してる自分の船をそんなに真剣に見るやつなんていやしない。でも、つまるところ、あたってたわけだ？」

「ああ。いい読みだ」小さな安堵がおれの全身を浸した。「やっぱりあんたは刑事になったほうがいいのかも。そういう仕事のほうが合ってるのかもしれないぜ。正しいことをして、悪いやつらを捕まえるんだから」

「確かに」

「いや、駄目だね」とトヨが横から言った。「犯人を捕まえてもそいつらに親切にしちまうから。やさしすぎるんだよ、こいつは。自分の女房さえちゃんとコントロールできないんだから」

ふたりが店から出ていくと、まわりから笑いが起きた。おれもそれに加わり、声をフェイドアウトさせて、最後に笑みだけ浮かべた。小さな安堵が体に残った。

ミクラスを尾けて殺す必要はこれでほんとうになくなった。


三十分待って、バブルファブから埠頭に出た。エレファント・エイ捕獲船のデッキにも上部構造にもまだ人影があった。立ち止まり、その様子を眺めた。二分ほどすると、乗組員のひとりが船首側のタラップを降りて、おれのほうにやってきた。あまり友好的な顔つきではなかった。

「おれたちに用でもあるのか?」

「ああ」とおれは言った。「アラバルドスの空から聞こえる夢の賛美歌を歌え。おれはコヴァッチだ。ほかのやつらはホテルにいる。船長に伝えてくれ。暗くなったらすぐ行動だ」

第三十六章

エレファント・エイ捕獲船〈エンジェルファイア・フラート〉号は、このタイプの船がほとんどそうであるように、頑丈でいかにもスピードが出そうで、その大きな船体は港でもひときわ眼を惹いた。軍艦と巨大なレーシング・スキフを組み合わせたイメージで、重心に剃刀（かみそり）のように鋭い本キールを備え、舷側の二本のアウトリガー・ポッドには馬鹿馬鹿しいほどの数の反重力装置がついていた。無謀なまでのスピードと海賊行為。それがこの船の持ち味だ。エレファント・エイも、より小さなその親類たちも、水中を猛スピードで動く。が、捕獲船にスピードが要求されるのにはさらに重要な理由がある――釣り上げたあとしばらく放っておくと、肉が腐ってしまうことが多いのだ。もちろん冷凍肉にして売ることもできるが、新鮮なままの大きなエイを急いで持ち帰り、ミルズポートのような富裕層が集まる街で競りにかければ、大儲けができる。そのためにはどうしてもより速い船が必要になるというわけだ。そのことはハーランズ・ワールドじゅうの造船所がよく理解しており、どの造船所もより速い船の開発に余念がなかった。また、それには海に生息して海で卵を産む最上級のエレファント・エイはファースト・ファミリーのために別に取っておかなければならない、という事実も一役買っている。密漁は重罪だ。密漁をして逃げ通そうと思ったら、高速船の船体を低くして見つかりにくくしなければならない。肉眼からもレーダーからも。

つまり、エレファント・エイ捕獲船というのは、ハーランズ・ワールドの司直の手から逃れるには持って来いの船というわけだった。

港を出て二日目、船はミルズポート群島からかなり離れたところまで来ていた。どんな飛行体の飛行距離からもはずれるところまで。おれはデッキに上がり、左舷のアウトリガーと船体をつなぐ鉄骨の骨組みの上に立って、船の下で切り裂かれる海を見ていた。何かが起きそうな予感が風に舞う水しぶきとともにおれに吹きつけていたが、予感の正体をとらえるにはあまりに速く進みすぎていた。過去そのものも死者という過去の積み荷も航跡の中に消えていた。今となってはもう試せない選択肢と答とともに。

エンヴォイはこういうことが得意なはずなのだが。

ヴァージニア・ヴィダウラの妖精のような新しい顔がだしぬけに頭の中に現われた。が、声は聞こえてなかった。体に染み込んでいるはずの教官としての彼女の自信も感じられなかった。この亡霊がおれを助けてくれることはもうなさそうだった。

「そばに行ってもいい？」

キールに切り裂かれる波とまわりの風の音越しに声がした。右舷のセンター・デッキのほうを見ると、骨組みの端につかまって体を支えている彼女がいた。シエラ・トレスから借りたカヴァーオールとジャケットを着ていた。骨組みをつかむその姿はいかにも弱々しく、足元もおぼつかなかった。風を受けているのに、彼女の銀色の髪は重く、なびいてはいなかった。そぼ濡れた旗のように垂れていた。青白い顔の中、眼が暗い窪みのように見えた。

もうひとりのクソ幽霊の登場だ。

「ああ。もちろん」

歩きだすと、立っていたときの弱々しさは少しだけ消えた。近くまでやってくると、彼女の口元が皮肉っぽくゆがんでいるのがわかった。強いスリップストリームの中でも彼女の声はしっかりとしていた。頬の傷もブラジルの薬が効いたようで、今では細い線がうっすらと見えているだけだった。

「ということは、〝破片〟と話をするのも別にいやじゃないってことね」

一度、ニューペストのポルノ・コンストラクトで、ヴァーチャル娼婦と一緒に〝茸〟でラリったことがある――結局、失敗するのだが、おれたちはシステムの欲望達成プログラミングを壊そうとしたのだ。まだとても若かった頃のことだ。それほど若くはなかった頃、アドラシオンでの任務のあと、軍の人工知能と酔っぱらって、してはいけない政治の話をしたこともある。地球に行ったときには、自分自身のコピーとこれまた酔って、話をしたこともある。結局のところ、おそらくそのどれもが何かの〝破片〟との会話だったのだろう。

「あんまり深読みしないほうがいい」とおれは彼女に言った。「おれは会話の相手をあまり選ばない性質なだけだ」

彼女は少しためらってから、口を開いた。「いろんな細かいことを思い出してきたのよ」

おれはただ海を見つめつづけ、何も言わなかった。

「わたしたちはファックした、でしょ？」

船の下で海がうしろに流れていた。「ああ、二回ばかり」

「覚えてる――」またためらってことばを切り、顔をそむけて続けた。「あなたがわたしを抱きしめたことも。わたしが寝てるあいだに」

「ああ」とおれは苛立った身振りを交えて言った。「しかし、それは全部最近のことだ、ナディア。そんなことしか思い出せないのか？」

「むずかしいのよ」彼女は身震いをした。「小さな空間があるんだけど、そこには絶対に手が届かない。ドアがロックされてるみたいな感じね。頭の奥に別の部屋があるみたいな」

だから、それがパーソナリティ・ケーシングの制御システムじゃないのか。おれはそう言いたくなった。そのおかげできみは精神病になるのを免れてるんじゃないのか、と。

「プレックスっていう名前を聞いた覚えはないか?」とおれはかわりに尋ねた。

「プレックス、覚えてる。テキトムラのプレックスでしょ?」

「そいつについて何か覚えてることは?」

彼女の顔がいきなりこわばった。誰かに内側から強く押されたマスクみたいに。

「ヤクザの使いっ走りのチンピラで、貴族気取りのインチキ作法を身につけてて、ギャングに魂を売ったやつ」

「それで一篇の詩ができる。ただ、貴族というのは事実だ。大昔の話だが、彼の一族は特権階級の貿易商だった。きみたちが北で革命戦争をしてるあいだに没落したが」

「わたしはそのことに罪悪感を覚えなくちゃいけないの?」

おれは肩をすくめた。「ただ事実を整理しただけだ」

「つい二、三日前、わたしはナディア・マキタじゃないってあなたに言われたのよ。なのに、今は突然、三百年前に彼女がしたことをわたしのせいにしたいわけ? コヴァッチ、自分は何を信じてるのか。それはあなたもはっきりさせたほうがいい」

おれは横にいる彼女を見て言った。「ほかのやつらとはもう話したのか?」

「あなたのほんとうの名前を教えてくれた。そういうことを訊いてるのなら。あなたがどうしてクウェリストにそんなに怒ってるのかも少しだけ。ジョシュア・ケンプっていう愚か者と戦った話も聞いた」

おれは首をめぐらせ、突進してきている海の景色に眼を戻した。「おれはケンプと戦うためにあそこに行ったんじゃない。彼を助けるために派遣されたんだ。サンクション第四惑星という泥沼に輝かしいくそ革命を起こすために」

「それも聞いたわ」

「そう、おれはそのために送られた。だけど、おれが今まで見てきたほかのあらゆるくそ革命家と同じように、ジョシュア・ケンプも狂った扇動家に変わっちまってた。倒そうとしてる敵と同じくらい汚い男に。ネオクウェリストたちがいろんなことを正当化してきみに話を聞かせるまえに、ひとつだけはっきりさせておこう。きみが愚か者と呼ぶこのジョシュア・ケンプのやったすべての残虐行為——核兵器爆撃も含めて——はすべてクウェルクリスト・くそ・フォークナーのためだった」

「なるほど。わたしの名前とわたしの警句を借りたひとりの精神異常者の行動もまたすべてわたしのせいだと言いたいのね。わたしが死んでからすでに何世紀も経っているというのに。それってフェアなこと?」

「おいおい、きみはクウェルになりたいんじゃないのか? だったら、そういうことには慣れることだ」

「まるでわたしに選択肢があるような言い方ね」

おれはため息をつき、骨組みの手すりをつかんでいる自分の手を見た。「ほかのやつらとかなり話をしたんだな、だろ? で、何を吹き込まれた? 革命の必要性か? 歴史の流れに身を任せるって話か? どうした? 何がそんなに可笑しい?」

彼女は笑みを消すと、顔をゆがめ、しかめっ面をつくって言った。「なんでもない。でも、コヴァッチ、あなたは肝心なことを忘れてる。わたしがほんとうにクウェルクリスト・フォークナーかどうかなんて関係ないのよ。わからないの？　わたしがただのクウェルの破片だったら？　出来損ないのスケッチか何かだったら？　それで何かが変わると思う？　頭の中の手が届くかぎりの範囲では、わたしは自分がナディア・マキタだと信じてるんだから。彼女の人生を生きる以外、わたしに何をしろと言うの？」

「シルヴィ・オオシマに体を返す、とか？」

「まあね。でも、今はそれは不可能よ」と彼女はきっぱりと言った。「ちがう？」

おれは彼女を見すえて言った。「さあ、どうだろう。ほんとうに不可能なのか？」

「わたしが頭の中で彼女を抑えつけてるとでも思ってるの？　まだわからないの？　そういうふうには機能してない」彼女は銀色の髪を握って引っぱってみせた。「これがどんなふうに機能してるかなんてわたしにはわからない。そういうことはわたしよりもオオシマのほうがちゃんとわかってる、このシステムのことは。だから、ハーラン信奉者に捕らえられたときには、彼女のほうからそこに引っ込んでいった。体を自律制御のままにして。あなたが助けにきてくれたとき、わたしをこうやって外に送り出したのは彼女なのよ」

「そうなのかい？　だったら、彼女は今何をしてるんだ？　美容のためにゆっくり寝てるのか？　データウェアの整理整頓でもしてるのか？　いい加減にしろよ！」

「そうじゃない。彼女は嘆き悲しんでる」

そのことばには引っかかった。

「何を嘆き悲しんでるって言うんだ？」

「なんだと思うの？　彼女のチーム・メンバーは全員ドラヴァで死んだんじゃないの？」

「馬鹿馬鹿しい。メンバーたちが死んだとき、彼女は彼らと連絡なんか取れてなかった。ネットがダウンしてたんだから」

「そう、そのとおりよ」眼のまえの女は深く息を吸うと、声を落とし、説明するときの落ち着いた口調でおもむろに話しはじめた。「そう、ネットはダウンしてた。だから、アクセスすることはできなかった。そのことは彼女がわたしに教えてくれた。でも、彼らが死んだときのことは受信システムがすべて記憶してたのよ。だから、頭の中でまちがったドアを開けてしまうと、彼らの叫び声が聞こえてくる。それを聞いてしまって、ショックを受けてるのよ。彼女にはもうわかってる。その記憶が続くかぎり、彼女は安全な場所から出てこない」

「彼女がきみにそう言ったのか？」

おれたちは睨み合った。ふたりの顔と顔のあいだのわずか五十センチほどの隙間を海風が過ぎていった。「ええ、これは彼女が教えてくれたことよ」

「おれはそんなことは信じない」

彼女はしばらくおれから眼を離さなかった。そのあと顔をそむけ、肩をすくめて言った。

「何を信じるか、それはあなたの勝手よ、コヴァッチ。でも、ブラジルの話からすると、あなたはただ自分自身の怒りをぶちまける簡単な相手を探してるだけみたいね。何かを変えようと建設的な努力をするより、ずっとそのほうが簡単なことよ。ちがう？」

「いい加減にしろ！　今度は腐りきった古臭い説教か？　何かを変えようと建設的な努力をする？　それが不安定時代にきみらがしてたことなのか？　建設的な努力？　その努力の成果がニューホッカイドウを滅茶苦茶にしたことなのか？」

「いいえ、それはちがう」おれはそこで初めて眼のまえの彼女の顔に苦痛を見た。それまでの無味乾燥な声音が急に弱々しくなった。その声音を聞いていると、もう少しで彼女の存在を信じてしまいそうにさえなった。もう少しで。彼女は骨組みの手すりを両手でしっかりと握って首を振った。「あそこで起きたことは何ひとつ正しいことじゃなかった。でも、わたしたちに選択肢はなかった。政治をグローバルに変えなくちゃならなかった。ひどい弾圧を撥ね返して。彼らが自分の地位を捨てるなんてことはありえなかった。だから戦うしかなかったのよ。でも、結果としてああなってしまった。そのことをわたしが喜んでるとでも思ってるの？」

「だったら」おれは抑揚のない口調で言った。「もっとましな計画を立てるべきだった」

「そう？　その場にいなかったあなたに何がわかるの？」

沈黙ができた。

彼女は立ち去るのではないか。政治的にもっと友好的な仲間を探して。おれはいっときそう思った。が、立ち去りはしなかった。彼女の痛烈な反論——いくらかは侮蔑の含まれたそのことば——は風に乗って、うしろへと流され、消えた。〈エンジェルファイア・フラート〉号は飛行機並みのスピードで、さざ波の立つ海上を走っていた。おれとしてもうら侘しく気づかないわけにはいかなかった——この船は信奉者のもとに伝説を今送り届けようとしている。ひとりの英雄を歴史に刻もうとしている。何年か経てば、この船のことも歌に書かれることだろう。この南への航海についても。

しかし、この今のやりとりの歌は書かれない。

そんな思いに、知らず知らず苦い笑みがおれの口元に浮かんだ。

「今度はあなたが言って。何がそんなにくそ可笑しいのか」とおれの横の女は辛辣な口調で言った。

おれは首を振って言った。「どうしてなんだろうと思っただけだ。どうしてきみはわざわざおれと話をしたがるのかって。ネオクウェリズムの崇拝者たちとつるんでるほうがずっと愉しいだろうに」

「それはわたしが挑戦好きだからかもしれない。〝イエス〟の合唱を聞いても面白くないからかもしれない」

「だったら、これから何日かは愉しみはおあずけだな」

彼女は何も言わなかった。が、彼女の言った最後のことばがおれの頭の中でまだ鐘を鳴らしていた。子供の頃に読まされた何かの本にあった一節と同じだった。そう、『活動日誌』の中に書かれていたあの詩。詩を書く時間などほとんどなかったはずのクウェルクリスト・フォークナーが、殴り書きで書いた詩だ。不安定時代は痛ましい時代であり、簡単に回避できた時代だったとして、闇に葬ろうとする学校教育の中で朗読まであった。涙を誘いたがっているのが見え透いた大根役者が読み上げたのだ。自らの選択をまちがいだったと認めたクウェルには今はもう嘆く以外何もできない、と説明してから。

彼らはわたしのところにやってくる
進捗状況報告書を持って
しかし、わたしの眼に映るのは、作戦変更と焼かれた体だけだ。
彼らはわたしのところへやってくる
目標達成報告書を持って
しかし、わたしの眼に映るのは、血と逃した機会だけだ。
彼らはわたしのところへやってくる
わたしがすることすべてにくそみたいな〝イエス〟の合唱をしながら
しかし、わたしの眼に映るのは犠牲だけだ。

子供の頃を過ぎて、ニューペストのギャングとつるむようになった頃、おれはその詩のオリジナルの違法コピーを手に入れた。ミルズポート最終攻撃の数日前、クウェル本人がマイクに向かって朗読したものだ。死んだように疲れ果てたその声を聞いていると、学校版の詩が格安の感情でみんなに流させようとした涙のすべてが聞こえた気がしたものだが、いずれにしろ、その詩の根底にあるものはもっと深く、もっと強力な何かだった。群島から遠く離れたどこか、急ごしらえのバブルファブの中にいるクウエルクリスト・フォークナー。彼女は真の死（リアル・デス）に直面した兵隊や、もっとひどい状態の仲間に囲まれ、それから数日を過ごさなければならなかった。それでも、犠牲を恐れなかった。歯が折れるほどしっかりと犠牲を噛みしめ、皮膚の中に染み込ませた――忘れまいとして。誰ひとり忘れる者などいないように。どういう結果になろうと、輝かしい革命を称揚するくだらないバラードや賛美歌など決して書かれないように。

「クゥアルグリスト・プロトコルについて聞かせてくれ」しばらくして、おれは言った。「きみがヤクザに売りつけた武器のことを」

彼女は顔を引き攣（つ）らせ、おれのほうを見ることなく言った。「そう、そのことも知ってるのね」

「プレックスから聞いたんだ。だけど、彼も詳しいことは知らなかった。きみはハーラン一族のメンバーを殺すなんらかの武器を起動させた。そうなんだろ？」

しばらくのあいだ彼女は下の海をただじっと見つめた。

「このことに関してあなたを信用しろだなんて」と彼女はおもむろに言った。「どうしてそんなことが当然のことのようにあなたには思えるわけ？」

「どうして？　起動させたのなら同じことだろうが？　それとも、もとに戻せるのか？」

彼女の声が急に小さくなった。

「できない」強い風が吹きつけていたので、おれは集中して彼女のことばを聞き取らなければならなかった。「彼らには解除コードがあると信じ込ませたけれど。彼らは当然それを見つけ出そうとする。だから、そのあいだはわたしを殺すことはないだろうと思ったのよ。でも、もう止められないと思う」

「で、結局のところ、それはなんなんだ？」

彼女はおれと眼を合わせた。声がだんだん大きくなった。

「遺伝子兵器よ」と彼女はきっぱりと言った。「不安定時代に黒の部隊の幹部の何人かが志願して実行したものよ。彼らのDNAを操作して組み込んだ兵器。ハーラン一族の血への遺伝子レヴェルの憎悪がフェロモンで誘発される仕組みになってる。当時はドラヴァの実験室で開発された最先端テクノロジーだったけれど、ちゃんと機能するかどうかは誰にもわからなかった。でも、ミルズポートの襲撃には失敗したとしても、黒の部隊としてはあの世からでも攻撃を続けたかった。何世代も超えて繰り返し現われ、ハーラン信奉者を悩ませたかった。志願者の中で生き残った者が子供に引き継がせる。その子供たちは自分の子供たちに引き継がせる」

「すばらしい」

「いい、コヴァッチ、わたしたちがしていたのは戦争なのよ。だいたい、ファースト・ファミリーが自分たちの子孫に支配階級の複製を伝えてないとでも思ってるの？　彼らの特権と優越感は何世代も超えて生まれたときから刻印されてないとでも思ってるの？」

「確かに。でも、それは遺伝子レヴェルの話じゃないだろうが」

「どうしてそんなことがわかる？　あなたはファースト・ファミリーのクローンバンクで何がおこなわれてるか知らないの？　あらゆるテクノロジーを利用して、そういうものを自分たちの体に組み込んでるか知らないの？　少数独裁政治体制を永続させるためにどんな準備をしてるか？」

おれはマリ・アドのことを思った。ヴチラ・ビーチに行き着くまで彼女が拒絶したすべてのもののことを。あの女のことはあまり好きにはなれなかったが、階級分析的にはもっといい階級に属していてもおかしくない女だった。

「わかったから、そのくそみたいな武器が何をするのかだけ教えてくれ」とおれは抑揚のない声で言った。

オオシマのスリーヴをまとった女は肩をすくめた。「もう言ったと思うけど。操作されたその遺伝子を持っている者はみな、ハーラン一族に対する暴力行為を促す本能を体の中に持ってるってこと。サルがヘビを恐れる遺伝子を持ってるみたいに。ボトルバックサメが生まれながらに波の影に反応するみたいに。ハーランの血と一致するフェロモンを感知すると、暴力的衝動が誘発されるのよ。あとは時間とその人間個人の性格の問題ね。即座に反応して怒り狂い、なんでもいいから手元にある武器を使って殺すというケースもあれば、じっくり待って、用心深い計画を立てる者もいるかもしれない。その衝動を抑えようとする者もいるかもしれない。でも、それはセックスや競争意識みたいなものよ。最後には生物学が勝利する」

「遺伝子的にエンコードされた暴動。そういうことか」とおれは言ってひとりうなずいた。うすら寒い落ち着きが体に降りてきた。「まあ、クウェルクリストの主義主張が生んだなんとも自然な結末というわけだ。銃をぶっ放して隠れ、一生涯あとになって戻ってくる。それもうまくいかなかったら、曾孫の代まで巻き込む。数世代にわたって、子孫がきみたちのかわりにまた戦う。そこまでコミットするとはな。しかし、黒の部隊はそれを起動させなかった、だろ？　なぜだ？」

「それはわたしにもわからない」彼女はトレスから借りたジャケットの襟をしかつめらしく引っぱった。「でも、アクセス・コードを知っている者はそう多くはいない。それに、何世代か経ってからじゃないと、起動させる価値がない。もしかしたら、コードを知っていた者がそれほど長く生き延びなかったのかもしれない。あなたの仲間から聞いた話だと、黒の部隊の幹部は大半が捕らえられて、殺されたみたいだから。わたしが……戦いが終わったあとに。だから、もしかしたら誰も生き残らなかったのかもしれない」

おれはうなずいて言った。「それか、そのことを知っていた生存者がいたとして、そいつらには起動させる勇気がなかったか。考えてみれば、これは相当恐ろしいことだよ」

彼女は疲れた顔をおれに向けた。

「いい、コヴァッチ、あれは武器だったの。武器はみんな恐ろしいものよ。血脈を使ってハーラン一族を狙う武器のほうが、やつらがマツエに投下した核爆弾より恐ろしいとでも言いたいの？　四万五千人が一瞬にして塵となって消えたのよ。そのあたりにクウェリストの隠れ家があるという理由だけで。もっとくそ恐ろしい話を聞きたい？　ニューホッカイドウでは、政府軍の水平弾道榴散弾が街全体を破壊するのを何度も見たことがある。何百人もの政治犯がスタックをブラスターで撃ち抜かれたところも。そっちのほうが恐ろしくない？　クゥアルグリスト・プロトコルのほうが特別恐ろしい？　経済を抑圧するシステムより？　ベラウィード農場で脚を腐らせることを強制するそのシステムより？　加工工場で肺を破壊させることを強いるそんな経済政策より？　棚果物を収穫しようと不潔な岩を必死でよじ登って、落下して死ぬことを強制されることより？　それもただひとえに貧しい生まれだという理由だけで」

「きみが言ってるのは三百年前の話だ」とおれはおだやかに言った。「おれが言いたいのはそういうことじゃない。おれが気の毒に思ってるのはハーラン一族じゃない。黒の部隊の先祖たちに、政治的なコミットメントを強制された哀れな子供たちのほうだ。この世に生まれ出るまえから細胞の段階で運命を決められた子供たちのことだ。古い人間だと言いたけりゃ言えばいい。しかし、誰を殺すか、なぜ殺すか、おれは自分で決めたい」そこでおれは躊躇した。が、いったん抜いたナイフは最後まで振り下ろすことにした。「おれが今まで読んだことから判断すると、クウェルクリスト・フォークナーもおれと同じ考えだったはずだ」

白い泡の帽子をかぶった一キロの青い波が船底を叩いて過ぎていった。左舷のアウトリガー・ポッドが小さなうなり声をあげたのがかすかに聞こえた。

「それはどういう意味？」ややあって彼女が囁くように言った。

おれは肩をすくめた。「しかし、きみはその武器を起動させた」

「それはクウェルクリストの武器だったからよ」彼女のことばにわずかながら絶望がにじんだような気がした。「わたしにはそれしかなかった。でも、それって兵隊を徴兵するより悪いこと？　保護国が一時的に兵隊にまとわせたクローン改良型の戦闘スリーヴより？　感情移入や後悔しないように人を殺せるようにしたあのスリーヴより悪いこと？」

「いや。しかし、クウェルクリスト・フォークナーが言ったこのことばの意味とは矛盾するんじゃないか――〝あなたはまず理由を自分で理解し、それを自ら進んで受け容れなければいけない。そうでなければ、わたしはあなたに戦うことも、生きることも、死ぬことも望まない〟」

「そんなことわかってる！」今の彼女の声ははっきりと聞こえた。ひび割れてはいたが。「そんなこともわたしにはわかってないとでも思ってるの？　わたしにどんな選択肢があった？　わたしはひとりぼっちだった。ほとんどいつも幻覚の中にいて、夢見ていた――オオシマの人生と……」彼女は体を震わせた。「ほかのことを。次にいつ眼を覚ますのか、そのときにわたしのまわりには何があるのか。常に不安と隣り合わせだった。そもそもまた眼を覚ますこと自体あるのかという不安もあった。わたしにあとどれくらいの時間があるのかもわからなかった。あまつさえ、わたしはリアルなのかどうかも。そのことさえわからなくなるときもあった。それがどんな気持ちかあなたにはわかる？」

おれは首を振った。エンヴォイにいたとき、おれはさまざまな場所に派遣され、さまざまな悪夢を経験してきたが、それは完璧にリアルな体験だった。そのことに疑いを持ったことは一度もない。そんなことはエンヴォイの特殊技能が許してくれない。

彼女はまた骨組みの手すりを強く握った。指関節が白くなった。遠くに眼を向けていたが、その海の景色が彼女の眼に映っているとは思えなかった。

「どうしてまたハーラン一族と戦争を始めようだなんて思うんだ？」とおれはむしろおだやかな声音で尋ねた。

彼女は鋭い一瞥をおれに向けて言った。「三百年前に彼らからいくらかの譲歩を引き出しただけで、この戦争はもう終わったと思ってるの？　彼らは常に探している。入植時代みたいな貧困をわたしたちに味わわせる手段を常に模索している。決してやめようとしない。彼らは放っておけば消えるような敵じゃないのよ」

「ああ、〝殺すことのできない敵〟というやつだ、だろ？　その演説は子供の頃読んだよ。だけど、奇妙だよな。ここ二週間ばかりきみは起きたり眠ったりを繰り返してたのに、驚くほどいろんな情報を得てる」

「そういうことじゃない」と言って、彼女はまた流れ去る海に眼をやった。「現実に初めて眼を覚ますまえから、わたしはすでに何ヵ月もオオシマの夢を見ていた。それはこんな感じね。麻痺した体で、病院のベッドに横たわってるような感じ――あの人が担当医なのかしらなんて思いながら、ひどいチューニングのモニター越しに誰かを眺めてる感じ。彼女が誰なのかはわからなかった。ただ、わたしにとって重要な人だということはわかっていた。だいたいのときは彼女が考えていることもわかっていた。彼女の中から自分が浮かび上がってくるような感覚を覚えることもあった。わたしの口を彼女の口に重ねて、彼女を通して話をしているようなこともあった」

気づくと、彼女はもうおれに向かって話してはいなかった。ことばが溶岩のようにどんどん口から流れ出ていた。おれには推測しかできない何者かの体内の圧力を解放するかのように。

「初めて実際に眼を覚ましたとき、わたしは死にそうなほどショックを受けた。わたしは彼女が夢見てるんだろうと夢見てたのよ。彼女が若い頃に寝た男のこととかそんな夢をね。テキトムラの小汚い安宿のベッドの上でわたしは眼を開けた。体を動かすこともできた。ひどい二日酔いだったけど、わたしは生きていた。どこにいるのか、どの通りにいるのか、宿の名前もわかっていた。でも、自分が誰かということはわからなかった。それから外に出て、太陽の下、波止場まで歩いた。通りを歩く人がじろじろわたしを見ていた。それで自分が泣いていることに気づいた」

「ほかの連中は？　オアや残りのチームのメンバーは？」

彼女は首を振った。「いなかった。わたしはほかのメンバーを市の反対側に残してきていた。実際には〝わたしは〟ではなく〝彼女は〟ということだけど。でも、それにはわたしが関係していたと思う。彼女はたぶんわたしが現われる予感を感じたのね。それで、わたしが現われたときにはひとりでいられるように、そんなところまで来たんだと思う。それか、わたしが彼女にそうさせたか。はっきりとはわからない」

彼女は全身を震わせた。

「彼女と話したとき、彼女に――頭の奥のその部屋にいる彼女に――どういうことになってるのか訊いてみた。そうしたら彼女は〝浸透〟だと言うから、わたしはさらに尋ねた。彼女にはわたしを〝浸透〟させることが――わたしを時々外に出すことが――できるのかって。彼女は教えてくれなかった。でも、わたし……わたしにはある決まったことが隔壁の鍵を開けることはわかってた――セックス、悲嘆、怒り。この三つのことが隔壁を取り除くことは。でも、特に理由もなくわたしが浮かび上がることもある。そういうときには彼女がわたしに体のコントロールまで預けてくれる」彼女はそこでいったんことばを切ってまた首を振った。「でも、わたしたちはそうやってただ交渉しているだけなのかもしれない」

おれはうなずいて言った。「プレックスにコンタクトしたのはどっちだ？」

「わからない」彼女は自分の手を見ていた。まだ使い方がよくわからない機械のシステムか何かのように、指を曲げたり伸ばしたりしていた。「覚えてない。でも、そう、確か彼女だったと思う。彼のことはまえから知ってたんじゃないかな、彼女は。犯罪世界の周辺にいる人間として。テキトムラは小さな市だから。それに、デコムはいつも表社会と裏社会の境界線をうろついてるわけだし。プレックスは安いデコム用ギアを闇市で売るなんてこともしてたし。それまでは実際に取引きをしたことはなかったみたいだけれど、それでもプレックスの顔は知っていた。彼が何者なのかということも。だから、クゥアルグリスト・システムを起動させようとして、わたしは彼女の記憶の中からプレックスを掘り出したのよ」

「タナセダのことも覚えてるか？」

彼女はうなずいた。さきほどより落ち着きを取り戻していた。「ええ、ヤクザの幹部でしょ？　プレックスが予備コードを調べたあとは、ユキオのうしろ盾としてタナセダが登場してきた。経験の浅いユキオだけじゃ無理だと思ったんでしょう――計画を成功させるために必要なものをうまく扱うには」

「その必要なものというのは？」

彼女はまた何かを求めるような視線を向けてきた。おれが最初にその武器のことを口にしたときに向けてきたのと同じ視線だった。強い風の中、おれは両腕を広げた。

「ナディア、それくらいいいだろうが。きみに革命軍を届けたのはこのおれだ。〈リラ・クラッグズ〉

によじ登ってきみを助け出したのも。そんなおれにきみはちょっとぐらい恩を感じてもいいはずだ、ちがうか？」

　彼女は尻込みするように視線をそらした。おれは待った。

「それはウィルス性の……」と彼女はようやく口を開いた。「高い伝染力を持つ無症候性新型インフルエンザ・ウィルスよ。誰が感染してもおかしくなくて、人から人に感染することもあるウィルス。でも、反応を示すのはさっき言った遺伝子操作された者だけ。ホルモン・システムがハーラン・フェロモンと合致するものを感知して、症状を誘発する。そのウィルスの保菌スリーヴが秘密の場所に密封されて埋められてるのよ。だから、ウィルスを撒き散らすには、何人かが保管施設に行って、そのスリーヴを掘り起こし、誰かひとりにスリーヴィングすればいい。そのあとその感染者が市を歩きまわれば、それでおしまい。あとはウィルスが全部やってくれる」

　誰かひとりにスリーヴィングする――水が小さな隙間にゆっくりと流れ込んでいくように、そのことばが頭の中で反応した。エンヴォイの理解が訪れる予感がどこか手の届かないところに浮かんでいた。理解を求めて、直感的機能の連動機構が動き出し、小さな歯車が回転しはじめた。

「その秘密の場所だが、どこだったんだ？」

　彼女は肩をすくめて言った。「ほとんどはニューホッカイドウ。サフラン群島の北の端にも何個所かある」

「で、きみはタナセダを――」

「サンシン岬に連れていった」

　歯車がかっちりと噛み合い、ドアが開いた。回想と理解が朝日のようにその隙間から射し込んできた
――ゆっくりとドラヴァの港にはいっていく〈ガンズ・フォー・ゲバラ〉号の船上でのラズロとシルヴ

ィとのやりとり……

——昨日、サンシン岬の沖でずたずたにされてるのが見つかった浚渫船のことはみんなまだ聞いてないと思うけど——

——わたしは聞いた。岬の付近で座礁したそうね。あれはただ船長が無能だったのよ。それでも、あなたは何かの陰謀であってほしいのよね。

その前日の朝。〈トウキョウ・クロウ〉でのプレックスとおれとのやりとり——いずれにしろ、やつらにはなんで今夜おまえのスリーヴ脱着装置が必要になったんだ？　街にはデジタル人間交換装置のひとつぐらいあるだろうに。

——どこかで手ちがいがあったんだよ。彼らも専用の装置は持ってる。それが汚染されてたんだ。ゲル供給パイプに海水が交じってたんだ。

——ヤクザの抗争か。

「何か愉しいことでもあるの、コヴァッチ？」

おれは首を振った。「ミッキー・セレンディピティ。これからもこの名前を使わなきゃならない。どうやらそういうことになりそうだ」

彼女は怪訝そうにおれを見た。おれはため息をついて言った。

「なんでもない。で、タナセダの目的は？　こんな武器に関わって、彼になんの得がある？」

彼女は口の一方の端をゆがめた。波に反射した薄暗い光の中、彼女の眼が一瞬光ったように見えた。

「犯罪者はどこまでいっても犯罪者よ。どんな政治階層にいようと。結局のところタナセダも、カルロヴィ埠頭あたりをうろついてる頭の悪いチンピラとなんら変わらないってこと。それに、そもそもヤクザの得意技はなんだと思う？　脅しに強請り。政府から譲歩が引き出せる影響力を行使すること。正しいおこないを無視すること。活動中の国営企業から取り分を巻き上げること。お金と引き替えに市民に対する抑圧に協力すること。つまり上品でしとやかなことならなんでもやるのがヤクザよ」

「きみはそんなやつらを騙した」

彼女はどこか悲しげにうなずいた。「わたしは彼らを隠し場所まで連れていって、コードを教えた。そして、ウィルスはセックスによって感染するという嘘をついた。自分たちにもうまくコントロールできると彼らに思わせるために。もちろん、セックスでも感染はするわけだけど。いずれにしろ、プレックスの仕事はどこまでも中途半端だったから、彼がどこかでヘマを犯すことは最初から見込んでおけた」

かすかな笑みがまた顔に浮かんだのが自分で感じられた。「ああ、あいつはヘマの天才だ。貴族の血なんだろうな」

「たぶん」

「ミルズポートのセックス産業はヤクザが支配してる。きみの計画は完璧だよ」突然の身震いのように、騙すことに対する本能的な喜びがおれの体内を走った。彼女の計画には機械的なまでになめらかな正確さがあった。エンヴォイの計画能力にも匹敵する。「ヤクザとハーラン一族はすでに完璧な相互関係を確立してる。だけど、きみの計画がうまくいけば、ヤクザはハーラン一族に対してひとつ新たな武器を手にすることになる」

「まあ、そういうことね」何かを思い出すモードになると、彼女の声はまた小さくなった。

「いずれにしろ、彼らはサンシン岬で兵隊のひとりにでもスリーヴィングさせて、ミルズポートに連れて帰るつもりだった。まずはデモンストレーション用に。タナセダが実際にそこまで手の込んだことをやったかどうかはわからないけど」

「もちろんやったさ。ヤクザというのは権力を得るための計画はかなり緻密に立てる。なんとね。その話を持って、タナセダが〈リラ〉に行ったときの彼の顔が見たかったたな。ハーラン一族の遺伝子の専門家にほんとうのことを知らされたときの顔も。だけど、アイウラがその場でタナセダを処刑しなかったのは驚きだ。あの女にそんな忍耐力があったとはな」

「あるいは、見事な判断力がね。彼を殺してもなんにもならない、でしょ？　テキトムラのフェリーにそのスリーヴを乗せた時点で、もうすでに大勢の人間にウィルスがうつって、感染が止められない状態になってたんだから。そのスリーヴがミルズポートに戻ったときには——」彼女は肩をすくめた。「眼に見えないパンデミックを抱え込んでいたんだから」

「ああ」

おれの声色に何かを感じ取ったのだろう。彼女は首をめぐらせ、おれを見た。無言の怒りに彼女の顔はいかにもみじめに見えた。

「いい、コヴァッチ？　じゃあ、教えて。あなたならどうした？」

おれは彼女を見やった。彼女の顔にはさらに苦痛と恐怖が浮かんでいた。おれは急に自分が恥ずかしくなり、顔をそむけるとぼそっと言った。

「わからない。きみの言うとおり、おれはその場にはいなかった」

やっと必要なものをおれから得たかのように、彼女はその場を立ち去った。

おれはひとり骨組みの上に立って、情け容赦のないスピードで迫り来る海をただじっと見つめつづけた。

第三十七章

　おれたちが到着する頃には、コスース湾の天気はかなり落ち着きを取り戻していた。大きな嵐が十日ばかりまえに発生し、ここ一週間以上も東側の海岸を攻撃していたのだ。そのあと、嵐はヴチラの北の端に一撃を食らわせてから、ヌリモノ海の南へよろよろと進み、南極近くの冷たい海上で消滅するものと誰もが思い、おだやかな日々が戻ると、嵐に見舞われていた時間を取り戻そうとするかのように、多くが競って海に繰り出した。その結果、ひどい海上交通渋滞が生じ、〈エンジェルファイア・フラート〉号は、そんな混雑した海上を港へと向かった。ショッピング・モールの雑踏に逃げ込んだ市の売人さながら。弧を描いて港にはいり、海面を這うように浮かんでいる大きな都市型いかだ〈ピクチャーズ・オヴ・ザ・フローティング・ワールド〉号の横に停船して、港の端のみすぼらしい桟橋にひっそりと右舷をつけた。西の空を見ると、ちょうど太陽が地平線を赤く汚しはじめていた。

　ソウセキ・コイがロボット・クレーンの下でおれたちを待っていた。

が、エレファント・エイ捕獲船のデッキから、夕陽に縁取られた彼のシルエットに向けて腕を振っても、彼は腕を振り返してはこなかった。ブラジルとふたりで桟橋に降りて近くで見ると、コイの変貌ぶりがよくわかった。今はその皺だらけの顔に若々しいエネルギーがみなぎっていた。顔全体が光っているのは、涙の跡なのか、隠された怒りなのか、それはなんとも言えなかったが。

「トレスは？」と彼は静かな声で訊いてきた。

ブラジルがうしろのエイ捕獲船に親指を向けて言った。「怪我はまだ完治してないが、一緒にいる……彼女と」

「そうか。よし」

単音節の会話はそのまま沈黙に移行した。海風がおれたちのあいだを吹き抜けた。髪が流され、つんとした塩の刺激臭が鼻をついた。ブラジルはおれの横で顔をこわばらせていた。見なくてもそれがわかった。自らの負傷をこれから確かめようとしている者の顔をしていることは。

「ソウセキ、ニュースキャストでだいたいの話は聞いた。そっちは誰が助かった？」

コイは首を振って言った。「多くない。ヴィダウラ、アオト、ソビエスキー」

「マリ・アドは？」

コイは眼を閉じて言った。「すまない、ジャック」

エイ捕獲船の船長がタラップを降りてきた。そのうしろにふたりの乗組員が続いていた。そのふたりとは通路ですれちがうときには挨拶をするくらいの仲にはなっていた。コイは三人とも知っているようで、ひとりひとりに手を伸ばして肩を強くつかみ、街場の日本語で口早にことばを交わした。最後に船長がなにやらつぶやき、ほかのふたりを連れて港長タワーのほうに歩いていった。コイはおれたちに向き直ると言った。

「反重力システムの修理が終わるまでここに係留するそうだ。左舷側にもう一隻エイ捕獲船が停泊してるだろ？　あれも彼の古い友人の船だ。これからどこかで新鮮なエレファント・エイを買って、それを引っぱって明日ニューペストに向かう。そうしてエイを獲ったように見せかける。われわれは夜明けにセゲスヴァールの密輸スキマーに乗って出る。それが今のところここからわれわれが姿を消すぎりぎりの最善策だ」

おれはブラジルの顔をあえて見ないようにした。かわりに都市型いかだの超近代的な上部構造をじっと見つめ、内心、ヴァージニア・ヴィダウラの名前が生存者リストにはいっていたことにほっと胸を撫で下ろした。エンヴォイの本能でまわりの夜の人の群れに対する注意も怠らなかったが。誰かがおれたちを監視しているとしたら――あるいは、おれたちを銃で狙っているとしたら――そこは絶好の場所になりそうだった。

「やつらは信用できるのか?」

コイはうなずき、自ら安堵するように彼らの詳細を説明した。「ああ、信用できる、ほぼ全員。〈ピクチャーズ〉号はドラヴァの船で、船の共同所有者も乗ってるが、それ以外は大半がもともとの所有者たちの子孫で、彼らの文化はクウェル主義の影響をかなり受けている。互いに助け合う文化だ。同時に、助けを必要としていないところでは他人に干渉しない文化だ」

「そうなのかい? おれにはあまりに理想的に聞こえるが。臨時雇いの乗組員は?」

コイは険しい顔つきでおれを見て言った。「臨時の乗組員も新入りも自分がなんで雇われたのかちゃんと理解している。〈ピクチャーズ〉号には〈ピクチャーズ〉号の評判というものがある。ほかのいかだにもそれぞれ異なる評判があるように。この船が好きじゃなかったらもともと働きにこないだろう。来てもすぐに辞めるか。それが昔ながらの彼らの文化だ」

ブラジルが空咳をして言った。「実際の事情について知ってるのはどれくらいいる?」

「おれたちがここにいることを? 十人くらいかな。おれたちがどうしてここにいるのか――それを知ってるのはふたりだけだ。ふたりとも黒の部隊の元メンバーだ」コイはそう言って、何かを探すようにエイ捕獲船を見上げた。「〝確認式〟にはそのふたりとも立ち会いたがるだろう。作戦部屋は船尾下部だ。〝確認式〟はそこでやろう」

「コイ」おれは彼の視野に自分からはいって言った。「それよりさきに話しておいたほうがいいことがある。二、三、あんたが知っておいたほうがいいことだ」

彼はしばらくただおれをじっと見つめた。皺だらけのその表情は読み取りにくかったが、その眼にはおれとしてもやり過ごすことのできない切実さがはっきりと見て取れた。彼は言った。

「それはあとでいい。まずなにより優先しなきゃいけないのは、彼女のアイデンティティをはっきりさせることだ。それが終わるまではおれのことを名前で呼ばないでくれ」

「確認式」とおれはつっけんどんに言った。コイが〝彼女〟ということばをやけに強調したことに苛立たせられたのだ。「〝確認式〟のことを言ってるんだな、コイ？」

彼は視線をおれの肩のあたりからそらし、エイ捕獲船の船体に戻して言った。

「ああ。そうだ」

社会の底辺層に広がっていったクウェリズムについては、さまざまな論考がなされてきた。その提唱者が死んで数世紀、クウェリズムから都合よく政治的色合いが薄れていくと、それはさらに盛んになった。不安定時代、クウェルクリスト・フォークナーは、その支持基盤をハーランズ・ワールドの最も貧しい労働者のあいだに築こうとしたわけだが、その事実をもとに多くのネオクウェリストたちは根拠のない確信を抱くようになる——不安定時代のクウェリストは、下層階級の人々だけから成る指導者集団をつくろうとしたが、それが彼らの初めからの意図だった云々。どちらかと言えば、ナディア・マキタは特権的な中流階級の出だった事実は、慎重に闇に葬られた。結局のところ、彼女が政治的な支配者になることはなかったわけで、そのため、ナディア・マキタのような中流階級の人間が下層階級から成る政治集団のリーダーになるという矛盾は、これまで考察される必要がなかったのだ。その結果、現代のクウェリストの心の中心には、その本質的な矛盾が残ったままになっており、実際、ネオクウェリストのあいだにはその話題を持ち出すのは礼を失するという傾向がある。

　だからおれも言わなかった――〈ピクチャーズ・オヴ・ザ・フローティング・ワールド〉号の船尾下部にある作戦部屋は、黒の部隊の元メンバーの男女ふたりの階級と矛盾するとはあえて言わなかった。船尾下部は、そこでおれたちを待っていて、やけに上品な口調で話すそのふたりとはおよそ相容れない場所だ。都市型いかだにしろ工船にしろ、船尾下部というのは船の中で最も安く、最も汚らしい部屋がある場所だ。

　ほかに選択肢があれば、誰も好んで寝泊まりなどしない。おれたちは乗組員用のより快適な部屋が並ぶ船尾の上部構造レヴェルから昇降階段を降りた。〈ピクチャーズ〉号の駆動装置の振動が強くなるのが体に感じられ、その部屋にたどり着いたときには、軋み音がたえまなく聞こえるようになった。実用本位の家具、こすれて疵だらけの壁、最低限の装飾――この部屋の住人が誰だったにしろ、ほとんどここに帰ってくることはなかっただろう。

「ひどい部屋でごめんなさいね」おれたちを部屋の中に招じ入れながら、女は都会風のアクセントで言った。「でも、今晩だけのことだから。それに、駆動装置にこれだけ近いと、まず盗聴はされない」

　おれたちは、彼女のパートナーに、安っぽいプラスティック・テーブルのまわりに置かれた椅子のところまで案内された。テーブルの上には軽食が用意されていた。温められたポットにはいった茶、さまざまなスシ。なんともフォーマルだった。おれたちが席に着くと、彼女のパートナーが話しはじめた。

「今彼女が言ったとおりだ。それに、一番近いメンテナンス・ハッチからも百メートルも離れてない。

明日の朝、あなた方はそこから出ていくことになる。キール6と7のあいだの耐荷重性桁の真下にスキマーを乗りつけて、そこから直接下に降りることができる」そう言って、彼はシエラ・トレスを身振りで示した。「怪我をしていてもそれほど大変じゃないはずだ」

リハーサルでもしたかのようななめらかな口調だった。それでも、そんなふうに話をしていても、シルヴィ・オオシマの体をまとった女のほうにどうしても眼が行ってしまうようだった。そのことに自分でも気づくたびにすばやく視線を戻していたが。〈エンジェルファイア・フラート〉号から彼女が降りたときからずっと、コイもほとんど同じような状態だった。募る感情と視線がちゃんとコントロールできているのは、どうやら元黒の部隊の女メンバーだけのようだった。

「では——」とその女が上品な口調で言った。「わたしはサト・デリア。こちらはキヨシ・タン。始めましょうか？」

確認式——

今日の社会では、子供の誕生を祝う〝両親認証パーティ〟や、再スリーヴした熟年カップルが愛を確かめ合う〝再結婚式〟と並び、確認式もきわめて一般的な儀式になっている。様式化されていたり、〝あのとききみは……〟といったやけに感傷的なところがあったり、そのやり方やスタイルは住む世界によって、さらに文化によって異なるが、形こそちがえ、おれが行ったほかのすべての惑星でも、確認式は社会的関係の基礎を築くきわめて重要な儀式としておこなわれていた。べらぼうな金のかかるハイテクのサイコグラフ検査でもしないかぎり、別人のスリーヴをまとった自分がほんとうに自分だと友人や家族に証明する手段はほかにはない。現代を生きる人間の永遠に続くアイデンティティを定義する社会的役割を果たすもの。それが確認式だ。われわれの二千年紀以前の先祖たちにとっては、署名や指紋のデータベース化といった原始的な社会的システムが不可欠だったように、確認式は今のわれわれの生活には欠かせないものだ。

普通の市民の場合でも。

しかし、半分神話化した英雄的人物が生き返った――生き返ったのかもしれない――となると、さらに百倍は重要な意味を持つ。席についたソウセキ・コイは明らかに体を震わせていた。より若いスリーヴを身にまとった仲間のふたりは、ソウセキほど動揺している素振りは見せてはいなかったが、エンヴォイの眼で見ると、ふたりともコイと同じくらい緊張しているのは手に取るようにわかった。自信のなさそうな大げさなジェスチャー。無理に浮かべられるつくり笑い。乾いた咽喉から発せられる声に時折交じるかすかな震え。しかし、無理もない。このふたりの男とひとりの女――惑星史上最も恐れられた反政府ゲリラ組織の元メンバー――は灰となって消えたはずの過去に突然、希望の光を与えられ、今、自分をナディア・マキタだと主張する女と対面しているのだ。それまでずっと知りたかっただろうさまざまな重要な疑問が答を待って、彼らの眼の奥にぶら下がっているのが見えるようだった。

「ほんとうに名誉なことです」とコイが話しはじめた。が、そこでいったんことばを切って空咳をし、続けた。「あなたとこんな話ができるのはほんとうに名誉なことです……」

シルヴィ・オオシマのスリーヴをまとった女はテーブルの反対側に坐り、話しはじめたコイをじっと見て、彼の遠まわしな質問のひとつにはすぐに同意し、もうひとつは無視した。ほかの黒の部隊のメンバーも話に加わると、椅子の上で少し体を動かしてふたりを順に見た。そして、仲間であることを示す古風な仕種をしてみせた。そんな最初の儀礼的な挨拶が終わったときには、おれはなんだか観客になった気分になっていた。そして、いよいよ確認式が本格的に始まった。話題はここ数日の出来事から始まり、次々に変わり、長く暗い政治の思い出話、さらには不安定時代やそのまえの時代の話になった。話される言語も同じように次々に変わった。現代アマングリック語、聞いたことのない昔の日本語の方言。

街場の日本語が使われることも時折あった。そのうち話の内容も言語もすさまじい勢いでおれから離れだした。おれはブラジルのほうを見やって、肩をすくめた。

そのあとさらに何時間も続き、途中、都市型いかだのモーターが回転し、部屋の壁ががたがたと小さく震え、〈ピクチャーズ・オヴ・ザ・フローティング・ワールド〉号はゆっくりと動きだした。おれとブラジルはじっと坐り、ただひたすら話に耳を傾けた。

「……考えさせられます。あんな崖から落ちたら（外へ流れていく海流？）に巻き込まれて体なんてちぎれてしまうでしょう、普通は。修復スキームもなく、ポリシーによって再スリーヴもできない。家族の死亡給付金もない。あなたの骨の中に染み込んでる（怒り？）と……」

「……それがほんとうの事実だと気づいたときのことを覚えていますか？」

「……植民政策論についてわたしの父が書いた記事のひとつに……」

「……ダンチの道端で（？？？？）をしてよく遊んだものよ。みんなやってた。一度（警邏中の警察官？）が来て……」

「……反応？」

「家族とはそういうものよ――まあ、わたしの家族は少なくとも、いつもスベリダコ（伝染病？）（で）（？？？？）していた」

「……あなたが若いときも。そうですよね？」

「あれをわたしが書いたのは、二十（はたち）になるかならないかの頃。それが出版されるなんて信じられなかった。そんな人がいるなんて。（？？？？）にあれだけのお金を払ったり、あれだけの労力を注ぎ込んでくれる人がいるなんて」

「しかし――」

「そう？」彼女は肩をすくめた。「（？？？？？）の入り江で（手についた血？）を見て（思い出してみると？）もう一度考えてみると？（同じようには感じなかった？？？？？）」

時々、ブラジルかおれが立って、新しく茶を淹れにキッチンに行ったが、黒の部隊の元メンバーたちはそれにさえほとんど気づいていないようだった。話に集中し、テーブルの反対側で、突如としてリアルなものに生まれ変わる過去の細かな記憶に心を奪われていた。

「……それは誰が決めたことかは覚えてますか？」

「それは明らかにちがう――あなたたちは（命令系統？　または敬意？）を持っていなかった。くそみたいな価値観しか持たなかった……」

突然、テーブルのまわりで笑いが爆発した。が、同時に、彼らの眼には涙が光ってもいた。

「……あそこでステルス攻撃を展開するには、あまりにも寒くなりすぎていた。赤外線がわたしたちの体に反応して……」

「ええ、それはほとんど……」

「……ミルズポート……」

「……かなりチャンスがあると嘘をついたほうがよかったのか？　わたしはそうは思わない」

「たどり着くには、少なくとも百キロはあった……」

「……それから供給も」

「……覚えているかぎり、オディセジだったわ。彼なら（？？？？？）梯子をかけられたはずよ。ずっと上のほうまで……」

「……アラバルドスについては？」

長い沈黙。

「はっきりとはわからないけど（?・?・?・?）の感覚ね。何かヘリコプターみたいなものを覚えてる。わたしたち、ヘリコプターに乗ろうとしてたんじゃなかった?」

彼女は少し体を震わせていた。彼らはライフルの弾丸（たま）を避けるリップウィング鳥のすばやさで話を切り替えた。会話が始まってから、そういうことが何度かあった。

「……について何か……」

「……本質的に反作用理論が……」

「いいえ、それはおそらくちがう。ほかの（モデル?）を調べていたら……」

「でも、それは自明の理とは言えない。（?・?・?・?）の支配を（争う?）なんてことをしたら……」

「そう?　誰がそう言ったの?」

「それは」決まりの悪そうなためらい。それぞれが顔を見合わせた。「あなただ。少なくとも、あなたは（主張した?　または認めた?）……」

「そんなのはでたらめよ!　急激な方針変更が（鍵?）になるなんて誰も言ってない。そんなことで……」

「でも、スパヴェンタは主張してる。あなたがそれを支持したと——」

「スパヴェンタ?　あのくそペテン師。あいつはまだ息をしてるの?」

「……人民動学についてのあなたの記述を読むと……」

「ちょっといい?　わたしはくそ理論家じゃないの。わかった?　わたしたちは（水中のボトルバックサメ?）に直面していて、それで……」

「だとしたら、あなたはこう言いたいんですか?（?・?・?・?）（は）（?・?・?・?）への解決策ではなかった。さらに（貧困?　または無知?）をなくす努力が……」

「もちろんそうよ。それ以外の主張をしたことは一度もない。でも、スパヴェンタはどうなったの?」

「彼は……そう、ミルズポート大学で教えてる――」

「ほんとうに? あのくそ野郎」

「まあ……じゃあ、これらの出来事の(見解? または意見?)について話し合いましょう。(?・?・?・?・?)にはあまり影響しなかったけれど(後退? またはパチンコ?)理論には大きく……」

「ある程度のところまではね。でも、その主張を証明する(はっきりとした例?)をひとつだけでも示してちょうだい」

「それは……」

「ほらね。人民動学は(水中の血?)じゃない。人民動学は試みなのよ……」

「しかし――」

議論は延々と続いた。そして、ついにコイがいきなり立ち上がった。安い家具ががたがたと鳴り、その音が部屋に響いた。

「もう充分だ」と彼はしわがれ声で言った。

ほかの全員が顔を見合わせた。コイはテーブルの脇をまわった。感情の昂ぶりに老いた顔が引き攣っていた。彼は眼のまえに坐っている女をじっと見下ろした。彼女は無表情で彼のほうを見上げた。

コイは両腕を彼女のまえに差し出した。

「私は」そこで唾を呑み込んだ。「今まであなたのまえでは自分の素性を隠していました。われわれの……目的のために。われわれみんなの目的のために。しかし、今告白させてもらいます。私はソウセキ・コイです。黒の部隊、第九部隊、サフラン劇場の」

シルヴィ・オオシマの顔を覆っていた仮面が溶けた。無表情が消え、笑みのようなものが浮かんだ。

「コイ？　〝身震いのコイ〟？」

彼はうなずき、唇をぎゅっと結んだ。

彼女は差し出された彼の手を取った。コイは彼女を立ち上がらせると、テーブルのほうに向き直り、それぞれの顔を順番に見た。眼には涙が浮かんでいた。話しはじめた声も涙に濡れていた。

「この方はクウェルクリスト・フォークナーだ」と彼はきっぱりと断言した。「おれの中にはもう疑いの余地はない」

コイはそう言って振り返り、彼女の体に腕をまわした。突然、いくすじもの涙が頬に光った。しわがれた声で彼は言って泣いた。

「あなたがまた現われるのをずっと待っていました。ずっとずっとずっと」

第五部

嵐が来る

嵐が来る

夷が戻ってくる音が聞こえたときにはもう遅すぎる。一度言ったことを撤回することはもうできなくなり、一度やってしまったことを取り消すこともできなくなる。存在する者すべてが自ら責任を負わなくてはいけなくなる……

海神の伝説『伝説集』

風向きも風速もまったく予測できません……ひどく荒れるとしか言えません……

コスース・嵐管理ネット『緊急暴風雨警報』

第三十八章

コスース湾独特の暑さ、低い角度から射す日光、軽い二日酔い、のこぎりがこすれるような大きな音——それらに眼覚めさせられた。デッキの檻の中にいる沼豹に誰かが餌を与えているようだった。

腕時計に眼をやった。まだかなり早い時間だった。

しわくちゃのシーツを腰まで掛けたまま、おれはしばらくそのまま横たわっていた。沼豹の吠え声と、頭上の骨組みの上にいる飼育係の男の荒々しい怒鳴り声が聞こえていた。二年前、ラデュール・セゲスヴァールに連れられ、彼の飼育する豹を見にいったことがある。人間の胴ほどの大きさのフィッシュ・ステーキの塊に向かって突進する豹のあの恐ろしいパワーは、今でもはっきりと覚えている。そのときも飼育係の男は怒鳴り声をあげていた。が、何度か聞くうちおれはあることに気づかされた。飼育係は本能的な恐怖に打ち勝とうとして叫んでいるのだ。勇気を振り絞るための虚勢。セゲスヴァールの飼育場にプロの沼豹ハンターはひとりかふたりしかおらず、彼が雇っているのはニューペスト埠頭地区やスラム出身の少年たちで、野生の沼豹を見たこともなければ、ミルズポートに行ったこともない子供たちだ。

これが数世紀前ならまた状況はちがっていた。イクスパンスは今よりはるかに小さかった。ベラウィード専用収穫機のための道をつくるのにずっと南まで開拓されたのはつい最近の話だ。当時は、沼のところどころに生えている美しい毒性植物や浮き葉の一群が街の境界線あたりまで迫ることもあり、そのため内陸の港では年に二回、海底を浚渫船で浚わなければならなかった。また、暑い夏には豹が港に現われ、荷積みランプの上でひなたぼっこをするなどというのもよく見かけられる光景だった。そんなとき、カメレオンのように色を変える彼らのたてがみや外套膜が、太陽の強烈な光を真似ててらてらと光ったものだ。イクスパンスには、豹が餌食とするさまざまな動物が生息していたが、それらの動物の繁殖周期には独自の多様性があり、餌が少なくなる時期には、豹が沼地近くの通りをうろつき、封がされた廃棄物用キャニスターをその猛烈な力で造作なく切り裂いたり、夜になると、ホームレスや馬鹿な酔っぱらいを食べたりすることもあった。沼にいるとき同様、裏通りでうつぶせになり、体も四肢もたてがみと外套膜の下に隠して、皮膚を暗がりの黒と同化させるのだ。犠牲者にしてみれば、それは濃い影の塊にしか見えず、沼豹だとわかったときにはもう手遅れということになる。警察に残された手がかりはあたりに飛び散った血と、夜を裂く被害者の叫び声のみ。おれは十歳の頃には沼豹を実際に何度も見ており、一度、眠そうにしている豹に一歩ずつ慎重に近づいていくと、豹が急に体を起こしたことがあった。水に濡れた巻きひげのようなたてがみの一角をはためかせ、大きな尖った口を開け、おれたちに向けてあくびをした。おれと友達は悲鳴を上げて走り、埠頭の倉庫の梯子の上まで逃げたものだ。

しかし、そんな恐怖――子供の頃に体験する恐怖などたいていがそうだが――は一過性のものだ。もちろん、沼豹は恐ろしい生きもので、状況次第では命を奪われる危険もある。それでも、結局のところ、彼らもおれたちの世界の一員にすぎないということだ。

外にいる沼豹の吠え声がさっきより大きくなった。

セゲスヴァールのところの従業員にとっては、沼豹は陳腐なホロゲームに出てくる悪党だ。それか、サボらなかった学校の生物学の授業で習った獰猛な動物にすぎない。それが突如として現実に眼のまえに現われるのだ。別の惑星からやってきたモンスターが。

それが沼豹だ。

ハイデュック・マフィアの三下としてのライフスタイルが徐々に体に染みつく過程で、セゲスヴァールの下で働く若いチンピラの中には、あることをこのモンスターに気づかされる者もいるかもしれない——おれたちはみんなどれほど故郷から離れたところまで来てしまったのかという、背すじが凍りつくような眼のまえの現実に。

別にどうでもいいことか……

おれの横で誰かが体を動かし、うめき声をあげた。

「あのクソ豹、いつまで吠えてるつもり？」

記憶が甦ると同時にショックに打たれ、そのふたつがぶつかり、相殺し合った。おれは横を向いて、ヴァージニア・ヴィダウラを見た。ひらべったくされた枕の下で、妖精のような顔がひしゃげていた。眼はまだ閉じたままだった。

「餌の時間だ」口の中がねばねばした。

「ええ。だけど、自分がどっちにむかついているのか自分でわからない。豹なのか、餌をやってるあの馬鹿のほうなのか」彼女はそこで眼を開けた。「おはよう」

「おはよう」昨夜の記憶が一気に甦り、おれの頭の中で広がった。同時に、シーツの下のペニスが硬くなった。「こんなことが現実の世界でも起きるなんて、考えてもいなかったよ」

彼女は少しのあいだおれを見てから、寝返りを打って仰向けになり、天井をじっと見つめた。

「そうね。わたしもよ」

昨日の出来事がゆらゆらと水面上に浮き上がってきた。ヴィダウラとの再会——都市型いかだの巨大な耐荷重性桁の下。荒れた海に浮かぶセゲスヴァールの地味なスキマー。彼女はその舳先にバランスを取って立っていた。船尾の開口部から射す夜明けの薄光は、船体の下の奥深くにあるその場所までは届いていなかった。メンテナンス・ハッチからおれが降りていったとき、彼女の姿は銃を手にしたスパイクヘアのシルエットに過ぎなかった。が、彼女のそのシルエットには、どこか人を安心させるような、いかにも有能そうな強靭さがあった。スキマーに降りていくと、懐中電灯の明かりが彼女の顔をさっと照らした。その表情には定義できない何かが隠されていて、彼女はおれと軽く眼を合わせると、すぐに顔をそむけた。

早朝のコスース湾を進むスキマーの中では、誰もほとんど口を開かなかった。あたり一帯を砲金色の光が照らし、強い西風が吹きつけていて、話をしたくなるような雰囲気ではなかったのだ。岸に近づくと、セゲスヴァールの密輸スキマーの操縦士がおれたちを船内に呼び、もうひとりのいかつい顔をした若いハイデュック・マフィアが体を揺らしながら砲塔に上がった。おれたちは狭いキャビンにはいると、無言のまま椅子に坐った。ビーチに近づくにつれて船が速度を落とすと、エンジンの音が変わり、ヴィダウラはブラジルの隣りに坐った。暗がりの中、ふたりが太腿をくっつけ、その上で手をつないでいるのが見えた。おれは眼を閉じ、金属と網でできた坐り心地の悪い椅子の背にもたれ、眼を閉じ、何かすることを探した。

海の先には汚水まみれの荒れ果てたビーチが広がっていた。ヴチラの北端のどこかだ。まわりから隔離された場所ながら、ニューペスト郊外の建物の輪郭がわずかに見えた。パイプから海に毒を垂れ流す掘っ立て小屋だ。ここで泳いだり釣りをしたりする馬鹿などいない。それはつまり、頑丈に船体のまわりを補強し、舳先の丸まったこのスキマーがやってきたところを見る者もいないということだ。油で汚染された干潟の向こうには、枯れて死んでいく浮き葉の一群があり、その先にイクスパンスが広がっていた。尾行されている場合に備え、果てしないベラウィードのスープの中、スキマーは標準巡航速度でジグザグに走ったのち、三つの異なる貨物ステーションに立ち寄った――どれもハイデュック・マフィアとつながった作業員がいる場所で、それぞれのステーションを出ると、方向転換し、さらに進んだ。最後の目的地をめざして、どんどん社会から隔絶された場所へと向かった。セゲスヴァールの第二の故郷――沼豹の飼育場へと。

ほぼ丸一日の船旅だった。おれは最後に船が立ち寄った貨物ステーションの桟橋に立って、イクスパンス上空の雲の向こうに沈んでいく太陽――血痕のついたガーゼを思わせる――を眺めた。スキマーのデッキの上では、ブラジルとヴィダウラが小声でなにやら真剣に話していた。シエラ・トレスはまだキャビンの中にいた。最後に見たときには、ふたりの乗組員とハイデュック・マフィアに関する噂話を交換し合っていた。コイはどこかで電話をしていた。シルヴィ・オオシマのスリーヴをまとった女は、おれたちの背丈ほどある乾燥中のベラウィードの梱（こり）のまわりをうろうろしてから、おれの横で立ち止まると、おれが見つめる水平線のほうを見て言った。

「きれいな空ね」

おれはただうめき声で応じた。

「イクスパンスの夕焼け――コスースについて覚えてることのひとつよ。ベラウィードの収穫の仕事をしてたときに見た。六九年と七一年のことね」彼女はそのまま桟橋に坐ると、ベラウィードの梱に背中をあずけ、今言った労働の残滓（ざんし）を探すかのようにじっと手を見た。

「もちろん、ほとんど毎日、暗くなるまで働かされた。こういうふうに太陽が傾き出すと、そろそろ仕事も終わりだなってわかったものよ」

おれは何も言わなかった。そんなおれを見やって、彼女は言った。

「あなたはまだ納得してない。でしょ？」

「おれを納得させる必要はないよ」とおれは言った。「おれの言うことはここじゃあまり意味がないから。きみはもう〈ピクチャーズ〉号でみんなを納得させたわけだし」

「わたしは彼らを騙そうとしてる。あなたはそんなことを本気で思ってるの？」

おれはその問いについて少し考えてから答えた。「いや。そうは思わない。だからと言って、きみが自分で言ってるとおりの人物だという証明にはならない」

「だったら、いったいわたしに何が起きてるの？　あなたには説明できるの？」

「さっきも言ったとおり、おれには納得する必要も説明する必要もない。思いたければ、歴史の流れとでも思ってればいい。いずれにしろ、コイは欲しいものを手に入れた」

「あなたは？　あなたは欲しいものをまだ手に入れてないの？」

おれは寒々とした思いで傷ついた空を見上げた。「今あるものでもう充分だ。これ以上もう何も要らない」

「ほんとうに？　ずいぶんと簡単に満足するのね」彼女は身振りであたりを示した。「じゃあ、今日よりいい明日はないってこと？　社会制度の公正な構造改革についてわたしがいくら話しても意味はないってこと？　あなたはそんなことにはなんの興味もないってこと？」

「少数独裁政治体制を倒すことを言ってるのか？　あるいは、独裁政権を維持するために使われてる象徴をぶち壊すこととか？　権力を市民の手に戻すとか？　そういう類いのことを言ってるのか？」

「そういう類いのこと」おれのことばを繰り返したのか、それとも同意したのか、はっきりとはわからなかった。「坐ってくれない？　こんなふうにして話してると、首が痛くなる」

おれはためらった。しかし、わざわざ拒む必要もないと思い、彼女の横に坐った。ベラウィードの梱にもたれて楽な体勢を探し、彼女が話しだすのを待った。が、なぜか急に彼女は押し黙った。しばらくのあいだおれたちはただ肩を並べてじっと坐っていた。思いもよらず、心おだやかないっときが過ぎた。

「そう言えば」と彼女がやっと口を開いて言った。「子供の頃、父がバイオテクのナノーブに関する論文を書いたことがあった。組織再生システムとか、免疫上昇物質のこととか。いろいろなことをまとめた総論のような論文。大陸が発見されてからのナノテクの発展と、これからどこに向かっていくかということ。そのとき、父はわたしにある映像を見せてくれた。生まれたばかりの赤ん坊の体に最先端機器を入れているところ。それを見てわたし、ぞっとした」

そう言って、彼女はうつろな笑みを浮かべた。

「今でも覚えてる。その赤ん坊を見て、わたしは父に訊いたわ。赤ちゃんはどうやってその機械に指示を出すのって。父はわたしにわかりやすく説明しようとした——赤ん坊は何も指示する必要はない。機械が何をするのかすでに知ってるんだ。ただスウィッチを入れればいいだけだって」

おれはうなずいた。「いい喩え話だ。ただ、おれとしては——」

「いいから。ちょっとだけ黙って聞いて。想像してみて」彼女はそう言って何かを描くように両手を上げた。「どこかにクソ野郎がいて、そのナノーブのほとんどを作動させなかったら？　あるいは、たとえば脳と胃に関係するナノーブしか作動させなかったら？　残りのナノーブはただの死んだバイオテクになる。もっと運が悪ければ、半分死んだ状態に——ただ何もしないでそこでじっとして、栄養だけ吸収するものに。こんなことも考えられる。本来の目的とは別のことをするようにプログラムされてたら？　組織を再生するんじゃなくて、破壊するようにプログラムされてたら？　誤ったタンパク質を取り込むようになってたら？　化学物質のバランスをわざと崩すようになってたら？　そのまま成長したら、すぐに体に問題が出はじめる。この惑星のあらゆる危険な微生物——地球には存在していなかった、ここだけにあるもの——の猛攻撃が始まる。そして、その子供は防御できるよう地球の先祖たちが進化したことのない、ありとあらゆる病気にかかる。そのあとその子はどうなる？」

おれは顔をゆがめて言った。「土に埋められる？」

「そのまえのこと。医者たちがやってきて、手術を勧めてくるでしょう。きっと臓器か四肢の移植を——」

「ナディア、きみが今話してるのははるか昔のことだ。戦場か待機手術でもないかぎり、そういうことは今じゃ——」

「コヴァッチ、喩え話よ、いい？　言いたいのはこういうこと。その子供はほとんど機能しない体を持つことになる。体外と脳からの意識的な制御が常に必要になってしまう。でも、どうしてそういうことになったのか？　それは先天性の欠陥のせいじゃない。ナノテクがちゃんと使われなかったから。それが今のわたしたちよ。この社会——保護国のすべての社会がそういう体になってる。ナノテクの九十五パーセントのスウィッチがはいってない。人々はするべきことをしていない」

「するべきことってなんだ？」

「自分たちのやり方で物事を進めていくことよ、コヴァッチ。自分たちでコントロールすることよ。しっかりとした社会制度をつくることよ。街の治安を守って、公衆衛生と教育を管理することよ。建物を建てることよ。富をつくり出し、データをまとめることよ。そして、その富とデータが人々の必要としているところに流れていることを確認することよ。人々にはそういうことができる。その能力はある。でも、ナノーブと同じで、まずスウィッチを入れなきゃ駄目。なんにもならない。まずその存在に気づかせないと。それこそがクウェリスト社会が求めるものよ——自覚した民衆。すなわち、人民動学的ナノテクのスウィッチを入れることね」

「ああ。だけど、あくどい少数独裁政治家たちがナノテクのスウィッチを切ってしまった」

彼女はまた笑みを浮かべた。「必ずしもそういうことでもない。少数独裁政治家たちは外部の要因じゃないんだから。むしろ閉じたサブルーチンが手に負えなくなったようなものね。また喩え話をすれば、ガンみたいなものね。システム全体にどんな支障があろうと、残りの体を食べ尽くすようにプログラムされているガン細胞。競合するものはなんでも殺すように。だからこそ、誰よりさきにあいつらを倒さなくちゃいけないのよ」

「ああ、その台詞はどこかで聞いた気がする。支配階級を叩けば、あとは全部うまくいく。ちがうか？」

「ちがう。でも、それが必要不可欠な初めの一歩であることはちがわない」彼女はどんどんと早口になっていた。興奮していくのが手に取るようにわかった。沈む太陽がステンドグラス越しのような陽光で彼女の顔を照らしていた。「人類の歴史上、過去のすべての革命運動はまったく同じ基本的なまちがいを犯してきた。彼らはみな権力を静的な装置だと見なした。権力は構造的形態を取るものだ、と。ほんとうはそうじゃない。権力は動的な、流動するシステムよ。そして、そこにはふたつの傾向があるわけだけど——システムを通して権力が蓄積されるか、もしくは拡散するか——たいていの社会では蓄積して、たいていの革命家はその蓄積した権力を新しい場所で再構築することにしか興味を持たなかった。本物の革命というのはその流れを逆流させることなのに。でも、誰もそうしてこなかった。歴史的な過程の中で自分が司令塔に立っているその瞬間を失うのがただ怖かったから。でも、膠着状態になってる権力の流れを打ち倒して、そこにまた別の権力の流れをつくったって駄目よ。それじゃなんにも変わらない。社会の問題を解決したことにはならない。何ひとつ。新たなところから同じ問題がまたぞろ出てくるだけよ。問題自体に直接働きかけるナノテクをセットアップしなくちゃなんにもならない。権力を再編成するんじゃなくて、拡散させるような構造をつくらなくちゃ。説明責任、人民動学的な手段、法律によって定められる権利のシステム、政治的インフラを用いる教育——」

「まあ、待ってくれ」おれは彼女のまえに手を掲げた。彼女が今言ったことの大半は、〈リトル・ブルー・バグズ〉のメンバーから過去に何度か聞かされた内容と少しも変わらなかった。空がきれいであれどうであれ、同じ話をまた黙って聞くつもりはなかった。「なあ、ナディア、その話はまえにも聞かされたよ。前植民地時代史のおれの記憶からすると、きみが重要と力説する〝権力を与えられた民衆〟は喜んでその権力を弾圧者に返上した。だろ？　ホロ・ポルノと安い燃料か何かをもらうかわりに。おれたち全員が学ぶべき教訓はむしろそこにあるんじゃないのか？　誰が惑星を運営していくかなんてことにはもうみんな興味がないのかもしれない。そんなことより、ジョゼフィーナ・ヒカリとかリュウ・バルトークのゴシップや最新作についておしゃべりしてるほうがいいのかもしれない。そう考えたことはないのか？　そのほうがみんな幸せなのかもしれないって」

彼女の顔に侮蔑の色が浮かんだ。「もしかしたらね。でも、もしかしたらあなたの言うところの歴史が正しく伝わっていないのかもしれない。二千年紀以前の立憲民主主義はほんとうは失敗じゃなかった可能性について考えたことはない？　歴史の本の著者がわざと失敗だと書いて、わたしたちにそう思い込ませようとしたのだとは思ったことない？　事実を抹殺して、わたしたちから奪い取り、子供たちには嘘を教えた。そういうことは考えられない？」

おれは肩をすくめて言った。「かもしれない。しかし、そうだとしたら、独裁者たちは同じトリックをずいぶんとうまく使いつづけてきたことになる。何度も何度も。それも信じられないほど長きにわたって」

「もちろんそうしてきたのよ」ほとんど叫び声に近かった。「あなたならそうしないとでも言うの？

特権と地位、くそ豪華な娯楽でいっぱいの人生、それにステイタス――すべてがそのトリックひとつで守れるとしたら？　誰でも使おうとするんじゃない？　自分の子供が歩きだして話せるようになったら、すぐにその方法を教えたいと思うんじゃない？」

「だったら、残りのおれたちはどうなる？　そのトリックを負かす方法を考えないのか？　それを子孫たちに教える能力がおれたちにはないとでも言いたいのか？　いい加減にしてくれ。何百年かおきに不安定時代がやってこないと、おれたちはそんなことにも気がつかないって言うのか？」

彼女は眼を閉じ、ベラウィードの梱にまた頭をあずけ、空に語りかけるかのように話しはじめた。

「わからない。もしかしたらそうかもしれない。戦いの道は決して平坦じゃないから。抹殺して破壊するほうがずっと簡単なことよ。築き上げたり、教育したりすることよりずっと。権力もそう。拡散させるより蓄積するほうがはるかに簡単なことよ」

「ああ。それとも、きみやきみのクウェリストのお友達は、進化した社会生物学の限界を見たくないだけなのかもしれない」自分でも声が大きくなっているのがわかった。それをどうにか抑えようとすると、ことばが軋んだ。「ああ、そうなのさ。頭を垂れて、崇拝して、ひげ野郎やスーツ野郎の言うとおりにする――さっき言ったとおり、そのほうがみんな幸せなのかもしれない。あんたやおれのような人間はただみんなを苛々させてるだけなのかもしれない。沼にいる虫の大群みたいなものかもしれない。みんなの眠りを妨げるだけの虫なのかもしれない」

「じゃあ、そこであなたは立ち止まっちゃうの？」彼女は眼を空に向けて開けると、そのままの恰好で斜めに視線を走らせておれを見た。「全部あきらめて、ファースト・ファミリーみたいなくずどもにすべてを奪われて、残りの人間性を昏睡状態にさせておくの？　戦いを途中でやめるの？」

「いや。それにはもう遅すぎるような気がするよ、ナディア」そんなふうに言えば、暗い満足感がいくらかでも得られそうな気がしたが、何も得られなかった。疲労以外は何も感じられなかった。コイのような人間はいったん動きだすとなかなか止まれなくなる。おれはそういう人間を今まで何人も見てきた。いいか悪いかは別として、おれたちはすでに動きだしてる。きみは新しい不安定時代を創り出す。おれが何を言おうと、何をしようと」

彼女はじっとおれを見つめて言った。「つまり、あなたは全部時間の無駄だって思ってるのね?」

おれはため息をついて言った。「おれはこれまで失敗に終わった革命を見すぎてるんでね。あまりに多くの世界で。だから、きみたちの革命だけがそうしたほかの革命と異なる結末になるとはとても思えない。いずれにしろ、大勢の人間が殺されることになる。うまくいったとしても、せいぜいこの惑星限定のちょっとした譲歩を引き出せる程度のことだろう。最悪の場合には、ハーランズ・ワールドにエンヴォイ登場というシナリオも考えられる。エンヴォイの登場などというのはひどい悪夢の中でさえ見たくないシーンだ。それだけは請け合うよ」

「ええ、それはブラジルが教えてくれた。その昔、あなたがその突撃隊の一員だったということは」

「ああ」

おれたちは太陽が消えていくのをしばらく眺めた。

「ちょっといい?」と彼女が言った。「エンヴォイ・コーズがあなたに何をしたのか、それを知ってるような顔をするつもりはないわ。でも、あなたのような人には今までにも会ったことがある。自己嫌悪というのはあなたみたいな人にとってはすごく都合がいいものよ。破壊すべき標的が現われたら、それを激しい怒りに変えてしまえるから。でも、コヴァッチ、それは静的モデルでしかない。絶望の彫像でしかない」

「そうかな?」

「ええ。つまるところ、あなたは事態がこのままよくならなければいいって思ってるんだから。よくなったら、怒りの標的がなくなってしまうから。外の世界に憎しみの対象がなくなってしまったら、今度は自分の中にあるものに直面しなくちゃならなくなる」

おれは鼻で笑った。「だったら、おれの中にあるものというのはなんなんだ?」

「それを言いあてろって言ってるの? それはできない。でも、予想くらいはできる。親からの虐待。路上生活。幼少期におけるなんらかの喪失。なんらかの裏切り。コヴァッチ、遅かれ早かれ、あなたも現実に向き合わなくちゃいけなくなる——その時間に戻って、何かを変えることはもうできないという事実にね。人生はまえに進むことしかないという事実に」

「ああ」おれは抑揚のない声で言った。「輝かしいクウェリズム革命への奉仕活動の最中にな。それはもうまちがいない」

彼女は肩をすくめて言った。「それは自分で決めることよ」

「おれはもう決めてる」

「それでも、あなたはハーラン一族に捕まったわたしを助けにきてくれた。コイやほかのメンバーを集めてくれた」

「おれはシルヴィ・オオシマを助けにいったんだ」

彼女は片眉を吊り上げて言った。「ほんとうに?」

「ああ、ほんとうだ」

また沈黙が流れた。スキマーの甲板にいたブラジルがキャビンの中に姿を消した。うしろ姿がちらりと見えただけだったが、苛立っているように見えた。視線を甲板に戻すと、ヴァージニア・ヴィダウラがおれをじっと見上げていた。

「ということは」と自分のことをナディア・マキタだと思っている女は言った。「あなたとここでこうして話していても時間の無駄ということね」

「ああ、そう思う」

そのことばが彼女を怒らせたのかどうかはわからない。怒っていたとしても、表情には表われなかった。彼女はまた肩をすくめてみせ、立ち上がり、奇妙な笑みを向けると、スープのような海水に時折眼をやりながら、夕陽に染まった桟橋を歩いていった。少し経って、彼女がコイと話しているのを見かけたが、そのあとセゲスヴァールの飼育場までの船旅のあいだ、彼女がおれに話しかけてくることはなかった。

最終目的地として、その飼育場は感動的な場所とは言えなかった――イクスパンスの水面(みなも)に浮かぶ荒れ果てたU字形の貨物ステーション。そのあいだに並ぶ、水浸しのヘリウム飛行船のような建造物。ベラウィード専用収穫機が開発される以前、その場所はベラウィード運搬用の個人経営の埠頭として利用されていた。が、それまでに立ち寄ったほかのステーションとは異なり、ベラウィード産業に新たに参入してきた大企業に買い取られることもなく、一時代、放置されていた。ラデュール・セゲスヴァールは、ギャンブルで借金をつくった客から、返済の一部としてその荒れ果てたステーションを手に入れたのだが、これを実際に眼にしたときには、彼としても飛び上がって喜ぶ気分にはなれなかっただろう。それでも、その後、作業用スペースを確保すると、ぼろぼろになっていたステーションの修復を始めて、意図的に昔ながらのスタイルのステーションに改修し、かつて商業的な生産能力のあったその港の設備全体を湿地帯用掩蔽壕(えんぺいごう)テクノロジーを駆使して拡張したのだった。その最先端のテクノロジーは彼に借金のあるニューペストの軍の請負業者に盗ませ、今や複合施設となったそのステーションにはさまざまな施設が併設されていた。メンバー専用の売春宿。豪華なカジノ。そんな華やかな施設の目玉――都市生活では絶対に体験できないスリルを客に味わわせるもの——それが闘豹場だった。

到着すると、歓迎会もどきが開かれた。人をもてなすことに関して、ハイデュック・マフィアには自ら恃むところがあり、それはセゲスヴァールも例外ではなく、古めかしいステーションの端——屋根で覆われた桟橋の一角——に食べものや飲みものをふんだんに用意していた。ＢＧＭが低く流れ、自然の木を使った松明の芳香が漂っていた。湿った空気を追い払うために巨大な扇風機まで用意され、階下の売春宿とニューペストにあるセゲスヴァールのホロ・ポルノ・スタジオから集められた容姿端麗な男女が、ほとんど裸と言っていい姿で、食べものや飲みものがあれこれのせられたトレーを持って歩きまわっていた。そんな彼らの露わな肌の上で流れる汗の粒が模様をつくり、彼らのまわりには薬物交じりのフェロモンのにおいが漂い、誰もが至福感に満たされたように眼を大きく見開いていた。ここではそういう効果のあるものが手にはいる、ということを暗示しているのだろう。ネオクウェリストの集まりとしては理想的な雰囲気とは言えないが、それもセゲスヴァールの狙いなのかもしれなかった。もともと彼は政治に対して我慢強いほうではなかった。

いずれにしろ、桟橋の雰囲気はどことなく冴えなかった。化学物質に景気づけられた開放感がいくらかは場を盛り上げても、とろんとしたしゃべり方をする者や泣き上戸になる者が出る程度のことだった。ミッツィ・ハーランの誘拐を企て、その取り巻きを襲った結果として生じたニューカナガワの裏通りでの銃撃戦——その現実はあまりに血なまぐさく、残酷で、その現実の重みは容易には取り除けなかった。誰が死んだのか、それはその場にいないメンバーを考えれば明らかで、彼らの死の物語はあまりにむごかった。

マリ・アドはサンジェット破砕銃で撃たれ、体を真っぷたつに切り裂かれながらも、最後の力を振り絞って銃を引き抜き、咽喉元に銃口をあて、引き金を引いていた。

ダニエルも破砕銃の炎で体を粉砕されていた。

ビーチで彼と一緒にいた若い女、アンドレアは特殊部隊が蝶番を吹き飛ばしてドアを押し倒したときにその下敷きになり、押しつぶされて死んでいた。

おれの知らないメンバーや覚えていない仲間もさまざまな最期を迎えていた。コイが人質を取って逃げられるよう。

「彼女を殺したのはあんただったのか？」沈黙ができたところで、おれはコイに訊いた。彼が酔いつぶれるまえに訊いておきたかった。エイ捕獲船で南へ向かう航海の途中、おれたちはニュースを耳にしていたのだ――〝クウェリストの殺人鬼たちがなんの罪もないひとりの女性を卑劣にも虐殺した〟。特殊部隊の誤射でミッツィ・ハーランが死んだ可能性もあった。それが事実だったとしても、そのとおり報道されるわけがない。

コイは桟橋の先を見ながら答えた。「もちろん。初めからそうすると言ってあったことだからな。それはみんなもわかっていた」

「真の死(リアル・デス)か？」

彼はうなずいた。「まあ、そんなことに意味があるかはどうかわからないが。今頃はもう遠隔保存されたコピーを使って再スリーヴしてるだろうから。実際に死んでいたのはせいぜい四十八時間ぐらいのものだろう」

「死んだメンバーのほうは？」

彼は反対側の貨物ステーションの桟橋をじっと見つづけた。揺らめく松明の光の中にアドやほかのメンバーが立っているかのように。宴の席に現われた恐ろしい幽霊――どんな量のアルコールも〝茸〟も彼らの姿を消し去ることはできないのだろう。

「アドは死ぬまえ自分でスタックを破壊した。その姿をこの眼で見た。ほかのメンバーは――」彼はかすかに体を震わせた。もしかしたら、イクスパンスから夜風が吹きつけただけだったのかもしれない。それとも、ただ肩をすくめたのか。「わからない。もしかしたら、彼らのスタックはやつらに回収されてるかもしれない」

それ以上話すまでもなかった。結論はあまりに明らかだった。アイウラがおれたちのメンバーのスタックを回収していたら、その所有者は今頃ヴァーチャル尋問にかけられていることだろう。必要とあらば死ぬまで拷問され、その後また同じコンストラクトの中にリロードされる。そして、また同じことが繰り返される。彼らが知っていることをすべて吐くまで何度も。白状したとしても、ファースト・ファミリーの一員を殺したことに対する復讐として、拷問はいつまでも続けられる可能性がある。

おれはグラスの残りを飲み干した。肩から背骨にかけて震えが走った。空のグラスをコイに掲げ、おれは言った。

「まあ、やったことが無駄じゃなかったことを祈って」

「ああ」

そのあと彼とは何も話さなかった。パーティのなりゆきで、コイはおれから離れ、おれはパーティ会場の隅にいたセゲスヴァールに捕まってしまった。彼は両腕に女を抱えていた。ふたりともいかにも厚化粧できれいに仕上げたといった感じの青白い肌の女で、どちらもきらきらと光る琥珀色のモスリンを身にまとっていた。まさに実物大の腹話術師の人形のペアだった。セゲスヴァール自身はやけに愉しそうにしていた。

「愉しんでるか?」

「まだだ」おれは横を通ったウェイターのトレーから茸クッキーを一枚手に取って言った。「発展途上だ」

彼は薄い笑みを浮かべて言った。「おまえは昔からなかなか愉しまないやつだからな、タケシ。檻に行って、おまえの友達を眺めて愉しむか？」

「今はまだいい」

ぶくぶくと泡立つ沼の向こう側の建物を無意識に見ていた。闘豹場がある場所だ。どうやって行くかはわかっていた。中にはいろうとしても誰もおれを止めないだろう。が、今はそんなことをする気にはなれなかった。それに、去年のある時点でおれは気づいてしまったのだ——僧侶が死んで豹の中にいったん再スリーヴされてしまうと、彼らの苦しみを思って予期していた満足など少しも得られないことに。それが冷めた理知的な理解に変わってしまうことに。湿ったたてがみを持った巨大な生きものがリングの中で互いを切り裂き、嚙みつき合う姿を眺めても、復讐のためにおれが殺して連れ帰った男たちの姿をそこに見いだすことはもうできなくなってしまったのだ。実際、精神外科医の言うことが正しいとすれば、真の意味では彼らはもうそこにはいないのかもしれない。人間の意識の核などというものは、もうとっくに消えてしまっているのかもしれない。そんなものは数日のうちに純然たる黒い狂気に食い尽くされてしまっているのかもしれない。

陽炎(かげろう)の立ち昇る暑苦しい午後のことだ。おれはリングの斜め上に設えられた急傾斜の観客席に立っていた。まわりの客たちもみな立ち上がり、怒声を上げ、床を踏み鳴らしていた。そのとき、復讐心が石鹼の泡のようにおれの手から流れ落ちていくのがわかった。それをつかもうとすると、泡は溶け、知らぬまに消えていた。

そのあとおれは闘豹場へ行くのをやめた。盗んだ大脳皮質スタックはセゲスヴァールに渡し、あとはすべて彼に任せるようになった。

松明の光の下、セゲスヴァールが片眉を吊り上げて言った。

「わかった。じゃあ、チーム・スポーツはどうだ？　やらないか？　このイルジャとマユミと一緒に反重力ジムに行くってのは？」

おれは眼をとろんとさせたふたりの女を順に見やった。どちらも従順な笑みを返してきた。何かのケミカルにラリっている様子はなかったが、それでもどこかおかしかった。セゲスヴァールが女の背中の小さな穴を通して女を操作しているような感じがした。なめらかな肌の女の見事にくびれた腰に置かれた彼の手は偽物で、プラスティックでできているのではないかといったような。

「気をつかってくれるのは嬉しいが、ラッド、歳をとるとだんだんひとりでいるほうがよくなる。おれはいいから、おまえは行って愉しんでくれ」

彼は肩をすくめて言った。「おまえとはもうお愉しみはできないってことか。実際、ここ五十年そんな記憶がひとつもない。おまえはほんとに北の人間っぽくなっちまったな、タケシ」

「まえにも言ったと思うが――」

「ああ、〝おれは北の連中とのハーフなんだぜ〟。覚えてるよ。だけど、タケシ、若い頃はそれをここまで人に見せようとはしなかった」彼は右手を上げ、女の大きな胸のふくらみを下から包み込んだ。女はくすくす笑い、彼の耳を齧（かじ）った。「さあ、行こう。悩み多きコヴァッチ－サンは放っておいて」

おれはセゲスヴァールがふたりの女を引き連れ、人が何人も集まっているほうに向かうのを見送った。フェロモン芬々（ふんぷん）たるパーティの空気がおれの腸（はらわた）と脚のつけ根をちくりと刺した。あいまいな後悔の針のように。おれは残りの茸クッキーを食べた。ほとんど味がしなかった。

「ずいぶんとお愉しみだったみたいだけど」

「エンヴォイのカムフラージュ術だ」とおれは反射的に応えた。「まわりとうまく溶け込むように訓練されててね」

「そう？　あなたの教官にはそんな能力はないみたいだけど」

おれはそこで振り返った。ヴァージニア・ヴィダウラは両手にタンブラーをひとつずつ持って、ゆがんだ笑みを浮かべていた。おれはあたりを見まわしてブラジルを探したが、近くにはいなかった。

「そのどっちかはおれの？」

「要るなら」

おれはタンブラーを受け取って、中身を口にふくんだ。ミルズポート産のシングルモルトだった。たぶんウェスタン・リムの蒸留酒製造所のひとつでつくられた高級ウィスキーだ。ミルズポート嫌いのセゲスヴァールも自分の偏見を舌にまでは及ぼすことはできなかったということだ。おれはさらに何口か飲んでから、ヴィダウラの眼を見つめた。彼女はイクスパンスの広がりをじっと眺めていた。

「アドのことは残念だった」とおれは言った。

彼女は視線を近くに引き寄せ、唇のまえで人差し指を立てた。

「今はやめて、タケシ」

今も。これからも。おれたちはほとんどことばを交わすこともなく、パーティからこっそり抜け出し、湿地帯用掩蔽壕コンプレックスの廊下に降りた。エンヴォイの特殊技能が緊急時の自動操縦装置のように不意に稼働した。コード化された視線の交換と相互理解がおれの眼の裏側に強い刺激を与えた。

これだ――おれは突然思い出した。これこそ昔感じていたものだ。おれたちはこんな感覚で暮らしていた。このためにこそ生きていた。

おれの部屋まで行くと、おれたちは乱暴に服を脱がせ合って放り出し、体を強く押しつけ合った。自分たちは互いに何を欲しているか。それはエンヴォイの特殊技能が過たず教えてくれた。客観的時間で一世紀以上が過ぎて初めておれはエンヴィイを辞めたことのわけを思った。

朝、豹のうなり声で眼が覚めたときにはもう、その感覚は消えていた。〝茸〟の陶酔感が薄れ、二日酔いが自覚されると、ノスタルジーは頭から抜け出ていった。頭痛はさほどではなかったが、それが当然のことかどうかもよくわからなかった。が、いずれにしろ、ノスタルジーが消えたあとに残ったのは、独善的な独占欲以外の何物でもなかった。日焼けした肢体をシーツの下で放恣に横たえているヴィダウラを見ていると、あいまいな危惧を覚えた。その理由まではわからなかったが。

ヴィダウラは天井の穴をじっと見つめていて、しばらくして口を開いた。

「知ってた？　わたし、マリのことは昔からあまり好きじゃなかった。彼女はいつも一生懸命だった。わたしたちに何かを証明したがってるみたいだった。〈バグズ〉のメンバーであるということだけじゃ満足できないみたいだった」

「彼女にとっては実際そうだったのかもしれない」

コイに教えられたマリ・アドの最期について思った。彼女が引き金を引いたのは尋問を逃れるためだったのだろうか。それとも単に、生涯ずっと断ち切ろうとしてきた家族とのつながりを最後まで切ったままにしておきたかったのか。あくまで仮定の話だが、彼女の貴族の血をもってすれば、アイウラの怒りから逃れられたのではないだろうか。新たなスリーヴをまとって、尋問コンストラクトから歩き去るには、何をしなければならなかっただろう？　無傷のまま釈放されるにはどんなことを受け容れなければならなかっただろう？　死ぬ直前のぼやけていく視界の中、傷口から貴族の血が流れていくのを見て、彼女は最後までその血を憎んだだろうか。充分に憎むことができただろうか。

「自己犠牲的で高潔な行為だなんて、ジャック・ブラジルはくだらないことを言ってたけど」

「なんだ、そういうことだったのか」

彼女は首をめぐらせ、おれの顔を見て言った。「だから、わたしはここにあなたといるわけじゃないのよ」

おれは何も言わなかった。彼女はまた天井に眼を向けた。

「いやだ、そうなんだわ。だから、わたし、ここにいるんだわ」

しばらくのあいだ、おれたちは外から聞こえてくるうなり声と怒鳴り声をただ聞いていた。ヴィダウラがため息をつき、体を起こすと、手のひらのつけ根を眼にあてて首を振りながら訊いてきた。

「ねえ、考えたことない？　わたしたち、今でも人間なのかしらって。ほんとうのところ」

「エンヴォイとして？」おれは肩をすくめた。「〝怖いよ怖いよ、ポストヒューマンがやってくる〟なんて言われてることは信じないようにしてる。そういうことを訊いてるのなら。でも、どうして？」

「わからない」彼女は苛立たしげに首を振った。「そう、くだらないことということはわかってる。でも、ジャックやほかのメンバーと話してると時々感じるのよ。あの人たちはわたしとはまったくちがう種なんじゃないかって。どうしてああいうことを信じられるのか？　どうしてあそこまで信じられるのか、その信仰のレヴェルみたいなものが不思議でならないのよ。満足のいく説明なんてないに等しいのに」

「ということは、きみも納得してないんだ」

「してない」彼女はさらに苛立たしげに片手を上げると、ベッドの上で体をねじり、おれのほうを向いて続けた。「あれが彼女だなんてどうして信じられる？」

「同じ網に引っかかってるのがおれだけじゃないとわかって嬉しいよ。合理的思考の少数派へようこそ」

「コイはまちがいないって言ってる。すべてが事実と一致するって」

「ああ。しかし、コイはそもそもあの女が彼女だって信じたいのさ。だから、ヘッドスカーフを巻いたリップウィング鳥が現われても、それがクウェルクリスト・フォークナーだって言い張るだろう。確認式にはおれも立ち会ったけど、彼女が答えづらそうにすると、みんなあまり追及しようとはしなかった。それに、あの女が起動させたという遺伝子兵器。聞いたか？」

彼女は視線をそらして答えた。「ええ、聞いた。すごい話よね」

「クウェルクリスト・フォークナーが説いたすべてのこととほぼ真逆だ。そういう意味でも彼女は……だろ？」

「タケシ、わたしたちは誰しもそうクリーンではいられない」そう言って、彼女は薄い笑みを浮かべた。「でしょ？　でも、この状況なら誰だって——」

「注意してないと、会費全額納付済みのメンバーになっちまうぞ。信仰心でまわりが見えなくなった旧人類のメンバーに。まあ、そうなったとしても、おれだけは友達でいてやるから、それだけは心配しなくていい」

笑みが顔全体に広がり、彼女は笑い声のようなものを洩らした。それから舌で上唇を舐め、おれのほうに斜めに視線を向けてきた。電気を帯びた奇妙な感覚が体を走り、おれは彼女と視線をからませた。

「いいわ」と彼女は言った。「じゃあ、非人間的になって、このことを合理的に考えてみましょう。ジャックは言ってた。彼女はミルズポートの襲撃のことをちゃんと覚えてたって。アラバルドスでジェットコプターに乗ったことも」

「ああ。しかし、だとすると、〝ドラヴァ郊外での戦いの真っ最中にコピーがつくられました〟という説が怪しくなる。だろ？　ミルズポートの襲撃もジェットコプターに乗ったのもずっとそのあとの話だ。そう、彼女がニューホッカイドウ、つまりドラヴァにいたと考えられる時期よりずっとあとだ。だとすれば、その記憶があるというのは辻褄が合わない」

ヴィダウラは両手を広げて言った。「彼女がデータ地雷のためのなんらかのパーソナリティ・ケーシングだという話も怪しくなる。同じ理屈で」

「ああ、そうだ」

「だったら、わたしたちはどうなるの？」

「だったら、ブラジルとヴチラのギャングはどうなるかってことだろ？」おれはわざと意地悪な口調で言った。「簡単な話だ。そんなことがわかってもやつらは必死になってあたりを引っ掻きまわして探すだろう。何かほかのくそみたいな説を。信じつづけられる理屈を見つけようとして。そんな事態は、会費全額納付済みのネオクウェリストにとっちゃ、悲劇この上ないだろうが」

「ちがう、わたしたちのことを言ってるの」彼女のまっすぐな視線がその代名詞とともにおれの体を撃ち抜いた。「わたしたちはどうなるの？」

おれは腹の小さな衝撃を隠そうと、さっき彼女がしたように手のつけ根を眼に押しあてて言った。

「おれにはちょっとした考えがある。説明と言ったほうがいいかもしれないが」

ドアのチャイムが鳴った。

ヴィダウラが片眉を吊り上げて言った。「そう。その説明会には招待者リストまでもうできてるみたいね」

おれは視線をそらして時計をちらりと見てから、首を振った。気づくと、さっきまで窓の外から聞こえていた豹のうなり声が収まり、低いごろごろという音と餌の軟骨が裂かれる音が時折聞こえるだけだった。おれはズボンを穿き、反射的にベッドサイド・テーブルからラプソディア銃を取り上げ、ドアのまえまで行った。

ドアが横に収縮すると、薄暗い明かりに照らされた静かな廊下が眼のまえに現われ、そこにシルヴィ・オオシマのスリーヴをまとった女が立っていた。きちんと服を着込み、腕を組んで。

「あなたに提案がある」と彼女は言った。

第三十九章

おれたちがヴチラに着いたのはまだ早朝だった。シエラ・トレスがベッドに――実際のところ、彼女のベッドに――寝ていて、彼女に起こされたハイデュック・マフィアのパイロットはちょっと生意気な若い男だった。おれたちが乗っているのは飼育場に行ったときと同じ密輸スキマー。若いパイロットは限界ぎりぎりまで速度を上げた。人目を惹かないようにこそこそする必要はもうなかったので。それに、若いパイロットとしても、自分の腕を試したいと思うのと同じくらい、トレスにいいところを見せたかったのだろう。トレスは彼と一緒にコックピットに坐り、叫び声をあげては囃し立てていた。自らをクウェルと呼ぶ女とヴィダウラはキャビンにいた。おれはたいていひとりで船首のデッキに坐っていた。二日酔いを醒まそうと、スリップストリームの冷たい風を受けていた。船は二時間たらずでサンシャイン・ファン波止場と呼ばれる係留ポイントに着いた。

サンシャイン・ファン波止場という陽気な名が示すとおり、そこに立ち寄る船はニューペストからの観光スキマーがほとんどで、金持ちの子供たちが派手なひれのついたイクスパンス・モバイルで来ることもあった。が、ここまで朝が早いと、係留スペースはまだがらがらで、好きなところを選んで停泊させることができた。係留スペースを選べることにはほかにも意味があった。選んだ場所から〈ズリンダ・トゥジマン・スクレップ〉のオフィスまで——シエラ・トレスと怪我をした彼女の足で——十五分とかからないところが選べ、ちょうどオフィスが開く時間に着くことができた。

「私にはわかりません」という下働きの男のことばで、そいつが任されている仕事はすぐにわかった——共同経営者の誰より朝早く眼を覚まして、彼らが来るまでにオフィスを開ける準備をしておくことだ。「私にはどうしたものか、わかりま——」

「そう？　わたしにはわかる」とシエラ・トレスが苛立ちを隠さず言った。

彼女は足首丈のスカートをベルトでとめて穿き、脚の傷を隠していた。もっとも、傷は見る見る治っており、その声や態度から彼女がまだ怪我をしていることはまったくわからなかったが。パイロットはサンシャイン・ファン波止場のスキマーに残してきたが、彼がいなくてもなんの問題もなかった。トレスはハイデュック・マフィア風の威圧感を完璧なまでに再現しており、下働きの男はちぢみ上がって言いかけた。

「聞いてくだ——」

「いいえ、聞くのはあなたよ。わたしたちがここに来たのは今から二週間もまえじゃない。あなたもそのことは知ってるでしょ？　トゥジマンに電話で確認したければすればいい。ただ、こんなに朝早く起こされたら、彼としてもあなたに感謝はしないだろうけど。それもわたしたちがまえと同じものを使ってもいいかどうか訊くだけのために」

結局、そいつはトゥジマンに電話をして、電話口で怒鳴られ、おれたちは欲しいものを手に入れた。会社のスタッフはヴァーチャル・システムを稼働させてから、おれたちをカウチに案内した。オオシマのスリーヴをまとった女が電極を体に取りつけるあいだ、シエラ・トレスとヴァージニア・ヴィダウラはその場に立って待った。オオシマのスリーヴをまとった女は催眠フォンをおれのほうに掲げて訊いてきた。

「これはどういうもの?」

「高性能のモダン・テクノロジーだ」おれは無理につくり笑いを浮かべた。二日酔いに加えて、何かの予感に、あまりリアルとは言えないありがたくない吐き気があった。「二世紀くらいまえに開発されたものだ。それをつけると、転送が楽にできる」

オオシマの準備が終わると、彼女の隣りに坐って、おれも電極と催眠フォンを取りつけ、トレスを見上げて言った。

「何か問題が起きそうになったら引っぱり出してくれ。段取りはわかってるよな?」

彼女は無表情のままうなずいた。どうしてトレスがコイとブラジルには黙っておれたちの手助けをする気になったのか。おれはまだ怪訝に思っていた。クウェルクリスト・フォークナーの幽霊からの命令を無条件で受け容れるには、まだ少し早いような気がした。今の状況を考えると。

「よし、じゃあ、始めよう」

音響コードが聞こえはじめた。意識が遠のくのにはいつもより時間がかかったが、それでもしばらくすると、カウチの置かれた部屋の景色がぼやけてきた。風変わりなホテルのスイートの壁が見えたかと思うと、その壁が塗りつぶされ、恐ろしいほど鋭い角度でおれに迫ってきた。部屋を隔てたスイートのもうひとつの部屋にいたヴィダウラの記憶が甦り、思いがけずおれをちくりと刺した。

しっかりするんだ、タケシ。

二日酔いなど一気に吹き飛んだ。

おれはゆっくりとコンストラクトの床に降り立った。窓の外にはありえない景色が広がっていた。緑の牧草地がなだらかに広がっていた。部屋の反対側のドアのそばにまっすぐに体を伸ばした長髪の女の形が現われ、それがそのうちオオシマのスリーヴになった。

しばらく立ったままお互い見つめ合った。おれはうなずいた。が、おれの態度にどこかしら白々しいところがあったのだろう。彼女は眉をひそめて言った。

「ほんとうにいいのね？　何も無理してやる必要はないのよ」

「いや、ある」

「わたしもあなたにそこまでは望ん――」

「ナディア、心配するな。おれはちゃんとした訓練を受けてる。新しいスリーヴをまとって知らない惑星に到着して、現地人をすぐさま虐殺しはじめるという訓練だ。それに比べたら、こんなことは屁でもない」

彼女は肩をすくめて言った。「わかった」

「それでいい」

彼女はおれのほうに歩いてくると、一メートル弱手前で立ち止まり、頭をまえに傾げた。銀色のたてがみがゆっくりと流れ、顔を覆った。細かなフィラメントが合わさってできたセントラル・コードが頭の片側にすべり、発育の遅れたサソリの尻尾のようにぶら下がった。その瞬間、彼女がすべての災いの原型のように見えた。おれの先祖たちが地球のあらゆる海から持ってきたすべての災いの原型のように。まさに彼女は幽霊だった。

彼女は体をこわばらせた。

おれは深く息を吸い込んでから手を伸ばし、彼女の顔のまえにかかった髪のカーテンを指で開けた。

カーテンの向こうには何もなかった。顔も。骨格も。何もなかった。ただ、暖かな暗いがらんどうがあるだけだった。その闇が光を放つかわりに吸い込む懐中電灯のようにおれのほうに広がってきているように見えた。彼女のほうに身を乗り出すと、暗闇が彼女の咽喉元で裂け、硬直した体の縦軸に沿って、うしろにゆっくりと剝がれていった。股のあたりまで剝がれると、さらに脚のあいだに同じような裂け目ができた。自分の平衡感覚が少しずつ崩れていくのがわかった。ホテルの部屋の床が傾き、部屋自体傾いた。ビーチの焚き火の中に放り込まれた使用済みの化学雑巾のように、全体がちぢみ、同時にかすかな静電気のにおいとともに暖かさがおれを包み込んだ。足元を見ると、単調な黒が広がっていた。左手でつかんだ鉄の髪が編み込まれ、蛇のように動きまわる太いケーブルになった。虚空の中、おれはそれにぶら下がった。

眼を開けないでください。左手を開かないでください。決して動かないでください。

それに抵抗するかのようにおれは眼をしばたたき、その記憶を頭の中にしまい込んだ。

そして、顔をゆがめて手を放した。

落下しているのだろうか？　だとしても、そんなふうには感じられなかった。

風を感じることもなかった。真っ暗で、自分がどんな動きをしているのかもわからなかった。おれ自身の体さえ見えなかった。手を放したとたん、ケーブルは消えたように思われた。両腕を広げた幅ほどしかない反重力室の中で、おれは静止したまま浮かんでいたのかもしれない。が、おれの感覚は何もない広大な空間がまわりに存在していることを示唆していた。カイテンキリサメ虫になって、〈ベラコットン・コーヘイ9〉の空(から)の倉庫の中を漂っているような感覚だった。

おれは空咳をした。

ぼろぼろの光が頭上で揺らめき、そこにそのままとどまった。反射的に手を伸ばすと、指が繊細なフィラメントをかすめた。突然、視界が開けた。その光の正体ははるか空高く燃えている炎の光ではなかった。枝のようなものだった。直径数センチほどのもので、おれの頭のすぐ上で何本かに分かれてぶら下がっていた。おれはそれをそっと手で握り、ひっくり返してみた。指で押さえた部分から、ぼんやりとした光が洩れ、手を放すと、おれの胸のまえに垂れてきた。

「シルヴィ？　いるのか？」

おれの足元に床が現われ、広がった。午後遅い光に染められた寝室が現われた。家具からすると、十歳くらいの子供の部屋のように見えた。壁にはホロがいくつか浮かんでいて、ミッキー・ノザワやリリー・ツチヤ、さらに見たことのない大勢の俳優を映し出していた。部屋には幅の狭いベッドが置かれ、窓の下には机とデータコイルもあった。一方の壁に貼られたミラーウッドのパネルがかぎられたスペースをより広く見せていた。その壁の反対側にあるウォークイン・クロゼットの中には何着もの服が乱雑に掛けられ、その中には、法廷で着る法服を模した仮装用の衣裳もあった。ドアの裏側には放棄教の教義が書かれた紙が鋲でとめられていたが、角がひとつめくれていた。

窓の外を見やると、港や長く伸びる岬に続く斜面に、温帯地方の典型的な小さな市(まち)が広がっていた。水面にはベラウィードの色が浮かび、真っ青な空にはホテイとダイコクの三日月の切れ端がうっすらと見えた。ここがどこであってもおかしくはなかった。船や人影があちらこちらで動いていたが、それも現実に近い風景だった。

教義を書いた紙がいい加減に貼られたドアのところまで行き、ドアノブに手をかけた。鍵はかかっていなかった。が、廊下に出ようとすると、十代と思しい少年が眼のまえに現われ、おれを部屋の中に押し戻した。

「部屋の中にいなきゃ駄目だよ。ママに言われただろ」と少年はぶっきらぼうに言った。「ママに」眼のまえでドアがぴしゃりと閉められた。

おれはしばらくドアをじっと見つめてからまた開けた。

「ママに言われただろ――」

おれは少年の鼻にパンチを浴びせた。少年は廊下の反対側まで飛んでいき、体を壁に打ちつけた。向かってくるかもしれないと思い、おれは軽く拳を握ったまま待った。が、少年はぽかんと開けた口から血を垂らしながら、ショックで眼をどんよりと曇らせ、床にずるずるとずり落ちただけだった。おれは慎重に少年の体をまたいで廊下を進んだ。

十歩も歩いていなかっただろう、うしろに彼女がいるのが感じられた。

些細で当然の感覚――コンストラクトの構造の中を流れるさらさらという音。おれのうしろの壁を這うちぢんだ影。おれはその場で立ち止まり、待った。何か曲がったもの――指のようなものがおれの頭と首のあたりをかすめた。

「ハロー、シルヴィ」

移動したことははっきりとはわからなかったが、次の瞬間、おれは〈トウキョウ・クロウ〉のカウンターについていた。その横で彼女がカウンターに身を乗り出し、グラスに注がれたウィスキーをちびちび飲んでいた。実際にこのバーでおれたちが出会ったときに、彼女がウィスキーを飲んでいたかどうかは覚えていないが。おれの眼のまえにも似たような飲みものが置かれていた。まわりの常連客は猛スピードで激しく動きまわっており、その姿が徐々に薄れて灰色になり、最後にはほとんど実体のないものになった――テーブルから立ち昇るパイプの煙や、グラスの下のミラーウッドに反射したゆがんだ像ほどのものに。彼らが動きまわる音はまだ聞こえていたが、それも注意すればやっと聞こえる程度のくぐもった小さな音だった。高性能の機械システムをスタンバイ・モードにして、壁の向こうに置いたときのような低い音でしかなかった。

「ミッキー・セレンディピティ、あなたがわたしの人生にはいり込んできて以来――」とシルヴィ・オオシマは感情を込めずに言った。「全部がばらばらになってしまったみたい」

「それはこのバーから始まったことじゃないよ、シルヴィ」

彼女は横眼でおれを見て言った。「そんなこと、もちろんわかってる。わたしは〝しまったみたい〟って言ったのよ。でも、あなたと会ってから何かが変わったのは確かね。わたしがそう思っているだけにしろ、実際にそうだったにしろ。わたしの仲間はみんな死んだ。真の死（リアル・デス）よ。彼らを殺したのはあなた。わたしにはそれがわかる」

「このおれじゃない」

「そう、それはわかってる」彼女はそう言ってグラスを口元まで持っていった。「でも、わかっていても、気持ちがすっきりするわけじゃない」

彼女はウィスキーを一気に飲み干して、身震いをした。

話題を変えるんだ。

「いずれにしろ、彼女が外の世界で聞いたことが浸透してここで滲出してる。そういうことか？」

「全部じゃないけど」彼女はグラスをカウンターの上に戻した。システム・マジックがゆっくりとウィスキーを注ぎ足した。コンストラクトの構造から何かが染み出してきたかのように。まずミラーウッドに反射したグラスの中に上から下へウィスキーが入れられ、次に実際のグラスの底からふちまで注がれた。シルヴィはむっつりとそれを眺めて言った。「でも、わたしたちの感覚システムにどれほどのもつれがあるのか、それはまだ確かめてる最中よ」

「シルヴィ、きみはどれくらいまえから彼女を抱え込んだんだ？」

「よくわからない。去年くらいからかな？　イヤモン渓谷にいたときかもしれない。意識がなくなったのはあのときが初めてだから。眼を覚ましたときに、自分がどこにいるのかわからなかったのはそのときが初めてだった。自分の存在すべてがひとつの部屋になったみたいな感覚だった。誰かが無断でその部屋にはいってきて、勝手に家具を動かしたみたいな」

「彼女は現実なのか？」

シルヴィはざらついた笑い声を上げた。「今さらそんなことを訊くの？　それもこんなところで？」

「わかった。じゃあ、彼女がどこから来たのかはわかってるのか？　どうして彼女がきみの体の中にはいり込んだのかは？」

「彼女は逃げ出したのよ」シルヴィは首をめぐらせ、またおれのほうを見てきた。そして、肩をすくめて続けた。「彼女はずっとそう言ってる。逃げてきたって。もちろん、そんなことはわたしも知ってた。待機房から飛び出したのよ、さっきのあなたと同じように」

おれは反射的に肩越しにうしろを見て、寝室に続く廊下を探した。煙草の煙が立ち込め、混み合った酒場の店内には見あたらなかった。存在していた形跡すらなかった。

「あれが待機房？」

「ええ。複雑にからみ合った反応で、司令ソフトウェアが自動的に形成するのよ。キャパシティ・ボールトに言語を使用した何かがはいり込んでくると、その周辺に創出されるの」

「しかし、あの部屋から出てくるのはそれほどむずかしくはなかった」

「あなた、どの言語を使ってた？」

「ああ……アマングリック語だ」

「やっぱり。マシンにとってアマングリックはそれほど複雑じゃない。実際のところ、とてもシンプルで幼稚な言語と言ってもいい。あなたの場合、その単純さのレヴェルに見合った牢獄が与えられたってわけ」

「だけど、おれがそこにほんとうにじっとしてると思ったのか?」

「ミッキー、わたしじゃない。ソフトウェアよ。そういうことは全部自動でおこなわれる」

「わかった。じゃあ、自動ソフトウェアがそう判断したってことか? おれはじっとしてるって?」

「もしあなたが十代の兄がいる九歳の少女だったら?」と彼女はむしろ辛辣に言った。「あなたは当然じっとしてるはずよ。でしょ? システムは人間の行動を理解するようにデザインされてない。言語を認識して、判断するだけよ。それ以外のすべては機械の論理でおこなわれる。ただ、ちょっとした構造や物事の細かな差異については、わたしの潜在意識を利用することもある。それで、あまりに暴力的な〝逃亡〟を感知すると、ソフトウェアがわたしに直接警告してくるの。でも、それも現実的な人間の感情に反応しているわけじゃない。そもそも、デコムは人間を相手にしてないわけだし」

「じゃあ、ナディアが――彼女が誰であれ――彼女が来たとき、たとえば昔の日本語で話したとしたら、システムはおれと同じような部屋に彼女を入れてたということか?」

「そのとおり。まあ、日本語のほうがアマングリック語より少し複雑だけど、マシンにとってみれば、その差はほぼないに等しい」

「そういうことなら、おれみたいに簡単に出てこられたわけだ。きみに警告されることもなく。静かにやれば」

「そう、あなたより静かにやれば。まあ、隔離システムからは簡単に出られる。感覚インターフェースや隔壁を通り抜けて、わたしの頭の中にはいり込むのはそれよりはるかにむずかしいけれど、それでも、ゆっくり時間をかければできることよ。あとは彼女にしっかりとした意志があれば――」

「彼女の意志は揺るぎないよ。彼女が自分を誰だと思ってるか知ってるだろ?」

彼女は小さくうなずいた。「彼女が教えてくれた。ハーラン一族から尋問を受けているあいだ、ここに一緒に隠れていたときに。でも、わたしはすでに知ってたんだと思う。ずっとまえから、彼女の夢を見るようになってたから」

「彼女はほんとうにナディア・マキタだと思うか？」

シルヴィはグラスを持ち上げ、中身を少し飲んでから言った。「彼女が誰でありうるか、それはむずかしい質問よ」

「なのに、ここしばらくは彼女に自分の体を任せてるっていうのか？　彼女が誰なのか、あるいはなんなのかもわからないのに？」

彼女はまた肩をすくめた。「わたしは実際の行動を見て、人を判断するようにしてる。見るかぎり、彼女はなかなかうまくやってる」

「おいおい、シルヴィ。実は彼女自身がウィルスだったなんてことも考えられなくはないんだぜ」

「ええ。でも、学校で習ったわよね？　クウェルクリスト・フォークナーはウィルスだって。不安定時代、クウェリズムはそう呼ばれてたんじゃなかったの？　〝社会という体の中のウィルス性の毒〟」

「シルヴィ、おれは政治的メタファーについて話してるんじゃない」

「わたしだってそんな話をしてるつもりはない」彼女はグラスを傾けて中身を飲み干すと、グラスをまたカウンターの上に置いた。「いい、ミッキー？　わたしは活動家でもなければ、兵隊でもない。わたしはデータ・ネズミでしかないの。ミミントとコード、それがわたしのすべてよ。仲間と一緒にニューホッカイドウに送られれば、わたしの右に出る者はいない。でも、それは今わたしたちがいる場所じゃない。それに、あなたにもわたしにもわかってる——近いうちにわたしがドラヴァに行くことはないということは。だから、今の状況を考えてみれば、ナディアのためにわたしはさがっていたほうがいいと思うの。実際のところ、彼女が誰にしろ、あるいはなんにしろ、彼女のほうがわたしよりはるかにうまく操舵してくれるはずよ」

彼女はじっと坐り、グラスが満たされるのをただ見つめた。おれは首を振って言った。

「そんなのはきみらしくないよ、シルヴィ」

「いいえ、わたしはそういう人間よ」急に口調が激しくなった。「ミッキー、わたしの仲間はみんな殺された。もしかしたら、それよりさらに悪い仕打ちを受けたのかもしれない。そして、今は惑星じゅうの警察とミルズポートのヤクザがわたしを探してる。わたしの仲間にしたことと同じことをわたしにしようとして。だから、わたしらしくないなんて言わないで。わたしのことなんかそれほど知りもしないくせに、あなたにどうしてわかるの？　そういう状況に置かれたら、わたしはどんな振る舞いをするかなんて。わたし自身、自分が今どうなってるのかもわからないのに」

「ああ。きみはそのことを理解するかわりにここに隠れてる。くそ放棄教の信徒が夢見るような善良な少女気取りで。子供の頃、きみの両親が夢見てたみたいに。だけど、結局のところ、きみはプラグインされた世界の中でただじっとして、時間を無為に過ごしてるだけだ。面倒なことは全部外にいる誰かがかわりに片づけてくれることを期待して」

彼女は何も言わず、新しく満たされたグラスをおれのほうにただ掲げた。恥の念がいきなりおれの体を締めつけた。

「悪かった」

「ええ、あなたにしても今のは言いすぎよ。オアやほかの仲間がどんな目にあったか、あなたも体験してみたい？　いつでも見せられるように準備してあるけど」

「シルヴィ、すまなか——」

「彼らはすぐに死なせてはもらえなかった。みんな皮を剝がれて死んだ。キヨカなんか最後は赤ちゃんみたいに叫び声をあげてわたしに助けを求めた。その光景に接続してみる？　しばらくのあいだ、それを頭の中に入れて生活してみる？　わたしみたいに」

体に震えが走った。その震えがコンストラクト全体に伝わったのか、小さくて冷たいほぐれ糸のようなものがあたりに漂った気配があった。

「いや」

そのあとしばらくおれたちは押し黙り、ただ坐っていた。〈トウキョウ・クロウ〉の常連客は相変わらず生霊のようにまわりを行ったり来たりしていた。

いっときのち、彼女がぼんやりと上のほうを身振りで示して言った。

「熱狂的な信者は信じてる、これこそが唯一の真の存在だって。外の世界にあるものはすべて幻想だって。先祖の神々がわたしたちを守るためにつくり上げた影絵だってね――自分たち自身に適応した現実をつくり上げて、そこへアップロードするまでのあいだの。確かにそう考えれば、心が落ち着く」

「ほんとうにそう思えれば」

「あなたは彼女をウィルス呼ばわりしてるけど」と彼女はもの思わしげに言った。「ウィルスにしては彼女はここでずいぶんとうまくやってきた。わたしのシステムに潜入してきたことだけを見ても。まるでそういうことをするためにデザインされてるみたいにね。だから、外の影絵の中でもきっと同じくらいうまくやるはずよ」

おれは眼を閉じ、片手を顔に押しつけた。

「ミッキー、どうかした？」

「どうかメタファーで話してるって言ってくれ。筋金入りの信者とはもうこれ以上つきあえない気がする」

「こういう話が気に食わないのなら、とっととここから出ていけばいい、ちがう?」

彼女の突然の刺々しい口調がおれをニューホッカイドウに舞い戻らせた——果てしないデコム同士の口論。そのことを思い出すと、思わず知らず口元に笑みが浮かんだのがわかった。おれは眼を開け、また彼女を見ると、両手を開いてカウンターの上に置いてため息をつき、笑みを顔全体に広げて言った。

「シルヴィ、おれはきみを助け出すためにここに来たんだ」

「わかってる」彼女はおれの手に自分の手を重ねた。「でも、わたしは大丈夫よ。ここではね」

「ラズロと約束したんだ。きみを守るって」

「だったら、彼女を守ってあげて。そうしてくれれば、わたしも安全だから」

適切なことばを探そうと、おれはためらいつつ言った。「シルヴィ、彼女はなんらかの武器かもしれない」

「だったら何? わたしたちはみんなそうじゃないの?」

おれは酒場の店内を見まわし、猛スピードで動きまわる灰色の幽霊たちを眺めた。ひとつに融合した低いざわめきが聞こえた。「これがほんとうにきみが望むことなんだな?」

「今のところはね、ミッキー。今のわたしにはここにいることしかできない」

眼のまえのカウンターの上に一度も手がつけられていないグラスが置かれていた。おれは立ち上がり、そのグラスを手に取った。

「そういうことなら、早く戻ったほうがよさそうだ」

「そうね。出口まで送るわ」

ウィスキーが咽喉を焼いた。予想とは裏腹に、がさつな安ウィスキーだった。

彼女は埠頭までおれを送ってくれた。すでに夜が明けていた。空気は冷たく、あたりは容赦のない灰色がかった青白い光で染められていた。まわりには誰もいなかった。猛スピードで動きまわる幽霊も、何も。ホース・ステーションがあったが、閉鎖されたまま放置されているようだった。係留ポイントにもそのさきの海にも船は一隻も浮かんでいなかった。服を剝がされ、裸になったような景色がただ広がっていた。アンドラッシー海の強い波が不機嫌そうに桟橋の杭を叩いていた。北に眼を向けると、水平線の奥にドラヴァがうずくまっているのが感じ取れた。埠頭同様、見捨てられた静寂に包まれて。

ロボット・クレーンの下で立ち止まった。おれたちが出会ったときに来た場所だ。あるはっきりとした感覚がおれの中に芽生えた——彼女に会うのはこれが最後だ。

「ひとつ訊いてもいいか?」

彼女はじっと海を見つめたまま答えた。「ええ、もちろん」

「外で活動してるきみのお気に入りのあのエージェントが言ってるんだが。待機コンストラクトの中で誰かの存在を認めたと——グリゴリ・イシイという人物だ。名前に心あたりはないか?」

彼女は軽く眉をひそめて言った。「その名前はどこかで聞いたことがあるような気がする。でも、どこで聞いたかまでは覚えてない。そもそも、デジタル・ヒューマン・パーソナリティがどうやって司令ソフトウェアの中にはいり込むことができるのか。それがわからない」

「ああ、そうだな」

「エージェントはそのグリゴリという人と会ったって言ってるの?」

「いや。彼と同じような名前のものがここにあったって言ってた。だけど、スコーピオン砲との戦いできみがやられて、そのあとドラヴァで眼を覚ましたとき、きみはこんなことを言った。〝そいつはわたしを知ってた。まるで古い友達みたいに。まるで――〟と」

シルヴィは肩をすくめると、そのあとも気持ちを北の水平線に向けたまま言った。「じゃあ、ミミントが進化した何かかもしれない。人間の脳の中で認識ルーチンを呼び起こすウィルスみたいなもの。そのせいですでに知ってる何かをあたかも見たり聞いたりしているかのような錯覚を起こして、そのウィルスを持った人間はそれぞれその錯覚に見合ったフラグメントを作成する」

「それはどうかな。ミミントが人間と深く関わるようになったのは最近のことだ。メクセク計画が打ち出されたのはいつだ？　三年前？」

「四年前よ」彼女は薄い笑みを浮かべた。「ミッキー、ミミントは人間を殺すようにデザインされてるのよ。そういうことを目的に三百年前につくられたものよ。だから、ミミント同様、なんらかのウィルス兵器がつくられていたとしても少しも不思議じゃない。それが今まで生き延びていたとしても。さらに進化していることも考えられる」

「しかし、そういうものを今までに見たことがあるか？」

「ないわ。でも、だからといって外の世界に存在しないとは言いきれない」

「それか、ここに」

「それか、ここに」彼女は即座に同意した。おれにもう出ていってほしいのだろう。

「それか、また別のパーソナリティ・ケーシング爆弾かもしれない」

「かもしれない」

「ああ」おれはもう一度あたりを見まわした。「で、おれはここからどうやって出ていくんだ？」

「クレーンよ」彼女の心がいっときおれに向けられた。北に向けていた眼をおれの眼に合わせると、上を顎で示した。鋼鉄の梯子が空に延びて、複雑にからみ合った鉄骨の中に消えていた。「ただ、登りつづければいい」

すばらしい。

「じゃ、シルヴィ、体に気をつけてな」

「ええ、わかってる」

彼女はそう言って唇に軽くキスをしてきた。おれはうなずき、彼女の肩をぽんと叩いて何歩か下がると、梯子の下まで行って冷たい金属の横桟に手をかけ、登りはじめた。

かなり頑丈な梯子だった。少なくとも、リップウィング鳥が群がる断崖絶壁や、火星人の建造物の内部よりはるかに登りやすかった。

数十メートルほど登ったところで、彼女の声がおれのところまで上がってきた。

「ねえ、ミッキー」

おれは下をちらりと見た。彼女はクレーンの基部の内側に立っていた。おれをじっと見上げ、メガホンのように両手を口の両脇にあてていた。おれは慎重に横桟から放した片手を振って言った。「どうした?」

「今思い出した。グリゴリ・イシイ。学校で習った人」

「彼の何について学校で習ったんだ?」

彼女は腕を広げて言った。

「ごめんなさい、それはわからない。学校で習うことなんて誰が覚えてる?」

「確かに」

「どうして彼女に直接訊かないの?」

それはいい質問だったが、エンヴォイの慎重さというのがそれに対する一番明らかな答で、頑固な不信感というのが僅差の二位だ。拒絶。コイや〈バグズ〉のメンバーのようにはいかない。クウェルの輝かしい帰還をそうやすやすと受け容れるわけにはいかない。おれには。

「ああ、それもいい考えだ」

「じゃあ」彼女は片手を上げて別れを告げた。「ミッキー、ちゃんと上を見て。登りつづけて。下を見ちゃ駄目」

「ああ」おれは下に向かって叫んだ「シルヴィ、きみもな」

おれは登った。ホース・ステーションがだんだん小さくなり、子供のおもちゃのように見えた。海面はハンマーで鍛造した灰色の鉄板のようで、傾いた水平線に溶接されていた。シルヴィは北を向いた小さな点となり、さらに小さくなり、そのうちまったく見えなくなった。もうそこにいないのかもしれない。まわりにめぐらされた鉄骨は下から見えた姿とはまったく異なっていた。冷たい夜明けの光の色が濃くなり、ゆらゆらと揺れる銀色になった。その光が金属の上で思い思いに踊っていた。どこかで見たことのある光景に思えた。疲労はまったく感じなかった。

おれは下を見るのをやめた。

第四十章

「それで?」と最後に彼女は口を開いた。

おれは窓の外のヴチラ・ビーチを見やり、そのさきの波に反射する陽の光をじっと眺めた。ビーチも海上も好天を逃すまいとする小さな人影で埋め尽くされようとしていた。〈ズリンダ・トゥジマン・スクレップ〉社のオフィスは完璧な耐環境設計だったが、徐々に温度が上がっている外気も、どっと押し寄せる観光客の喧噪もじかに感じられるような気がした。コンストラクトを出てから、おれはまだひとことも発していなかった。

「きみの言うとおりだった」おれはちらりと横に視線を向け、シルヴィ・オオシマのスリーヴをまとっている女を見て、すぐまたその眼を海に戻した。二日酔いのだるさがまた戻ってきた。さきほどよりひどくなっていた。「彼女は出てこない。子供の頃に教えられたくそみたいな放棄教の教えで頭がいっぱいだ。あまりの悲しみでそうなっちまったんだ。だからずっと向こうにいるそうだ」

「わかってくれたのね。ありがとう」

「ああ」おれは窓から離れ、トレスとヴィダウラに近づいて言った。「ここにもう用はない」

スキマーに戻るあいだ、誰も口を利かなかった。押し黙り、人の流れに逆らい、明るい色の服を身にまとった群衆を押し分けて進んだ。おれたちの顔を見ただけで、たいていの歩行者が道をあけてくれた――慌てて脇に寄る人々の表情を見れば、彼らがおれたちの顔に何を読み取ったのかは容易に察しがついた。それでも、暖かな太陽の下――誰もがさきを争って海に向かっている中――最低限の注意すら払っていない歩行者ももちろんいて、その手の観光客はけばけばしい色のプラスティック製ビーチ用具をぞんざいに運んでいた。それが何度かシエラ・トレスの足にぶつかることがあり、彼女は顔をしかめはしたが、薬物の影響なのか、ただ集中しているからなのか、口をしっかりと結んで痛みに耐えていた。人目を惹く場面など誰もつくりたくなかった。ただ、とりわけ不注意だった歩行者がいて、そいつにだけは彼女も一度振り返って睨みつけた。そいつはこそこそと逃げるように去っていった。

おいおい、みんな――おれは苦々しく思った――おまえたちの政治のヒーローがここにいるんだぜ。それがわからないのか？　おまえらみんなをこれから自由にしてくれるヒーローが。

サンシャイン・ファン波止場に着くと、パイロットがスキマーの傾斜した翼に寝そべっているのが見えた。みんなと同様、彼も日光浴を愉しんでいた。おれたちが船に乗り込むと、起き上がって眼をしばたたかせた。

「ずいぶんと早かったな。もう戻るのか？」

シエラ・トレスがこれ見よがしにまわりに視線を向けた。あちらこちらに見える明るい色のプラスティックに。

「これ以上ここにいたってしかたないでしょ？」

「ここもそんなに悪いところじゃない。おれも時々子供と来るけど。子供はみんな大喜びだ。ここにはいろんな人間が来る。ここは南の端みたいにみんながいばりくさってるところとはちがう。そうそう、あんた、ラッドのダチのあんた」

おれは彼を見上げた。「おれか？」

「あんたのことを訊いてきたやつがいた」

スキマーの翼の上で立ち止まった。エンヴォイの対応力で冷静さは失わなかったが、同時におれはわくわくするような予感の小さな波にも呑まれていた。二日酔いのだるさが意識の裏に消えた。

「そいつの用件は？」

「何も言わなかった。あんたの名前すら言わなかった。だけど、あんたの特徴をかなりはっきり説明したからわかったんだ。坊主だった。例の北の変人軍団野郎。おかしな恰好をしたひげづらだ」

おれはうなずいた。予感が小さく揺らめく暖かな炎のように広がった。

「で、なんて言ったんだ？」

「失せやがれって言ってやったよ。おれの女房はサフラン出身でね。やつらがあそこでどんなことをしてきたか、女房から聞いてたからね。今度あのくそ野郎たちを見つけたら、自動有刺鉄線でベラウィードの棚に縛りつけてやるよ」

「その男だが、若いやつか？　年寄りか？」

「若かった。だけど、ずいぶん冷静なやつだった」

ヴァージニア・ヴィダウラのことばが頭の中に舞い戻ってきた――標的となる異端者を殺すよう、神の命を受けた孤高の暗殺者。

こういう事態になることを待っていたわけじゃないが。

ヴィダウラがやってきて、おれの腕にそっと手を置いた。

「タケシ――」

「ほかのみんなとさきに戻っててくれ」とおれはおだやかに言った。「あとはおれがなんとかするから」

「タケシ、わたしたちにはあなたが必要なの――」

おれは彼女に笑いかけた。「その台詞は悪くないが、きみたちはもうおれなんて必要としてないよ。それにたった今、おれは最後に残ってた義務を果たした。あのヴァーチャルで。もうこれ以上おれにできることはないよ」

彼女はじっとおれを見返してきた。

「心配するな」とおれは言った。「そいつの咽喉を掻っ切ったら、すぐに戻る」

彼女は首を振った。

「これがほんとうにあなたの望むことなのね？」

聞き覚えのあることば――ヴァーチャルの奥深くでおれがシルヴィにした質問が現実の世界で繰り返されていた。おれは苛立たしげに身振りを交えて言った。

「おれにできることでほかに何がある？　輝かしいクウェリストの大義のために戦うことか？　保護国の安定と繁栄のために戦うことか？　いい加減にしてくれ。ヴァージニア、おれはもう両方ともやった。それはきみもだ。その真実についてはきみも知ってるはずだ――全部たわごともいいところだ。罪のない傍観者が吹き飛ばされ、血を流し、悲鳴をあげる。ただ、最後に待ってる玉虫色の政治的妥協のために。全部ほかの人間たちの大義だろうが、ヴァージニア。そんなものにはおれはもううんざりなんだ」

「じゃあ、かわりに何をするの？　今からあなたがしようとしてること？　さらに無意味な虐殺？」

おれは肩をすくめた。「おれがやり方を熟知していることがひとつあるとすれば、その無意味な虐殺というやつだ。それがおれの得意科目だ。その訓練はきみがしてくれたんじゃないか、ヴァージニア」

彼女はまるで平手打ちでも食らったかのようにそのおれのことばにたじろいだ。シエラ・トレスとパイロットが不思議そうにおれたちのほうを見ていた。自らをクウェルと呼んでいる女はもうキャビンの中にはいったようだった。

「わたしもあなたもエンヴォイ・コーズを抜けた人間よ」ヴィダウラはようやく口を開いて言った。「完全に辞めた者同士よ。それは賢明な選択だった。なのに、あなたは残りの人生まで消しちゃうつもり？　ちっぽけな松明の火みたいに？　自分を報復のサブルーチンに埋もれさせるつもりなの？」

おれはにやりとして言った。「ヴァージニア、おれはもう百年以上生きてきた。もう充分だ」

「でも、そんなことをしてもなんの解決にもならない」いきなり彼女は大声をあげた。「そんなことをしてもサラが戻ってくるわけじゃない。彼ら全員を殺しても彼女は生き返らない。あの場所にいた人間は全員殺して、さらにひどい仕打ちもしたんでしょ？　それで少しでも気が晴れた？」

「ヴァージニア、みんながこっちを見てる」おれはおだやかに言った。

「そんなことはどうでもいい。わたしの質問に答えなさい。少しでも気が晴れた？」

エンヴォイの隊員というのは最高の嘘つきだ。が、自分自身やほかの隊員に対しては嘘をつけない。

「やつらを殺してるときだけは」

彼女はむっつりとうなずいて言った。「そう、そのとおりね。でも、それがどういうことかはわかってるわよね、タケシ。そのことはわたしにもあなたにもわかってる。いやというほど見てきたんだから。ヘプ・オリヴェイラを覚えてる？　ニルス・ライトは？　タケシ、あなたは病気にかかってるのよ。コントロールが利かなくなって中毒になる病気にね。挙げ句、自分自身を食べ尽くす病気に」

「そうかもしれない」おれは突然湧き起こった怒りに蓋をして、彼女のほうに身を乗り出した。「だけど、おれのやってることはいくら続けても、十五歳の少女が死んだりはしない。爆弾が落とされることも、多くの一般市民が巻き添えになることもない。不安定時代に舞い戻ることも、アドラシオンの恐怖が復活することもない。きみのサーファー仲間がやろうとしてることとちがって——それと、キャビンの中にいるきみたちの新しい親友とはちがって、おれは誰の犠牲も求めてない」

彼女はまっすぐにおれを見返し、その数秒後、ただ黙ってうなずいた。真実であってほしくなかったことに不意に合点がいったかのように。

そのあとはもう何も言わなかった。ただおれに背を向けた。

スキマーは係留ポイント脇にまず進み、汚れた海を旋回し、西に向かってスピードを上げた。デッキの上からおれに手を振る者などいなかった。扇形船尾から舞い上がった細かい水滴がおれの顔に吹きかかっただけだった。スキマーのエンジン音がやっと聞こえるほどのかすかなうなりに変わり、船体が水平線上の一点になったところで、おれは坊主を探しにいった。

神の命を受けた孤高の暗殺者。

シャーヤにいたときにも何度かそういうやつらと戦った。そのときの相手は〈神の右手〉の殉教者スリーヴをまとった男たちで、精神病のように敬虔さに取り憑かれた偏執狂だった。戦士の体から剝いだスリーヴをまとい、死の向こうに楽園が待っていることをちらりとヴァーチャルで見せられ、保護国の権力の中枢に潜入するために送られたやつらだ。が、シャーヤで抵抗活動をしていた者はたいていそうだったが、彼らもあまり頭の回転が速いほうではなく、結局のところ、エンヴォイとの戦いではそれが災いし、身を滅ぼすもととなった。だからと言って、すぐに負かせるような相手でもなかったが。最後のひとりを殺したときには、おれたちはみな彼らの勇気と戦闘持久力に自然と敬意を払うようになっていたものだ。

それに比べると、新啓示派の騎士団はなんともちょろい相手だ。彼らには熱意はあっても伝統がない。〝大衆の扇動〟と〝女嫌い〟が標準的な彼らの宗教の柱だが、今のところ、時間がないのか、必要がないのか、戦士階級はまだ出現していなかった。つまるところ、やつらはみなアマチュアだということだ。

今のところは。

おれはまずイクスパンス側の安ホテルをまわった。どうやったにしろ、その坊主は、おれがミルズポートに向かうまえに〈ズリンダ・トゥジマン・スクレップ〉社を訪れたことを突き止めた。そう考えるのが妥当だろう。が、それからさきは追跡の手がかりがなくなった。そうだとすると、そいつはこのあたりにとどまったはずだ。すぐれた暗殺者に必要なのはなんといっても忍耐だ。動くべきときを知ることも重要だが、同時にじっくり待つ心構えもなくてはいけない。雇い主もそのぐらいわかっていることだろう。たとえわかっていなくても、それは説明すればわかることだ。暗殺者はただじっと待ち、手がかりを探る――毎日サンシャイン・ファン波止場まで足を運び、その日の海上交通を注意深く調べ、普段見かけない船を探す。で、あちこちに停泊している、明るい色のずんぐりしたツーリスト・ボートの中に、地味でめだたない海賊スキマーがあったりすると、要注意ということになる。ただ、そいつはパイロットに直接話しかけている。そこのところはプロの殺し屋にそぐわない。それこそ信仰がもたらす傲慢さか。おれはそう結論づけることにした。

あたりに漂う腐ったベラウィードの悪臭。きちんと手入れされていないホテルの門構え。無愛想な従業員。熱い太陽光線に照らされ、鋭い影ができた狭い通り。正午頃になるまで乾かない、さまざまな残骸が散らばった湿っぽい曲がり角。気ままに道を行き来する旅行客。太陽の下で愉しもうという陳腐な試みにも疲れた、彼らのひどく憂鬱な顔。そんな中、おれはひたすら歩きまわった。行き先を決めるのはすべてエンヴォイの感覚に任せ、頭痛をこらえながら。解放されるときを待って体の中で騒ぐ憎しみを抑えて。

そいつは午後遅く見つかった。

そいつにたどり着くのはさほどむずかしいことではなかった。コスースにはまだそれほど新啓示派は広まっていないから。〈ワタナベズ〉でミルズポート訛りを耳にすると、声のするほうをつい見てしまうように、観光客たちもみなそいつを心にとどめていた。おれはここ二、三週間、まわりで交わされた会話の塊を頭の中で再生し、サーファーの話し方を真似て、どこでも同じシンプルな質問を繰り返した。それまた簡単なことだ。サーファー風に話すと、低賃金労働者の警戒心を解くことができ、容易に坊主の特徴を訊き出すことができた。あとは謝礼として小額のクレジット・チップを払うことをはっきり示し、冷静な眼をじっと向ければいいだけだった。で、午後の暑さが徐々に収まってきた頃、おれは〈パレス・オヴ・ウェーヴ〉――なぜかとんでもないところに建てられた、ボートとボード・レンタル店を併設したホステル――の狭苦しいロビーに立っていた。イクスパンスのゆるやかな流れの中に時代がかったミラーウッドの杭を打ち、その上に建てたホステルのロビーに。腐ったベラウィードのにおいが下から床越しにも立ち昇っていた。

「一週間くらいまえにチェックインした人だね」受付にいた少女は、床に積み重ねられた使い古されたサーフボードを壁の棚に立てかけながら言った。「なんか面倒なことになるんじゃないかと思ったんだけど。わたし、女だし、こんな恰好だし。でも、わたしになんか見向きもしなかった」

「ほんとに?」

「そうなの、すごくバランスのいい人。わかる、この意味? ひょっとしたらほんとはサーファーなのかも、なんて思ったくらいよ」そう言って、少女は笑った。十代らしい屈託のない笑い声だった。「変よね? でも、あっちでもサーファーがまったくいないってわけじゃないと思うし」

「サーファーはどこにでもいるさ」とおれは同意して言った。

「で、あの人に用があるのね? メッセージ、残す?」

「というか――」おれはフロント・デスクの中の整理棚システムを見て言った。「できれば、その人に渡してほしいものがあるんだ。びっくりさせようと思ってね」

そのことばに興味を惹かれたのか、少女はにやりと笑って立ち上がった。「うん、いいよ」

少女は整理棚のところからカウンターのそばまで来て言った。おれはポケットの中を探り、ラプソディア銃のスペアの装塡パックを見つけて取り出した。

「これなんだが」

少女はその小さな黒い装置を手に取り、物珍しそうに眺めた。「これだけ？　これと一緒にメッセージとか残さなくていいの？」

「ああ、いい。それを見るだけで彼にはわかるはずだ。ただ、また今夜来るとだけ伝えてくれ」

「わかった。それでいいなら」彼女は陽気に肩をすくめ、うしろの整理棚を振り返ると、〝74〟と書かれた埃だらけのラックに装塡パックをすべり込ませた。

「そうだ」おれは今思いついたようなふりをして言った。「おれも部屋を借りようかな」

少女は驚いて振り返った。「え……ええ。どうぞ、もちろん……」

「一晩だけでいい。考えてみれば、どこかほかの場所で部屋を借りてわざわざ戻ってくるなんて馬鹿げてる」

「そうね、ええ」少女はカウンターの上のスクリーン・ディスプレーをつついて画面を作動させると、さきほどと同じようににやりと笑って言った。「よかったら、その人と同じ階の部屋が用意できるけど。隣りは駄目だけど。もう埋まってるから。ふたつ隣りならまだあいてる」

「そりゃいい」とおれは言った。「じゃあ、こうしてくれ。彼が戻ってきたら、おれがいることを伝えて、おれの部屋番号を教えてくれ。直接部屋に来て、ブザーを押してくれって。プレゼントはやっぱり自分で渡すよ」

少女はいくつかの突然の変更事項に眉間に皺を寄せてから、疑わしげにラプソディアの装塡パックを手に取った。

「じゃあ、わたしから渡さなくてもいいのね」

「ああ、もういい。ありがとう」おれは彼女に笑みを向けた。「自分で直接渡したほうがいいだろう。そのほうが気持ちが伝わるだろ?」


階上(うえ)の部屋のドアは蝶番のついた旧式のものだった。おれは74号室にはいった。十六歳のチンピラがけちなダイヴィング用品の倉庫に忍び込むのと変わらなかった。なんの造作もなかった。

狭苦しい簡素な部屋だった。カプセル・バスルーム。狭いスペースを有効に使うための使い捨てのメッシュのハンモックに洗濯場。壁の中に成形された引き出し収納棚。プラスティックの小さなテーブルと椅子。室内環境コントロール・システムにいい加減に接続された透明度調節可能窓――光があまりはいってこないように設定されていた。あたりを見まわし、暗がりの中で隠れられる場所を探した。が、選択肢はなかった。カプセルの中で待つしかなかった。中にはいると同時に、抗バクテリア・スプレーのにおいが鼻をついた。撒かれてそれほど時間が経っていないようだった。自動清掃がおこなわれたばかりなのだろう。おれは肩をすくめ、口で息をした。キャビネットを順に開いて、頭痛薬を探した。頭の中では二日酔いの波が引いたり、押し寄せたりしていた。戸棚のひとつに、どこにでもある旅行者向けの日射病用の錠剤がフォイルに包まれ、置かれていた。その中から二錠を手に取ってそのまま嚥下し、トイレの蓋の上に坐って待った。

何かがおかしい――エンヴォイの感覚がおれに警告を発していた。何かがしっくり来ない。もしかすると、そいつはおれが想像しているような男じゃないのかもしれない。

ああ、そうとも——そいつは交渉者だってか？　おまえを説得しにきたってか？　神がそいつの心を変えたってか？

タケシ、宗教なんてものは政治と一緒だ。政治の個人版だ。おまえはシャーヤでそういうものを目のあたりにしたんじゃないのか？　危機的状況に陥ったら、こいつらも同じことをするだろう。

こいつらは羊野郎だ。聖職者に言われたことならなんでもするのさ。

サラの記憶に心が麻痺した。深い怒りに引きずられ、一瞬、まわりの世界が傾いた。あの場面が頭に甦るのはこれでもう千回目くらいのものだろう。それでも、うなるような音が耳の中から聞こえた。どこか遠くで群衆が騒いでいるような——

おれはテビット・ナイフを抜くと、光沢のない黒い刃を見つめた。

それでまたエンヴォイの冷静さがおもむろに体内にかもし出された。カプセルの小さなスペースの中、おれは取り戻した落ち着きを体じゅうに浸透させ、冷凍保存された目的を解凍させた。ヴァージニア・ヴィダウラの声の断片が頭にはいり込んできた。

武器はただの道具よ。あなたたちが人を殺し、破壊するのであって、武器がそうするわけではないの。すぐに殺して逃げられないかぎり、決して喧嘩には巻き込まれないことよ。

サラが戻ってくるわけじゃないのよ。彼ら全員を殺しても彼女は生き返らない。

最後の台詞に、おれは眉をひそめた。自分でつくり上げた理想像が自分の考えと矛盾しはじめるというのはいいことではない。彼らもまたおまえと同じ人間なのだ、などと気づいてしまうのはまったくもっていいことではない。

ドアが長い音をたててゆっくりと開いた。

急に湧き起こったスリップストリームに流される何かの断片のように、それまでのおれの思考は一瞬に消えた。ドアのへりをまわってカプセルから出た。ナイフをしっかりと構えてその場に立った。手を伸ばせばすぐに相手を突き刺せるように。

そいつはおれが想像していたような男ではなかった。スキマーのパイロットも受付の少女も彼の冷静さについて話していた。それはすぐわかった――おれの服の衣ずれにそいつがすばやく反応したことから。また、狭い部屋の中の空気の流れの変化からもわかった。そいつの体は細くて華奢だった。頭をきっちり剃り上げた上品な顔立ちに生えている顎ひげがどこか妙だった。

「おれを探してるんだって、聖なるおっさん?」

おれたちはいっとき見つめ合った。手に持ったナイフがナイフ自らの意志で震えているかのように感じられた。

そいつは手を顎のところに持っていき、ひげを引っぱった。静電気が走ったような短いぱちっという音とともにひげが取れた。

「もちろんあたしはあんたを探してたよ、ミッキー」とジャドウィガが疲れ果てたように言った。「追いかけて、もうひと月近くも経つよ」

第四十一章

「きみは死んだはずだ」

「そう、少なくとも二度」そう言って、ジャドは手の中の人工顎ひげを陰気に指でつついた。おれたちは安物のプラスティックのテーブルについていた。互いに相手の眼を避けて。「あたしが今ここにいられる理由はきっとただひとつね。やつらがあたしのことは探してなかったから。ほかのメンバーを襲いにきたときのことだけど」

彼女の話を聞いていると、ドラヴァの風景が甦り、おれの心の眼はさまざまなものに焦点を合わせた。夜の黒を背景に渦巻く雪。星座のように散らばるキャンプのぼんやりとした明かり。建造物のあいだにごくたまに現われる人影。寒さに肩をすぼめている人々。その次の夜、彼らはなんのまえぶれもなく現われる。クルマヤは買収されたのだろうか？　それとも権力者に脅されたのか、殺されたのか、それはわからないが、いずれにしろ、おれの分身とその仲間は、アントンの司令ソフトウェアを一点に集中して最大限に利用し、ネットの痕跡をたどり、シルヴィの仲間の居場所を特定したのだろう。そして、ドアを蹴破り、無駄な抵抗はやめるように言ったのだろう。

しかし、そのことばは無視されたのだろう。

「オアがひとりをやっつけたのを見た」とジャドは言った。記憶をたどるようにじっとまえを見つめ、機械的な口調で続けた。「ちらっと見えただけだけど。彼、みんなに外に逃げろって叫んでた。あたしはちょうどバーで買った飲みものを持って戻ろうとしてたところだったんだけど、何もできな——」

そこまで言って口ごもった。

「しかたないよ」とおれは彼女に言った。

「いいえ、しかたなくなんかない、ミッキー。あたしは逃げたんだもの」

「逃げてなかったら殺されてた。真の死を迎えてた」

「キヨカの叫び声が聞こえた」彼女は湧き起こった感情をこらえるように言った。「もう手遅れだということはわかってた。それでも、あたしは——」

おれは彼女がさきを続けなくてもいいようにこっちから話しかけた。「逃げるところをやつらに見られたか？」

彼女は強くうなずいて言った。「車庫まで逃げるあいだに何人かと眼が合った。どこもかしこもくそ野郎だらけだった。少なくとも、それくらい大勢いるような気がした。でも、あたしのあとは追ってこなかった。いかにも文句を言いそうな野次馬か何かだと思ったのかもしれない」そこまで言うと、彼女は自分がまとっている〈エイシュンドウ〉製のスリーヴを手で示した。「このスリーヴ、ネットには痕跡が残らないんだよね。くそアントンがどれほどむきになって探しても、あたしは見つからない」

そのあと、彼女はドラキュルのバイクを盗み、それに乗って港から猛スピードで逃げた。

「入り江ではロボット潜水艦システムと喧嘩したりしちゃったけど」彼女はそう言って陰気な笑い声を上げた。「そんなことはするべきじゃなかったんだけど。許可なしに乗りものを海に持ち込むなんて。でも、最後にはタグが役に立った」

いずれにしろ、彼女はそうしてアンドラッシー海に出た。

おれは機械的にうなずいた。が、それは実際の思いとは正反対の所作だった。彼女の話がほとんど信じられなかったのだ。彼女は休むことなく千キロ近くバイクを飛ばしてテキトムラに戻ると、人々が寝静まった夜遅く、村の東側のはずれの入り江にたどり着いた。

彼女はおれの不信など無視して続けた。

「食料と水はバイクの荷物入れにはいってた。眠気はテトラメスで覚ました。ドラキュルのバイクにはヌハノヴィッチ・スマート・システムが搭載されてるから、自動で誘導してくれる。ただ、あたしが一番心配したのは水面近くの低いところを飛ばなきゃならなかったことね。飛行体じゃなくてボートみたいに見せなきゃいけなかった。エンジェルファイアに撃たれないように」

「おれのことはどうやって見つけた?」

「そう、そこがおかしなところなの」再会して初めて何かが彼女の声にみなぎった。が、それは疲労でもなければ、ひどい怒りでもなかった。「さしあたりお金が必要だったから、ソロバン埠頭でバイクを売って、コンプ地区まで戻ろうと思ったんだけど、ちょうどテトラメスも醒めてきた。そのときよ。あんたのにおいを感じたっていうかなんていうか。子供の頃、先祖代々伝わるハンモックが家にあったんだけど、そのにおいに似てた。それで、そのにおいのするほうにただ向かった。今言ったとおり、テトラメスも切れてたんで、体を自動操縦に任せたみたいな感じで。そうしたら、ほんとうに埠頭であんたを見かけた。ちょうどくそみたいな貨物船に乗るところだった——〈ハイデュックズ・ドーター〉号って書いてあったけど」

おれはまたうなずいた。今度はいきなり理解できたからだ。巨大なパズルのピースがすべて正しい場所に収まるように。すると、家族を愛おしく思う感情が津波のように押し寄せてきた。めくるめくような、おれにはあまり馴染みのない感情だった。しかし、思えば、おれとジャドは双子のようなものだ。はるか昔に途絶えたエイシュンドウ家の血のつながった末裔。それがおれたちだった。

「で、きみはこっそりあの船に乗り込んだ。あの嵐のとき、貨物倉にはいり込もうとしたのはきみだったんだ」

彼女は顔をしかめて言った。「そう。日中、太陽が出てるときにデッキに隠れてるのは問題なかった。でも、天気がひどいときには誰もそんなことはしたくない、でしょ？　警報装置があるくらいは予想しておくべきだったけど、でも、まさかくそクモノスクラゲ油ごときのことであんな大騒ぎになると思わなかった。クマロ＝ケープ社のウェットウェアみたいな高価なものならわかるけど」

「二日目、きみは共用保管庫から食べものを盗んだ」

「あんたが船に乗るところを見たときには、もう出発を知らせるライトが点滅してた。出航まで一時間もなかった。食料をストックしにいく時間なんてなかった。あんたがエルケゼスで降りないってわかるまで、あたしは丸一日何も食べてなかったんだよ。あんたがそんなに遠くまで行くなんて知らなかった。とにかくくそみたいにお腹がすいてたってことだね」

「そのことでもう少しで喧嘩になるところだった。デコムのひとりが盗まれたことに腹を立てて、誰かの脳天をかち割りそうになった」

「ええ、知ってる。彼らのやりとりは聞こえたから。所詮、燃え尽きたいかれ頭の喧嘩だよ」彼女の声音には自動的な嫌悪のようなものが含まれていて、そのことが昔いた場所に対する彼女のマクロ的な意見を代弁していた。「ああいう哀れな負け犬がいるから、デコムの評判が下がるんだよ」

「いずれにしろ、きみはさらにニューペストとイクスパンスまでおれを尾けてきたわけだ」

彼女はまたユーモアのかけらもない笑みを浮かべた。「あたしのホーム・グラウンドだもの、ミッキー。それに、あのスキマーはスープにはっきり軌跡を残してくれた。目隠ししたってついていけたよ。雇った男がレーダーであんたが乗ったスキマーを追跡したのよ。それで、ケム・ポイントにはいったことを教えてくれた。で、あたしも夕方に着いたんだけど、でも、あんたはもういなかった」

「なるほど。でも、だったら、どうしておれのキャビンのドアをノックしにこなかったんだ？〈ハイデュックズ・ドーター〉号に乗ってたときにはチャンスはいくらだってあっただろうが」

彼女は顔をしかめて言った。「あんたを信用してなかったっていう答はどう？」

「なるほど」

「そう。こういう話になったからついでに言うけど、今でもあたしはあんたを信用していないとしたら？　あんたはシルヴィにいったい何をしたの？　説明してもらえる？」

おれはため息をついた。

「何か飲むものはないのか？」

「そんなこと、あたしに訊かないでよ。この部屋に勝手にはいり込んだのはあんたなのよ」

おれの中のどこかで何かが変わった。それがわかった。彼女との再会を自分がどれほど喜んでいるか。突然、おれは理解した。なぜなのかまではわからない。エイシュンドウ・スリーヴの生物学的なつながりのせいなのか、ニューホッカイドウでひと月生活をともにした記憶のせいなのか。口喧嘩が絶えなかった皮肉っぽい仲間意識のせいなのか。それとも、ブラジルや彼の仲間——急に生まれ変わった、むっつりとした革命家たち——とはちがう人間に久々に会えたからなのか。おれは眼のまえに立っている彼女を見た。アンドラッシー海を渡る一陣の風が部屋の中を駆け抜けたような気がした。

「ジャド、また会えて嬉しいよ」

「ええ、こっちもよ」と彼女も言った。

すべて説明しおえた頃には、外はもう暗くなっていた。ジャドは立ち上がると、狭い部屋の中、おれのすぐ横をすり抜け、透明度調節可能窓のまえに立って外を眺めた。通りの明かりがほの暗いガラスを薄い光の膜で覆っていた。外から大声が聞こえていた。酔っぱらい同士が喧嘩でもしているのだろう。

「あんたがヴァーチャルで話したのが彼女だっていうのは確かなの?」

「ああ、たぶん。このナディアという女が誰であれ——なんであれ——司令ソフトウェアを使いこなせるとは思えない。まあ、少なくとも、あんな首尾一貫した錯覚をつくり出すことは無理だ」

ジャドは自ら納得したようにうなずいて言った。

「そうよね。放棄教のことだけど、いつかシルヴィの意識にのぼってくるだろうとは思ってた。子供の頃に洗脳されると、なかなか振り払うことはできないものよ。ナディアのほうだけど、あんたは彼女がパーソナリティ地雷だってほんとに思ってるの? だって、ミッキー、あたしはもう三年近くもニューホッカイドウであれこれ追跡してきたけど、そんなデータ地雷なんて見たことも聞いたこともない。それほど複雑な情報を持った地雷なんて」

おれはためらった。エンヴォイの直感的認識のとっかかりを手探りして、考えの〝核〟のようなものを探した。ことばと同じくらい何か剝き出しのものを。

「わからない。彼女は……スペック指示兵器のようなものじゃないかと思うんだ。今のところ、すべてが指し示しているのはシルヴィが未浄化地帯で感染したということだ。きみもいたんだよな? イヤモン渓谷に」

「そう。彼女がオペレーションの途中で倒れたときのことだね。そのあと、彼女は何週間もずっと寝込んで、オアは仕事のあと気分が悪くなっただけだって言って、なんでもないような振りをしてたけど、誰が見てもそうじゃないことは明らかだった」

「それまでは元気だったんだな？」

「まあ、彼女はデコムのコマンド・リーダーだもの。〝元気〟というだけじゃ仕事はできない。でも、そう、わけのわからないことを言ったり、意識を失ったりすることはなかったね。すでにほかのチームが作業を終えた場所に行ったりすることも。そういうのは全部イヤモンのあとだよ」

「すでにほかのチームが作業を終えた場所に行った？」

「そう、わからない？」窓に反射した彼女の顔にマッチの炎のような苛立ちが浮かび、燃え上がったのと同じ速さですぐにまた消えた。「いえ。考えてみれば、あんたが知ってるわけないよね。そういうことがあったとき、あんたはいなかったんだから」

「そういうことというのは？」

「そう、そういうことが何度かあったんだよ。ミミントの活動に正確に狙いをつけて、それからその場所に行くと、もう全部死んでるの。まるでミミント同士で戦ったみたいに」

クルマヤと初めて会ったときのある光景が突如甦った。シルヴィの巧言、キャンプの司令官の冷たい反応。

――オオシマ－サン、このまえ私はスケジュールを早めてきみたちに仕事を割り振った。ところが、きみたちはその仕事を無視して、北に消えてしまった。今回はそんなことにはならないとどうすれば私にわかる？

――シゲオ、あなたはわたしたちを残骸だらけの場所に送ったのよ。わたしたちが現場に行ったときにはもう何も残ってなかった。誰かがわたしたちよりさきに行って処理しちゃってた。そう言ったでしょうが。

——やっと私のまえに現れたときにね。

——考えてもみて。ゴミにして捨てられたものをどうやって壊せばいいの？　わたしたちが現場を立ち去ったのはそこにはもう何も残ってなかったからよ。

おれは眉をひそめた。新しい情報のかけらが空白になっていた場所にぴたりとはめ込まれた。粉々に砕けた破片がゆっくりとまたもとの場所に戻っていくように。そのあと、矛盾の影が築き上げた仮説の上に放射線状に広がった。それはおれが信じはじめていたことすべてと相反するものだった。

「シルヴィ自身がそういうことを言ってた。掃除仕事をもらいにクルマヤのところに行ったときに。クルマヤに指定された現場に着いたときには、残骸以外もう何も残ってなかったと」

「そう、そういうこともあった。でも、そのとき一度だけのことじゃないのよ。同じことが未浄化地帯で何回もあったんだよ」

「きみたちは、おれがいたときにはそんなことはひとことも言わなかった」

「まあ、デコムというのはそういう人種なのよ」ジャドの渋面が窓に映った。「最先端のテクを頭に詰め込んだ人から見れば、あたしたちは迷信深いくそ野郎集団だよ。でも、デコムのあいだじゃ、そういうことを口にするのはあまりいいこととは思われてないんだよ。縁起が悪いから」

「ひとつはっきりさせてくれ。そのミミントが自殺でもしてるんじゃないかという話だが、それもイヤモンのあとのことなんだな？」

「あたしが覚えてるかぎり。それよりあんたがさっき言ったスペック兵器のことだけど……？」

おれは首を振って、頭の中で新しいデータをこねくりまわした。「おれもよくわからないが、彼女はその兵器を——ハーラン一族を皆殺しにするためにつくられた遺伝子兵器を——起動させるようデザインされてるんじゃないだろうか。それほどの兵器を黒の部隊があきらめたとは思えない。起動させられるようになるまえに彼らが皆殺しにされたとも。彼らはまず起爆剤のようなものをつくって、それをニユーホッカイドウに隠した。つまり、その兵器を起動させるようプログラムされた意志を持つパーソナリティ・ケーシングだ。彼女が自分のことをクウェルクリスト・フォークナーだと信じてるのも、そんなふうに設定されているからだろう。そうしておけば、彼女は兵器を起動させる確固たる意思を持てる。しかし、彼女の役目はそれだけだ。ただの推進システムだ。で、遺伝子操作された呪い——その兵器が考え出されたときにはまだ生まれてもいなかった人々の中にひそむ呪い——が目覚めたときには、彼女はまったく別人のように振る舞うんじゃないかな。結局のところ、重要なのは敵が誰かということなんだから」

ジャドは肩をすくめて言った。「それじゃ、あらゆる政治指導者とまったく同じじゃん。少なくとも、あたしが今までに見てきた指導者はみんなそうだった。目的のためなら手段は選ばないってやつ。そういう政治屋とクウェルクリスト・フォークナーとはちがう、なんて保証はどこにもない。そういうこと?」

「ああ、そこのところはおれにもわからないが」思いもよらず、彼女の皮肉に抵抗しようとする気持ちがおれの中に芽生えていた。おれは自分の両手を見つめて言った。「クウェルの人生を見ればわかることだが、彼女の行動はその大半が彼女の哲学に裏打ちされていた。なのに、この彼女のコピーは——まあ、彼女がなんであれ——行動と考えを一致させることができてない。自分のことをクウェルだと信じてはいても。自分の動機がなんなのか、彼女は混乱してる」

「だから?　それがくそ人間ってもんじゃないの?」

その刺々しい口調におれは顔を上げた。ジャドはまだ窓ぎわに立ち、ガラスに映る自分の顔をじっと見つめていた。

「きみにできることは何もなかった」とおれはおもむろに言った。

彼女はおれを見なかった。が、顔をそむけようともしなかった。「そうかもしれない。でも、あのときの自分の感情はきちんと覚えてる。もっと何かすべきだった。このくそスリーヴがあたしを変えちゃったのよ。蚊帳の外に置かれたみたいな――」

「だけど、そのおかげで命拾いをしたんじゃないのか」

彼女は剃り上げた頭を苛立たしげに振って言った。「ミッキー、そのせいでほかのみんなを思いやることができなくなったんだよ。あたしは締め出されたのよ。キヨカとの関係さえ変わってしまった。あの最後のひと月は互いのことをそれまでのようには思えなくなってた」

「再スリーヴするとよくあることだ。それでも、人は学ぶ――」

「そんなことわかってるよ」彼女は窓に映った自分から顔をそむけ、おれを見返してきた。「恋は簡単なことじゃない、恋は育むもの、そんなことわかってる。あたしたちふたりとも努力したよ。それまで以上の努力をね。それまでしなくちゃいけなかった以上の努力を。でも、それが問題だった。まえはあたしたち、努力なんてする必要がなかった。彼女を見てるだけで濡れてくることもあった。あたしたちが欲しかったのはそれだけ――ただ見つめ合い、ただ触れ合ってればそれでよかった。それがなくなってしまったのよ、根こそぎ」

おれは何も言わなかった。何を言っても意味がないことがある。そんなときにはただ相手の口から放恋に飛び出すことばを聞いてじっと待ち、見守ることだ。相手の気が少しでも晴れることを祈って。

「彼女の叫び声が聞こえたとき」とジャドは苦しそうに言った。「なんだか……どうでもいいような気持ちだったのよ。あまり強くは伝わってこなかった。その場にとどまって、戦おうとまでは思えなかったってことだね。再スリーヴしてなかったら、あたしはとどまって戦ってたよ」

「それはつまり、とどまって死んでたってことだ」

そんなことは意にも介さないと言わんばかりに彼女は肩をすくめ、涙が出たのか、すばやく顔をそむけた。

「ジャド、こんな話はくだらない。自分だけ生き残ってしまって、その罪悪感がきみにこんな話をさせてるだけのことだ。でも、自分でもわかってるはずだ。そのときできることは何もなかった」

彼女はおれを見た。やはり泣いていた。しかめた顔に涙が線を描き、静かに流れていた。

「ミッキー、あんたにいったい何がわかるの？　あたしたちをそういう目にあわせたのはあんたのくそ分身なのよ。あんたはくそ破壊者よ。燃え尽きた元エンヴォイなのよ。あんたはデコムじゃない。デコムに属してたわけじゃない。その一員になるっていうのがどういうことか、あんたにはわかってない、でしょ？　それがどんなに濃くて密な関係か。仲間を失うとどんな気持ちになるか。あんたには何もわかっちゃいない」

気持ちがいっときエンヴォイ・コーズとヴァージニア・ヴィダウラのもとに飛んだ。イネニンの戦いのあとの激しい怒りが甦った。おれが何かに属したのはあのときが最後だった。もう一世紀以上もまえのことだ。それ以降、戦いの直後の怒りと同じようなうずきを感じたこともないではなかった――新しく育まれる仲間意識にしろ、共通の目的意識にしろ。しかし、そのたびにおれはその根を切り裂いてきた。そんなものはおまえを殺すだけだ、結局、おまえは利用されて終わるだけだ、と自分に言い聞かせて。

「それで？」とおれは残酷なまでにさりげない口調で言った。「きみはおれを見つけた。知りたいことも知った。で、これからどうする？」

彼女は自分で自分にパンチを浴びせるように勢いよく両手を顔にあてると、涙を払って言った。

「彼女に会わせて」

第四十二章

そのぼろぼろの小さなスキマーは、防犯灯の強烈な光のもと、ホステルの裏にあるレンタル・タラップに係留されていた。ジャドウィガがケム・ポイントで借りたものだ。乗り込むと、受付にいた少女が陽気に手を振って見送ってくれた。おれたちの再会に手を貸した役まわりにいくらかは満足を覚えていたのかもしれない。ジャドはコードを打ち込んでスライド・ルーフのロックを解除し、操舵席に着くと、イクスパンスの闇の中、スキマーを旋回させ、猛スピードで走らせた。ストリップのちかちかとした光がおれたちの背後でどんどん小さくなった。岸から充分離れると、おれが操舵を替わり、彼女は顎ひげを引きちぎって僧衣を脱ぎはじめた。

「そう言えば、どうしてそんな恰好をしてるんだ?」とおれは尋ねた。「何かわけでもあるのか?」

彼女は肩をすくめた。「カムフラージュよ。少なくとも、ヤクザには追われてると思ったから。それに、あなたの目的がなんなのかわからなかった。誰のために働いてるのかも。だから、変装しておいたほうがいいと思ったのよ。ひげ野郎の恰好をしてれば、どこへ行ってもあまりちょっかいを出されなくてすむから」

「そう?」

「そう、警官にも何も言われない」彼女は頭をぐぐらせ、黄土色の僧衣を脱いだ。「おかしなものだよ、宗教って。誰も僧侶とは話したがらない」

「髪型が気に入らないというだけで、そいつを神の敵だと宣言するようなやつらとはなおさらな」

「そう、そういうこともあるから、誰も近づいてこようとしない。で、ケム・ポイントの変なものを売る店で、ビーチで仮装パーティをするからって言って買ったの。でも、結局のところ、この変装にはびっくりするほどの効果があったね。誰ひとり話しかけてこなかったもの。それに――」彼女はいつもの軽やかな動きで僧衣を全部脱ぐと、肩にかけたミミント用破砕銃を親指でつついて言った。「武器を隠すのにも便利だし」

おれは信じられない思いで首を振った。

「そのくそ大砲をこれまでずっと隠してたのか？　何をするつもりだったんだ？　おれの体をイクスパンスじゅうにばら撒くつもりだったのか？」

彼女は真面目くさった顔でおれを見た。ホルスターにつながれたストラップの下のデコム・Tシャツにはこう書かれていた――〝注意――肉寸断用スマート兵器システム〟。

「かもしれない」彼女はそう言って操舵室を出ると、小さなキャビンの奥まで行って、変装用具をしまった。


子供のおもちゃ程度のレーダーしかついていないレンタル・スキマーで、夜のイクスパンスを走るというのはそれほど愉快なことではない。スキマーの事故は、ニューペスト出身のジャドウィガもおれも子供の頃からいやというほど見ており、しばらくすると減速して、ゆっくりとした速度で走らせた。ホテイはまだ昇っておらず、地平線上のダイコクも厚い雲で覆われており、あたりは暗く、操舵はさらにむずかしくなった。水面には観光スキマーのための商業船通航レーンがあり、ベラウィードの香りが広がる夜気の中、イリュミナムの灯浮標が点々と浮かんでいたが、それはあまり助けにはならなかった。セゲスヴァールの飼育場があるのは、標準ルートからはるかに離れたところだからだ。三十分も経たないうちに灯浮標は見えなくなり、頭上高く一気に昇っていくマリカンノンの乏しい銅色の光だけがおれたちを照らした。

「ここまで来ると、すごくのどかだね」まるで初めてそのことに気づいたかのように、ジャドは言った。スキマーのライトに映し出され、前方にツェペシュの根が広がっているのが見えた。おれは不平を洩らし、船の針路を左に取った。ツェペシュの一番外の根がスキマーのサイドスカートにあたり、大きな音をたてた。ジャドが顔をしかめて言った。

「朝まで待ったほうがよかったのかも」

おれは肩をすくめて言った。「戻りたければ戻れるが」

「いいよ。だって――」

いきなりレーダーが警戒音を発した。

おれたちはコンソールを見てから互いを見た。ほかの船の存在を知らせる警戒音だ。それがまた鳴った。さらに大きな音で。

「ベラウィード貨物船だろう」とおれは言った。

「かもしれない」と言いながらも、レーダー上に点滅する光が鮮明になると、デコムの警戒心が彼女の顔をこわばらせた。

前進エンジンを切った。浮揚スタビライザーが低い音をたてた。スキマーがゆっくりと停止するのを待った。ベラウィードの強いにおいがコックピットの中にもはいってきた。立ち上がり、開かれたルーフ・パネルの端のほうから身を乗り出した。イクスパンスのにおいとともに、近づいてくるモーターのかすかな音が風に運ばれてきた。

またコックピットの椅子に戻って、おれは言った。

「ジャド、その大砲を構えて船尾で待機しててくれないか？　万一に備えて」

彼女はぶっきらぼうにうなずくと、スペースをあけるように身振りで示した。そして、おれが体を引くのを待って軽々とルーフの上に体を持ち上げ、ストラップのついたホルスターから破砕銃を抜き、おれのいる下を見て言った。

「攻撃の合図は？」

おれは少し考えてから、スタビライザーに空気を送った。浮遊システムの低い音が大きくなりになり、しばらくしてまた静かになった。

「今のが合図だ。この音が聞こえたら、視界にはいってきたものはなんでも撃て」

「わかった」

ジャドは上部構造の上を船尾のほうにすり足で歩いていった。おれは立ち上がって彼女がスキマー船尾の設備の陰に隠れたのを見届けると、近づいてくるシグナルに注意を戻した。そのレーダーは船に保険をかけるために必要な最低水準の機器で、スクリーン上で点滅の激しさを増す以外、なんの情報も与えてくれなかったが、何分か経つと、レーダーそのものが要らなくなった。砲塔のある細長い船体のシルエットが水平線上に浮かび上がり、こちらに向かってきていた。その船がどういう船かはあまりに明らかだった。舳先（へさき）にイリュミナムの標示があるのと変わらない。

海賊船。

外洋航行用の小型ホヴァーローダー同様、航行灯はいっさいつけておらず、これまたホヴァーローダー同様、低く長い船体をイクスパンスの水面に浮かべていたが、剝き出しの装甲鋼板や武器倉がもともとの構造に溶接されており、船体がより大きく見えた。ニューラケム・ヴィジョンを高めると、船首のガラスパネル越しながら、中の赤い光の中を人影が動きまわっているのがぼんやりと見えた。ただ、砲塔のまわりには誰もいないようだった。船体がぬうっと視界に現われ、おれたちのほうに舷側が向けられると、サイドスカートの金属の上にこすれたような疵が横に走っているのが見えた。船体同士をぶつけ合い、相手の船に飛び乗ったときの襲撃の跡だ。

スポットライトの光がこちらに向けられ、ジグザグにおれのまわりを照らしてから一個所で止まった。まぶしい光におれは手をかざした。ニューラケムをさらに高めると、海賊船の前方のキャビンの上にこぢんまりとした司令塔があるのが見え、その中に何人かの人影が見えた。ケミカルでこわばった若い男の声がスープのような湖上を流れてきた。

「コヴァッチか?」

「セレンディピティだ。なんの用だ?」

ユーモアのかけらもない乾いた笑い声が聞こえた。「セレンディピティか。ほんとにそのとおりだな。おれが立ってるところから見ると、あんたは偶然に見つかった幸運そのものだ」

「おれはさっき質問したはずだが」

「用は何か。聞こえたよ。そう、まず最初の用は、船尾にいるあんたの痩せっぽちのお友達に降参してもらって、武器を捨ててもらうことだな。隠れてる場所はもう赤外線で調べてわかってる。だから、超振動砲で沼豹の餌にしちまうこともできるが。だけど、そんなことをしたらあんたは怒る、だろ?」

おれは何も言わなかった。

「な、もう怒っちまった。こっちもそんなことをしたいんじゃない。むしろあんたをハッピーにさせるのがおれの仕事だ。あんたを連れてはいくが、ハッピーに連れていく。だから、あんたのお友達には降参してもらわないと、こっちはハッピーになれない。火花や血をわざわざ見ることはないだろうが、ええ？　そうすりゃあんたもハッピー、こっちもハッピー、あんたが一緒に来れば、おれの雇い主もハッピー。それでおれは可愛がられる。でもって、もっとハッピーになれる。こういうのをなんて呼ぶか知ってるか、コヴァッチ？　好循環だ」

「その雇い主というのは誰なんだ？」

「ああ、教えたいのは山々だが、それはできないな。契約で決まっててね。それはあんたが交渉のテーブルにつくまで、絶対に言っちゃならないことになってる。お互いの利益のためのダンスを踊るまでは。だから、とりあえずは一切合財信用してもらわなきゃならない」

信用するか、逃げようとして体を粉々にされるか。

おれはため息をつき、船尾のほうを向いた。

「ジャド、出てきてくれ」

長い沈黙のあと、船尾の設備の陰から彼女が出てきた。破砕銃を体の脇に垂らした恰好で。ニューラケム・ヴィジョンをアップして、彼女の顔を見た。戦いたい。彼女の顔はそう言っていた。

「それでいい」と海賊はさも嬉しそうに言った。「これでおれたちはみんな友達だ」

第四十三章

海賊はヴラド・ツェペシュという名だった。植物の名前からではなく、あまり有名とは言えない前植民地時代の庶民のヒーローから取った名だ。痩せこけ、青白い肌をして、頭を剃り上げた若い男の安っぽいスリーヴをまとっていた――ジャック・ソウル・ブラジルの原型モデルのような。彼自身のものに見えた――生まれたままのスリーヴに。とすれば、歳はイサとさほど離れていないのかもしれない。頬に残るニキビ跡をしきりと指でいじり、テトラメスのやりすぎだろう、体を始終震わせていた。大げさに身振り手振りを交えて話し、うるさいくらいよく笑った。子供の頃に頭蓋骨をこめかみから開ける手術を受けたようで、頭の中に暗紫色の合金セメントで固めたぎざぎざのフラッシュがいくつか埋め込まれており、動きまわると、海賊船上の微光の中、それがきらきら光った。そのフラッシュのせいで、正面から見ると、ちょっと顔が悪魔がかって見えた。まあ、それがそもそもの目的なのだろうが。ブリッジの上には男も女もいたが、テトラメスのせいで、ぴくぴく体を動かす彼の邪魔にならないように気づかっており、みな敬意の視線を彼に向けていた。

そのラディカルな手術は別にして、彼を見ていると、同じ年頃のセゲスヴァールや自分自身が思い出され、ややもすると胸がちくんと痛んだ。

予想どおりと言ってもいいだろうが、〈インペイラー（串刺し公）〉号という大それた名前がつけられた彼の船は、あらゆる障害物を傲然と踏みつけながら、猛スピードで真西に向かっていた。あまり武装していない、より小さなスキマーなら、迂回しなくてはならない障害物などまるで意に介さなかった。

「そう」とヴラドは手短に説明を始めた。武装サイドスカートの下で何かがぶつかったガリガリという音がした。「ストリップじゃみんながあんたを探してた。だけど、見るかぎり、みんな探し方が下手だった。結局、あんたは誰にも見つからなかった、だろ？　へへ！　ただの時間の無駄だった。で、おれの雇い主もちょいと焦ったんだろう、一時的に。おれの言ってる意味はあんたにはわからないかもしれないけど」

雇い主が誰かということはどうしても口を割らなかった。ここまでテトラメスでラリっていることを考えると、なかなか大したものだ。

「どうせすぐ着くんだから、いいだろうが？」と顔を引き攣らせ、苛立って言うだけだった。「心配するなよ」

少なくとも、その台詞に嘘はなかった。〈インペイラー〉号は出発して一時間ほどでスピードをゆるめると、朽ち果てた貨物ステーションにゆっくりと舷側を近づけた。まわりには何もなかったが、海賊の通信係はスクランブルの呼びかけプロトコルを送信した。それはつまり、崩壊したステーションの中に誰がいるにしろ、そのコードを読み取る機械がそこにあるということだ。通信係の女は頭をもたげてうなずいた。ヴラドは眼をぎらつかせてディスプレーのまえに立つと、まるで相手を侮辱するかのような口調で指示を出した。横に進む〈インペイラー〉号の速度がわずかに上がり、裂けるような音とともに、船着場の永久コンクリートの杭に向けて繋船鉤が続けて発射され、船はしっかりと係留された。青信号が点灯し、船着場にタラップが伸びた。

「さあ、行こう」彼に急かされ、おれたちはブリッジを降り、下船ハッチから外に出た。ふたりの〝儀仗兵〟がおれたちをはさむようにして両脇に付き添った。ふたりともテトラメスでラリったチンピラで、ヴラドよりさらに若く、さらに始終体をぴくぴくさせていた。タラップに出るとさらに急かされ、おれもジャドウィガも小走りに桟橋を渡った。船着場にはクレーンが何台か放置され、抗バクテリア剤が切れたところに苔が繁茂していた。ほかにも動かなくなって錆びついた機械がいたるところにあり、不注意な人間の向こう脛や肩を切り裂こうと待ち受けていた。おれたちはそうした残骸のあいだを通り抜け、偏光ガラスの窓がはめられた港湾管理事務所のタワーまで歩いた。タワーの下から薄汚れた金属の階段が上に伸びており、一階ごとに方向が変わる階段を三階まで列になって上がった。そうして鋼板の踊り場にたどり着くと、鋼板ががちゃりと音をたて、怖くなるほど大きく傾いだ。

階上(うえ)の部屋からこぼれる柔らかな光を受けながら、おれはヴラドと一緒に先頭を歩いた。それまでおれもジャドも武器を取り上げられていなかった。ヴラドの仲間はみなこれ見よがしに重装備していたが。それでも……

〈エンジェルファイア・フラート〉号に乗っていたときのことが思い出された。あまりにも多くの出来事が連続して起こり、ひとつひとつきちんと向き合うことのできないあの感覚が甦り、薄暗がりの中、体を震わせながら、これから戦いの場に向かうような気分でタワールームに足を踏み入れた。

そこですべてが崩れ去った。

「よう、タケシ。復讐のほうは最近どんな按配だ?」

トドール・ムラカミが両手を腰にあてて立っていた。すらりとしたいかにも有能そうなスリーヴをステルススーツと戦闘ジャケットに包み、髪を短く刈り込み、標準的な軍人スタイルに戻っていた。腰にカラシニコフ製インターフェース銃をつけ、上下が逆さまになった左胸のプルダウン・ホルダーには殺人ナイフを入れ、おれに笑いかけていた。おれとムラカミとのあいだにはテーブルがあり、アンギア・ランプの光がそのテーブルトップを覆い、その上にはポータブル・データコイルとホロ・マップが置かれ、ホロ・マップにはウィード・イクスパンスの東端周辺が映し出されていた。彼が携行している武器からも、顔に浮かべた笑みからも、それらすべてからエンヴォイの作戦のにおいが漂っていた。

「まるで予期してなかったか、ええ?」おれが何も答えないので、彼は続けて言い、テーブルの脇をまわっておれのほうにやってくると、手を差し出した。おれは身じろぎひとつせず、その手を見て、また彼の顔を見て言った。

「いったいどういうつもりだ、トッド?」

「ちょっとした慈善事業ということだ。信じられるか?」そう言って、彼は差し出した手を下げ、おれのうしろを見て言った。「ヴラド、仲間を連れて階下で待ってろ。そこのミミントのお嬢さんも一緒に連れていけ」

ジャドウィガが体をこわばらせたのが背中に伝わってきた。

「トッド、彼女はどこにも行かない。じゃなきゃ、おまえとの話はなしだ」

彼は肩をすくめ、新しくできたおれの海賊の友達に向かってうなずいた。「好きにしろ。だけど、彼女が聞かなくてもいい話になったら、彼女を殺さなきゃならなくなるかもしれないぜ。彼女の身の安全のために」

それはエンヴォイのジョークで、彼はまたにやりと笑った。おれも笑いをこらえきれなくなった。懐かしいうずきがかすかに感じられた。セゲスヴァールの飼育場で、ヴァージニア・ヴィダウラをベッドに連れていったときと同じ感覚だった。どうしておれはエンヴォイを辞めたのか。あのときと同じおぼろげな戸惑いも甦った。

「今のは冗談だ」海賊ががたがたと音をたてて階段を降りていくと、彼はそう言ってジャドを安心させた。

「そんなことはわかってる」ジャドはおれの脇をすり抜けて窓ぎわまで行くと、係留された〈インペイラー〉号の船体を眺めて言った。「で、ミッキー、タケシ、コヴァッチ——あなたが今誰であってもいいけど、お友達を紹介してくれる？」

「ああ、そうだな。トッド、ジャドウィガだ。もうわかってるだろうが、彼女はデコムだ。ジャド、こっちはトドール・ムラカミ。おれの同僚だ。つまり……昔の」

「エンヴォイの隊員だ」とムラカミがさりげなく情報をつけ加えた。

彼女の名誉のために言えば、ジャドは驚きはしなかった。眼を少しだけしばしばたたかせただけだった。わずかに疑うような笑みを浮かべて、ムラカミが差し出した手を握り返し、外側に傾斜している窓に寄りかかって腕を組んだ。

ムラカミがその場の空気を読んで言った。

「いったいどういうことなのか。だろ？」

おれはうなずいて言った。「まずはそこから始めてくれ」

「おまえなら、もう想像がついていると思うが」

「おまえなら、無駄な駆け引きなど要らないことはよくわかってると思うが。いいからさっさと話せよ」

彼はにやりと笑い、人差し指をこめかみに押しつけて言った。「すまん、悪い癖だな。よかろう。こっちの問題はこういうことだ。情報によれば、おまえはこのあたりで暴動を企ててる。ファースト・ファミリーのボートを揺らすには充分な暴動だ」

「情報によると?」

彼はまたにやりと笑った。情報源は絶対に明かさない。その笑みはそう言っていた。「そうだ。情報によるとな」

「おまえらがこんなところに派遣されてるとは知らなかった」

「派遣などされてない」エンヴォイの冷静さが彼からほんの少し剝がれ落ちた。冷静さを保つのに不可欠な能力をすでに失っていることを自ら認めるかのように。顔をしかめて、彼は続けた。「さっきも言ったが、これは慈善事業だ。被害防止対策というやつだ。おまえにだってわかるだろうが。おれたちとしちゃ、ネオクウェリストの暴動を黙って認めるわけにはいかないんだよ」

「ほう?」今度はおれがにやりと笑う番だった。「トッド、その〝おれたち〟というのは誰のことだ? 保護国か? ハーラン一族か? それともどこかのくそ大富豪野郎のことか?」

彼は身振りで苛立ちを表わして言った。「タケシ、おれはおれたちみんなのことを言ってるんだ。革命がこの惑星に必要なことだなどとほんとに思ってるのか? 新たな不安定時代が必要だなどと? また戦争が必要だなどと?」

「トッド、敵がいなくちゃ戦争は始まらない。ファースト・ファミリーがネオクウェリストの要求を吞んで改革を始めれば――」おれは両手を広げた。「そうすりゃ、暴動の必要なんかなくなる。おまえはおれじゃなくてファースト・ファミリーと話したほうがいいんじゃないのか?」

渋面が返ってきた。「なんなんだ、それは、タケシ? まさか今おまえが言ったそんなたわごとをほんとに信じてるわけじゃないだろうな?」

おれは間を置いて言った。「わからない」

「わからない? なんなんだ、おまえのその政治哲学は?」

「トッド、これは哲学なんかじゃない。ただの感覚だ。もう充分なのかもしれないという感覚だ。そろそろあのクソどもをぶち倒してもいい頃なんじゃないかという」

彼は眉をひそめて言った。「それは認めるわけにはいかない。悪いが」

「だったら、こんなところで時間をつぶしてないで、早くエンヴォイの怒りがくだされるようにすればいい」

「それはエンヴォイなんぞここには来させたくないからだろうが」突然、絶望が彼の顔をよぎった。「おれはここの出身なんだぜ、タケシ。ここはおれの生まれ故郷だ。そんなおれが、ハーランズ・ワールドがもうひとつのアドラシオンに変わるところを見たがってると思うか？　あるいは、もうひとつのシャーヤになるところを？」

「すばらしい」と傾斜した窓に寄りかかっていたジャドが言った。そして、体を起こし、テーブルのそばまでやってくると、データコイルの上に指をかざした。光がさえぎられ、彼女の指が紫と赤に輝いた。「でも、結局のところ、あんたの企みはなんなの、心配性のおじさん？」

ムラカミはおれたちを交互に見てから、最後におれを見つめた。おれは肩をすくめて言った。

「トッド、彼女の質問はもっともな質問だ」

ムラカミはいっとき黙り込んだ。そんな彼を見ていると、テキトムラの火星人の高巣の下のケーブルから、感覚をなくした指を引き剝がさなければならなくなったときのことが思い出された。ムラカミは今、生涯にわたるエンヴォイとの関わりを忘れようとしていた。おれのエンヴォイ・コーズ・メンバーシップはもう失効しているが、そんな事実だけでは正当化できない行動を取ろうとしていた。

彼は最後にうめき声を上げ、両手を広げ、そのあとおれを指差して言った。

「わかった。ほんとうのことを教えてやろう。おまえのダチのセゲスヴァールがおまえを売ったということだ」

おれは眼をしばたたいた——

「そんなことはありえない」

彼はうなずいて言った。「ああ、言いたいことはわかるよ。ハイデュックが裏切るわけがない。そういうことだろ？　セゲスヴァールはおまえに借りがある。だけど、タケシ、重要なのはここだ——どっちのおまえに借りがあるのか？」

ああ、ファック。

おれが衝撃を受けたことがわかると、彼はまたうなずいて続けた。「そういうことだ。おれもそのことは全部知ってるよ——タケシ・コヴァッチはセゲスヴァールの命を救った。客観的時間で二世紀前に。だけど、それはおまえのコピーにとっても同じことだ。ラデュールはティーンエイジャーの頃におまえに借りができた。そのことはまちがいない。だけど、やつとしては借りを返すのは一回で充分だと思ったんだろう。で、より若く、より新鮮なおまえの分身はまさにそこにつけ込んで、彼と手を組んだというわけだ。今朝早く、おまえのビーチ・パーティ仲間の革命家はその大半がセゲスヴァールの手下に捕まった。ほんとうだったら、おまえもヴィダウラもデコムの女も捕まってた。ただ、おまえらは夜明けに用足しにストリップに出かけてた」

「で、今は？」とおれは最後に残った頑固なフラグメントをまだ希望にしがみつかせて言った。そんなものはこすり取れ、石に彫られた事実とだけ向き合え、と自分に言い聞かせながらも。「ヴィダウラも最後には捕まったのか？」

「ああ、戻ってきたところを捕まえられた。掃除班を引き連れたアイウラ・ハーラン＝ツルオカが来るまで、全員拘束されてる。おまえも一緒に戻ってたら、今頃はみんなと同じ部屋に閉じ込められてただろう。つまり――」彼は不意に笑みを浮かべ、眉を吊り上げた。「おまえはおれに借りができたということだ」

おれは激しい怒りが湧き起こるままにした。深く吸った息のように。何かが盛り上がるままに任せるように。その怒りを体じゅうで暴れさせてから、そのあと慎重に叩いて固めた。あとで吸うのに取っておこうと、吸いかけの海大麻の葉巻を叩いて固めるように。とりあえずロックしておくんだ。今は考えることだ。

「トッド、どうしておまえはそういうことを全部知ってるんだ?」

彼は自分を卑下するかのような身振りを交えて言った。「さっきも言ったが、ここがおれの生活の場だ。だから、何かあったらワイヤが音をたてるようにと、しかるべきところに金を払ってる。どういうことかはわかると思うが」

「いや、わからないね。トッド、誰から聞いたんだ?」

「それは言えない」

おれは肩をすくめた。「じゃあ、おまえの手助けはできない」

「全部放っておくのか? おまえを売ったセゲスヴァールをそのままにしておくのか? ビーチの仲間たちを見殺しにするのか? タケシ、少しは考えろよ」

おれは首を振った。「他人のために他人の戦いに加わる。おれはもうそんなのはうんざりなんだよ。ブラジルとあいつの仲間は自分たちでこの戦いを始めた。だったら、終わらせるのもあいつらの役目だ。セゲスヴァールについてはあとでいい。あとで話をつけにいく」

「ヴィダウラは?」

「ヴィダウラがなんだ?」

「彼女はおれたちの教官なんじゃないのか、タケシ」

「ああ、おれたちのな。だったら、自分で助けにいけよ」

エンヴォイでなければ見逃していただろう――ほんのかすかな、ミリ単位の体の動きだった。もしかしたら、それ以下かもしれない。が、ムラカミが肩を落としたのがおれにはわかった。

「おれひとりでできるわけがないだろうが」と彼は静かに話しだした。「セゲスヴァールの施設の中がどんなふうになってるかも知らないんだから。そういう情報も得られないとなると、エンヴォイの小隊に任せるしかなくなる」

「だったら、エンヴォイを呼べばいい」

「そんなことしたらどうなるか、おまえはわかって――」

「いいから、誰から情報を聞いたのか教えろよ！」

「そうね」おれのことばのあとに続いた沈黙を破って、ジャドが皮肉を込めて言った。「それか、隣りの部屋から出てくるようにその人に言うか」

彼女はおれと眼を合わせ、部屋の奥のドロップ・ハッチのほうを顎で示した。おれはそっちに一歩近づいた。ムラカミはなんとか自分を抑えたのだろう、おれを止めようとはしなかった。ただジャドウィガを睨みつけていた。

「悪いね」とジャドは言って人差し指で頭をつついた。「データフローが危険を察知したんだよ。月並みなウィンスフィッシュ・ハードウェアの機能だけど。隣りにいるあんたのお友達は電話をかけてる。それに、部屋の中をずいぶんと歩きまわってるみたいだね。苛々して行ったり来たりしてる」

おれはにやりとムラカミに笑みを向けて言った。「さあ、トッド。おまえが決めることだ」

緊迫した空気が数秒流れた。が、最後には彼もため息をついて、行けと身振りでおれに示した。

「さあ。遅かれ早かれ、どうせ気づかれてただろう」

おれはドロップ・ハッチのまえまで行くと、パネルを見つけ、親指で押した。すると、タワーのどこか遠いところで機械が何かぶつぶつ言うのが聞こえ、ハッチがわずかにためらうように震えながら上がった。それでできたスペースに身を乗り出して、おれは言った。

「こんばんは。さて、密告者はどいつだ？」

四つの顔がおれに向けられた。仰々しい黒い服に包まれた四つの体を見るなり、頭の中のパズルのピースが次々にぴたりと正しい場所に収まった。ドロップ・ハッチが上がりきってぴたりと止まったときの音のように。そのうち三人——男がふたりと女がひとり——は筋骨隆々で、顔全体が弾力性のあるプラスティックに覆われて光っていた。顔のタトゥーを隠すために合成皮膚をスプレーしたのだろうが、そんなスプレーの効果は長くて一日しか持たず、プロの眼には一目瞭然だ。それでも、考えてみれば、彼らは今ハイデュック・マフィアの縄張りのど真ん中にいるわけで、そんな変装にも少しばかりの効果はあるのだろう。ニューペストのあらゆる街角で起きている小競り合いくらいなら、これでなんとか回避できるのだろう。

電話を持っている四人目の男はほかの三人より歳を取っており、その立ち居振る舞いを見れば、誰なのかは明らかだった。おれは頭の中で理解して、うなずきながらそいつに言った。

「あんたがタナセダか。これはこれは」

彼は小さく一礼した。昔気質（かたぎ）のヤクザらしい彼のマナーにも身なりにもふさわしい一礼だった。顔にデコレーションは施していなかった。タナセダ・クラスのヤクザともなれば、遠く離れたファースト・ファミリーの縄張りを訪ねることがよくあり、そういう場所では、顔のデコレーションはあまり好まれないのだろう。そのかわり、彼の顔にはヤクザの勲章のような傷痕が刻まれ、現代の外科手術技術の恩

縛りと縛って、白髪交じりの黒い髪をうしろでしっかりと縛

って、短いポニーテールにしていた。額に走る傷痕を見せつけ、骨ばった面長の顔を強調するにはもってこいの髪型だ。眉の下の眼は茶色で、磨かれた石のようにぎらぎらと輝いていた。注意深い笑みをおれに向けていたが、それはおそらく最期を迎えたときに浮かべるのと同じ笑みだろう。彼に死が訪れることがあれば。

「コヴァッチ－サン？」

「なんなんだ、おまえの目的は、ええ？」おれの無礼な態度に筋肉野郎が一斉に気色ばんだ。おれはそれを無視して、かわりにムラカミのほうをちらりと見た。「このタナセダはおれの真の死（リアル・デス）を望んでる。それはおまえもわかってるんだよな？　可能なかぎりゆっくりと苦痛に満ちた死をおれが迎えることを望んでることは」

ムラカミはヤクザの長老をじっと見ながらぼそっと言った。

「それはもう解決済みだ。そうだよな、タナセダ－サン？」

タナセダはまた一礼して言った。「彼がヒラヤス・ユキオの死に関わったことは確かだが、彼にすべての責任があるわけではないようだからね」

「だから？」おれは湧き起こった怒りを振り払って言った。彼がその些細な情報を得る方法はひとつしかなかったからだ――みんなを殺すのにおれの若い分身が手を貸したあと、オアかキヨカかラズロをヴァーチャル尋問するしか。「誰に責任があるのかなんて、そんなことは普通あんたらは気にも止めないのに？」

彼の横にいた女が咽喉の奥からうなるような音をたてた。タナセダは脇に垂らした腕をわずかに動かして女を止めた。が、おれに向けられた眼は彼のその落ち着いた態度とも口調とも異なることを語って

いた。

「あんたがヒラヤス・ユキオの大脳皮質記憶装置を持ってるのはわかってるんだよ」

「ああ」

「だろ？」

「おれがおまえらに身体検査をさせるとでも思ってるのか？　だったら――」

「タケシ」ムラカミの声がした。気だるそうな声だった。が、ことばはちがっていた。「もう少し行儀よくしたらどうだ？　ヒラヤスのスタックを持ってるのか？　持ってないのか？」

時間と時間のつなぎ目でおれは黙った。おれの中の半分以上が彼らに無理やり身体検査をされることを望んでいた。タナセダの左側にいる男が体をぴくりと動かしたのが見え、おれはにやりと笑いかけた。が、さすがに彼らもきちんとした訓練を受けているようで、挑発に乗ってくるようなことはなかった。

「今は持ってない」とおれは言った。

「だけど、タナセダ－サンにあとで届けることはできる、だろ？」

「それで何かおれに得があるようなら。ああ、届けることはできる」

咽喉の奥から小さくうなるような音が聞こえた。今度は筋肉ヤクザ三人が順に咽喉を鳴らしていた。

「ローニン野郎が」とひとりが吐き捨てるように言った。

おれはそいつと眼を合わせた。「そのとおりだ。おれは一匹狼だ。だから、足元には気をつけることだ。おれがおまえに我慢できなくなっても、おれにお坐りを命じる飼い主はおれにはいないんだから」

「それはあんたが窮地に追い込まれても、助けてくれる者が誰もいないということでもある」とタナセダが落ち着いた口調で言った。「コヴァッチ－サン、子供の喧嘩はもうやめにしようじゃないか。ヒラヤスのスタックを渡してあんたに何か得があるかどうかという話だが――私が提供した情報がなかったら、あんたは今頃仲間たちと一緒に囚われの身になっていた。処刑をただじっと待つことになっていたわけだ。それに、あんたを始末する命令も取り下げようと言ってるんだ。大脳皮質スタックを返してもらうにはそれで充分じゃないだろうか？　そもそもあんたにはなんの使い道もないわけだし」

おれは笑みを浮かべて言った。「あんたも嘘つきだねえ、タナセダ。あんたはヒラヤスのためにこんなことをしてるんじゃない。あいつはただの役立たずだ。海の空気を吸わせるのももったいないようなやつだ。そんなことはあんただってわかってるだろうに」

ヤクザの長老はおれをじっと見つめた。自分の感情をどうにか抑えつけようとしていた。しかし、おれはどうして彼を怒らせようとしているのか？　自分で自分がわからなかった。なんのために怒らせようとしているのか。

「ヒラヤス・ユキオは私の義兄弟のひとり息子だ」と彼は低い声で話しはじめた。おれたちのあいだの空間を横切ってかろうじて聞こえるつぶやきだった。それでも、その語気に抑えられた怒りが含まれているのは明らかだった。「おれたちには〝ギリ〟というものがある。南の人間にはわからないだろうが」

「このクソがよく言うよ」とジャドがあきれたように言った。

「何を期待してた、ジャド？」おれも咽喉の奥から音をたてて言った。「結局のところ、こいつらもただの犯罪者なんだから。ハイデュック・マフィアとなんら変わらない。ただ、ちがう神話を基にしてるだけで。大昔のくそ名誉のくそ幻想にずっとしがみついてるだけで」

「タケシ――」

「トッド、おまえは黙ってろ。さあ、ここからはガチの話をしようじゃないか。これは政治の話だ。つまり、きれいごとじゃないってことだ。こちらのタナセダ－サンは死んだ甥のことなんぞ心配しちゃいない。ヒラヤスの件はただのおまけだ。こいつは権力を失うのを恐れてるだけだ。脅しに失敗して、その報いを受けるのが怖いのさ。タナセダ－サンはセゲスヴァールがアイウラ・ハーランと仲よくなろうとしてるのを見ちまった。で、怖くなったのさ。ハーラン一族のトラブル解決係の役目をハイデュック・マフィアに奪われるんじゃないかと思った。惑星じゅうで幅を利かせてるヤクザを差し置いて。そんなことになったら、ミルズポートにいる従兄弟という従兄弟がこいつの家の玄関にやってくるだろう。刀を持って。それと、〝ここを刺して、横に切れ〟という説明書を持って。だろ、タナセダ？」

予想どおり、タナセダの左側に立っていた筋肉野郎の怒りが爆発した。スリーヴに取り付けられている針のように先の尖った刀を右手に持った。が、タナセダがなにやらぴしゃりと言うと、男は動きを止め、ただ燃えるような眼でおれを睨んできた。刀の柄をつかんだ指の関節が白くなっていた。

「ほらな」とおれはそいつに話しかけた。「主人のいないサムライにはそういう心配が要らないのさ。鎖につながれてないからな。ローニンには政治を考えて、自分の名誉まで売り渡す必要がないということだ」

「タケシ、いい加減にしろ」とムラカミがうめくように言った。

怒りに小刻みに体を震わせているボディガードのあいだから、タナセダがまえに出てきて、すがめるように眼を細くして、おれを見すえた。まるで精密検査をしなくてはならない猛毒の昆虫でも見るかのように。

「教えてくれ、コヴァッチ－サン」と彼は静かに言った。「結局のところ、あんたは私の組織に殺されることを望んでるのか？　死を探してるのか？」

おれはしばらく彼の眼を見返してから、唾を吐くような小さな音をたてて言った。

「おれが何を探してるのか、あんたにはこれっぽっちも理解できないだろうよ、タナセダ。おれが探してるものがあんたのチンポを食いちぎっても、あんたはそれがなんなのかわからないだろう。たとえ偶然それにつまずいたとしても、どうにかしてそれを売り飛ばそうとするだけだろう」

おれはムラカミに視線を移した。彼はまだ腰につけたカラシニコフの銃把に手を置いていた。おれはうなずいて言った。

「いいだろう、トッド。密告者はきちんと見せてもらった。手伝おう」

「じゃあ、われわれも合意したということでいいんだな？」とタナセダが言った。

おれは息を押し出し、彼のほうに向き直って言った。「そのまえにひとつだけ教えてくれ。セゲスヴァールがおれのコピーと取引きしはじめたのはいつ頃のことだ？」

「昨日今日の話じゃない」と彼は言った。内心満足してそう言ったのかどうか。その声からはなんとも言えなかった。「セゲスヴァールはすでに数週間前からあんたのコピーの存在を知っていた。あんたの分身は昔の知り合いを探してあちこち歩きまわってたからな」

セゲスヴァールが内陸の港に現われたときのことが思い出された。電話越しの彼の声も――〝ふたりで飲んだくれようぜ。〈ワタナベズ〉に行ってもいい。古い酒を飲みに。そう、古い酒だ、ええ？　それにパイプだ。おまえの眼をじかに見たいんだよ。おまえが変わってないことを確かめたいんだ〟。あのときから彼はもう心を決めていたのだろうか？　自分の借りがおれに対するものなのか、おれのコピーに対するものなのか、それを選んでいたのだろうか？　あまつさえ、その珍奇な状況を愉しんでいたのだろうか？

だとしたら、若い分身と今のおれとの争いに関するかぎり、おれは自分に不利になることばかりしてきたことになる。ゆうべセゲスヴァールはそのことをおれに伝えようとしたのだろう。面と向かってはっきり言われたも同然だったのだ。

――おまえとはもうお愉しみはできないってことか。実際、ここ五十年そんな記憶がひとつもない。

おまえはほんとに北の人間っぽくなっちまったな、タケシ。

——まえにも言ったと思うが——

——ああ、〝おれは北とのハーフなんだぜ〟。覚えてるよ。だけど、タケシ、若い頃はそれをここまで人に見せようとはしなかった。

彼はおれに別れを告げようとしていたのだろうか？

——おまえは昔からなかなか愉しまないやつだからな、タケシ。

——じゃあ、チーム・スポーツはどうだ？　やらないか？　このイルジャとマユミと一緒に反重力ジムに行くってのは？

ほんのいっとき小さな古い悲しみが込み上げてきた。

が、怒りがすぐにその悲しみを踏みつぶした。おれは顔を上げ、タナセダを見て、うなずいた。

「あんたの甥っ子はケム・ポイントの南にあるビーチ・ハウスの下に埋めてある。地図を書くよ。さあ、知ってることを全部話してくれ」

第四十四章

「タケシ、どうしてあんなことした？」

「あんなこと？」

〈インペイラー〉号のアンギア方向指示スポットライトの光の下、おれはムラカミの横に佇んで、立ち去るヤクザたちを見送った。タナセダが電話で呼んだ豪華な黒いイクスパンス・モバイルは、白濁した吐物のような色の大きな航跡を残して南へ走り去った。

「どうしてあんなに彼を怒らせようとした？」

おれは消えていくスキマーをじっと見つめながら言った。「それはあいつが下衆野郎だからだろうが。くそ悪党のくせしてそのことを認めようとしないからだ」

「歳を食うと、なんでもかんでも批判したがるやつがいるが、そういうことか？」

「おれが？」おれは肩をすくめた。「それはむしろ南の人間について言えることだろうが、ええ？　おまえはミルズポート出身だからな。自分じゃわからないのかもしれない」

彼は笑って言った。「わかったよ。だったら、ここからならどう見える？」

「それはずっと変わらない。ヤクザは今でも同じ台詞を言いつづけてる。聞いてくれる相手みんなにしゃべくってる。昔ながらの伝統的な信義について。その陰で何をしてる？　ほかのやつらと同じだ。やってることはみんなむかつくような犯罪だ。おまけにファースト・ファミリーにすり寄るようなことまでしてる」

「近頃はそれほどでもないようだが」

「トッド、いい加減にしろよ。おまえにはわかってるはずだ。ヤクザとハーラン一族の蜜月関係は、このくそ惑星の歴史が始まってからずっと続いてる。クゥアルグリストの件についちゃ、タナセダは自分の失敗の責任を取らなきゃならなくなるだろうが、ほかのやつらはただ礼儀正しく残念な振りをして、言い逃れをするだけだ。で、また禁制品の密売や、上品ぶった強請りたかりに舞い戻る。昔ながらの漁に。ファースト・ファミリーはそれを歓迎する。ヤクザというのはおれたちの上に投げられた網のもう一本の糸だからな」

「ちょっと言っていいか」とムラカミは笑いながら言った。「彼女みたいになってきたな、おまえ」

おれは彼のほうに向き直った。

「彼女？」

「クウェルだ。おまえと話してると、クウェルクリスト・くそ・フォークナーの話を聞いてるみたいな気がする」

そのことばのあと、いっときおれたちのあいだに沈黙が流れた。おれは顔をそむけ、イクスパンス上に広がる暗がりをじっと見つめた。ジャドはそのときにはもうその場にはいなかった。ヤクザが出航の準備をしているあいだにおれたちから離れていた。おれとムラカミのあいだには、まだ解けていないわだかまりがあるのを察したのだろう。最後に見たときには、彼女はヴラドや〝儀杖兵〟と一緒に〈インペイラー〉号に乗り込もうとしていた。ウィスキー・コーヒーはあるかどうかといったような話をしながら。

「よし。こうしよう」とおれは抑揚のない口調で言った。「この質問に答えてくれ。タナセダとしてはやらかした失態の巻き返しを図りたかった。だけど、どうしておまえに助けを求めたんだ？」

　彼は顔をしかめて言った。

「それはおまえがさっき言っただろうが。おれはミルズポートで生まれ育った。ヤクザは影響力のある人間と関係を持ちたがる。はっきりとは覚えてないが、百何十年かまえの話だ。エンヴォイ・コーズにはいって初めての休暇で帰省したときから、やつらはずっとおれにつきまとってる。古い友達だとでも思ってるんだろうよ、たぶん」

「おまえもヤクザを友達だと思ってるのか？」

　おれをじっと見つめる彼の視線を感じたが、無視した。

「タケシ、おれはエンヴォイだ」と彼はようやく言った。「そのことは忘れないでくれ」

「ああ」

「おれはおまえの友達だ」

「トッド、おれはもうおまえの話に乗ったんだから、そんなふうにおれの機嫌を取らなくてもいいよ。おれがおまえをセゲスヴァールの飼育場の裏口まで連れていって、おれがあいつをぶちのめすのを手伝うって条件でな。それよりおまえのほんとうの目的はなんなんだ？」

　彼は肩をすくめた。「アイウラは保護国指令に違反したわけだからな。そのおとしまえはきっちりつけさせなきゃならない。エンヴォイを再スリーヴするというのは――」

「元エンヴォイだ」

「おまえはな。おまえは除隊していても、あいつはまだ正式には除隊したわけじゃない。そもそもそういうコピーを保持してるだけでも罪になる。その責任はハーラン一族の誰かに取らせなきゃならない。強制的抹消の対象になる事項だからな」

気づくと、彼の声音が変わっていた。妙な調子を帯びていた。おれはより仔細に彼を見た。明らかな真実に胸をぐさりと刺された思いがした。

「あいつらはおまえのコピーも持ってる――そういうことか？　そうなんだな？」

皮肉な笑みが返ってきた。「おまえだけが特別だとでも思ってたか？　やつらがコピーしたのはおまえだけだとでも？　考えてもみろ、タケシ。それじゃ辻褄が合わない。過去の記録を調べてみたんだが、エンヴォイのあのときの募集ではハーランズ・ワールドから十人ほどが採用された。誰がこの見事な保険を考えたのかは知らないが、そのときにおれたちは全員をコピーされてるはずだ。だから、アイウラに今死なれたら困るのさ。ハーランのデータスタックのどこにおれたちのそのデータが保存されてるのか。それを言わせるまでは生かしておかなきゃならん」

「わかった。それ以外には？」

「それ以外のことはもうおまえにもわかってるはずだ」と彼はおだやかに言った。

おれはまた視線をイクスパンスに戻して言った。「ブラジルや彼の仲間を殺すのに手を貸したりはしないからな、いいな、トッド？」

「そんなことを頼むつもりはないよ。ヴァージニアのためだけを考えても。それだけはなんとしても避けたい。だけど、〈リトル・ブルー・バグズ〉のつけは誰かが払わなきゃならない。なんといっても彼らはミルズポートの路上でミッツィ・ハーランを殺したんだからな、タケシ」

「そりゃ社会にとっちゃ大きな損失だよ。世界じゅうのスカルウォーク編集者が泣いてることだろう」

「もういい」と彼はむっつりと言った。「しかし、彼女を殺すだけのために、彼らはほかにも数えきれないほどの人間を殺したんだ。警察だけじゃない。なんの罪もない傍観者も。事件のあと、おれは作戦を中止した。政権の不安は解消された、これ以上の派遣の必要はないと報告して。それでも、おれとしちゃスケープゴートを提供しなきゃならない。さもないと、エンヴォイの査察官が自動有刺鉄線みたいにハーランじゅうを這いまわりにくるだろう。その結果、どういうことになるか、それはおまえにもよくわかってるはずだ。誰かがつけを払わなきゃならない」

「それとも、そう見せかけるか」

「それとも、そう見せかけるか。しかし、それがヴィダウラである必要はない」

「ああ、元エンヴォイの指導官が惑星反乱罪で捕まる――エンヴォイ広報部の連中がいい顔をするわけがない」

彼はすぐには何も言わず、突然、敵意を剝き出しにしておれを睨んだ。

「おまえはおれのことをそんな人間だと思ってるのか?」

おれはため息をついて眼を閉じた。「いや、すまん」

「おれはなんとかこのことをうまく収めようとしてるだけだ。おれの大切な人間たちになるべく苦しみを与えずにすむように。タケシ、今のおまえはまるでおれの助けになってない」

「わかった」

「ミッツィ・ハーラン殺しの責任を取る人間はどうしても必要だ。その首謀者が要る。裏ですべてを操ってる黒幕、悪才に長けた人間として見映えのいいやつが要る。逮捕者リストをいっぱいにするためには、そういうやつがさらに二、三人いてもいい」

――その結果、クウェルクリスト・フォークナーの幽霊と記憶のために戦って死んだとする。彼女自身のためではなく。それでも、まったく戦わないよりはましだ。

ヴチラのビーチに乗り上げ、動かなくなったホヴァーローダーの中で聞いたコイの台詞だ。その台詞――その台詞を口にしたときの彼の顔に揺らめいていた情熱。それはおそらく殉教者の情熱だ。一度チャンスを逃し、二度と同じ失敗を繰り返さないと決めた殉教者の。

コイ、黒の部隊の元メンバー――

エルティヴェッテムの小島の崩れ落ちた遺跡の中に隠れているときには、シエラ・トレスがほぼ同じことを言っていた。ブラジルの日々の態度もいつも同じことを語っていた。彼らの望みはただひとつ。自分たちよりより古く、より偉大で、より重みのある大義のための殉教なのかもしれない。

おれはその考えを脇に押しやり、終着駅にたどり着くまえにわざと脱線させて尋ねた。

「シルヴィ・オオシマはどうなる?」

「彼女のことは……」彼は肩をすくめた。「おれの理解するかぎり、彼女は未浄化地帯で何かに感染した。銃撃戦に巻き込むことなくなんとか彼女を助け出すことができたら、浄化してまたもとの人生に戻ってもらう。それが一番理に適ったことだと思うが」

「どうかな」

〈ガンズ・フォー・ゲバラ〉号の船上で、シルヴィが司令ソフトウェアについて話したことを思い出した――〝でも、あとでどれほどすぐれたクリーニングをしても、そのうちの何かは残ってしまう。揉み消しがたいコードの切れ端とか痕跡とか。幽霊みたいなものね〟。コイは幽霊のために戦い、死のうとしている。そのとおりだとすれば、ほかのネオクウェリストたちがシルヴィ・オオシマに何をするか、それは誰にもわからない。ヘッドギアからすべてがきれいに拭い取られたとしても。

「どうかな?」

「いいか、トッド? 彼女はネオクウェリストに偶像視されてる。彼女の中に何があろうが、何もなかろうが、彼女という〝存在〟がネオクウェリストの新しい活動のすべての中心になっている。ファースト・ファミリーは絶対に彼女の死を望むだろう」

ムラカミはすさまじい笑みを浮かべて言った。

「タケシ、ファースト・ファミリーが欲しがってるものと、やつらがおれから実際に得られるものは根本的にまったく異なるものだ」

「そうなのか？」

「そうなのか」と彼はおれの口調をおどけて真似て言った。「そりゃそうだろうが。彼らから百パーセント協力が得られない場合には、はっきりと言うよ――襲撃用編成のエンヴォイを配置するってな」

「はったりと思われたら？」

「タケシ、おれは現役のエンヴォイなんだぜ。惑星政府をむごたらしく打ち倒すのがおれの仕事だ。やつらはデッキチェアみたいに腰を折るさ。それぐらいおまえもわかるだろ？　おれの言うとおりにしてれば助かる。そうとわかれば、あいつらは馬鹿みたいに感謝してくる。自分の子供たちを並ばせて、みんなでおれのケツの穴をきれいに舐めてくれるだろう、おれが舐めろと言えば」

彼を見ていると、エンヴォイの記憶に続くドアが風で開かれたような感覚が走った。アンギア・スポットの強い光の中、彼はじっと突っ立ち、まだにやにや笑みを浮かべていた。エンヴォイをまだ辞めていなかったら、おれが彼のかわりにそこに立っていてもおかしくなかった。エンヴォイとはどんなものだったか。その記憶が一気に甦った。エンヴォイに属すとはどういうものかという感覚が押し寄せてきたわけではない。エンヴォイ・コーズに何ができるか、という残酷なまでの力の記憶が甦ったのだ。自分たちは恐れられている――おれたちはそのことを骨の髄まで理解していた。その残虐性がいきなり湧き起こり、頭の中で解き放たれたのだ。植民世界じゅうで――地球の権力の回廊でさえ――噂される存在であるという事実。エンヴォイのメンバーの名前を聞くと、陰の権力者でさえ黙り込む。ブランドものの テトラメスでラリったときさながら、感情がますます昂ぶった。十万人の命をちょっとした身振り手振りで消滅させてしまう男女の集団。命のボタンをただ押すだけで、十万人の人間をバランスシートから取り除くことのできる男女の集団。そういう男と女もまた恐怖を覚えることがあるとすれば、その相手はエンヴォイ・コーズにほかならない。そう、自分以外にはありえない。

おれは笑みを無理につくって彼に応じた。

「トッド、おまえはチャーミングな男だよ。それは昔から変わらない」

「ああ」

思わず知らず、おれは自然と笑みを浮かべていた。笑い声を洩らすと、おれの中の何かが振りほどかれたような感覚があった。

「わかった、このくそったれ。話してくれ。おまえの計画とやらを話してくれ」

彼はピエロのように眉を吊り上げて言った。「それはおまえが教えてくれると思ってたんだがな。あの建物の内部のことはおまえのほうがよく知ってるんだから」

「それはそうだが、おれが言ったのは襲撃の編成のことだ。まさかあいつらを――」

ムラカミは親指を立てて〈インペイラー〉号のほうを示した。

「われらが気むずかしい友達のことか？　もちろん使うさ」

「冗談じゃない。テトラメスでラリったガキ集団じゃないか。ハイデュックに体をずたずたに裂かれるのがおちだ」

彼はおれのことばを払いのけるように手を振った。「タケシ、〝手近にあるものを使え〟だ。見てのとおり、やつらはみんな若い。血気盛んで、テトラメスでラリってる。それはつまり、怒りをぶちまける相手を常に探してるということだ。セゲスヴァールはしばらくのあいだやつらの対応に追われる。そのあいだにおれたちはこっそり中に侵入して、相手に手ひどいダメージを食らわす」

おれは腕時計を見て言った。「今夜やるのか？」

「明日の明け方だ。アイウラの到着に合わせて。タナセダの話だと、明日の朝早く着く予定らしい。それにそう」彼は頭をのけぞらせて顎で空を示した。「天気のこともある」

おれも彼の視線を追って空を見上げた。黒くて分厚い胸壁のような雲が頭上に積み重なり、揺れながらまっすぐ西に進んでいた。ホテイの光が断片的に空をオレンジ色に染め、その雲の向こうから執拗にまえに出てこようとしていた。ダイコクは、ぼんやりと照らされた水平線にずっとまえに呑み込まれていた。気づくと、イクスパンスの上空から強い風が吹いており、まちがえようのない海のにおいを運んでいた。

「天気がどうした？」

「これから変わるんだよ」とムラカミは言って、鼻を鳴らして息を吸った。「嵐があっただろ？　ヌリモノ海の南で収まったはずだったんだが、そうじゃなかった。突然吹きだした北西風にぶつかって、方向を変えたんだ。またこっちに戻ってきてる」

〝夷（えびす）の盗み聞き〟というやつだ。

「確かか？」

「確かなわけがないだろうが、タケシ。ただの天気予報だ。だけど、直撃はされなくても、ひどい雨風くらいにはなる。それは悪いことじゃない。システムの混沌。それこそこっちに必要なことなんだから」

「それは――」おれは慎重に言った。「おまえのテトラメス中毒の〝友達〟のヴラドがどれだけ腕のいいパイロットかどうかかってことにかかってる。そうやって引き返してくる嵐のことをここらじゃなんと呼んでるか、おまえも知ってるだろ?」

ムラカミはぽかんとした顔でおれを見た。

「いや、知らん。不運、とか?」

「ちがう。〝夷の盗み聞き〟だ。あの漁師の男の話からそういう名がついた」

「ああ、そうだったな」

南端地方では夷は実際とはまた異なる見方をされている。ハーランズ・ワールドの北半球から赤道地帯にかけては、日本=アマングリック文化が深く根づき、夷は船乗りの安全を守る海神であり、近づいても害のない気だてのいい神、と一般に信じられている。同時に、セント・エルモも夷と似たような神として、都合よく引っぱり込まれた。あるいは神の使いとして。キリスト教の影響をより強く受けた住民を社会に受け容れ、彼らの機嫌を損ねないように。しかし、ここコスースではハーランズ・ワールドを築き上げた東ヨーロッパからの労働者の先祖の影響が強く、その共存のアプローチが受け容れられることはなかった。ここでは、夷は海底に生きる悪魔のような存在として考えられている。子供たちを怖がらせて寝かしつけるときに使われる悪魔――エルモのような聖人が信徒を守るために倒さなければならなかったモンスターだ。

「あの話の結末を知ってるか?」とおれは尋ねた。

「もちろん。漁師たちの手厚い歓迎に感動した夷は夢のような贈りものを漁師にする。ただ、釣り竿を漁師の家に置き忘れた。だろ?」

「ああ」

「夷はそれを取りに戻る。で、ちょうどドアをノックしようとしたとき、漁師たちの話が聞こえてくる。漁師たちは夷の不潔さをあげつらっていた。手は魚くさいし、歯も磨いてないし、服もぼろぼろだとね

——大人はそういうことを子供にしっかり教えなきゃいけない」

「ああ」

「スキとマーカスにこの話を聞かせたのを覚えてる。まだあいつらが小さかった頃に」と言って、ムラカミは遠くをぼんやりと見やり、水平線とその上に立ち込める雲をうつろな眼で眺めた。「もう五十年近くまえのことになる。信じられるか?」

「トッド、話を最後まで続けてくれ」

「ああ。そう……それを聞いた夷はかんかんに怒って、そのまま漁師の家にはいって釣り竿をつかむと、そそくさと家を出た。夷が出ていくと、なんとなんと、漁師への贈りものが全部腐ったベラウィードや死んだ魚に変わってしまった。夷はそのまま海の中に戻っていき、それから何ヵ月も不漁が続いた。この話の教訓——もちろん不潔なのはいけないことだ。だけど、子供たちよ、人の陰口を叩くのはもっといけないことだ」

彼はおれに視線を戻して言った。

「これでよかったかな?」

「五十年ぶりにしては上出来だ。ただ、このあたりじゃちょっとちがってる。夷はそもそも恐ろしいほど醜い見かけをしてるんだ——気味の悪い触手があって、嘴もあって、毒牙まである。だから、夷が現われると、あまりの恐ろしさに漁師たちはすごい反応を見せる。叫び声をあげて逃げ惑うどころじゃない。それでも、なんとか恐怖に打ち勝って、夷をもてなすことにした。悪魔相手にそんなことをしちゃいけないんだがな。ほんとうは。夷はその礼に、それまでに沈めた船から盗んださまざまなものを漁師に渡す。そして、海に戻っていく。漁師たちは大きな安堵のため息をついて、それまでのことを口々に話しだす——なんて醜いにしろ、恐ろしかったにしろ、そんなやつからこんな贈りものをもらうとはおれたちはなんて賢いんだにしろ。ところが、そこへ夷が忘れた三叉のやすを取りに戻ってくる」

「釣り竿じゃないんだ」

「ああ、釣り竿じゃあんまり怖くないからだろう、きっと。こっちの話じゃ、とにかくでかいやすなんだ。先が釣り針みたいに曲がってるあれだ」

「そんなもの忘れていったら、すぐにみんなが気づくんじゃないか?」

「いいから黙って聞けよ。そこで、夷は漁師が自分の悪口を言ってるのを耳にする。で、怒り狂ってそのまま立ち去り、巨大な嵐になって戻ってくる。村全体をいっぺんに呑み込むひどい嵐になって。村人はほとんど溺れ死に、なんとか生き延びた者も夷の触手につかまれ、水地獄に連れていかれる。そして、永遠の苦悶を味わうことになる」

「すごい話だ」

「ああ、教訓は同じようなものだが——人の陰口を言うのはよくない。だけど、北から来たあの汚らしい外国の神を信じるのはもっとよくない」おれは自分の顔から笑みが消えているのに気づいた。「おれが最後に〝夷の盗み聞き〟を見たのはまだ子供の頃だった。ニューペストの東端の海から舞い戻り、内陸の居住地をとことん痛めつけた。イクスパンス沿いの移住地を何キロにもわたって。百人も死者が出た。内陸港に停泊していたベラウィードの貨物船も半分が沈没した。船員がエンジンをかける暇もなかった。小型の軽いスキマーは全部颪に飛ばされ、通りに叩き落とされた。ハーラン・パークまで飛ばされたのもあったほどだ。つまるところ、ここらじゃ〝夷の盗み聞き〟はかなり縁起の悪いものということだ」

「そりゃそうだろう。ハーラン・パークで犬を散歩させてたやつにとっちゃ、縁起が悪いどころじゃない」

「トッド、おれは真面目に話してるんだ。ほんとうにこの嵐が来て、おまえのダチのテトラメス野郎のヴラドがうまく舵を取れなくなったらどうなると思う？　気づいたときにはもう、おれたちは逆さまに海に沈んで、ベラウィードの中で息をしようともがいてるだろう。セゲスヴァールの飼育場にたどり着くよりずっとまえに」

ムラカミは眉をひそめて言った。

「ヴラドのことはおれがなんとか考えよう。おまえは襲撃計画に集中してくれ。まちがいのない計画を考えてくれ」

おれはうなずいて言った。

「ああ。南半球随一のハイデュック・マフィアの要塞を襲撃する完璧な計画を考えてやるよ。突撃部隊は十代のジャンキーでも成功する計画をな。引き返してくる嵐がおれたちの上陸には好都合だと？　そんな無謀な計画を夜明けまえまでに立てろってか。こりゃまたずいぶんと簡単な話だな、ええ？」

彼はまた顔をしかめた。が、すぐに笑いだした。

「そういうふうに言われると、待ちきれなくなる」そう言って、ムラカミはおれの肩をぽんと叩くと、海賊ホヴァーローダーのほうへゆっくりと向かった。おれの背後から彼の声がした。「ヴラドと話してくる。これは歴史的な事件だ、タケシ。それはまちがいない。そういう予感がする。エンヴォイの直感がそう言ってる」

「ああ」

遠くの地平線を見やると、あちこちで雷が起きていた。雲底と地面のあいだの狭い空間に閉じ込められているかのような雷だった。

夷がやすを取りに戻ってきたのだろう。そして、今盗み聞きした話にきっと怒っているのだろう。

第四十五章

まだ洗いざらしの灰色の飛沫でしかない夜明けの空に、不気味な黒い塊のような嵐の前線が浮かび上がっていた。そんな中、〈インペイラー〉号は舫い綱を解くと、イクスパンスに向けて勢いよくすべりだした。猛スピードで。粉々に分解するのではないかと思われるほどの轟音をたてて。その轟音も嵐に近づくと掻き消された。風が雄叫びをあげていた。補強された船体を雨が激しく叩いていた。すさまじい金属音を響かせて船首ブリッジののぞき窓に襲いかかる大量の水を、耐久性ワイパーがなんとか撥ねのけようと孤軍奮闘し、酷使されるもの悲しい電子音を奏でていた。普段はおだやかなイクスパンスの水面にも荒々しい波が立っていた。〝夷の盗み聞き〟という予報はどうやらまちがっていなかったようだった。

「カセンゴみたいだな」とムラカミが展望デッキのドアから身をかがめて戻ってきて呼ばわった。服はずぶ濡れで、濡れた顔ににやにや笑いを浮かべていた。彼のうしろでは風が叫び声をあげ、ドア枠を越えて室内にはいり込もうとしていた。ムラカミは力任せにドアを押し戻して乱暴に閉めた。重い音が響き、嵐の風圧でドアはオートロックされた。「もう視界がゼロに近い。あいつらには何が襲ってきたのかもわからないだろう」

「だったら、カセンゴとはちっとも似てない」おれは記憶をたどり、苛立って言った。睡眠不足で、眼がごろごろしていた。「カセンゴのやつらはおれたちが来ることを知ってたんだから」

「ああ、それはそうだが」彼は両手で髪の水気を払い、濡れた手を振って床に水滴を落とした。「それでもおれたちはやつらに勝った」

「あの波に気をつけろ」とヴラドが操舵手に言う声がした。その声には新たな調子が加わり、それまで聞くことのなかった威厳にあふれた声音になっていた。ひどい痙攣もすっかり収まっていた。「ここから風に乗る。風に倒されないように船を傾かせろ」

「わかった」

操舵手が舵を切ると、ホヴァーローダーは触知できるほどはっきりと船体を震わせた。足元でデッキがうなった。嵐に対する船の角度が変わり、ルーフやのぞき窓にぶつかる雨が新たに怒り狂ったような音を響かせた。

「それでいい」とヴラドはおだやかに言った。「この状態を保て」

おれはしばらくブリッジで様子を見守り、ムラカミに向かってうなずいてから昇降階段を降りると、廊下を歩いてキャビン・デッキに向かった。安定して進んでいたホヴァーローダーが不意に何度か傾き、おれは廊下の壁に手をあてて体を支えた。一度か二度、乗組員が廊下に現われ、訓練された身のこなしで狭いスペースを通り過ぎた。廊下は暑くて、むしむししていたが、三つ目のキャビンのドアが開いていた。中を見ると、ヴラドの手下の若い女の海賊が上半身裸になって、床に置いた見たこともないハードウェアのモジュールの上に身を屈めていた。おれはその女をとくと眺めた。その女の形のいい大きな胸と、やけに明るい白色灯の下で光る皮膚の汗と、うなじのあたりが湿ったショートヘアを。ややあって、女もおれに気づくと、上体を起こし、片手をキャビンの壁にあてて体を支えた。そして、もう一方の腕を折り曲げて胸を隠しながら、ぴりぴりした鋭い眼でおれを見返してきた。テトラメスが切れてきたのか、戦闘前の緊張からなのか。

「なんか用？」

おれは首を振った。「すまん。ちょっと考えごとをしてた」

「そうなの？　だったら、とっとと消えて」

キャビンのドアがばたんと乱暴に閉められた。おれはため息をついて思った。

そりゃそうだ――

割り当てられたキャビンにはいった。二段ベッドの上段にジャドウィガがブーツを履いたまま片膝を立てて坐っていた。服は全部着ていた。女同様、ぴりぴりしていた。膝の下にマガジンを抜いた破砕銃が置かれていた。手にはふたつに分解したピストルの部品をひとつずつ持っていた。固形弾が装塡されたきらきら輝くピストルだった。それまで見たことのない武器だ。

おれは体を屈めてベッドの下段に寝そべって言った。

「それは？」

「カラシニコフの電磁波銃」と彼女は言った。「廊下をちょっと行ったところのキャビンの男が貸してくれたの」

「もう友達ができたんだ」そう言うと、わけのわからない悲しみにとらわれた。〈エイシュンドウ〉スリーヴから染み出ている双子の兄妹のフェロモンのせいだろう。「そいつはそれをどこから盗んできたんだ？」

「これが盗んできたものだなんて誰が言ったの？」

「おれだ。あいつらは海賊なんだぜ」そう言って、おれは彼女のいるベッドの上段に手を伸ばした。

「見せてくれ」

彼女は分解した銃をもとに戻し、おれの手のひらに落とした。おれは眼のまえに銃を掲げて見つめ、うなずいた。カラシニコフ電磁波銃シリーズは音の小さな銃として、植民世界じゅうで人気がある。彼女の持っていた銃はその中でも最先端モデルのものだった。おれはうめき声をあげて、銃をベッドの上段に返した。

「ああ、少なくとも七百国連ドルはする。ヤク中の海賊が静音銃のためにそんな金を出すわけがない。盗んだんだよ。持ち主をたぶん殺して。ジャド、あいつらとは注意してつきあうことだ」

「今朝はまたずいぶんと上機嫌なんだね。眠れなかったの？」

「上できみにあんないびきをかかれて、寝られると思うか？」

返事はなかった。おれはまたうめき声を上げ、ムラカミが呼び覚ました記憶の中にゆっくりとはいり込んだ。カセンゴ――ヌクルマーズ・ランドの南半球にあるほとんど居住地のない港町。特にこれといって特徴のないところだが、惑星の政治状況だけでなく、保護国との関係も悪化したときに、政府が軍を駐屯させた場所だ。カセンゴには――惑星の住民にはよく知られたある理由から――星間ハイパーキャスト施設があり、ヌクルマーズ・ランド政府は国連軍がその施設を利用しようとするのではないか、と思ったわけだ。

その読みは正しかった。

表向きは、外交交渉こそ第一選択肢と訴えながら、おれたちは半年かけて、ヌクルマーズ・ランドじゅうのハイパーキャスト・ステーションからこっそり惑星に侵入していた。だから、エンヴォイ司令部がカセンゴへの攻撃を命じたときには、おれたちは一億人の第五世代の入植者と同じくらい、ヌクルマーズ・ランドに体を適応させていた。エンヴォイの潜入チームが北半球のあらゆる街角で暴動を扇動する一方、ムラカミとおれは小さな戦術班を組織して、南に消えた。駐屯軍の連中が寝ているあいだに皆殺しにして、翌朝にはニードルキャスト施設を占拠する計画だった。が、どこかで手ちがいが生じて、その情報が洩れ、おれたちが着いた頃にはハイパーキャスト・ステーションは完全防御体制にはいっていた。

新たな計画を立てている暇はなかった。情報が洩れ、カセンゴの駐屯軍がすでに動いているということは、援軍もすでに出動していると考えてまずまちがいなかった。凍てつくような暴風雨の中、おれたちはステルススーツに反重力パックという恰好でステーションにたどり着いたのだが、空中にいるときに、自分たちのまわりにチャフをばら撒いて、人員の少なさがばれないようにした。嵐の混乱の中、それが功を奏し、戦略は夢のようにうまくいった。指揮を執っていたのは、ヌクルマーズ・ランド軍のヴェテラン下士官だったが、駐屯軍の兵士の多くは徴兵されたばかりの若者たちで、銃撃戦が始まって十分も経つともうあきらめ、雨が路面を叩く通りを狂ったようにちりぢりに逃げだした。おれたちはそいつらを追いかけ、孤立させて捕縛した。反撃しようとして死んだ兵士も少しはいたが、多くは生きたまま捕まり、収監された。

その後、われわれはその兵士の体を再スリーヴし、エンヴォイの特攻隊の第一陣としてフルに利用した。

おれは眼を閉じた。

「ミッキー？」ベッドの上段からジャドウィガの声がした。

「タケシだ」

「なんでもいいけど、わたしはミッキーって呼びたい。いい？」

「わかった」

「今日、くそアントンもそこにいると思う?」

おれは眼を開けた。「なんとも言えないが、たぶんいるんじゃないかな。タナセダはそう思ってるみたいだった。いずれにしろ、コヴァッチがまだアントンを使ってるのは確かなようだ。おそらく護衛として。シルヴィをどうすればいいのか、彼女が何を体に抱えてるのか——誰にもそれがわからないとなれば、コマンド・リーダーがもうひとりくらいいるほうが安心できるだろうからな」

「そうだね。それはもっともな話よ」彼女はいったんことばを切った。が、おれがゆっくりともう一度眼を閉じかけると、また話しだした。「自分のことをそういうふうに話すのっていやじゃないの? もうひとりの自分がどこかにいるってわかっててもいいの?」

「いいわけないだろうが」おれは目一杯口を大きく開いてあくびをした。「あんなくそ野郎、なんとしても殺してやる」

沈黙ができた。まぶたが自然と閉じた。

「ミッキー?」

「なんだ?」

「もしアントンがいたら——」

おれはわざと眼をぐるりとまわして、上段を見やった。「いたら?」

「もしいたら、あのくそ野郎はあたしに殺させてほしい。撃たなきゃならないときには、あんたはまず脚かどこかを撃って——最後はあたしにやらせて」

「わかった」

「あたし、本気なんだけど、ミッキー」

「おれもだ」とおれはぼそっと言い、遅れてやってきた眠気の重みに体を深く預けた。「ジャド、好きなやつを好きなだけ殺せばいい」

好きなやつを好きなだけ殺せばいい――

それがこの襲撃の至上命令のようなものだった。

飼育場にはフルスピードで着いた。避難船に見せかけるため、わざと不安定な状態に設定した遭難時用ブロードキャストのおかげで、かなり近くまで接近することができた。ここまで来ればもう、セゲスヴァールの持っている長距離砲の攻撃を受ける心配はない。ヴラドの仲間の操舵手は嵐に急き立てられているように見える角度で船を進ませていたが、それは計算された動きで、船は速度を落とすことなく嵐からそれていた。ハイデュック・マフィアがおれたちの存在に気づいたのは、〈インペイラー〉号が飼育場の真上に着いたときだ。船は豹の檻をぶち壊し、網のバリアも古い貨物ステーションの木の栈橋も押しつぶした。もう誰にも止められなかった。栈橋の厚板を打ち砕き、ぼろぼろの古い壁を破壊し、補強された舳先が次々と積み重なる大量の残骸を押しのけた。

おれはゆうべムラカミとヴラドに言っていた――いいか、甘ったるいやり方じゃなんの意味もない、と。ヴラドは、おれのその檄にテトラメスの興奮の炎を眼に燃え立たせた。

〈インペイラー〉号はがりがりという音をたてながら、半分水中に没している湿地帯用掩蔽壕のモジュールが並ぶ一帯を進み、乗り越えられない障害物にぶちあたると、船体を大きく右に傾かせて、モジュールの真ん中あたりで停止した。障害物にぶつかった衝撃で分離ボルトが作動して、右舷側のハッチが爆開き、耳ざわりな衝突警戒音が乗降レヴェルのあらゆるところで鳴りはじめた。同時に、タラップが爆弾のように下に落とされ、その先端に取り付けられた緊急用自動有刺鉄線がのたうちまわって、永久コンクリートをがりがりと裂いた。さらに太い自動繫船ケーブルが発射され、ケーブルが空を切る音が船殻越しにくぐもって聞こえた。と思うまもなく、ケーブルに固定された〈インペイラー〉号の船体は一気に引っぱられはじめた。

そもそものシステムは非常用につくられたものだが、より迅速な攻撃のために——船体の横づけと銃撃のために——海賊たちは船のあらゆるシステムを改造していた。それらすべてを制御するマシン・マインドだけは除外して。だから、そのマシン・マインドは今、船が危機的状況にあることを懸命におれたちに伝えているはずだ。

ランプに近づくと、まず嵐がおれたちを出迎えてくれた。激しい風雨が吹きつけ、おれの顔を叩き、あらゆる角度からおれの体を押し倒そうとしてきた。そんな中、ヴラドの襲撃チームが先陣を切って、なにやら叫びながら走りだした。おれはムラカミをちらりと見やって首を振り、彼らのあとに続いた。が、もしかしたら、彼らの考えのほうが正しかったのかもしれない——〈インペイラー〉号はフルスピードのまま飼育場の建物にぶつかっており、おれたちはその残骸の只中にいて、もう後戻りはできないのだから。このあとは、勝つか、死ぬか、そのどちらかしかない。

銃撃戦は灰色の嵐の渦巻きの中で始まった。空気を切り裂くビームの音。スラグ銃のすさまじい轟音。闇の中、黄色と青白いビームが走った。遠くの空で轟く雷に呼応するかのように。どこか前方で誰かが叫び声をあげて倒れた。が、その叫び声も徐々に聞こえなくなった。おれはランプの端を飛び越えると、〈エイシュンドウ〉スリーヴの平衡感覚を頼りに、ふくらんだ湿地帯用掩蔽壕モジュールの上を横すべりして進み、そのまままえに飛び降りた。そして、ふたつのモジュールのあいだの浅い水たまりに着地すると、ぶくぶくと泡が吹き出している脇のスロープを上がった。その表面はざらついており、足は少しもすべらなかった。おれは今楔型陣の頂点にいることを周辺視野が教えてくれた。ジャドは左うしろ、ムラカミはプラズマ破砕銃を手に右うしろにいた。

ニューラケムを高めると、前方に整備用梯子があるのがわかった。その下に上の船着場での銃撃戦から逃げてきた三人の海賊がいた。みな身動きの取れない状態になっていて、一番近くの湿地帯用掩蔽壕モジュールの横には海賊がもうひとり、四肢を広げて浮かんでいた。ブラスターにすでに命を奪われた胸と顔からまだ湯気が立ち昇っていた。

おれはウィンスフィッシュの奔放さを真似て梯子に突進した。

「ジャド！」

「わかってる——突撃！」

まるで未浄化地帯に戻ったかのようだった。〈スリップインズ〉のチームワークのよさが彷彿とした。〈エイシュンドウ〉スリーヴによる双子のような親近感のせいもあったかもしれない。おれは全速力で走った。背後で破砕銃がうなりを上げた。悪意に満ちたもの悲しい音が雨を切り裂き、船着場の端が炸裂し、粉々になった。さらに叫び声。おれが梯子の下までたどり着いたときには、三人の海賊たちにも身動きが取れない状態から解放されたことがわかったようだった。おれはラプソディア銃をホルダーに押し込むと、すばやく梯子を登った。

一番上までたどり着いた。破砕銃のビームに引きちぎられ、血まみれになった体がいくつも転がっていた。セゲスヴァールの手下がひとりいた。怪我はしていたが、まだ両脚で立っていた。悪態をつき、ナイフを持っておれに襲いかかってきた。おれは体をひねって身をかわし、ナイフを持っているその腕をつかむと、船着場から海に落とした。短い叫び声が聞こえた。が、嵐の音にすぐに掻き消された。

おれは身を屈め、あたりに注意を払い、ラプソディアを抜くと、ほかのふたりを待ちながら、悪い視界の中、船着場の様子を確認した。雨が激しく降り注ぎ、永久コンクリートの表面に百万もの小さな間欠泉をつくっていた。眼をしばたたき、眼に撥ねかかる雨を払った。

船着場には誰もいなかった。

ムラカミがおれの肩を叩いて言った。「引退した男にしてはなかなかの動きだ」

おれは鼻を鳴らした。「誰かがあんたに手本を示さなきゃならないだろうが。来い、こっちだ」

おれたちは雨の叩きつける船着場を歩き、めあての入口を見つけると、ひとりずつそっと中にはいった。嵐から突然解放され、その静寂は衝撃的なほどだった。プラスティックの床に体から水をしたたらせ、その場にしばらく佇んだ。短い廊下には小窓のついた金属の重厚なドアが並んでいた。どの船にもあるようなドアだ。外で雷が吠えた。おれはドアの小窓越しにキャビンの中を見て、そのドアでまちがいないか確認した。部屋の中には飾り気のない金属のキャビネットが並んでいた。沼豹の餌が保存されている冷蔵庫だ。もっとも、その冷蔵庫にはセゲスヴァールの商売敵の死体が収められることもあるが。廊下の突きあたりには狭い吹き抜けの階段があり、階下にある時代遅れの再スリーヴ・ユニットと豹の飼育セクションにつながっている。

おれは階段を顎で示した。

「その階段の下だ。地下三階まで降りると、湿地帯用掩蔽壕コンプレックスに着く」

三人の海賊がいきなり走ってやってきたかと思うと、騒がしい雄叫びを上げながらおれたちの脇をすり抜けていった。テトラメスでラリっており、おれのあとから梯子を登らなければならなかったことが少なからず面白くなかったのだろう。そんな彼らを止めることなどできやしない。ムラカミもただ肩をすくめただけで、止めようとはしなかった。彼らは大きな音をたてて猛スピードで階段を駆け降り、そして、地下三階で待ち構えていたセゲスヴァールの手下に殺された。

薬物をやっていないおれたちは慎重に階段を降りていたが、それでもすでに地下二階まで来ていた。そこでさえ飛び散ったブラスターの炎に顔や手を焦がされた。炎を浴びた海賊たちの体が松明のように燃えていた。短く甲高い悲鳴の不協和音を響かせて。そのうちのひとりは、地獄から抜け出し、どうにか階段を三段上がり、哀願し、炎の翼がついた両腕をおれたちに差し出してきたが、溶けた顔が一メートル手前まで近づいてきたところで、冷たい鋼鉄の階段の上に倒れた。体から煙が上がり、じゅうっという音がした。

ムラカミが超振動手榴弾を吹き抜けの下に落とした。一度金属の上で弾む音が聞こえ、そのあと耳慣れた大きな鋭い音――耳をつんざく爆音――が狭い空間に鳴り響いた。おれもムラカミも同時に手のひらを耳に押しあてた。だから、死ぬ直前に誰かが悲鳴をあげていたとしても、そいつの死がおれたちの耳に届くことはなかった。

手榴弾の爆音が消えてから数秒待って、ムラカミは階下(した)に向けて今度はプラズマ破砕銃を撃った。何も反応はなかった。おれたちはゆっくりと階段を降りた。黒く焦げ、冷たく固まろうとしている海賊の死体をよけながら。汚臭に咽喉をつまらせながら。眼のまえに体を小さくまるめた死体が一体あった。爆発の衝撃をもろに食らって、絶望のうちに手足を抱え込んだのだろう。その死体をじっと見ながら脇を通った。誰もいない廊下が奥に見えた。壁も床も天井もクリームイエローに塗られており、天井には埋め込まれた細長いイリユミナムが廊下を煌々と照らしていた。階段を降りきったあたりは、吹き出した血と凝固した人体組織のオンパレードだった。

「誰もいない」

おれたちは血の海と化した廊下を慎重に進み、建物の最下部に広がる湿地帯用掩蔽壕の中心に向かった。捕まえられた者はどこに閉じ込められているのか。タナセダもそこまでは把握していなかった。そもそも、ハイデュック・マフィアとしては、ヤクザがコスースに姿を現わすこと自体面白くない。当然神経質にならざるをえない。それでもタナセダは――ハーラン一族を強請(ゆす)ることに失敗した悔悟者という微妙な立場にありながら——コスースにおけるヤクザの必要性をアイウラに強く主張したのだろう。拷問するかして、おれからユキオ・ヒラヤスのスタックの在り処を訊き出せれば、それで少なくとも仲間からの信頼は取り戻せる、とでも言ったのだろう。アイウラも最後にはそれに同意した。複雑に入り組んだ理由か何かのために。で、セゲスヴァールに圧力をかけ、その結果、ヤクザとハイデュック・マフィアのあいだで、インチキな外交上協力関係ができ、その後、タナセダはセゲスヴァールから正式に飼育場に招待されたわけだ。が、そこでセゲスヴァールにはっきりと告げられた——泊まるところは自分で探せ、だけど、ニューペストかソースタウンからは出るな。特別に呼ばれないかぎり飼育場には近づくな、手下たちはひもでしっかりとくくりつけておけ、とでも。そんなタナセダが飼育場内部のことを詳しく知っているわけがなかった。

しかし、実際のところ、囚われ人を殺さずに閉じ込めておくのにもってこいの場所は、このコンプレックスの中にはひとつしかなかった。まえに来たときに、その場所を二、三度見ていただけではない。一度、運の尽きた賭博常習者がそこに運ばれていくのを見たこともあったのだ。セゲスヴァールはその男の懲罰法を考えるあいだ、そいつをそこに閉じ込めたのだが、この飼育場で誰かを閉じ込めたければ、怪物でさえ逃げられないあの場所に入れるのが一番だろう。そう、沼豹の檻の中だ。

廊下の分岐点まで来て、おれたちは立ち止まった。頭上に換気システムの穴が大きな口を開けていた。そのパイプを通して、外で続いている銃撃戦の音がかすかに聞こえていた。おれは身振りで左を示し、小声で言った。

「こっちだ。次の角を曲がると、右側はすべて豹の檻だ。それぞれの檻の奥にトンネルがあって、リングと直接つながってるんだ。その檻のいくつかをセゲスヴァールが人間用の檻に変えた。そのどこかにいるにちがいない」

「わかった、行こう」

おれたちはまたペースを上げ、角を右に曲がった。檻につながるドアのひとつが床の下に降りていくなめらかな音が聞こえてきた。足音。それにせっぱつまった声。セゲスヴァールとアイウラ。三人目の声にも聞き覚えはあったが、誰かは思い出せなかった。おれは湧き起こる喜びをどうにか抑え込み、背中を壁に貼りつけてジャドとムラカミにさがるよう手で合図した。

耳をすますと、アイウラの抑えた怒りが聞こえてきた。

「……これでわたしに満足しろとでも？」

「そういうくだらない話はやめてくれ」セゲスヴァールのつっけんどんな声がした。「これはあの吊り眼野郎の仕業なんじゃないのか。仲間に入れろってあんたが強く言ったあのくそヤクザの。おれは言ったはずだ――」

「セゲスヴァール－サン、どうしてもわたしには――」

「おれのことはそんな呼び方はしないでくれ。ここはコスースなんだ。北じゃないんだから。ちっとは文化のちがいってものに敏感になったらどうだ？　アントン、抗侵入ブロードキャストに障害は出てないというのは確かなんだな？」

第三の声が耳に届いた。ドラヴァで会った、どぎつい色の髪をした背の高いあのコマンド・リーダー。コヴァッチ・ヴァージョン２に雇われたソフトウェア攻撃専門家。

「ああ、障害は何もない。それはまちがいない――」

しかし、おれとしても予想しておくべきだった。

あと数秒待つつもりだった。罠のバネを弾かせるのは、彼らが明るく広い廊下に出てきたときのほうがいい――

そのときだ。トロール船のケーブルが切れたときのすばやさで、ジャドがおれのまえを走り過ぎ、彼女の声がコンプレックス全体の壁にぶつかって反響した。

「アントン、このくそったれ野郎！」

おれは反射的に壁から離れると、体を反転させてラプソディアで三人全員に狙いを定めた。

遅すぎた。

三人の姿がちらりと見えた。驚きのあまり、みなぽかんと口を開けていた。が、そこでセゲスヴァールと眼が合った。彼はたじろいだ。ジャドは身構えて立っていた。破砕銃を腰だめにしていた。それに気づいたアントンがデコムの機敏さで反応した。アイウラ・ハーラン＝ツルオカの肩をつかむと、彼女の体を自分のまえに押し出した。破砕銃が咳き込むような音をたてた。ハーラン一族の危機管理担当責任者は悲鳴をあげた――

――単分子の群れが彼女の体を突き抜けた。彼女の首がもげ、胴と脚が切り離された。血と体組織があたりに飛び散り、おれにも撥ねかかり、何も見えなくなった――

おれが眼を拭っているあいだに残りのふたりはいなくなっていた。檻を抜け、トンネルの中にすでに姿を消していた。三つに切断されたアイウラの体が血の海に浮いていた。

「ジャド、いったい何をしてくれたんだ!?」とおれは怒鳴った。

彼女は血まみれの顔を拭いて言った。「言ったはずだよ、あいつを殺すのはあたしだって！」

おれは冷静になることを自分に強いて、足元の死体を指差した。「ジャド、おまえはアントンを殺してなんかいない。あいつは逃げた」焦点の定まらない激しい怒りのまえに、冷静さが吹き飛び、破滅的なまでに崩れ落ちた。「なんであんな馬鹿なことをしたんだ！　逃げられちまっただろうが！」

「だったら、また捕まえればいい！」

「いや、おれたちには――」

彼女はもう動いていた。デコムの足で檻の中を走っていた。さらに頭を下げてトンネルの中に飛び込んでいった。

「さすがだ、タケシ」とムラカミが皮肉を言った。「なんともご立派なコマンド・リーダーだ、おまえは。すばらしい」

「うるさい！　とっととモニター・ルームを探して、檻をチェックするんだ。みんなここのどこかにいるはずだ。おれもできるだけ早く戻る」

おれも話しおえるまえからうしろに下がって動いていた。また全速力で駆けだした。ジャドウィガのあとを追って。セゲスヴァールを追って。

何かを追って。

第四十六章

トンネルを抜けると、そこは闘豹場のリングだった。四方を囲む急傾斜の永久コンクリートの壁が十メートル上まで聳えていた。下から五メートルほどのところまでは、何十年ものあいだ沼豹たちが這い上がろうとして引っ掻いた疵で、ぼろぼろになっていた。リング上部を取り囲んで、手すりのついた観客席があり、天井はなく、吹き抜けになった空間が勢いよく襲いかかる緑がかった雲に覆われていた。激しい雨が降りしきっており、まともに空を見上げることはできなかった。リングの底には深さ三十センチばかり土が敷かれていたが、それが豪雨に撥ね上がり、茶色い泥濘をつくっていた。壁に設えられた排水溝だけではとても流れきらないすさまじい雨量だ。

おれは眼を細め、顔もあたりも容赦なく叩きつける雨越しにまわりを見まわした。リングの一隅に取り付けられた細い整備用梯子を半分登ったところにジャドがいた。嵐の轟音の中、おれは呼ばわった。

「ジャド、待て！」

梯子の横桟につかまったまま、彼女はブラスターの銃口を下に向け、動きを止めた。が、おれに手を振っただけで、また梯子を登りはじめた。

おれは悪態をつき、ラプソディアをホルダーに収めると、彼女のあとを追って梯子を登った。雨が壁伝いに滝のように流れ落ちており、さらにおれの頭を叩きつけてきた。どこか上のほうからブラスターの銃声が聞こえたような気がした。

てっぺんまで上がると、一本の手が伸びてきて、手首をつかまれた。ぎょっとして上を見ると、ジャドがおれを見下ろし、嵐の音に逆らって声をあげた。

「まだ上がらないで。あいつら、近くにいる」

おれは慎重にリングの上に頭だけ出して、複雑に組み合わされた鉄骨と、リングとリングの上で交差している観客席を見まわした。分厚い雨のカーテンがあたりに高音を響かせていた。十メートルさきの視界は鈍色（にびいろ）に薄れ、二十メートルさきは完全に何も見えなかった。飼育場の反対側のどこかではまだ銃声が轟いていた。が、ここには嵐の音以外何もない。ジャドはリングのへりで腹這いになっていたが、おれがあたりを見まわして身を乗り出したのに気づくと、おれの耳元で叫んだ。

「ふたりは別々のほうに逃げた。アントンは一番奥の係留スペースに向かった。船で逃げるつもりだよ、きっと。それとも、あんたの分身をバックアップしにいったか。もうひとりはあっちの檻のあたりにいる。あいつは戦いたがってるみたい。さっきもあたしを狙って撃ってきた」

おれはうなずいて言った。「わかった。きみはアントンを追え。セゲスヴァールはおれが始末する。きみが動くときにはおれが掩護する」

「わかった」

おれに背を向けた彼女の肩をつかみ、体を引き寄せ、おれは言った。「ジャド、もっと慎重になるんだ。おれの分身に出くわしたら——」

彼女は歯を見せ、口を大きく開けてにやりと笑った。雨粒が彼女の歯を伝った。

「そのときはあたしがそいつを殺してあげる。あんたのかわりに。特別料金なしで」

おれは彼女のいるリング上の通路に——たいらなスペースに——上がると、ラプソディアを抜いて分散角度を狭め、射程を最大にし、体をもぞもぞと動かして低い姿勢のままさらに身を屈めた。

「スキャン開始！」

彼女が集中したのが皮膚感覚でわかった。

「今だ！」

ジャドはリングのまわりの手すりに沿って全速力で走ると、リングとリングのあいだの鉄骨に登り、闇に消えた。と同時に、どこか右側のほうからブラスターのビームが発射され、雨のカーテンが切り裂かれた。おれは反射的に破砕銃の引き金を引いた。が、相手はまだ遠くにいるようだった。この銃の射程は四十メートルから五十メートル、とテキトムラの武器商人は言っていた。しかし、標的がはっきりと見えているほうが命中率は上がる。言うまでもない。

ということは——

おれは立ち上がり、嵐に向かって叫んだ。

「おい、ラッド！　聞こえてるか？　これからおまえを殺してやる」

反応はなかった。ブラスターが撃たれることもなかった。おれは注意深くまえに出て、リングを取り囲む観客席に沿って歩き、セゲスヴァールのいる位置を確認しようとした。

闘豹場のリングはずんぐりとした楕円形のアリーナで、イクスパンスの泥の溜まった湖底に直接掘られており、リングの最下部は湖底より一メートルほど低くなっている。リングは全部で九つあり、三つずつ三列に隣り合って並んでいた。それらを仕切る永久コンクリート壁の上に、連結された観客席が設えられ、観客は立ち上がって手すりのうしろから観戦するようになっていた。互いを切り裂く豹たちの姿を安全な距離から見ることができるように。スティールメッシュの観客用通路がそれぞれのリングのまわりを取り囲んでおり、人気のある戦いはそこからでも観戦でき、観客がリングを五重に取り囲むことも珍しくなかった。そんなときには、死を見届けようと首を伸ばす群衆の重さで、リングのまわりにめぐらされた鉄骨が軋むのを聞いたことがある。

九つのリング全体を取り囲む蜂の巣構造は、イクスパンスの浅瀬の水面から五メートルほど上に位置し、その一方が湿地帯用掩蔽壕コンプレックスの低層バブルファブに隣接していた。そっち側に接するリングの横にも観客用通路が這っていて、その通路の下に小さな給餌用の檻と長細い長方形の練習場があった。〈インペイラー〉号が飼育場に到着したときに衝突した場所だ。見るかぎり、ブラスターのビームが発射されたのは、この壊れた残骸の端からのようだった。

「ラッド、聞こえてるか？　このくされ外道」

ブラスターがまた撃たれた。熱いビームがおれのすぐ脇をかすめていった。おれはとっさに永久コンクリートの床に伏せた。水があたりに撥ねた。

頭上からセゲスヴァールの声が聞こえた。「今のはもう少しだったな、タケシ」

「勝手にそう思ってろ」とおれは呼ばわり返して言った。「もうすべて終わった。あとは最後のお片づけってところだ」

「ほう？　それは自分のことをあまり信頼してないってことか？　おまえの分身は今頃新しい船着場で海賊を退治してるっていうのに。そいつらをイクスパンスに投げ込むか、豹の餌にするかして。聞こえてるか？」

耳をすますと、銃撃戦の音がまた聞こえてきた。ブラスターの銃声、もがき苦しむ叫び声。どちらが優勢なのかはまったくわからなかったが、ヴラドや彼のテトラメス中毒の乗組員に抱いていた不安がまた頭をもたげた。おれは顔をしかめて言った。

「おれの分身とずいぶん仲がいいんだな、ええ？　いったいどういうことだ？　おまえとあいつは反重力ジムで一緒に愉しい時間でも過ごしたのか？　おまえのお気に入りの娼婦のケツでも一緒に突いて遊んだのか？」

「そろそろくたばることだ、コヴァッチ。おまえとちがって、少なくともあいつはどうやって人生を愉しめばいいか、まだ知ってる」

嵐の轟音に邪魔されてはいたが、彼の声は比較的近くから聞こえているような気がした。おれは少しだけ体を起こして、その距離をさらに狭めようと、観客席の床を這った。

「そうかい。おまえはそんなことでおれを売ることにしたのか？」

「おれはおまえを売ってなんかいないよ」そう言ってセゲスヴァールは笑った。トロールウィンチに引かれた網の音のような笑い声だった。「ましなヴァージョンのためにおまえを下取りに出したということだ。おれはこれからおまえじゃなくて、あいつのためになることをするよ。自分は何者なのか、あいつはまだ覚えてるからな」

もっと近づけ。通路の床に落ちて三センチは跳ね上がっている雨の中、一度の動きで一メートルずつ進んだ。身を屈めたままひとつのリングから次のリングに移動した。怒りと憎しみに流されて立ち上がるなどという馬鹿な真似だけはするなよ。まだだ。逆にあいつを怒らせて、あいつがヘマをするのを待つんだ。

「じゃあ、訊くが、そいつはおまえが太腿を切り裂かれて、裏通りで這いつくばって、ぎゃあぎゃあ泣いてたことも覚えてるのか？　なあ、ラッド、そいつはそのことも覚えてるのか？」

「ああ、覚えてる。だけど、やつとおまえとはちがう」セゲスヴァールの声が一段と高くなった。どうやら痛いところを突くことができたようだ。「あいつはそのことでおれをわざと苦しめるような真似はしない。おまえがしょっちゅうしてるような真似はな。それにそのことを何度も持ち出して、おれから金をせびろうともしない」

さらに近づいた。おれは努めて陽気な声で言った。

「ああ、そうだろうとも。それに、あいつと組めば、ファースト・ファミリーとのコネもできるしな。それがほんとの狙いなんだろ？　つまるところ、おまえは寝返って、貴族のペットになったわけだ、ラッド。くそヤクザ同様。次はミルズポートにお引っ越しか？　ええ？」

「舐めたことをぬかすな、コヴァッチ！」

激しい怒りとともにまたブラスターのビームが飛んできた。が、的はずれもいいところだった。雨の中、おれはほくそ笑み、ラプソディア銃の分散角度を最大にして水の中から起き上がると、ニューラケムをさらに高めた。

「それに、タケシ・コヴァッチが何者なのか、おれが忘れたって？　いい加減にしてくれ、ラッド。そんなことだと、知らないあいだにおまえは吊り眼のスリーヴをまとう破目になるぜ」

もう充分近いはずだ。

「おい、ファック野郎――」

おれは彼のその罵声をキューにして立ち上がり、飛び出した。あとはニューラケム・ヴィジョンに任せればよかった。奥の給餌用の檻の陰に彼がうずくまっているのが見えた。スティールメッシュの観客用通路の脇に身をひそめていた。おれは楕円形のリングのまわりの通路をひた走り、手に握ったラプソディア銃から単分子フラグメントを撃った。照準を定めている余裕はなかった。ただ命中してくれることを祈るしかなかった――

セゲスヴァールがうめき声を上げ、片腕をつかんでよろめいたのが見えた。残酷な喜びがおれの体内を駆けめぐり、口が自然と開き、笑みと思しい形になった。もう一発撃った。セゲスヴァールは床に倒れた――それとも、身を隠すために伏せたのか。おれは観客席と檻とのあいだの手すりを飛び越え、つまずき、転びそうになったもののどうにかこらえ、バランスを取って体をうしろに揺らし、その刹那、次の動きを決めた。壁沿いに行くわけにはいかなかった。セゲスヴァールがまだ生きていれば、そこで立ち上がり、おれをブラスターで焼き尽くそうとするだろう。壁沿いではなく、檻の上の通路を走れば、わずか五、六メートルほどで一直線で彼のいるところまで行ける。おれは迷うことなく通路を走った。

足元の金属が不気味なまでに傾いた。

と同時に、下の檻の中で何かが飛び上がった。うなり声が聞こえ、沼豹の吐く息が腐った肉と海のにおいと交ざり合って立ち昇ってきた。

これはあとからわかったことだ――〈インペイラー〉号がぶつかったときの衝撃はこの給餌用の檻にも及んだのだろう。で、セゲスヴァールがさきほど隠れていた永久コンクリートの壁が砕けて穴があき、そっちの通路の端は枠から半分はずれたボルトだけでぶら下がっている状態で、さらに檻のどこかが同じようなダメージを受けたのだろう、沼豹が一頭、檻の中から飛び出してきた。

まだ通路の端まで二メートルばかりというところで、ボルトが完全に抜け落ちた。〈エイシュンドウ〉の反射神経がおれをまえにジャンプさせた。おれはラプソディアを放して檻の端を両手でつかんだ。通路はそのままリングに落ちた。おれは雨に濡れた永久コンクリートを両の手のひらでつかんだ。片手がすべった。が、もう一方のヤモリ仕様の手のグリップがおれの体をなんとか支えてくれた。落ちた鉄骨を沼豹が鉤爪で引っ掻いたのだろう、どこか下のほうで火花が散った。沼豹はそのあと甲高い声で吠えると、うしろに下がった。おれは手がかりを探してもう一方の手を伸ばした。

セゲスヴァールの頭が檻の壁のへりから現われた。青い顔をしており、ジャケットの右袖から血が染み出ていた。それでもおれを見ると、にやりと笑い、ほとんど普段の調子に戻って言った。

「これは、これは、これは。これは自分勝手なおれの旧友、タケシ・コヴァッチじゃないか」

おれは必死になって体を横に振り、檻の端に片脚の踵を引っかけた。セゲスヴァールはそれを見て、足を引きずりながらさらに近づくと、おれの足を蹴った。

「上がれると思ったら大まちがいだ」

おれは両手でなんとか壁をつかんでまた宙にぶら下がった。セゲスヴァールはおれの上から下を見た。が、その眼をすぐに闘豹場のリングに向けると、満足したようにうなずいた。容赦のない激しい雨がおれたちを叩きつけていた。

「人生で初めておれはおまえを上から見てる」

おれは喘ぎながら言った。「このクソ野郎……」

「わかるか、その檻の中にいる豹はおまえの友達の坊主のひとりかもしれない。そう思うと、なんとも皮肉なもんだな、ええ？」

「とっととやれよ、ラッド。おまえは性根の腐りきった裏切り者だ。おまえがここで何をしていようと、その事実は変わらない」

「そのとおりだ、タケシ。おまえのほうはせいぜいモラルの権化にでもなってることだ」そう言って、彼は顔をゆがめた。今にもおれの手を蹴ってきそうな予感がした。「おまえはいつもそうだった。〝まったく、ラッドはくそ犯罪者。まったく、ラッドはひとりじゃ何もできない。でもって、一度ラッドの命を救ってやらなきゃならなかったほどだ〟。イヴォンナを横取りしたときからずっと同じことの繰り返しだ。おまえは少しも変わってない！」

落下するかもしれないという恐怖もほとんど忘れ、雨の中、おれは口をぽかんと開けて上を見ると、口に溜まった水を吐き出して言った。

「いったいなんの話をしてるんだ？」

「とぼけるんじゃない！　あの夏のことだ。〈ワタナベズ〉でのことだ。緑の眼をしたイヴォンナ・ヴァザルリのことだ」

その名前とともに記憶が一気に甦った。ヒラタ礁。おれの頭の上にあった手脚の長いシルエット。湿ったウェットスーツでつくった即席のベッド。海水に濡れて、塩の味がする肌。

しっかりしがみついてて。

「おれは……」おれはうつろに首を振った。「おれはエヴァという名前だと思ってた」

「ほら見ろ。ほら見ろってんだ」膿が傷口から滲出するように、感情が彼からじわじわとにじみ出ていた。長く溜め込みすぎた毒が噴き出していた。彼の顔が激しい怒りにまたゆがんだ。「おまえは彼女のことなんかなんとも思ってなかった。名前も知らない、ただのセックスの相手でしかなかった」

過去の記憶が波のように次々に押し寄せてきた。体のことはすべて〈エイシュンドウ〉スリーヴに任せ、おれは万華鏡のようなあの夏の像が広がる明るいトンネルの中にぶら下がった。〈ワタナベズ〉の外のデッキ。鉛色の空から降りてくる熱気。イクスパンスから吹くそよ風。重いミラー・ウィンドチャイムは鳴らせない弱い風。汗に濡れた服の下のなめらかな肌。肌に浮かぶ汗の粒。とぎれとぎれの会話と笑い。あたりを漂う海大麻の刺激的なにおい。緑の眼の少女。

「ラッド、もう二百年もまえの話だ。それに、おまえはあの女とほとんど話もしなかった。マルガゾータ・ブコウスキーの胸の谷間にテトラメスを振りかけて、鼻で吸ってたじゃないか。いつものとおり」

「おれはどうすればいいのかわからなかったんだ。彼女は……」彼は動かなくなった。「……もういい。おれは彼女のことが好きだった。そういうことだ、このクソ野郎」

口から音が出た。それがなんの音か、おれにはすぐにはわからなかった。口を開けるたび、咽喉に雨がはいり込んできた。そのせいで咽喉がつまって、咳が出たのかもしれない。それとも、むせび泣きのような音のようにも思われた。おれの中で何かが解けていくような、何かがもぎ取られたような感覚があった。何かがすべり落ち、失われていく感覚……

そうではなかった。

それは笑い声だった。

温風を吐き出すように大きな音をたてて咳が出たと思ったら、そのあとは笑いが込み上げてきた。肺の中が満杯になり、その中のものが逃げ道を探しているかのように、次から次へと笑いが咽喉の奥から這い上がってきた。その笑いが口の中の水を外に押し出した。もう止めることができなくなった。

「笑ってるんじゃねえ、このクソ」

もう止められなかった。くすくす笑いが止まらなくなり、その思いがけない可笑しさとともに、新たなエネルギーが腕にみなぎってきた。ヤモリの手のすべての指先に新しい力が伝わった。

「ラッド、馬鹿か、おまえは。あの女はニューペストの富豪の娘だったんだぞ。おれたちみたいな庶民と真剣につきあうわけがないだろうが。あの年の秋、彼女はミルズポートの学校にはいった。それからあとはもう会うこともなかった。もう二度と会えないと言ってきたのはあっちのほうだ。もうあのことは忘れて、だとさ。愉しかったけど、わたしたちはあまりに住む世界がちがう。はっきりそう言われちまったんだよ」自分が今何をしているのかほとんど自覚していなかった。彼に見られているにもかかわらず、おれは体を檻のへりまで持ち上げようとしていた。硬い永久コンクリートのへりが胸にあたった。おれは喘ぎながら続けた。「ラッド、ああいう女と仲よくなれたかもしれないなんて、本気で思ってたのか？　彼女がおまえの……子供を生むとでも？　スペクニー埠頭に雁首揃えて、ほかのギャングの女房たちと井戸端会議をするとでも？　おまえが帰ってくるのを家でおとなしく待ってるとでも？　夜明けにべろんべろんになって〈ワタナベズ〉から戻ってくるおまえを待っててくれるとでも？　馬鹿馬鹿しい」うなるようにそう言うと、笑いがまた込み上げてきた。「誰でもいい、そこまで絶望的になれるというのはどんな種類の女だと思う？」

「クソ野郎！」彼は叫び、おれの顔を蹴ってきた。

そうなることはわかっていたのだと思う。自分が彼を怒らせていることも。しかし、あの夏のきらきらと光る思い出が甦ると、すべてが突然ぼんやりしだしたのだ。すべてがどうでもいいような気分になったのだ。それに、蹴られたのはただのおれではなく、〈エイシュンドウ〉スリーヴをまとったおれだった。

左手をすばやく突き出して、振り戻されかけた彼の脚のふくらはぎのあたりをつかんだ。おれの鼻からは血が噴き出していた。ヤモリのグリップは檻をしっかりとつかんでいた。力任せに腕を引いた。セゲスヴァールは檻のへりで滑稽な片脚ダンスを踊り、顔を引き攣らせ、おれを見た。

おれは彼のふくらはぎをつかんだまま落下した。

それほど下までは落ちなかった。檻の壁はリングと同じように傾斜しており、さきほど落下した通路がその永久コンクリートの壁の真ん中で、ほぼ水平に引っかかっていた。おれはスティールメッシュの上に落ち、セゲスヴァールはそんなおれの上にのしかかってきた。息ができなかった。通路が激しく揺れ、さらに五十センチほど下にずり落ちた。その下では沼豹が狂ったように動きまわっていた。おれたちが落ちた通路そのものに襲いかかろうとしていた。通路を檻の床まで引きずり下ろそうとしていた。折れたおれの鼻から流れる血のにおいを嗅ぎ取ったのだろう。

セゲスヴァールがもぞもぞと体を動かした。その眼は激しい怒りの炎をまだ宿していた。おれは彼を殴った。彼は息をつまらせ、軋らせた歯のあいだから単音節のことばを吐くと、おれに撃たれた腕でおれの首を絞め、体重をかけてきた。腕の痛みにうめき声を上げながら。それでも決して力を弱めようとはしなかった。沼豹が落下した通路の鉄枠の側面に体をぶつけてきた。沼豹のくさい息がスティールメッシュ越しに襲いかかってきた。怒り狂った沼豹の眼がちらっと見えたかと思うと、金属を引き裂こうとする鉤爪が散らす火花の向こうにすぐに隠れた。甲高い吠え声を上げ、沼豹はおれたちによだれを吐きかけた。まるで発狂したように。

実際、発狂しているのかもしれない。

おれは手足をばたつかせた。が、セゲスヴァールはしっかりと押さえつけていた。二世紀近く、街角で手荒なことをしてきた男だ。こうした取っ組み合いで彼が負けるわけがなかった。おれを睨むその眼を見れば、おれに対する憎しみが破砕銃のビームで受けた腕の傷を補って余りある力を彼に与えているのがわかった。おれはなんとか片腕を自由にさせると、彼の咽喉のあたりにまたパンチを浴びせようとした。しかし、セゲスヴァールに読まれていた。おれのその一撃は肘でブロックされ、おれの指がどうにか彼の顔の側面をかすめただけだった。逆に、突き出した腕をつかまれ、がっちりと押さえつけられた。そのあと、セゲスヴァールはおれの首を絞めている手にさらに体重をかけてきた。

おれは頭を起こし、切り裂かれた彼の前腕をジャケット越しに思いきり嚙んだ。ジャケットの生地に血が一気に染み出し、おれの口の中にもはいってきた。彼は叫び声をあげ、もう一方の手でおれの側頭部を殴った。絞めつけが徐々に効いてきて、おれは息をすることができなくなった。そのときだ。沼豹が通路の鉄骨に激しく体をぶつけた。それで鉄骨がずれた。わずかながら、おれは横に体をすべらせた。

鉄骨がずれた瞬間を見逃さなかった。

指を目一杯開いて手のひらを彼の顔の側面に押しつけ、下に強く引っぱった。

ヤモリの棘状（きょくじょう）突起が肌に刺さって、彼の顔をしっかりとらえた。指先の指球と指のつけ根が一番強く押しつけられたところから、セゲスヴァールの顔が裂けた。ストリート・ファイターの本能のようなものだろう、彼はとっさにきつく眼を閉じた。が、なんの役にも立たなかった。おれの指先は彼の眉から下のまぶたを裂き、視神経がつながったままの眼球をつかみ、抉り出した。彼は悲鳴をあげた。内臓の奥深くから搾り出されたような悲鳴だった。どっと血が噴き出た。灰色の雨の中、赤い血が飛び散り、その温かな液体はおれの顔にも降りかかった。おれの首を絞めていた手から力が抜けた。彼はよろめいてうしろに倒れた。顔はすでに顔の体（てい）を成しておらず、そんな顔からぶら下がった眼球からはまだ血が垂れていた。おれはうなり声とともに逆襲に出た。まだダメージを受けていない側の彼の顔にパンチを浴びせた。彼は横によろけ、通路の手すりに体をぶつけた。

そして、その場にくずおれた。攻撃をかわそうと、震える左手を上げ、ひどいダメージを受けているはずの右手の拳をきつく握りしめて。

そのときだ。沼豹が彼を襲った。

それでもう一巻の終わりだった。沼豹のたてがみと外套膜が一瞬見えた。と思ったときにはもう、セゲスヴァールは前肢の一撃を食らい、大きく開かれた尖った口で嚙まれていた。そのあと鉤爪が肩に食い込み、ぬいぐるみのように彼は通路の下へ引っぱられていった。悲鳴がまた聞こえ、尖った口が閉まる音とともに何かを嚙み砕く残酷な音がひとつ聞こえた。見ていなかったが、そのひと嚙みで彼の体がまっぷたつに切断されたのはまちがいなかった。

おそらく一分近く、おれは傾いた通路の上で足元をふらつかせながら、肉が引きちぎられて呑み込まれる音と骨が折れる音を聞いてから、ようやく手すりの脇までよろよろ歩き、下を見ることを自分に強いた。

遅かった。食事中の沼豹のまわりには虐殺の痕跡すらなかった。食べているものが人体であることを思わせるものすら。

雨がすでにほとんどの血を洗い流していた。

沼豹はあまり賢い動物ではない。いったん餌を見つけてしまうと、頭上のおれの存在にはほとんど、もしくはまったく興味を示さなくなった。おれは数分時間をかけてラプソディア銃を探した。が、あたりには見あたらなかった。あきらめて檻を出た。〈インペイラー〉号が到着したときにぶつかった衝撃で、永久コンクリートの壁にはいたるところにひびがはいっており、這い上がるのは簡単だった。一番大きな亀裂に足をかけて体をもたげ、手を交互に伸ばして登った。ほとんど登りきったところで、つかんでいた永久コンクリートが塊になって崩れたときにはひやりとさせられたが、それ以外は何事もなく、かなりの速さで登りきれた。途中、エイシュンドウ・システムの何かが作動したのだろう、鼻血も徐々に止まった。

檻の上に立ち、銃撃戦がまだ続いているかどうか、耳をすました。嵐以外の音は何も聞こえてこなかった。その嵐もさきほどより静かになっていた。戦いは終わったのか。それとも、人数が減り、みんなこっそり隠れて機会をうかがっているのか。ヴラドや彼の仲間のことをどうやらおれは見くびっていたようだ。

それとも、逆にハイデュックのことを見くびっていたのか。

どちらが勝ったのか。確かめる時間だ。

給餌用の檻の手すりの近くにセゲスヴァールのブラスターが落ちていた。彼自身の血の海の中に。おれは容量を確認してから、銃を拾い上げ、リングの鉄骨の上を歩いた。歩きながら、セゲスヴァールの死がぼんやりとした安堵感しかおれに与えていないことにようやく気づいた。彼がおれを売ったことも、おれがエヴァを連れ出したことへの彼の憎しみの告白も、そんなことはもうどうでもよかった。イヴォンナ。

——そう、イヴォンナ。彼の告白はあるひとつのあまりに明らかな真実をさらに裏づけただけだ。すなわち、あらゆることがあったにもかかわらず、おれたちふたりを二百年近く結びつけていたのは、無意識のうちに背負い込んだ裏通りでの〝借金〟だけだったということだ。結局のところ、おれたちは互いの性格が好きだったわけでもなんでもなかった。おそらくおれの若い分身もセゲスヴァールをうまく操って愉しんでいたのだろう。イデがロマのヴァイオリンを奏でるように。

リングの下のトンネルまで戻ると、数歩歩くたびに立ち止まって、銃声が聞こえないか耳をすました。湿地帯用掩蔽壕コンプレックスの中は不気味なほど静かで、自分の足音の響きにさえぞくっとした。来たときと同じ経路をたどってトンネルを出て、ムラカミと別れたハッチまで戻った。アイウラ・ハーランの死体がそのまま放置されていた。背骨の一番上のあたりに意図的に抉られた穴があいているのがはっきりと見て取れた。誰もいないようだった。おれは廊下の両側をスキャンして、また耳をすました。さっきからずっと聞こえている金属音しか聞こえなかった。檻に入れられた沼豹が立てている音だろう。外の騒ぎに機嫌を損ね、檻のハッチに体をぶつけているのだろう。おれは顔をしかめ、小さな金属音が聞こえるいくつかのドアのまえを歩いた。どうしても神経が昂ぶった。慎重にブラスターを構え、さらに廊下を歩いた。

ドアを五つか六つ過ぎたところにほかの連中がいた。ハッチは開かれ、檻の中のスペースには強烈な明かりがともされていた。床のいたるところに四肢を広げた死体が横たわっていた。奥の壁には吹き飛んだ血が何本もの長い線を描いていた。まるでバケツに入れた血をぶっかけたかのように。コイ。

トレス。

ブラジル。

ほかにも四、五人、見たことのある人間が倒れていたが、名前まではわからなかった。みな同じ固形弾に撃たれ、床にうつぶせになって死んでいた。それぞれの脊髄には同じような穴ができていて、スタックはどの死体からも消えていた。

そこにはヴィダウラとシルヴィ・オオシマの姿はなかった。

おれは殺戮現場の真ん中に突っ立ち、落としものを探すように死体から死体へ視線を移した。明るく照らされた檻の中の静寂が延々と続く悲鳴のような耳鳴りになり、すべての音が掻き消された。

と思ったところで、廊下から足音が聞こえた。

おれはすばやく体を反転させてブラスターを構えた。危うくハッチの端から頭を突き出したヴラド・ツェペシュを撃つところだった。彼は手にしたプラズマ破砕ライフルを構えた。が、そこで動きを止めた。苦々しい笑みを浮かべて、片手をおもむろにもたげ、頬をこすった。

「コヴァッチ。もう少しであんたを殺すところだった」

「これはどういうことだ、ヴラド？」

彼はおれの背後に横たわる死体を見やって肩をすくめた。

「さあ。ちょっと遅すぎたみたいだな。みんな知り合いか？」

「ムラカミはどこにいる？」

ヴラドは自分が来たほうを身振りで示した。「飼育場の一番奥、係留桟橋の上だ。あんたを探してきてくれと言われてね。掩護が必要かもしれないからって。いずれにしろ、戦いはほぼ終わった。残ってる敵を探して始末すれば、あとはいつもの海賊の仕事が残ってるだけだ」と言って、彼はまたにやりと笑った。「金をもらう時間だ。さあ、こっちだ」

おれは思考がちょっと麻痺したようになって、言われるまま彼についていった。湿地帯用掩蔽壕コンプレックスの中を歩いた。真新しい戦いの痕跡が残った廊下を。ブラスターで焦げた壁。細かく引き裂かれて散乱した体の組織。床の上に倒れている死体。さらに歩くと、奇妙なまでにきちんとした恰好の中年の男が床に坐っていた。まっすぐにまえに伸ばした脚は血だらけで、強硬症になったかのような疑いの眼でその脚をじっと見つめていた。襲撃が始まったとき、カジノか売春宿から追い出された客だろう。掩蔽壕コンプレックスに逃げ込んだものの、一斉攻撃に巻き込まれたかしたのだろう。近づくと、おれたちのほうに弱々しく両腕を上げた。ヴラドがすぐさまプラズマ破砕銃で撃った。男の胸に巨大な穴があき、湯気が立った。おれたちはその男をその場に残し、乗降梯子伝いに古い貨物ステーションに登った。

大殺戮の痕跡は係留桟橋の上にも残っていた。船着場にも係留されているスキマーのあらゆる場所にも、傷だらけの体が倒れ、ブラスターのビームが人間の肉や骨より簡単に燃えるものをとらえては、あちこちで小さな炎が燃え上がり、雨の中、煙が立ち昇っていた。風が弱まっているのはその煙を見てもわかった。

ムラカミは船着場でひざまずいていた。ヴァージニア・ヴィダウラの脇に。横向きになった彼女の顔の下に片手を差し入れて。慌てた様子で何やら話しかけていた。ヴラドの海賊仲間もふたりいた。肩に武器を吊るしたままそばに立って、上機嫌で何やら話し合っていた。ふたりともずぶ濡れにはなっていたが、怪我はしていないようだった。

緑に塗られたイクスパンス・モバイルがそばに停泊しており、その船首の装甲板の上にはアントンの死体があった。

装甲板のへりから頭を垂れ、凍りついたように眼を開いていた。コマンド・リーダーの虹色の髪が垂れ下がり、その先端がほとんど水面に達していた。胸と腹だった部分に人の頭ぐらいはいりそうな大きな穴があいていた。どうやらジャドは、分散角度を狭めた破砕銃でアントンの体のど真ん中をうしろから撃ち抜いたようだ。彼女の破砕銃が船着場の血の海に浮かんでいた。が、ジャド本人の姿は見あたらなかった。

おれたちに気づくと、ムラカミはヴィダウラの顔から手を放し、近くにあったジャドの破砕銃を両手で取り上げ、おれのほうに掲げてみせた。銃床からマガジンが抜かれていた。容量がなくなったあとも引き金を引きつづけ、そこに放り投げていったのだろう。彼は首を振って言った。

「彼女のことは探したが、見つからなかった。彼女が海の中にはいっていくのを見たような気がする、とここにいるコルは言ってるが。あの壁の上で撃たれたそうだ。もしかしたら、ちょっと飛ばされただけかもしれないが、この嵐じゃな」彼は空を身振りで示した。「嵐がやんで死体を回収できるようになるまではなんとも言えない。嵐は弱まりながら、西に進んでる。嵐が収まったら、彼女を探そう」

おれはヴァージニア・ヴィダウラを見つめた。怪我をしているようには見えなかったが、意識はほとんどなく、ぐったりとしていた。おれはムラカミのほうに向き直って尋ねた。

「いったいどういう――」

破砕銃の銃床が振り上げられ、それがおれの頭を強打した。

白い炎、疑念。新たな鼻血。

いったいどういう――

おれはよろめき、口をぽかんと開けて倒れた。

ムラカミはおれを見下ろし、破砕銃を放り投げると、ベルトに取り付けてあったシンプルな小型のスタンガンを手に取った。

「すまん、タケシ」

そう言って、その銃口をおれに押しあてた。

第四十七章

暗くてとても長い廊下のさきにおれを待っている女がいる。おれは廊下を急ぐ。しかし、ずぶ濡れの服が重くて、思うように進めない。廊下そのものも斜めに傾いていて、ねばねばとした液体がほぼ膝の高さまで溜まっている。凝固しかけている血のように見えるのに、その液体からはなぜかベラウィードのにおいが立ち昇っている。おれは液体に覆われた傾いた床の上をもがきながら進む。それでも、開かれた戸口は一向に近づいてこない。

なんか用？

おれはニューラケムを高める。しかし、バイオウェアのどこかが故障しているらしい。おれに見えるのは超長距離スナイパースコープ越しの像のようなものだけで、眼をぴくりと動かすと、まわりの景色がぐらぐらと揺れ、また焦点を合わそうとすると、眼に痛みが走る。その女はヴラドの胸の大きな海賊仲間のようだ。そう、上半身裸で、見たこともない装備のモジュールをキャビンの床に置いて、その上に覆いかぶさっていたあの女だ。大きな胸がたわわに実った果物のように垂れている。まるくて黒ずんだその乳首を弄びたくて、おれは口蓋にうずきを覚える。が、視野が鮮明になったと思ったときには、その像はもう消えていて、おれは小さな台所にいる。窓には手塗りのブラインドが吊るされ、コスースの太陽をさえぎっている。そこにも上半身裸の女がいるが、さきほどの女ではない。おれはその女が誰か知っている。

スコープ越しの像がまた揺れ、場面が変わり、おれの視線は床に置かれたハードウェアに移される――くすんだグレーの耐衝撃性の外枠、起動したときにデータコイルが浮かび上がる光沢のある黒いディスク。それぞれのモジュールの上のロゴはどこかで見たことのある表意文字で書かれている。しかし、今のおれにはフン・ホーム文字も地球の中国語も読むことができない。〝ツェン・サイコグラフィー〟――と書いてあるのだけは読めるのだが。近頃、戦場や精神外科手術がおこなわれる再生ユニットでよく目にする名だ。新しい名前。高度な軍用品ブランドの星座の中の新星。莫大な資金を持った組織だけが持つことの許される新しいブランドの名前。

それは？

カラシニコフの電磁波銃。廊下をちょっと行ったところのキャビンの男が貸してくれたの。

そいつはそれをどこから盗んできたんだ？

これが盗んできたものだなんて誰が言ったの？

おれだ。あいつらは海賊なんだぜ。

まるくなめらかなカラシニコフの銃床の重みがいきなり手のひらにずしりと感じられる。廊下のほの暗さの中、銃がきらりと光っておれを見上げている。自然と手のひらが閉じる。

少なくとも七百国連ドルはする。ヤク中の海賊が静音銃のためにそんな金を出すわけがない。

事実を把握することができない恐怖が体内に浸透するのを感じながら、おれはなんとかあと数歩進む。廊下の床を覆うねばねばした物質が足の裏やずぶ濡れのブーツから、体に染み込んでくる感覚があり、その液体がおれの体を満たすと、おれの動きは完全に停止する。

すると、おれの体は膨張を始める。そして、血液バッグを強く握りすぎたときのように破裂する。

今度また中にはいってきたら、おまえの体が破裂するくらいぶん殴ってやる。

その衝撃に眼が大きく見開かれたのがわかり、おれはまたスナイパースコープ越しの景色を眺める。ハードウェアの上に屈み込むあの女はいない。そこは〈インペイラー〉号のキャビンではない。

台所だ。

おれの母親がいる。

彼女は石鹸水を入れたボウルの中に片足を入れて立ち、安い養殖衛生海綿で足を拭こうと上体を屈めている。ギャザーがはいったベラウィード製の膝上の巻きスカートを穿いているのだが、そのスカートの片側が引き裂かれている。上半身は裸だ。彼女は若い。おれがいつも思い浮かべる母親より若い。なめらかな胸がたわわに実った果物のように垂れている。その乳首の味のかすかな記憶におれの口がうずく。彼女は横を向いておれを見下ろし、笑みを浮かべる。

突然、彼が別のドアから台所にはいってくる。はかない記憶がそのドアの向こうに港があることを教えてくれる。男は部屋にいきなりはいってきて、彼女にぶつかる。単細胞生物のように。

この女（アマ）。このずる賢いくそ女（アマ）。

衝撃がまた体を駆け抜け、おれは眼をまわし、次に気づいたときには、台所の戸口に立っている。スナイパースコープのヴェイルが消え、今このときが現実となる。彼が三度母親を殴るのを見て、おれは動きだす。フルスウィングのバックハンド——それはおれたち家族がみな何度か受けたことのある一撃だ。しかし、今日の殴り方はいつにも増して激しい。母は台所の奥のテーブルの上に投げ飛ばされ、そのまま崩れ落ち、また立ち上がる。彼はまた殴る。彼女はまた倒れる。彼女の鼻から血が噴き出す。ブラインドから洩れるゆらゆらとした陽射しを反射して、その血が輝いて見える。彼女は床からまたなんとか立ち上がろうとする。彼はブーツを履いた足で彼女の腹を踏みつける。彼女は身を震わせながら、横向きに転がる。ボウルがひっくり返り、石鹸水が床を流れ、おれのほうにやってくる。水は戸口を越え、おれの裸足の足も越え、流れていく。おれの亡霊はそのまま戸口にとどまっている。が、実際のおれは台所の中に駆け込んでいる。なんとかふたりのあいだにはいろうとしている。

ただ、おれはまだ小さい。五歳にもなっていないかもしれない。彼はへべれけに酔っており、やみくもに拳を振りまわしている。それでも、おれはまたドアのほうに突き飛ばされる。彼はおれのほうにやってくると、おれの眼のまえに立ちはだかる。両手を不器用に膝に置き、たるんだ口でぜえぜえと喘いでいる。

今度また中にはいってきたら、おまえの体が破裂するまでぶん殴ってやるからな。

そう言って、彼はドアを閉めることもなく、母のほうに戻っていく。

しかし、おれには何をすることもできない。ただその場にうずくまって泣きだす。すると、床に倒れていた母親の手が伸びてきて、その手に突かれてドアが閉まる。それでおれにはそのあと台所で起こることが見えなくなる。

ただ男の殴る音だけが聞こえてくる。閉じられたドアが徐々に遠くに離れていく。

おれは傾いた廊下をもがきながら進み、隙間から洩れているひとすじの光を頼りにドアを追う。泣きじゃくり、大きな音をたてていたおれの咽喉から、さらにリップウィング鳥の甲高い鳴き声のような悲鳴が聞こえはじめ、おれの中では怒りの潮流が渦巻き、その怒りとともにおれは成長する。過ぎゆく一秒ごとに成長し、すぐに大きくなる。そうすれば、ドアにたどり着ける。あいつがおれたち全員を捨てて出ていき、おれたちの眼のまえから消えるまえに、あいつを捕まえることができる。捕まえて、おれのほうからあいつを消すことができる。おれは素手であいつを殺すことができる。おれの手の中には武器がある。おれの手が武器だ。どろどろした液体は消え、おれは沼豹のようにドアに体あたりをする。しかし、そんなことをしても何も変わらない。長すぎるほどドアは閉まったままだ。固く閉ざされたままだ。ドアにぶつかった衝撃がおれの中でこだまする。まるでスタンガンで撃たれた失神衝撃のように

――

そうだ。これはスタンガンの衝撃だ。

ということは、ドアではなく――

――船着場。気づくと、おれは船着場の地面に顔を押しつけて倒れていた。ねばつく唾液と血の小さな海の中に。倒れたときに舌を嚙んでしまったのだろう。スタンガンで撃たれると、よくやってしまうことだ。

咳をすると、粘液が咽喉につまってむせた。その粘液を吐き出し、体のどこにダメージを受けているかすばやく確かめた。が、そんなことをしなければよかったとすぐに後悔した。スタンガンのせいで全身が痛かった。震えもまだ止まっていなかった。下腹にもみぞおちにもひどい吐き気があり、頭がぼうっとして、頭の中では星がいくつも瞬いていた。ライフルの銃床で殴られた側頭部がずきずきと痛んだ。しばらくそのまま横たわり、なんとか脳をコントロールして、努めて意識を取り戻し、船着場の地面から頭を起こして、アザラシのように首をもたげた。が、そんなことをしても無駄なことはすぐにわかった。ストラップのようなもので両手を背後で縛られており、頭は足首の高さほどまでしか上がらなかった。手首のまわりで何かが温かな脈を打っていた。起動されたバイオ溶接手錠。バイオ溶接手錠は、長いあいだはめていても手を傷つけることはなく、鍵がわりの酵素をかけると、溶接が温められた蠟のように溶ける。しかし、手を抜くことは絶対にできない。それは自分の指を抜き取ろうとするようなものだ。

ポケットの感触が思ったとおりのことをおれにはっきりと教えていた。やつらはおれのテビット・ナイフも奪っていた。要するに、おれはまったくの丸腰だった。

嘔吐した。からっぽの胃にわずかに残っていた食べものの薄い液体を吐き出した。体をもぞもぞと動かし、吐物が顔につかないようにした。そのとき、遠くからブラスターの銃声が聞こえ、さらにかすかに笑い声らしい声も聞こえてきた。

ブーツが濡れた地面の水をはねかしながら通り過ぎた。ブーツの主は行きかけて立ち止まると、また戻ってきた。

「こいつの意識はすぐに戻る」と誰かが言い、口笛を吹いて続けた。「タフなクソ野郎だったな。なあ、ヴィダウラ、あんたがこいつを訓練したんだって？」

返事はなかった。おれはもう一度頭をもたげた。今度はなんとか体を横に転がすことができた。おれを見下ろしているやつを見るなり、呆然として眼をしばたたいた。雨はもうほとんどやんでおり、晴れかけた空を背景にそこに立っていたのは、ヴラド・ツェペシュだった。その表情は思わず見惚れてしまうほど真剣そのもので、身じろぎひとつすることなく突っ立ち、おれをじっと見下ろしていた。テトラメスでラリっているこれまでの落ち着きのなさなど微塵もなかった。

「大した演技だった」とおれはしわがれ声で言った。

「気に入ったか、ええ？」彼はにやりと笑った。「とことん騙されたか？」

おれは歯に舌を這わせ、吐物交じりの血を吐いて言った。「ああ、おまえみたいな男を使うなんて、ムラカミは気が狂ったんじゃないかと思ってた。ヴラドのオリジナル版はどうなったんだ？」

「まあ」そう言って、彼は顔をしかめた。「あんたにも想像はつくと思うが」

「ああ、まあね。おまえたちはここに何人いるんだ？　あの巨乳の精神外科手術の専門家を除いて」

彼は笑った。いかにも肩の力が抜けていた。「ああ、あんたに裸を見られたって言ってたな。なかなかのおっぱいだろ？　あのスリーヴのまえ、リーベックは〈リモン〉製アスリート仕様のスリーヴをまとってたんだ。ケーブルだらけの。胸なんて洗濯板みたいな。再スリーヴしてもう一年は経ってるが、胸が大きくなって嬉しいのか気に入らないのか、本人もまだ決めかねてるみたいだ」

「〈リモン〉製？　あのラティマーの？」

「そうだ」

「最先端のデコムの本拠地か……」

彼はにやりと笑った。「だんだんわかってきたみたいだな？」

背中のうしろで手錠をはめられ、床に這いつくばっている状態で肩をすくめるのは容易ではないが、おれはベストを尽くしてやってみた。「彼女のキャビンに〈ツェン〉製のギアがあったのを見たが」

「ほう、じゃあ、あいつの胸を見てたんじゃないのか？」

「いや、見てた」とおれは認めて言った。「わかるだろ？　周辺視野はいつも働いてる」

「それはクソそのとおりだ」

「マロリー」

おれもヴラドも大きな声がしたほうを見た。トドール・ムラカミが湿地帯用掩蔽壕コンプレックスから、おれたちのほうに大股で歩いてきていた。腰にはカラシニコフ、胸にはナイフをつけていたが、それ以外の武器は持っていなかった。柔らかなこぬか雨が彼の上に降っていた。明るくなっていく空の光を反射して、雨がきらきらと輝いて見えた。

「背徳者が眼を覚まして、唾を吐いてる」とマロリーはおれのほうを身振りで示して言った。

「よし。マロリー、あの海賊野郎にちゃんと指示が出せるのはおまえだけだ。向こうに行って、指揮を執ってくれないか？　ここに来る途中で見たが、売春宿のあたりにはスタックが残ったままの死体がまだ転がってる。もしかしたら、目撃者がまだどこかに隠れてるかもしれない。最後の掃除をしてくれ。誰ひとり生かしたままにしておかないように。スタックは全部スラグになるまで溶かしてくれ」ムラカミはそこでうんざりとしたような身振りをして続けた。「まったく、海賊って生きものはいったいどうなってるんだか。スタックの回収くらい海賊にだってできそうなもんだ。誰だってそう思うだろ？　ところが、やつらときちゃ、沼豹を放して、射撃訓練をして遊んでやがる。耳をすましてみろ」

ブラスターの銃声はまだ聞こえていた。それと同時に、興奮した叫び声と笑い声に彩られた下品な歓声も。マロリーは肩をすくめて言った。

「で、トマセリは？」

「リーベックとふたりでまだギアをセットアップしてる。ワンはブリッジの上でおまえを待ってる。まちがって誰かが沼豹に食われたりしないように見張ってる。ヴラド、あの海賊はおまえの仲間なんだから、もうお遊びはやめさせるんだ。で、最後のチェックが終わったら、荷積みできるように〈インペイラー〉号をこっち側の船着場にまわしてくれ」

「わかった」水面にさざ波を立たせるように、マロリーはヴラドのペルソナをまとい、顔に残るニキビの痕を苛立たしげに掻きながら、おれにうなずいて言った。「またすぐにこっちのおれで戻ってくるよ、コヴァッチ。またあとでな」

ヴラドがステーションの壁の角を曲がって消えるまで、おれはじっとその姿を見送ってから、ムラカミに視線を戻した。彼は戦いのあとのどんちゃん騒ぎの音がするほうをまだ見ていて、首を振りながらぼそっとつぶやいた。

「くそ素人」

「つまるところ」とおれは寒々とした口調で言った。「おまえたちは派遣されてたんだな」

「さすがに理解が早いな」ムラカミはそう言って体を屈めると、うめき声をあげておれの体を抱え上げ、船着場の地面に坐らせた。なんとも情けない姿勢ながら。「おれを恨まないでくれ。ゆうべおまえに事実を伝えて、おまえのノスタルジーに訴え、手伝ってくれるように頼む？　それはできなかった」

坐ることができ、改めておれはあたりを見まわした。ヴァージニア・ヴィダウラが係船柱に背中を押しつけ、ぐったりして坐っていた。両腕を背中のうしろにまわされて。顔に黒く長い痣ができており、真っ赤に腫らして、とろんとした眼をおれのほうに向けてきたと思ったら、すぐまたそらした。埃と汗にまみれた顔に大量の涙が光っていた。シルヴィ・オオシマのスリーヴは見あたらなかった――死んでいるにしろ、生きているにしろ。

「で、そうするかわりに、おまえはおれを騙したわけだ」

彼は肩をすくめた。「手近にある道具を使え。そういうことだ」

「いったいエンヴォイは何人いるんだ？　クルーの全員がそういうわけでもなさそうだが」

「ああ」彼は薄い笑みを浮かべた。「五人だけだ。さっきのマロリー。リーベック――彼女にはもう会ったそうだな。あとふたり、トマセリとワン。それにおれだ」

おれはうなずいた。「典型的な極秘派遣というやつか。おまえが休暇を取ってミルズポートをうろついてる――そんなことはありえない。もっと早く気づくべきだった。派遣されてどれくらい経つんだ？」

「四年近くだ、おれとマロリーは。ほかのやつらよりもさきに来た。ヴラドを殺したのは二年前だ。それまでしばらくやつを監視して、さきに潜入してたマロリーがほかのクルーを海賊の仲間入りさせたというわけだ」

「そんなふうにヴラドにすり替わるというのは、あまりスムーズにできることでもないと思うが」

「そんなことはない」やさしい雨の中、ムラカミはそう言ってしゃがみ込んだ。どうやら長話をしたい様子だった。「あんまり頭が切れる連中じゃないからな、あのテトラメス中毒連は。そもそも仲間同士の強い絆を結ぼうなどとも思ってないし。マロリーが仲間にはいったときも、問題になりそうなやつはふたりしかいなかった。つまり、それまでヴラドと近しかったやつだ。そいつらはまえもっておれが始末した。スナイパースコープとプラズマ破砕銃で」ムラカミはそのときの追跡と狙撃の様子を仕種で再現してみせた。「バイバイ、どたま、バイバイ、スタック。その一週間後にはヴラド本人をバラした。それまで二年近くかけて、マロリーはヴラドを手の内に収めてた。一緒に海賊ごっこをしたり、やつのちんぽを舐めたり、パイプとボトルをシェアしたりして。で、ある日の深夜、ソースタウンでバン!」ムラカミは握り拳をもう一方の手のひらに打ちつけた。「あの〈ツェン〉製の装置はすぐれものだよ。どこにでも持ち運べるんだ。あれがあれば、ホテルのバスルームでもどこでもスリーヴの交換が簡単にできる」

ソースタウン。

「そのあいだずっとブラジルを監視してたのか?」

「ほかのやつらもな」彼はまた肩をすくめた。「まあ、ストリップ全体を監視してたようなもんだ。ハーランズ・ワールドで不穏分子がいそうな場所はあそこしかないからな。北は――ニューペストの大部分も含めて――昔ながらの犯罪だけだ。そういう犯罪を犯すのはどんなやつらか、それはおまえも知ってるだろ?」

「タナセダとか」

「タナセダとか。おれはむしろヤクザは好きだね。所詮やつらはただ権力にすり寄りたいだけの連中だからな。それにハイデュック――自分たちが社会の底辺の出であることを誇りに思ってるようだが、やつらもヤクザと同じ病気にかかってることに変わりない。ただ、ヤクザより安っぽくて、マナーを知らないヴァージョンというところがちがってるだけだ。そう言えば、おまえの友達のセゲスヴァールは殺せたのか？　おまえを気絶させるまえに訊いておくべきだった」

「ああ。殺したよ。あいつは沼豹に食われた」

ムラカミはさも可笑しそうに笑った。「すばらしい。それにしても、タケシ、なんでおまえはエンヴォイを辞めちまったんだ？」

おれは眼を閉じた。スタンガンの後遺症がさらに悪くなっているような気がした。「おまえはどうなんだ？　おれのダブル・スリーヴ問題は解決できたのか？」

「いや……それがまだなんだ」

おれは驚いて、また眼を開けた。

「あいつはまだどこかを歩きまわってるってことか？」

ムラカミは決まり悪そうに体をもぞもぞと動かした。「そのようだ。〝おまえ〟を始末するのはさすがにむずかしいらしい。あの歳の〝おまえ〟であっても。でも、まあ、いずれ殺すさ」

「ふうん」とおれは陰気に言った。

「ああ、もちろん。アイウラは死んだんだぜ。やつはうしろ盾をなくした。もうどこへも行けない。アイウラの仕事を引き継ごうなんてやつが、ファースト・ファミリーのほかのメンバーから現われるわけがない。それは光速並みに確かなことだ。保護国にしゃしゃり出てきてほしくなければ。今後も少数独裁政治体制のお遊びを続けたいなら」

「あるいは」とおれはさりげなく言った。「おれをここで殺してから、おれの分身をここに来させて取引きするか」

ムラカミは顔をしかめて言った。「タケシ、つまらない冗談はやめろよ」

「冗談を言ったつもりはない。あいつは自分のことをまだエンヴォイだと言ってる。エンヴォイ・コーズに戻れるチャンスがあればたぶん飛びついてくるだろう」

「そんなことはどうでもいい」とムラカミは声に怒気を含ませて言った。「おれはそいつのことなんか何も知らないんだから。ただ始末するまでだ」

「わかった、わかった。落ち着け。おまえの人生をもうちょっと生きやすいものにしてやろうと思っただけだ」

「おれはすでに充分生きやすい人生を生きてるよ」と彼はうめくように言った。「エンヴォイ、いや、元エンヴォイだとしても、ダブル・スリーヴは絶対に許されない政治的自殺行為だ。コンラッド・ハーランはきっと腰を抜かすだろう。おれがアイウラの首を持ってミルズポートに出向き、このことを全部ぶちまけたら。何も知らなかったと言い張って、おれが不問に付すことをひたすら祈る。やつにできることはもうそれぐらいしか残されてない」

「アイウラのスタックは持ってるのか？」

「ああ。頭と胴体もほぼそのままある。とりあえず尋問はするが、ただの形式的なことだ。彼女が持ってる情報をそのまま使うわけじゃないんだから。今度のような場合には、地元のお偉方の否認権は守ってやる。おまえも覚えてるだろ？　地域の混乱は最小限にとどめ、保護国の絶対的な立場を維持する。そして、情報はきちんと把握し、将来的な影響力を温存させる」

「ああ、覚えてるよ」おれは乾いた口を潤そうと湿った空気を吸い込んだ。「しかし、アイウラは口を割らないだろうな。なにしろハーラン一族の忠臣だからな。かなりの忠誠心が植えつけられてるはずだ」

彼は苦笑いをして言った。「タケシ、最後には誰もが口を割る。それはおまえだってわかってるだろうが。ヴァーチャル尋問にかけられたら、口を割るか、頭がいかれるか、そのどっちかしかない。最近じゃ、頭がいかれてもまたもとに戻してやり直せる」苦笑いが消え、不機嫌そうな厳しい顔になった。「いずれにしろ、そんなことはどうでもいいことだ。彼女からどんな話が訊き出せようと、訊き出せまいと、それは問題じゃないんだから。われらが永遠の愛すべき指導者、コンラッドがそれを知ることはないんだから。やつはただ最悪の結果を考え、おれたちにおもねり、へつらうだけだ。でなければ、こっちは襲撃部隊を呼び寄せ、〈リラ・クラッグズ〉を燃え上がらせるだけだ。それでやつを含めて一族全員が電磁パルスの餌食になる」

おれはうなずき、半分笑みのようなものを口元に浮かべて、イクスパンスに眼を向けた。

「まるでクウェリストの話を聞いてるみたいだ。それこそ彼らがやろうとしてたことだ。少なくとも、それに近いことをやろうとしてた。おまえらはクウェリストと手を結べばよかったんだよ。だけど、考えてみれば、おまえらがここにいるのはクウェリストの動きを監視するためなんかじゃない」おれはすばやく首をめぐらせて彼の顔をじっと見つめた。「だろ？」

「ええ？」ととぼけながらも、ムラカミは真実を隠そうとはしなかった。口元に笑みが隠れていた。

「いい加減にしろ、トッド。おまえらは最先端のサイコグラフィー・ギアを携えてハーランズ・ワールドにやってきた。おまえの仲間のリーベックがここのまえに派遣されたのはラティマーだった。おまえはそこでオオシマの体をどこかへ持ち去った。今回の作戦は四年前から始まったとさっきおまえは言ってたが、それはメクセク計画の始まりとぴたりと重なる。おまえたちがここにいるのは、クウェリストを監視するためなんかじゃない。デコムの技術を見張るためだ、だろ？」

口元に隠れていた笑みが這い出てきた。「さすがに鋭いな。だけど、おまえはまちがってる。おれたちがここにいるのはその両方のためだ。保護国は、最先端のデコム技術のことも、クウェリストの残党のことも、クソを洩らしそうなほど心配してるのさ。それと、もちろん軌道上防衛装置のこともな」

「軌道上防衛装置？」おれは眼をしばたたいて彼を見た。「軌道上防衛装置がどうした？」

「今のところはなんの問題もない。今の状態が続けば、おれたちも嬉しいよ。だけど、デコムの技術がここまで発達した今、今の状態が続く保証はなくなった」

おれは首を振って麻痺した感覚を振り払った。「なんだって――？　どうして――？」

彼は真剣な口調で言った。「デコムのある機能が働きだしたんだ」

第四十八章

貨物ステーションのほうから、〈ツェン〉のロゴがはいったグレーの大きな反重力担架にのせられたシルヴィ・オオシマの体が運ばれてきた。担架にはアーチ状になったプラスティックの雨よけが取り付けられていた。リーベックが手に持ったリモコンで担架を操作し、もうひとりの女――おそらくトマセリだろう――がやはり〈ツェン〉のロゴがはいったモニター・システムを肩に担ぎ、担架のうしろを歩いていた。ふたりが近づいてきたところで、おれは反動をつけてどうにか立ち上がった。意外にもおれが立ち上がっても、ムラカミは何も言わなかった。二千年紀以前の葬列に参加する哀悼者のように、おれたちは並んで黙して佇み、反重力担架とそこにのせられたものが近づいてくるのを見つめた。オオシマの顔を見ていると、〈リラ・クラッグズ〉のてっぺんにいたときのことが思い出された。きれいに飾り立てられたあの石庭でも彼女は担架にのせられていた。ふと気づいた――新たな革命に沸いた時間の大半、この女は病人のためのなんらかの乗りものにひもでくくられて過ごしていたことに。今、そんな彼女の体は透明なカヴァーにくるまれていた。眼は開かれていたが、見ているものを認識している眼ではなかった。彼女の頭上に設置されているディスプレー上に生命徴候が示されていなければ、誰でも自分は死体を見ていると思うことだろう。

いや、実際そうなのさ、タケシ。おまえは今、クウェリスト革命の亡骸を見てるのさ。この女こそやつらの命綱だった。コイもほかの連中も死んで、革命もまた死んだということだ。

ムラカミがコイやブラジルやトレスを殺したことは、それほど驚きではなかった。眼を覚ましたときから、頭のどこかのレヴェルでそのことを予測していた。そのことは、係船柱に背中を押しつけ、ぐったりと坐っているヴァージニア・ヴィダウラの顔にも書かれていた。彼女自身のことばでも聞かされたが、それはもうただの確認作業でしかなかった。ムラカミは感情を交えずにうなずくと、抉り出したばかりのひとつかみの大脳皮質スタックを見せた。が、そのときも吐き気を覚えただけだった。死に至るひどいダメージを受けた自分の姿を映す鏡をただ見ているような感覚しかなかった。

「しかたないだろ、タケシ」ムラカミはスタックをステルス・スーツのポケットに戻すと、顔をしかめ、そっけなく両手を合わせて汚れを拭った。「ほかに選択肢はなかった。それぐらいおまえにもわかるだろ？　さっきも言ったが、不安定時代に逆戻りさせるわけにはいかないからな。どうせこいつらは負けるのに、保護国の軍隊がやってくることを誰が望む？」

ヴァージニア・ヴィダウラがムラカミに向かって唾を吐いた。三、四メートル離れた係船柱の脇にうずくまっていることを考えれば、なかなかの飛距離だった。ムラカミはため息をついて言った。

「ヴァージニア、ちょっと頭を使って考えてみろ。ネオクウェリストの反乱がこの惑星に何をもたらすか、それを考えてみろ。アドラシオンはどうだった？　シャーヤはどうだった？　どう思う？　あんたのビーチ・パーティ仲間が革命の旗を揚げたら、どうなってたと思う？　アドラシオンやシャーヤの戦いとは比べものにもならない。今のハペタ政権はここでもお遊びなんかしない。彼らは絶対勝利しか認めない強硬論者だ。植民世界のどこかであれ、反乱が起きれば、そのすべてをぶっつぶしにかかる。そのために惑星をまるごと攻撃しなきゃならなくなったとしても——彼らは平気でやる」

「そう」とヴィダウラは言った。「そういうやり方を統治モデルとしてわたしたちは受け容れなくちゃいけない、そういうこと？　わたしたちはみな、圧倒的軍事力をうしろ盾にした腐敗した少数独裁政治体制の大君主制を受け容れなきゃいけないってこと？」

ムラカミはまた肩をすくめた。「どうしてそれじゃ駄目なんだ？　歴史的に見てそのほうがうまく機能してきたじゃないか。人間というのは言われたとおりにするのが好きな生きものなのさ。それに、この惑星の少数独裁政治体制が特別悪いというわけでもない、だろ？　あんたらの生活水準を考えてみればいい。入植時代の貧困や圧政などというのは、もうとっくに終わった時代の話だ。三世紀もまえに」

「どうしてそういうことが終わったと思うの？」とヴィダウラは反論した。が、その声はいかにも弱々しかった。脳震盪でも起こしているのかもしれない。サーファー・スペック・スリーヴは頑丈ながら、彼女が負っているような顔のダメージにはうまく対応するようにはできていない。「あんたもトロい男ね。クウェリストがやつらの頭を蹴飛ばしたからそういう時代が終わったのよ」

ムラカミは苛立った身振りを交えて言った。「だとしたら、もう目的は達成されたということだ、ちがうか？　もうクウェリストは要らないということだ」

「馬鹿馬鹿しい。とぼけるのはやめなさい、ムラカミ」ことばとは裏腹に、ヴィダウラはうつろな眼でおれを見ていた。「権力というのは構造じゃない。流動するシステムよ。どんどんと上に蓄積されていくか、システムを通じて拡散されるか、そのどちらかしかないのよ。クウェリズムは拡散のきっかけをつくった。それ以来、あのミルズポートのクソどもはその流れを必死になって食い止めようとして、その結果、蓄積される権力に逆戻りしてしまった。社会の状況はこれからもどんどんと悪くなっていく。やつらはわたしたちの権利を次から次へと奪っていく。あと百年もして朝起きたら、あのくそ入植時代がまた始まってるでしょうよ」

彼女が話しているあいだ、ムラカミは彼女の話を真剣に考えているかのように何度もうなずき、話が終わると言った。

「ヴィダウラ、重要なのはこういうことだ。おれはそんなことを心配するために金をもらってるんじゃないということだ。少なくともおれはそんな訓練は受けてない。つまり、今から百年後のことを心配するためにエンヴォイがあるわけじゃないということだ。おれが教わったのは――あんたがおれに教えてくれたのは、現在の問題に対処することだ。だからおれたちは今ここにいるんだよ」

現在の問題――シルヴィ・オオシマとデコム。

「つまるところ、メクセクが大馬鹿野郎だったということだ」とムラカミは苛立たしげに言うと、反重力担架にのせられているシルヴィ・オオシマのほうを顎で示した。「おれの意見を言えば、そもそもひとつの惑星政府にこういうものにアクセスする機会を与えちゃいけなかったんだ。ましてや、ドラッグでラリった奨励金狙いのくずハンターにそれを使わせるなんてな。もってのほかだよ。ニューホッカイドウの浄化なんてことは、エンヴォイの専門チームがやればよかったんだ。そうすれば、こんなことは起こらなかった」

「そう。だけど、それには莫大なお金がかかる。忘れたの？」

ムラカミはむっつりとうなずいて言った。「ああ。保護国が使用許可を誰にでも与えるようになったのはそもそもそのためだ。投資収益からロイヤリティを取ったほうが経済的だからな。要するにすべては金の話ということだ。今じゃ誰も歴史なんぞつくろうとは思っちゃいない。誰しもつくりたがってるのは金――金だけだ」

「あなたもそのひとりだと思ってたけど」とヴァージニアは蚊の鳴くような声で言った。「みんな金のためにあくせくしてる。少数独裁政治体制の後見人はみんな。単純明快な支配体制をつくって。なのに、あなたはそのことに文句を言いたいわけ?」

ムラカミはくたびれたように横眼で彼女を見やると、首を振った。ヴラド/マロリーが〈インペイラー〉号でやってくるのを待つあいだ、リーベックとトマセリはどこかで海大麻の煙草を吸っていた。休憩時間。おれから一メートルほど離れたところにぽつんと置かれた反重力担架がかすかに揺れた。透明なプラスティックのカヴァーに雨がぽつりと落ち、曲面に沿って流れ落ちた。風はためらいがちなそよ風に変わっており、飼育場の反対側から聞こえていたブラスターの銃声もしばらくまえから聞こえなくなっていた。水晶のように澄んだ沈黙の中、おれはその場に佇み、シルヴィ・オオシマの凍りついた眼を見つめた。囁きつづけている直感の断片がおれの意識的理解の壁を引っ掻き、頭の中にはいり込もうとしていた。

「歴史をつくるということだが、実際どういうことなんだ、トッド?」おれは抑揚なく尋ねた。「デコムに何が起きてるんだ?」

彼はおれのほうを向いた。その顔にはこれまで見たこともない表情が浮かんでいた。不確かな笑み――それが彼をまるで子供のように見せていた。

「何が起きてる? さっき言ったとおりのことだ。ついにある機能が作動しはじめたということだ。タケシ、ラティマーじゃもう成果が得られつつある。そう、火星人の人工知能との交信だ。六百年にわたって研究されてきたことがついに現実のものになったということだ――データシステムの互換性。火星人のマシンと人間のマシンとの交信。そのシステムが火星人とおれたちとのあいだのギャップを埋めたのさ。ついにインターフェースを見つけたということだ」

冷たい鉤爪のようなものが背すじをさっとかすめた。おれはラティマーとサンクション第四惑星でのことを思い出し、そこで見たこと、経験したことの記憶の断片を掻き集めた。それらのことがこの世界でもいつか重要な意味を持つだろうことは、頭のどこかでいつも感じていたとは思う。が、自分の人生にまで影響を及ぼすことになるだろうとは思わなかった。

「しかし、そういうことはまだいっさい公表されてないわけだ」とおれは感情を込めずに言った。

「当然だろうが」とムラカミは言って、反重力担架に仰向けに横たわっている女を指差した。「この女の頭の中にワイヤリングされてるものが火星人の残していったマシンと会話をするんだぜ。それを使えば、いつか火星人がどこへ消えたかもわかるかもしれない。火星人の現在の居場所がわかることさえあるかもしれないんだぜ」彼はそこで笑いをこらえたような音を発した。「しかし、何より皮肉なのは、彼女が考古学者でも、訓練を受けたエンヴォイ・システムの司令官でも、火星人の専門家でもないということだ。だろ、タケシ、彼女はただのくそ賞金稼ぎだ。正気なのかどうかもよくわからない、マシン殺しの傭兵だ。彼女みたいなデコムがあとどれくらいいることか。そんなやつらが頭の中のその機能を稼働させたまま、あたりをうろうろしてるんだ。今度のことで保護国はどれほどの失態をやらかしたか。わかるだろ？　おまえはニューホッカイドウにいたんだから。超高度な異文化との初めての接触がこういうデコムを通じてなされるなんてことになったら、いったいどんなことになるか。火星人が戻ってきて、ちょっとした用心のために、おれたちが入植したすべての惑星をすべて破壊するかもしれない。そうならなかったら、それはおれたちがただラッキーだったというだけだ」

急にまた坐りたくなった。スタンガンによる失神衝撃が戻り、震えが内臓から頭に駆け上がった。吐き気をこらえ、いきなり甦った記憶の断片の嵐の中、努めて思考を支配しようとした。シルヴィの〈スリップインズ〉。スコーピオン砲の塊に向けたぶっきらぼうな残虐アクション。

あなたたちのライフシステムすべてがわたしたちには有害なのよ。

それにそもそもわたしたちには土地が要るのよ。

オア。タイヤレンチ。ドラヴァのトンネルの中で、機能障害を起こしたカラクリのまえに立ちはだかるオア——こいつのスウィッチは切るのか切らないのか？

〈ガンズ・フォー・ゲバラ〉号の船上。デコムの虚勢。あのときはおかしな空論にしか聞こえず、いささか愉快ですらあった。しかし今はちがう。あのときのやりとりにも具体的な意味があったのだ。

ラズロ、軌道上防衛装置を解体する方法を思いついたら、いつでも言ってくれ。

そう、そのときはわたしも入れてよ。軌道上防衛装置を引き降ろせたら、あなたは生きてるかぎり、毎朝ずっとミッツィ・ハーランに尺八してもらえる。

ああ、くそ。

「ほんとうに彼女にそんなことができると思ってるのか？」とおれは半ば麻痺したようになったまま尋ねた。「軌道上防衛装置と会話ができるなどと思ってるのか？」

ムラカミは歯を見せた。が、笑ってはいなかった。「タケシ、おそらく彼女はもうやりとりをしてたんだと思う。今は鎮静剤で寝かせて、〈ツェン〉製のギアで彼女の送信信号をモニタリングしてる。エンヴォイからの指令だ。だけど、彼女が今まで何をしてきたか、それを知る手だてはない」

「彼女が通信を始めたら？」

彼は肩をすくめて顔をそむけた。「そのときはエンヴォイの命令に従うだけだ」

「すばらしい。それはなんとも建設的なことだ」

「タケシ、おれたちにどんな選択肢がある？」彼のその声は深い絶望感に彩られていた。「ニューホッカイドウで起きてる奇妙な現象についちゃおまえのほうがよくわかってるんじゃないのか？　ミミントが異常な行動を見せてる。不安定時代に開発されたときには設定されていなかったはずの奇妙な行動だ。それは機械の進化みたいなものだと誰もが思ってる。原始的なナノテクが成長したんだってな。だけど、もしそうじゃなかったら？　その現象を惹き起こしてるのがほかでもないデコムだったとしたら？　軌道上防衛装置が眼を覚ましたのは、司令ソフトウェアのにおいを嗅ぎつけたからだったとしたら？　それに応じるよう、軌道上防衛装置がミミントを操作してるんだとしたら？　司令ソフトウェアの機能は火星人の機械システムにコンタクトできるよう設定されてる。そのことがおれたちにもどうにかわかった。少なくともラティマーじゃそれが証明された。だったら、ここでも機能したってなんの不思議もない」

シルヴィ・オオシマを見つめていると、ジャドの声が頭の中でこだました。

――でも、そう、わけのわからないことを言ったり、意識を失ったりすることはなかったね。すでにほかのチームが作業を終えた場所に行ったりすることも。そういうのは全部イヤモンのあとだよ――

――そういうことが何度かあったんだよ。ミミントの活動に正確に狙いをつけて、それからその場所に行くと、もう全部死んでるの。まるでミミント同士で戦ったみたいに――

おれの思考はムラカミのエンヴォイの直感が切り拓いた道をよろけながら前進した。もしそれがミミント同士で戦ったのでなかったとしたら？　もし――

シルヴィ。ドラヴァ。ベッドの上。朦朧（もうろう）とした彼女のつぶやき――わたしを知ってた。まるで古い友達みたいに。まるで――。

自らをナディア・マキタと呼ぶ女が〈ボービン・アイランダー〉号のキャビンのもうひとつのベッドに横たわり、言ったあのことば――

グリゴリ。その空間に何かがあるのよ。わたしには〝グリゴリ〟って聞こえる何かが。

「おまえのポケットの中にいるその人間たちは」とおれはムラカミに静かに言った。「もっと安心できる未来のためにおまえが殺したやつらは――みんな彼女のことをクウェルクリスト・フォークナーだと信じてた」

「ああ、信じるというのは奇妙なことだよ、タケシ」と彼は反重力担架のその向こうをじっと見ながら言った。その声に人を馬鹿にするような調子は少しも含まれていなかった。「おまえもエンヴォイだった。わかるだろ?」

「ああ。じゃあ、おまえは何を信じてるんだ?」

彼はしばらく黙り込み、ややあって頭をもたげると、おれをじっと見て言った。

「おれは何を信じてるか? おれが信じてるのはこういうことだ。火星人の文明の謎が解ければ、死んだ人間がまた甦るなんてことさえちっぽけなことになる。どうってことない出来事にな」

「それはつまり、おまえも彼女はクウェルクリスト・フォークナーだって思ってるってことか?」

「彼女が誰であろうとかまわんよ、おれは。どっちだって何も変わりはしないんだから」

トマセリの大きな声がした。〈インペイラー〉号が崩壊したセゲスヴァールの飼育場にゆっくりと横着けされようとしていた。まるで巨大な人食いエレファント・エイのサイボーグのように。また吐くことになるかもしれないとは思ったが、おれは慎重にニューラケムを高め、司令塔の中に立っているマロリーに焦点を合わせた。通信係の女と見たことのないほかの海賊がふたり、彼のそばに立っていた。おれはムラカミに近づいて言った。

「トッド、もうひとつ訊いておきたい。おれたちのことはどうするつもりだ。ヴァージニアとおれのことは」

「そのことか」彼は短く刈った髪を乱暴に指で梳いた。小さな飛沫が飛び散った。かすかな笑みがその顔に浮かんだ。会話が現実的な話題に戻ったことをまるで旧友との再会のように思っているかのように。

「そこがちょっと厄介なところだ。でも、なんとかするよ。最近の地球のやり方を見るかぎり、彼らはおまえらふたりを地球に連れ帰るように言ってくるだろう。あるいは、この場で殺すように指示してくるか。今の政府はエンヴォイに背を向けた人間をあまり快く思ってないからな」

おれは疲労困憊してうなずいた。「で?」

ムラカミは笑みを広げて言った。「そんなやつらはクソ食らえだ、タケシ、おまえは今でもエンヴォイだ。ヴァージニアも。クラブハウスでの特権がなくなったからと言って、エンヴォイに属してないことにはならない。エンヴォイを去ってもおまえはおまえのままだ。おれがそういうことを忘れるとでも思ってるのか? 地球にいる脂ぎったちっぽけな政治家軍団がスケープゴートを探していようと、おれには関係ないよ」

おれは首を振って言った。「だけど、トッド、その脂ぎった政治家軍団がおまえの雇い主だ」

「かまうもんか。おれはエンヴォイの司令部に従う。仲間を電磁パルスの犠牲にするわけにはいかない」彼は下唇を噛んで、ヴァージニアをちらっと見やってから、視線をまたおれに戻し、ほとんどつぶやくように続けた。「しかし、タケシ、そういうことをするにはちょっとした協力が必要になる。ヴァージニアはこのことをあまりに深刻に受け止めすぎてる。そんな態度のまま自由にさせるわけにはいかない。このままだったら、うしろを向いたとたん、おれはプラズマ破砕銃で頭を撃ち抜かれかねない」

〈インペイラー〉号が使用されていない船着場のセクションにゆっくりと横着けされた。自動繋船鉤が撃たれ、永久コンクリートに穴をあけて固定された。そのうちのふたつの鉤がぼろぼろになった個所にあたり、ケーブルがぴんと張られると、船がぐらぐら揺れだした。切れ切れになったベラウィードと水がうねって水面が盛り上がり、ホヴァーローダーは少しだけうしろに押し戻された。自動繋船鉤がいったん引き戻され、また撃たれた。

背後から誰かが泣き叫ぶような音が聞こえた。

最初、愚かなおれはヴァージニア・ヴィダウラの声かと思った。それまで閉じ込められていた悲しみをついにぶちまけたのだろう、と。しかし、そのコンマ一秒後、それが機械音であることに気づいた。さらにそれがなんの音かもわかった――それは警報だった。

時間が突然止まったような気がした。一秒一秒がどっしりとしたコンクリート板に変わったかのようだった。まるで水中を動いているかのように、すべてがのたりとしたスロー・モーションになった。

――リーベックが水辺から体を回転させ、火のついた大麻の煙草が開かれた彼女の口から落ち、胸のふくらみにあたり、一瞬、燃えさしの火が飛び――

――ムラカミがおれの耳元で叫び、おれを押しのけ、反重力担架のほうに――

――担架に搭載されたモニター・システムが耳をつんざくような音を出し、データコイル・システムがいくつもの炎光を燃え上がらせ、いきなりぴくぴくと動きだしたシルヴィ・オオシマの体の片側に並べられたろうそくのように――

――シルヴィの眼が大きく見開かれ、おれの眼をじっと見つめ、彼女のその鋭い視線の引力に引かれ、おれも彼女を見つめ――

――〈ツェン〉製の新品のハードウェアには似つかわしくない警戒音ながら、その音に隠された意味はひとつしか――

――ムラカミがベルトにつけたカラシニコフをつかみ、その手を大きく振り上げ――

――おれ自身、叫び声をあげており、その声があたりに広がり、ムラカミの叫び声と重なり、おれは体をまえに投げ出し、ムラカミをさえぎろうとするが、手錠がはめられたままではその動きはあまりに遅すぎ――

そのとき、東の空の雲が切り裂かれ、エンジェルファイアが放たれた。

船着場は光と激しい怒りに包まれ……

空が落ちてきた。

第四十九章

光が収まっても、夢ではないことがわかるにはしばらくかかった。まわりの景色は幻覚のような、見捨てられた雰囲気をかもしていた。スタンガンで撃たれて再体験した子供の頃の悪夢と似ていた。理に適った感覚がないところも同じだった。おれはまたセゲスヴァールの飼育場の船着場に横たわっていたが、あたりは静寂に包まれ、手錠も消えていた。まわりのすべてが薄い霧の膜に包まれ、すべての色が薄くなっているように思われた。反重力担架は辛抱強く同じ場所に浮かんでいたが、ねじれた夢の論理のせいだろうか、その上に横たわっているのはヴァージニア・ヴィダウラだった。顔の大きな痣はそのままで、顔色も悪いままだった。イクスパンスの湖上、数メートルさきの一角で、不思議なことに水が青白い炎を上げて燃えていた。シルヴィ・オオシマがリップウィング鳥さながら係船柱の上に身を乗り出し、凍りついたようになってその炎を見つめていた。おれはよろめきながら立ち上がった。彼女もその気配に気づいたはずだが、振り返りはしなかった。ただ炎をじっと見ていた。

雨がようやくやんだようで、あたりに何かが焦げたようなにおいが広がっていた。

おれはよろよろと水辺まで歩くと、彼女の脇に立った。

「くそグリゴリ・イシイ」おれのほうを見ることなく、彼女は言った。

「きみはシルヴィか?」

やっと彼女が振り向くと、それがシルヴィであることはすぐにわかった。今おれの眼のまえにいるのは、まぎれもなくデコムのコマンド・リーダーだった。仕種も眼も声もすべてがシルヴィに戻っていた。

彼女は淋しげに笑うと言った。

「全部あなたのせいよ、ミッキー。あなたがイシイの名前を持ち出してから、ずっとその名前が頭から離れなかった。で、誰だったかやっと思い出したら、そのあとはまた頭の奥に戻って、彼を探さなければならなかった。どんどん奥まで探しにいって、彼がそこまでたどった道も掘り返さなきゃならなかった。もちろん、それは彼女がたどった道でもあるわけだけど」シルヴィはぎこちなく肩をすくめた。「で、ついに道を見つけたのよ」

「ちょっと混乱してきた。グリゴリ・イシイというのはいったい誰なんだ?」

「ほんとうに覚えてないの? 三年生の歴史の授業で習わなかった? アラバルドス・クレーターは?」

「シルヴィ、頭が痛くなってきた。おれは学校をサボってばかりいたんだ。いいから教えてくれ」

「グリゴリ・イシイはクウェリストのジェットコプターのパイロットだった。クウェリストたちがアラバルドスに追いつめられ、最後に撤退しようとしたときの。クウェルを逃がそうとした男。彼女と一緒にエンジェルファイアに焼かれて死んだ男」

「ということは……」

「そう」彼女はかすかに笑った。小さな単音節の笑い声だった。「彼女は彼女が言うとおりの人だったということよ」

「じゃあ」おれはことばを切り、あたりを見まわし、その惨状を理解しようとして続けた。「これは彼女の仕業なのか?」

「ちがう、わたしがやったのよ」彼女はまた肩をすくめておれのことばを正した。「というか、やったのは彼らだけど。彼らにやってくれるように頼んだのよ」

「つまり、きみの命令でエンジェルファイアが放たれたというのか？　きみが軌道上防衛装置を操作したと？」

笑みが彼女の顔に広がった。が、そこで何か痛みのようなものを覚えたのか、その笑みは途中で終わった。「そう。わたしたち、まえにくだらない話をしたのを覚えてる？　それが現実になったということね。わたしが実際に操ったの。でも、あなたには信じられない、でしょ？」

おれは片方の手のひらを顔に強く押しあてて言った。「シルヴィ、もうちょっと話のペースを落としてくれ。イシイのジェットコプターはどうなったんだ？」

「どうにもなってない。というか、全部学校で習ったとおりよ。そっくりそのまま。エンジェルファイアに撃たれて、爆発した。子供の頃に教わったとおりよ。教科書のお話どおり」彼女はおれに話しているというより、自分自身に言い聞かせているようで、その眼は軌道上防衛装置の攻撃がつくり出した霧をじっと見つめていた。〈インペイラー〉号とその下深さ四メートル分の水を蒸発させたあとにできた霧を。「ミッキー、わたしたちがこれまで考えていたことは全部まちがってたのよ。エンジェルファイアのビームはあらゆるものを爆発させる。それはそのとおりなんだけれど、ただのビームじゃない。それは記憶装置でもあるの。軌道上防衛装置の記憶機能を司る使者でもあるのよ。ビームが触れたものはすべて破壊される。でも、同時に、破壊されたものすべてにビームのエネルギーを変える働きがある。すべての分子、すべての素粒子がビームのエネルギー状態を部分的に変化させるのよ。その変化が終わると、破壊したものすべての完璧なイメージが防衛装置の中に取り込まれる。そのイメージはその後も保存される。決して消えることなく」

おれは空咳をして、笑いと不信感をほしいまま表出させて言った。「頼むから冗談だって言ってくれ。クウェルクリスト・フォークナーはこれまで三世紀ものあいだ火星人のデータベースの中で過ごしてきた。きみはそう言ってるんだぜ」

「初めは彼女にも何がなんだかわからなかったんだと思う」とシルヴィは言った。「で、ずっとそのスペースの中をうろうろ歩きまわっていた。自分にいったい何が起きたのか、彼女には理解できなかった。自分がコピーされたなんてわからなかった。でも、信じられないくらいの強い意志の持ち主だったのね、彼女は」

おれは想像しようとした。宇宙人の精神がつくり上げたシステムの中にはいり込み、ヴァーチャルな存在になるというのはどんな気持ちのものか。およそ想像などできなかった。ただ、肌がむずむずしただけだった。

「彼女はそこからどうやって出てきたんだ？」

シルヴィはおれを見つめた。その眼には奇妙な輝きがあった。「軌道上防衛装置が彼女を送り出したのよ」

「いい加減にしてくれ」

「いいえ、ほんとうよ」と彼女は首を振って言った。「そのプロトコルまで知ってるふりをするつもりはないけど、それでも実際に起きたことはちゃんとわかってる。軌道上防衛装置がわたしの中に何かを見つけたのよ。あるいは、わたしと司令ソフトウェアの組み合わせによって生まれた何かを見つけたのかもしれない。何かの類似物のようなものを。防衛装置が理解できると考えた何かを。その防衛装置の〝意識〟にとって、わたしは完璧なテンプレートだったみたい。思うに、防衛装置のネットというのは、ひとつの統合されたシステムなのよ。それで、かなりまえからこういうことをしようと考えてたんじゃないかな。ニューホッカイドウでのミミントの異常な行動——あれもそのシステムの仕業よ。きっとそれまで保存していた人間のパーソナリティをミミントにダウンロードしようとしたのね。過去四世紀のあいだ、防衛装置が空で焼き尽くした全員のパーソナリティを。その人間全体じゃないとしても、残った一部を今までずっとミミントの中に詰め込んできたのよ。気の毒なグリゴリ・イシイ——彼はわたしたちが倒したあのスコーピオン砲の中にまだいたのよ」

「ああ、きみは〝それを知ってる〟って言ってた。ドラヴァで意識が朦朧としてたときに」

「わたしじゃない。彼女が知ってたのよ。彼についての何かをそのスコーピオン砲に見たのね。でも、イシイのパーソナリティは一部しか残ってなかったと思う」そこまで言って、彼女は体を震わせた。

「待機房の中にも、彼のパーソナリティはほとんど残されてなかった。今じゃ、よくて彼の抜け殻ね。それに、もう正気を保てるような状況じゃなかったし。でも、何かが彼女の中にある彼の記憶を甦らせた。それで、彼女はシステムの奥底から駆け上がって外に出ようとした。その記憶と向き合うために。そこでバランスが崩れた。わたしじゃもう対応しきれなくなった。彼女はシステムの奥底から一気に上に飛び出してきた。爆弾が炸裂するみたいに」

おれはゆっくりと眼を細めてそのまま閉じ、できるかぎり彼女の話を咀嚼しようとした。

「だけど、そもそも軌道上防衛装置はどうしてそんなことをしようと思ったんだ？　どうしてダウンロードを始めたんだ？」

「さっきも言ったけど、それはわたしにもわからない。もしかしたら、保存した人間のパーソナリティをどうしたらいいのか、わからなくなったのかもしれない。もともとそんなことをするためにつくられたわけでもないだろうし。一世紀くらいはずっと我慢していたのかもしれない。でも、それからあとはどんどんと溜まっていくゴミを廃棄する場所を探しはじめた。でも、ミミントはここ三百年ずっとニューホッカイドウを支配していた。ということは、この惑星の歴史のほとんどの期間ということになる。だから、もしかしたら、これは初めからずっと起きていたことなのかもしれない。メクセク計画が始まるまで、わたしたちはニューホッカイドウのことなんて何も知らなかったんだから」

おれはぼんやりと考えた。ハーランズ・ワールドに人が住み着くようになってから四百年のあいだ、いったいどれほどの命がエンジェルファイアによって奪われたのだろう。パイロットの操縦ミスによる事故の犠牲者。〈リラ・クラッグズ〉や惑星じゅうに十ほどある処刑スポットから、反重力装帯をつけられて飛ばされた政治犯。軌道上防衛装置が突然いつもとはちがう動きを見せ、通常のパラメーターを逸脱することもあった。そのときに殺された者も何人かいる。火星人がつくり上げた軌道上防衛装置のデータベースの中で、いったい何人の人間が泣き叫び、気を狂わせていったのだろう。いったいさらに何人の人間がニューホッカイドウのミミントの知能の中に突然送り込まれたのだろう？　いったい何人の人間が今も残されているのだろう？

パイロットの操縦ミス……？

「シルヴィ？」

「何？」彼女はまたイクスパンスのほうをじっと見ていた。

「おれたちがきみを〈リラ・クラッグズ〉から救い出したとき、きみはそのことを認識してたのか？まわりで何が起きてるのか、わかってたのか？」

「ミルズポートで？　ほとんどわかってなかった。少ししかわからなかった。でも、どうして？」

「あのとき、スウープコプターとの銃撃戦があった。が、最後に軌道上防衛装置が作動して、スウープコプターが撃ち落とされた。あのときは、パイロットが上昇速度の計算をまちがえたか何かしたんだろうと思った。それとも、軌道上防衛装置が花火に苛立っていたか。だけど、あのときパイロットが砲撃を続けていたら、きみは死んでいただろう。ということは……？」

彼女は肩をすくめた。「かもね。わからない。軌道上防衛装置とのリンクはしっかりとしたものじゃないから」彼女はまわりを身振りで示すと、どこかしら怯えたような笑みを浮かべた。「わたしの思うままにできるわけじゃないのよ。さっきも言ったけど、やさしくお願いしなきゃいけないの」

トドール・ムラカミも蒸発していた。トマセリも、リーベックも、ヴラド／マロリーも、彼のクルーも。武装した〈インペイラー〉号の船体も。そのまわりの数百立方メートルの水も。手首を見ると、小さな火傷痕が残っていた——おれとヴァージニアの腕にはめられていたバイオ溶接手錠。そのすべてがマイクロ秒のうちに消えていた。空から放たれ、完璧にコントロールされた怒りの炎によって。

おれは思った。地上からはるか五百キロも離れた場所から、そういったすべてのことをやり遂げるには、いったいどれほど精密な分析能力が必要になるのか。もしかしたら死後の世界があるのかもしれないということについても考えた。そして、その世界の守護者たちが宇宙を旋回しているイメージを思い浮かべた。すると、ヴァーチャルの中のきれいに整頓された小さな寝室の記憶が甦った。ドアの裏に貼られた放棄教の信条。角がめくれたあの紙。おれはもう一度シルヴィを見た。そこでやっと、彼女の中で何が起きているのか、その一部が理解できたような気になれた。

「どんな気分のものなんだ？」おれはやさしく尋ねた。「軌道上防衛装置と話すというのは？」

彼女は鼻を鳴らした。「どんな気分かって？　まさに宗教ね。昔、母親が偉そうに言ってたたわごとのすべてがしっぺ返しみたいに突然撥ね返ってきた感じ。話してるって気分じゃないわ。それは——」

彼女は身振りを交えた。「共有する感覚。自分が何者なのかというイメージを溶かしていくような。でも、わからない。セックスみたいなものかしら。気持ちのいいセックス。でも、それは……どうでもいいわ。ミッキー、うまく説明できない。そういうことが起きてるってこと自体、やっと信じられる程度なんだから、わたし自身。そう——」彼女は苦笑して続けた。「これって神との融合なんだから。わたしの母親のような人なら、アップロードされた世界からでも悲鳴をあげて逃げ出してくるでしょう。そういうものとはちゃんと直面したくなくて。とても暗い道よ、ミッキー。わたしはその道に続く扉を開けた。次に何をするかはソフトウェアが知っていた。ソフトウェアはそもそもわたしをそこへ連れていきたがっていた。それが目的なんだから。でも、そこは暗くて寒いの。そこでわたしは裸にされる。すべてが剝ぎ取られる。羽根のようなもので体を覆うことはできるけど、それも冷たいのよ、ミッキー。冷たくて、ざらざらとしてるの。ただ、サクランボとマスタードのにおいがする」

「軌道上防衛装置がきみに話しかけてくるのか？　それとも、火星人がいて、それを操作してるのか。どう思う？」

彼女はいきなりまたゆがんだ笑みを浮かべた。「もし火星人がいたら、それはすごいことよね。歴史の大きな謎が解けるんだもの——火星人はどこにいるのか、彼らはみんなどこへ行ってしまったのか」

おれはかなり長いことそのイメージに自分の心を洗わせた——コウモリのような翼を持ったわれわれの先駆者たちが何千もの群れとなり、空に飛び立つイメージだ。彼らはそこでエンジェルファイアの光が放たれるのを待つ。エンジェルファイアは彼らの形を変え、灰になるまで焼き尽くし、雲の上のヴァーチャルの世界で彼らをふたたび甦らせる。彼らは自分たちが支配するすべての世界から、巡礼の旅としてここにやってきたのだろうか。ここに集まり、もとに戻すことのできない超越の瞬間を待っていたのだろうか。

おれは首を振った。それは放棄教系の学校の借りもののイメージだ。ひねくれたキリスト教の犠牲神話の残りかすだ。見習い考古学者が最初に教わることだ——擬人化した荷物を人間ではないものに背負わせる。そんな真似はやめることだ。

「そんなに簡単にはいかないだろう」とおれは言った。

「ええ、わたしもそう思う。でも、話をしているのは軌道上防衛装置自体なのよ。あのミミントと同じような感じ。とても似てる。それと、司令ソフトウェアが話すのとも似ている。でも、そう、そこにはまだ火星人がいる。グリゴリ・イシイ――彼のなれの果て――が火星人のことを話すのよ。まあ、彼が何を言っているのか、いくらかは解読できるときには、ということだけど。ナディアも何か同じようなことを思い出しかけてる。防衛装置の知能に充分に近づけたときには。そういうことを続けながら、自分がどうやって彼らのデータベースから抜け出すことができたのか、どうやってわたしの頭の中にはいり込むことができたのか考えてる。それを思い出すことができたら――そのときには彼女はほんとうに彼らと話をすることができるようになるはずよ。そして、わたしの中にある防衛装置とのリンクが太鼓で奏でるモールス信号のようなものになるはずよ」

「しかし、彼女は司令ソフトウェアの操作方法を知らなかった。そうじゃなかったのか？」

「そう、今もね。でも、ミッキー、それはわたしが彼女に教えればいいことよ」

そう言ったシルヴィ・オオシマの顔にはある種特別な静謐さがあった。それまでに一度も見たことのない表情だった。未浄化地帯で一緒に過ごしていたときにもそのあとにも。その表情は放棄教の修道院のニコライ・ナツメを思い出させた。おれたちにやってこられ、彼らの世界が滅茶苦茶になるまえのナツメの顔だ。人間の不安を超越した、はっきりとした目的意識。自分のしたことに対する帰属意識。イネニン以降おれが感じたことのない、そしてもう二度と感じることのないだろう帰属意識。ゆがんだ嫉妬のようなものがおれの中で渦巻いた。

「ということは、デコムのセンセイになる？　それがきみの今後の計画か、シルヴィ？」

彼女はじれったそうな身振りを交えて言った。「現実の世界で教えるって言ってるんじゃないわ。わたしはわたしの中にいる彼女に教えるって言ってるのよ。システムの中ではリアル・タイム比率を上げられる。一分を何ヵ月にも引き延ばせる。そうやって、どうすればいいのか彼女に教えることができる。まあ、ミミントを倒すような簡単な話じゃないけど。そう、この機能はミミントを倒すためのものじゃない。たった今そのことに気がついた。未浄化地帯にいた頃、わたしはずっと半分眠っているようなものだった。今のこの状態に比べれば。この機能こそわたしの運命なのよ」

「シルヴィ、それはソフトウェアがきみにそう言わせてるのさ」

「そうかもしれない。でも、だったらどうなの？」

その質問に対する答は何も思いつかなかった。おれは首をめぐらせ、シルヴィのかわりにヴァージニア・ヴィダウラが横たわっている反重力担架を見て、近づいた。腸(はらわた)にケーブルがつながれているかのような感覚があり、何かがおれを担架に引き寄せていた。

「彼女は大丈夫なのかな？」

「ええ、元気になると思う」そう言って、シルヴィはぐったりと疲れた様子で係船柱にあずけていた体を起こした。「あなたの友達なの？」

「ああ……まあ、そんなところだ」

「確かに顔の痣はひどいわね。骨にもひびがはいってるかもしれない。なるべくそっと持ち上げたけど。それからシステムを作動させたんだけど、今のところは鎮静剤を投与してるだけ。まあ、それがいつもどおりの処置なんでしょう。まだ診断は出てないし。もしかすると再スリ――」

「どうした？」

話の続きを聞こうと、おれは彼女のほうに向き直った。そのときだ。グレーのケースにはいったキャニスターが弧を描いて飛んでくるのが見えた。シルヴィのところまで走っている時間はなかった。よろめきながらでも自分の体を投げ出す程度の時間しかなかった。おれは反重力担架めがけて飛んだ。側面についたカヴァーのわずかな陰の中に。軍仕様の〈ツェン〉製担架——少なくとも防弾機能くらいはついているだろう。反対側の地面に飛び降りるなり、桟橋の地面に伏せ、腕で頭を守った。

くぐもった奇妙な鈍い音とともに、手榴弾が爆発した。その音に反応して、おれの頭の中で何かが悲鳴をあげた。音のない衝撃波が体にぶつかり、耳が聾(ろう)されたようになった。耳の中でうなっている鈍い音の中、どうにか立ち上がった。手榴弾の破片を浴びて負った傷を調べている時間はなかった。おれはうめき声を洩らして体を反転させると、水中から桟橋の端に上がってきた男と向かい合った。丸腰だったが、あたかも両手に武器を持っているかのように見せかけ、反重力担架の脇をまわった。

「すばやかったな」と彼は呼ばわった。「ふたりとも一発で倒せると思ったんだが」

彼の服はずぶ濡れで、額には長くて深い切り傷があった。血は出ておらず、水で洗われ、傷口がピンク色になっていた。琥珀色の肌をしたスリーヴの見事な身のこなしは相変わらずだった。黒い髪もこのまえ同様長くて、もつれて肩に垂れていた。武器は持っていないようだが、持っているかのようにおれに笑いかけてきた。

シルヴィは湖岸と担架のちょうど中間にうずくまっていた。顔は見えなかった。

「やっと殺されにきたか」とおれは冷ややかに言った。

「ああ、やってみるんだな、爺さん」

「今おまえは何をしたのか、わかってるのか？　いったい誰を殺したのか、わかってるのか？」

彼は首を振り、憐れむふりをして言った。「あんたももう賞味期限切れだな。おれが死体を持ってハーラン一族のところに戻るとでも思ってるのか？　生きたままのスリーヴを持って帰れるチャンスがあるのに？　おれはそんなことをするために金をもらってるんじゃない。さっきのはスタン手榴弾だ。残念ながら、それが最後の一発だったが。割れる音が聞こえなかったのか？　戦場の近くに最近行ったことがあれば、聞き逃すほうがむずかしい音だ。だけど、考えてみれば、あんたは近頃は行ってないわけだからな。衝撃波で気を失い、分子榴散弾片が口から体内にはいると、みんながその女みたいになる。まあ、丸一日はこのままだろう」

「コヴァッチ、戦場で使われる武器についておれに講義するのはやめろ。おれはおまえだったんだから。戦場に行くことをやめたのは、それよりもっと面白いことをするためだ」

「ほう？」驚くほど青い眼に怒りの炎が立った。「で、その面白いことというのはなんだったんだ？　ちっぽけな犯罪か？　失敗した革命か？　あんたはその両方を試してみたと聞いたが」

おれは一歩前に出た。即座に彼は戦闘態勢を取った。

「おまえがやつらに何を聞かされていようと、おれはおまえより一世紀分多く日の出を見てきた。その日の出のすべてをおまえから奪ってやるよ」

「ほう？」彼は咽喉から耳ざわりな音を発して言った。「〝その日の出のすべて〟のせいで、あんたは今みたいな男になった。そういうことなら、それを奪うってことはおれに便宜を図るってことになる。これからどんなことがおれに起ころうとかまわないがな。今のあんたみたいになることだけはご免だね。そんなことになるくらいなら、頭のうしろのスタックを自分でぶっ壊したほうがまだましだ。今あんたが立ってる場所に将来いることになるくらいなら」

「だったら早いところそうしろよ。それでおれの手間も省ける」

彼は笑った。嘲(あざけ)るように笑いたかったようだが、そんなふうには聞こえなかった。神経質になっているのが明らかにわかる笑いだった。あまりに感情的な笑いだった。彼はそんな自分の不安を和らげるかのように体を動かして言った。

「もう少しでこのまま逃がしてやりたくなった。あんたがあまりに気の毒な野郎なんで」

おれは首を振った。「いや、おまえには何もわかってない。おまえこそおれから逃げられないんだよ。このまま彼女を連れてハーランのところに戻れるなんて思ってるなら大まちがいだ。もうすべては終わったんだよ」

「そのとおりだ。すべて終わった。しかし、おれには信じられない。あんたが自分の人生をここまで滅茶苦茶にするとはな。自分を見てみろ」

「おまえこそおれをよく見ろ。おまえが人生最後に見る顔がこの顔だ。わかったか、このクソガキ」

「メロドラマみたいな台詞はやめてくれ、爺さん」

「ふうん、これがメロドラマ？　おまえはそう思ってるのか？」

「いや」今の声にははっきりとした侮蔑が含まれていた。「メロドラマにしてもあまりに哀れすぎる。これは動物ものだ。あんたは脚の悪いおいぼれ狼だ。群れの中じゃ暮らせなくなって、ほかの狼が食べようともしない肉にありつけるのを願って、そのまわりをうろついてる爺さん狼だ。どうしてエンヴォイを辞めたんだ？　おれにはそれが信じられない。まるで信じられない」

「おまえはイネニンにはいなかった」とおれはきっぱりと言った。

「ああ。だけど、その場にいても、エンヴォイを辞めちゃいなかったよ。おれならあんたみたいに全部を無駄にするわけがない。ただ立ち去るなんてことはしない。親爺みたいな真似は絶対にしない」

「このクソ野郎」

「あんたも親爺と同じだ。ただ立ち去ったんだから。エンヴォイも去って、家族も置き去りにしたんだから」

「おまえは自分が何を話してるのかもわかっちゃいない。おふくろも妹もおれを邪魔者扱いした。プールに浮かぶクモノスクラゲみたいにな。なにしろおれは犯罪常習者だったんだから」

「ああ、そのとおりだ。で、勲章でも欲しいのか？」

「おまえなら何ができた？　おまえは元エンヴォイだ。それがどういう意味を持つかぐらいおまえにだってわかるだろ？　公職に就くことはできない。軍にも戻れない。会社にはいったって雑務ばかりで、昇進なんかできない。銀行から金も借りられない。保証人がいないとクレジット・チップすら持てない。そういう状況で、賢いおまえならどうしてた？」

「そもそもおれはエンヴォイを辞めない」

「おまえはイネニンにはいなかった」

「わかった、わかった。おれがエンヴォイを辞めてたらそのあとどうしてたか？　それはわからないな。だけど、二百年経ってあんたみたいになってるってことは絶対にないだろうな。それだけはわかる。孤独で、貧乏で、ラデュール・セゲスヴァールみたいなやつと、くそサーファーに頼りっきりの人生なんてまっぴらご免だね。あんたがここにたどり着くよりさきにおれはセゲスヴァールを見つけてた。知ってるか？」

「ああ、もちろん」

いっとき彼は口ごもった。また口を開いた彼の声にはエンヴォイの冷静さはもうあまり残っていなかった。怒っていた。

「ああ。だったら、これも知ってたか、おれたちは、テキトムラを出てからのあんたの行動の大半を操ってたことも。〈リラ・クラッグズ〉での待ち伏せは全部おれが計画したことだってことも？」

「ああ、そこのところはとりわけうまく行ったみたいだな」

新たに湧き起こった怒りが彼の顔をゆがませた。「そんなことはどうでもいい。要はラッドがこっち側の人間だったということだ。初めから全部こっちが仕組んだことだったということだ。あんたがどうしてあんな簡単に逃げられたか、わかってるのか？」

「軌道上防衛装置がスウープコプターを撃ち落としたからだ。だから、おまえたち能無し軍団は北の入り江に行ったおれたちを見つけられなかったんじゃないのか？」

「このくそ馬鹿爺が。おれたちが真面目に探したとでも思ってるのか？　あんたらが最後にどこにたどり着くかなんて、初めからわかってたんだよ。ずっと見張ってたんだから。初めからな」

もう充分だ。おれはそう思った。決断という名の固くて小さな弾丸(たま)がひとつおれの胸の中心にあった。おれはそれを撃たなくてはならない。それがおれをまえに動かした。おれは両手を上げ、おだやかに話しだした。

「わかった、わかった。だったら、おまえに残されてる仕事はすべてを終わらせることだけだ。ひとりでできるかな？」

おれたちはかなり長いこと睨み合った。戦いの必然が互いの眼の裏にぽたぽたと垂れてきた。彼のほうからおれに向かって突進してきた。

おれの咽喉と股間を狙って、強烈な鋭角のパンチを放ってきた。それを防ぐには二メートルはうしろに下がらなくてはならなかった。片手をすばやく下にまわして股間への攻撃をブロックし、体勢を低くして咽喉への一撃が額にあたるようにして、逆にその機を逃さず、カウンターを繰り出し、彼の胸郭底部を狙って、下から一直線にボディブローを叩き込んだ。彼はよろめきながらも、お得意の合気道の動きでおれの腕を押さえ込もうとした。それはこっちとしては予測できすぎるほどの動きで、おれはもう少しで笑いそうにさえなった。彼の腕を振りほどき、指に力を入れ、次に眼を狙って腕を伸ばした。彼はすばやく優雅な身のこなしで少しだけ体を回転させ、おれの指が顔に届かないようにしながら、おれの脇腹にサイド・キックを繰り出してきた。が、位置が高すぎた。スピードもなかった。おれは彼の足をつかむと、容赦なくねじった。それに合わせて彼は体を回転させながら倒れた。が、体がねじれて宙に浮いた瞬間、もう一方の足でおれの頭を蹴ってきた。彼の足の甲がおれの顔にあたった。おれのほうはすでに体をうしろに引いていたので、その衝撃をまともに食らうことはなかったが、それでも思わず、つかんでいたもう一方の足を放してしまった。一瞬、何も見えなくなった。よろめき、さらにうしろに下がった。彼が全身を地面に打ちつけたのと、おれの体が反重力担架にぶつかったのが同時だった。宙に浮かんだ担架が震えながら上昇し、おれを持ち上げてくれた。おれは首を振り、ぼうっとなった頭に血を戻した。

もっと激しい戦いになってもいいはずだったが、実際にはそうはならなかった。どちらも疲労困憊しており、そのため互いがまとっているスリーヴにもともと装備されているシステムの能力に頼るしかなかったからだ。実際、ふたりとも普段なら致命的となるようなミスを犯していた。自分たちはここで何をしているのか、そもそもふたりにはそれ自体よくわかっていなかったのかもしれない。この静かで、薄い霧に覆われた、誰もいない船着場の非現実の中、自分たちはいったい何をしているのか——

熱狂的な信者は信じてる……

システムの中で静かに響くシルヴィの声。

外の世界にあるものはすべて幻想だって。先祖の神々がわたしたちを守るためにつくり上げた影絵だってね——自分たち自身に適応した現実をつくり上げて、そこへアップロードするまでのあいだの。

確かにそう考えれば、心が落ち着く。

おれは唾を吐き、息を吸った。そして、弧を描く反重力担架のカーヴから背中を離した。

ほんとうにそう思えれば。

船着場の反対側で立ち上がった彼がまだ体勢を整えているあいだに、おれはなけなしの力を総動員して、全力で突進した。彼は接近するおれに気づくと、上体をねじり、おれと向き合い、そのまま片脚を持ち上げて曲げた。そして、上体のねじれを利用してキックを繰り出し、さらに両手を頭と胸のまえに出して受身の体勢を取りながら、その手でおれの拳を払った。おれは突進をかわされ、彼のすぐ脇をすり抜ける恰好になった。その機を逃さず、彼は体をさらにひねり、おれの後頭部に肘打ちを叩き込んだ。おれはその場に自分から倒れて連続攻撃を防ぎ、やみくもに横に転がり、そのまま彼に体あたりして、足をすくおうとした。が、彼はすばやく身を翻し、わざわざ歯を剝き出しにして笑みを浮かべてから、おれを踏みつけようとした。

時間の感覚が失われた。その朝、二度目だ。エンヴォイの戦闘技能と〈エイシュンドウ〉スリーヴの高められた神経システムが、まわりのすべての動きをスローモーションに変えた。近づいてくる彼の脚の動きがぼやけた線になり、そのうしろに歯を剝き出しにした笑みが見えた。

笑ってるんじゃねえ、このクソ。

セゲスヴァールの顔——何十年にもわたる苦々しい思いがねじ曲がり、それが激しい怒りとなって表面に表われたあの男の顔。彼は生涯にわたる暴力によってつくり上げてきた幻想の鎧をまとっていた。が、おれの嘲笑に切りつけられたときにはもう、彼の怒りは絶望に変わっていた。

ムラカミが手にしていた、抉り出したばかりのひとつかみの血まみれのスタック。鏡を見つめているムラカミがまるでおれに向かって肩をすくめているかのような感覚。

母親。夢。そして——

——彼はブーツを履いた足で彼女の腹を踏みつける。彼女は身を震わせながら、横向きに転がる。ボウルがひっくり返り、石鹼水が床を流れ、おれのほうへやってくる。

――怒りの潮流が渦巻き――

――過ぎゆく一秒ごとに成長し、すぐに大きくなる。そうすれば、ドアへとたどり着ける――

――おれには素手であいつを殺すことができる。おれの手の中には武器がある。おれの手が武器だ――

――影絵――

彼の足が降りてきた。まるで永遠に続くかのようなゆっくりとした動きだった。最後の一瞬、おれは自分からあえて彼のほうに転がった。それで彼に逃げ場はなくなった。おれがちょうど横向きに転がったときに彼の足がおれの肩をとらえ、彼はバランスを崩した。おれはさらに転がった。彼はよろめいた。そこで彼の片足の踵がたまたま船着場の上の何かに引っかかった。横たわっているシルヴィの体だった。彼はそのまま彼女の上に背中から倒れた。

おれはすばやく立ち上がると、シルヴィの体を飛び越えた。今度は彼が立ち上がるまえに捕まえることができ、彼の側頭部に思いきりキックを浴びせた。頭皮が裂け、血が勢いよく噴き出た。彼が体を転がすまえに、再度蹴りを入れた。今度は唇が裂け、また血が噴き出た。彼は船着場にくずおれた。それでも、よろけながらもすぐにまた起き上がろうとした。おれは体を投げ出し、彼の右腕と胸の上に全体重を浴びせた。彼のうめき声が聞こえた。腕が折れた感覚が伝わってきたような気がした。片方の手のひらを開き、彼のこめかみに掌底（しょうてい）を叩き込んだ。彼の頭がぐにゃりとなり、まぶたが細かく震えた。おれは体を起こして、喉頭を打ち砕く一撃を加える体勢を取った。

――影絵――

自己嫌悪というのはあなたみたいな人にとってはすごく都合がいいものよ。破壊すべき標的が現われたら、それを激しい怒りに変えてしまえるから。

コヴァッチ、それは静的モデルでしかない。絶望の影像でしかない。

おれは彼を見下ろした。わずかに体を動かしているだけだった。今、彼を殺すのは簡単なことだった。

おれはじっと彼を見つめた。

自己嫌悪――

影絵――

母親――

どこからともなく、テキトムラの火星人の高巣にぶら下がっていたときのイメージが頭にはいり込んできた。溶接されたように動かなくなった指。ぶら下がったまま麻痺した腕。おれの手は必死でケーブルを握りしめようとしていた。なんとか体を支え、なんとか生きようとしていた。

なんとかその場にとどまろうとしていた。

ケーブルを放そうとしている手。指を一度に一本ずつ引き剝がし、それから動き――

おれは立ち上がった。

彼の体を放して立ち上がり、うしろに下がった。その場に突っ立ち、彼をじっと見つめた。そして、自分が今何をしたのか考えた。彼は眼をしばたたかせて、おれを見上げていた。

「いいか」とおれは言った。咽喉に何かがつまったようなしゃがれ声になっていた。おれはもう一度言い直した。疲労困憊した低い声で。「いいか、このクソ。おまえはイネニンにはいなかった。ロイコにもいなかった。サンクション第四惑星にも、フン・ホームにも。地球にも行ったことがない。それでいったい何を知ってるつもりだ？」

彼は血を吐き出し、体を起こして坐ると、痛めつけられた唇を拭った。おれは陰気な笑い声をあげて首を振った。

「おまえにはほんとうにおれよりましな人生が送れるかどうか、見てみようじゃないか。おれが犯してきたようなへまなどしない自信があるんだろ？　だったらそうするといい。やってみるといい」おれは横に少し動いて、船着場に係留されているスキマーを手で示した。

「あの中にはさほど銃弾を受けてないやつが二、三台はあるはずだ。好きなやつを選んで、ここから出ていけ。誰もおまえを探したりはしない。運が尽きないうちに、できるだけ遠くへ行け」

彼は起き上がろうとした。が、一度に少しずつしか動けなかった。決しておれから眼を離さなかった。緊張に震えながらも、身を守るように手を体のまえに出していた。腕は折れてはいなかったのかもしれない。おれは笑った。今度は少しはいい気分で笑えた。

「さっき言ったのは嘘じゃない。おれよりましな人生を送れるかどうか、おれみたいにならずにすむかどうか、やってみればいい。さあ、行け」

彼はおれのすぐ脇を通り過ぎざま、まだ警戒を解いていない、むっつりとした顔で言った。

「できるさ。あんたよりひどい人生を送るなんて、どう考えてもありえない」

「じゃあ、とっとと行け。早く失せろ」急に新たな怒りが沸き起こった。彼をここでぶちのめし、すべてを終わらせたいという衝動が走った。おれはその感情を抑え込んだ。驚くほど簡単に。気づくと、冷静な声で言っていた。「こんなところでおれの人生についてうだうだ言うのはもうやめて、ましな人生が送れるかどうか、さっさと試すことだ」

彼はもう一度用心深い視線をおれに向けてから歩き去った。船着場のさきまで。あまりダメージを受けていないスキマーが舫われているところまで。

おれは彼が去っていくのをただ見送った。

十メートルほど離れたところで、彼は立ち止まって振り返ると、挨拶がわりに片手を上げかけた。たぶんそうしようとしたんだと思う。

そのときだ。なめらかなブラスターのビームが船着場の脇から飛んできた。そのビームが彼の頭と胸をとらえ、弾道上にあるものすべてを焼き尽くした。彼は胸から上がなくなった体でまだ立っていた。が、いっときが経ったところで、煙の立ち昇る彼の体の残骸は船着場の端で横ざまに倒れ、近くに舫われていたスキマーの舳先の外殻の上で一回撥ね、小さな水しぶきを上げ、すべるように水中に没した。

何か小さな破片がおれの肋骨の下に刺さったような感覚が走った。小さなノイズがおれの中をじわじわと上がってきた。おれはそれを歯の裏側でどうにか食い止めた。丸腰のまま振り返り、ブラスターが撃たれたほうを見た。

ジャドウィガが貨物ステーションの戸口から出てきた。どこかでムラカミのプラズマ破砕ライフルを見つけたのだろう。それとも、それとよく似たものを。銃床を腰にあて、銃身をまっすぐに上に向けて持っていた。銃口のあたりの空気がまだ熱でゆらゆら揺れていた。

「殺してもよかったのよね」おれたちのあいだにはそよ風が吹いていた。あたりはしんと静まり返っていた。その風と静寂をあいだにはさんで、彼女はそう呼ばわった。

おれは眼を閉じ、そこに立ち尽くした。ただ息だけをして。

そんなことをしても、なんの役にも立たなかった。

エピローグ

〈ハイデュックズ・ドーター〉号のデッキから、コスースの海岸線が船尾方向に後退し、薄れ、やがて低い空に描かれた木炭色の一本の線になるのが見える。醜く立ち昇る雲がはるか南、イクスパンスの西端にまだ見えている。嵐はまだあたりをうろうろしているのだろうが、浅瀬の水面上で徐々に勢力を失い、すでに死にかけている。天気予報によると、北までずっと波はおだやかで、晴れが続くということだ。これならこれまでで一番早くテキトムラに到着できる、とジャパリゼは思っている。そもそも、彼には充分な金を払ってあるので、おれたちが頼めば彼としても喜んでそうしてくれるだろう。しかし、老朽化した貨物ホヴァーローダーが北へ猛スピードで航行していれば、人目を惹くかもしれない。それは今のおれたちには必要のないことだ。ゆっくりとした普段の商業船のリズムで、サフラン群島の西岸を進んだほうがいい。そうやっていろいろな港を経由しながら行けば、誰の眼にも留まらない。それに今はタイミングがとても大切だ。

今頃、ミルズポートの権力の回廊のどこかでは、徹底的な調査がおこなわれていることだろう。ニードルキャスト移送されてきたエンヴォイ司令部の査察官が、ムラカミの秘密作戦の乏しい残骸を精査していることとだろう。しかし、イクスパンスの上で消えていく嵐さながら、彼らの手がおれたちに及ぶことはない。おれたちには充分な時間がある。運がよければ、欲しいだけの時間すべてを手に入れられるかもしれない。今このときにもクゥアルグリスト・ウィルスの感染は惑星じゅうに広まっている。その脅威にさらされたハーラン一族は、いずれ貴族のスリーヴを脱ぎ、データスタック保存された先祖のスリーヴをまとうことになる。彼らがいなくなれば、あらゆる物事の中心に権力の空白ができ、残ったファースト・ファミリーの独裁政治家は政治の大渦巻きに呑み込まれることになる。しかし、事態を収拾することなど彼らにはもはやできない。そのあとすべてがばらばらになっていく。ヤクザ、ハイデュック・マフィア、さらには保護国が、衰弱したエレファント・エイのまわりをうろつくボトルバックサメさながら、権力の周囲を取り囲む。結果を見守りながら、互いに牽制し合いながら。しかし、彼らはまだ動かない。まだ誰も動かない。

それがクウェルクリスト・フォークナーが信じていることだ。まあ、ソウセキ・コイの〝歴史の流れ〟のレトリックのように、ただの空論に聞こえることもたまにある。が、おれ自身は彼女のこの意見にほぼ賛成だ。ほかの惑星でそれと同じプロセスが起きるのを今までに見てきていたし、実際におれがそのプロセスを創り出したこともあるからだ。彼女の考えには真実の響きがあるような気がする。それに、なんといっても彼女は不安定時代を生きた女だ。そのことが彼女をハーランズ・ワールドにおける政治の変革エキスパートにしている。彼女の右に出る者はいない。

彼女と一緒にときを過ごすのはどこか奇妙だ。今自分は数世紀にわたって語り継がれてきた歴史上の伝説的人物と実際に話をしている、と考えただけで、おかしな気持ちになる。しかし、人間の知識というものは常に変化するものということなのだろう。ひとつの知識はときにあいまいで、ときに不気味なほどはっきりと眼のまえに示される。それだけでも充分奇妙だというのに、彼女が現われてはまた消える回数がどんどんと増えていることがおれをさらに不思議な思いにさせる。ブリッジの番をジャパリゼと一等航海士が交代するように、シルヴィ・オオシマとクウェルクリスト・フォークナーは入れ替わる。その入れ替わりの瞬間がはっきりと眼でとらえられることさえある。静電気が顔に走ったかのように見え、彼女がまばたきをするなり、ひとりの女が消え、別の女が現われるのだ。実際、今誰と話しているのかわからなくなることもあり、そんなときには、顔の動きをしっかりと確認して、声の抑揚にもう一度耳をすまさなくてはならない。

これから何十年かすれば、新たに出現したこのアイデンティティ——次々と入れ替わるこの不安定なアイデンティティ——が人間にとって一般的なことになるのだろうか？　シルヴィが出てきたときにしていた話から考えれば、そうならない理由はどこにもない。デコム・システムの潜在能力にはまず際限がない。デコムのシステムを扱うには、普通の人間より強くなくてはならないが、それはどんなことにも言えることだ。知識が増え、テクノロジーが大きく発展するたび、人は強くなる。過去のモデルのまま切り抜けることは誰にもできない。人間は常にまえに進まなくてはならない。より強い精神と肉体をつくり上げていかなくてはならない。その波に乗ることができなければ、沼豹のように忍び寄ってくる宇宙に生きたまま食い尽くされてしまう。

セゲスヴァールやほかのやつらのことはあまり深く考えないようにしている。特に、もうひとりのコヴァッチのことは。時間が経つにつれ、おれはまたジャドと話すようになっている。結局のところ、彼女がしたことはしかたのないことだった。ヴァージニア・ヴィダウラ——〈ハイデュックズ・ドーター〉号に乗って、ニューペストの港を出た夜、今までのことを忘れるために何をすればいいのか、彼女は実際に行動で示して教えてくれた。彼女のまだ治っていない顔の傷に気をつけながら、おれたちはやさしく、ゆっくりとファックした。そのあと彼女は一晩じゅう泣いて、ジャック・ソウル・ブラジルのことをおれに話した。おれはじっと耳を傾け、彼女の話を吸収した——彼女が一世紀前に教えてくれたやり方で。次の朝、彼女はまた勃起したおれのペニスを手で包み、しごき、口にふくみ、彼女の中にすべり込ませた。おれたちはまたファックして、新しい一日を生きるためにベッドを出た。それ以来、彼女はブラジルのことを一度も口にしていない。うっかりおれが彼の名を出してしまったことがあったが、彼女はびっくりしたようにまばたきをして、ただ笑みを浮かべただけだった。涙が彼女の眼の外に出てくることもなければ、頬を伝うこともなかった。

おれたちはみなそうしたことを心の中にしまうことを学んで生きている。失ったものと向き合いながらも、自分の力で変えられることに心を向けて。

オオイシ・エミネスクは一度おれにこんなことを言った――ファースト・ファミリーを倒してもなんの意味もない。ただ、保護国の連中とエンヴォイがハーランズ・ワールドにやってくることになるだけだ、と。不安定時代にエンヴォイが存在していたら、クウェリストの活動も無意味な失敗で終わっていただろう。彼はそう言った。きっとそのとおりなのだろう。クウェル自身、そのことをなかなか否定できないでいる。きらきらと光る夕方の海に太陽が沈もうとしている中、おれたちはウィスキーを注いだタンブラーを手にデッキの椅子に坐っているのだが、彼女は努めてそのことを否定しようとしている。

しかし、それもどうでもいいことだ。システムの中で――一分が何ヵ月にも引き延ばされる空間の中で――軌道上防衛装置とどうやったら会話できるのか、シルヴィとクウェルはふたりで熱心に研究しており、少なくともシルヴィは、おれたちがテキトムラに着く頃にはできるようになっているはずだと思っている。そのトリックはオオイシに――もしかするとほかの仲のいいデコムにも――教えることができるはずだ、と。

それでおれたちの準備は完了する。

〈ハイデュックスズ・ドーター〉号には、静かでどこか不気味な雰囲気が漂っているが、その底には希望が隠れていることをおれは知っている。その希望が具体的にどんなものなのかはまだわからない。が、おれはその希望をつかもうと手探りでまえに進んでいる。輝かしい希望などではないだろう。途中で血が流れることもあるだろう。しかし、うまくいくかもしれない。おれはそう思いはじめている。今の状況とエンジェルファイアを使えることを考えれば、ファースト・ファミリーを倒すのも夢ではないかもしれない。ヤクザやハイデュック・マフィアを追い払うこともできるかもしれない。少なくとも、服従させることはできるだろう。保護国の連中やエンヴォイに警告を与えて、彼らをこの惑星から遠ざけておくこともできるかもしれない。それでもなお何かが残るようなら、クウェルの人民動学のナノテクを試してみてもいいかもしれない。

それから、おれは信じてもいる。いや、信じないわけにはいかないというべきか。あるいは望まないわけにはは。軌道上防衛装置というのは、満員のホヴァーローダーも、ふたりの人間が結んだ手のちっぽけなつながりも、一瞬のうちに消し去ることができる装置だ。そうした破壊と同時に記憶もおこない、記憶したすべての精神を地上のデータシステムに戻すことができる装置でもある。だとしたらいつの日か、その同じ装置がヌリモノ海の端を上空からのぞき込み、何十年ものあいだ放置され、ベラウィードが繁茂したふたつの大脳皮質スタックを探し出してくれるのではないか。そして、それに命の息吹を吹き込んでくれるのではないか。

そんな日も来ることをおれは信じている。いや、信じないわけにはいかない。

謝辞

私は本書の大半をただ突き進むことで書き上げたのだが、それが叶わなかった数個所で左記の方々から援助を受けた。

デイヴ・クレアには、ロッククライミングについて、ページの上でも岩壁の上でも、計り知れない助言と専門知識を与えられた。ケム・ナンのすばらしい小説『源にふれろ』（早川書房）とジェイ・カセルバーグのeメールは、サーフィンの世界について貴重な識見をもたらしてくれた。さらに、〈ダイヴィング・フォーネルズ〉のバーナードには、水中で安全に過ごす方法を教えられた。それでも、本書になんらかの瑕疵があるとしたら、それはあげて私によるものであり、右に挙げた人々のせいではない。

かぎりない忍耐力で、締め切りのことなどおくびにも出さなかったサイモン・スパンタンとキャロリン・ウィテカーにも心からの謝意を捧げたい。

解説

でっかいＳＦ

椎名誠

衝撃的だった『オルタード・カーボン』から数年して待望の『ブロークン・エンジェル』が出た。そして本書はそれに続く、待ってましたの三作目である。けれど必ずしも第一作目から連続して読んでいなければ、という訳でもない。すでに本書を読まれた読者はおわかりと思うが、本書を単独で読んでも時空を越えた眩暈がするほどダイナミックで衝撃的な物語を存分に味わうことができたであろうから。

しかし、本書を読んでこの物語世界に堪能した読者は、十分なカタルシスをものにしながらも甚だしい欲求不満に陥ってもいることだろう。それは実に「しあわせ」なことである。何故ならまだ冒頭書いたシリーズ二作分の猛々しく魅惑に満ちた「なにがどうなるかわからない物語」がどおーんと控えているからだ。

『オルタード・カーボン』も『ブロークン・エンジェル』も文芸評論家の北上次郎氏が解説を書いてい

る。もちろん彼は二冊ともきっぱり絶賛している。シリーズでコヴァッチが語っているように「文句のあるやつは一列に並んでくれ」を引用し、この本がつまらないなどと文句のあるやつは一列に……と、彼もタンカを切っているのだ。

この北上次郎とぼくは三十年以上のつきあいである。ずっと本を基本にして付き合ってきた。本好きなあまり、彼と一緒に書評誌『本の雑誌』を創刊し、彼が社長、ぼくが編集長というコンビを三十年近く続けてきた。

その過程で、とてつもなく面白い本（とくにＳＦ）に出会ったときは、先に読んだやつが勝ち誇ったようにその本を絶賛し、言われたほうが怒りをこめて焦ってむさぼり読む。そういうコトをくりかえしてきた。北上氏などは年間軽く一五〇〇冊ぐらいの新刊を読んでいるからその厳選度合いはかなり激しい。ぼくは自分もへっぽこＳＦを書いている関係もあってこの分野だけはかなり読んでいる。

そうしてもっとも最近の両者激賞本が、このシリーズ三部作であった。北上次郎が激賞した本は絶対に面白いし、言わせて貰えばぼくが（苦手である）こういう解説までやらせてもらう本というのも絶対面白かったからである。我々はそれら激賞本を読んだあと、その感想を二人でうっとりして語り合う（最近は電話になったけれど）ことが、これまで三、四度あった。

そのさいに我々は「十年に一冊！　の傑作」というような言い方をよくする。リチャード・モーガンのこのシリーズがまさしくそういう本であった。シリーズをずっと読んでくると作者はこれをＳＦではなくフューチャー・ノワール（未来派ノワール）と称しているらしいと知った。なるほどそういう魅力的な創設ジャンルもあったのか。

北上氏は未来を舞台にしたハードボイルド兼センチメンタルなロマンスとも言っている。でも二十七世紀という途方もない未来を舞台にした本書は間違いなくＳＦそのものではないか。

大小無数の、用語だけではどんな形をしていてどんな理屈でどう見えてどう動いているのか、思いっきり空想のスケールを広げないと見当もつかない「システム」や「光景」や「ガジェット」がわんさか出てる本書（シリーズ全部だが）は、やっぱり堂々とした「でっかいSF」と呼ぶしかない。

ぼくはこのシリーズを読む前まではダン・シモンズの『ハイペリオン』（早川書房）とその関連シリーズがSFの最高傑作で、もうこれを越えるものは当分出てこないだろう、と寂しい思いをしていたのだが、本書のシリーズがそれをあっけなく見事に凌駕してくれたのだ。びっくり仰天である。

「オルタード……」は二十七世紀のベイ・シティ（サンフランシスコ）を主な舞台にくりひろげられた。「ブロークン……」は地球から遙に遠いサンクション系の第四惑星が舞台。そして本書の主な舞台は、日本系の植民星、ハーランズ・ワールド。ベイ・シティは別にしてサンクション第四惑星もハーランズ・ワールドも宇宙のどのへんにあるのかは明確には書かれていない。

けれど、本書の植民星は、ホテイ、ダイコク、マリカンノンというそれぞればらばらの軌道で大きさも違う三つの月と、地球比で〇・八Gというなかなかに快適そうな重力の星であり、ニューホッカイドウ、ニューカナガワをはじめとしていかにも日本の植民星らしい地名がいたるところに散在している。

三つの月が複雑にからまる引力の干渉によって海の潮流は簡単には計測や予測のできない複雑さで、超人的サーファーが五キロぐらいのバカデカ波に乗ってしまうし、ひとたび嵐になると波や潮流によってどこまで破壊されるかわからない一ヵ月以上にもわたる暴風雨をまきおこす。しかもその海にはおそらくその名のように象クラスの獰猛なエレファントエイやボトルバックサメというこれも相当にでかくてヤバそうな海の怪物がおり、さらに陸には沼豹という、これも怪獣に近いような獣もいて、それ同士を戦わせるショーなどが開催されている。クモノスクラゲ漁は油脂がとれるので漁の対象になるが、そこから飛び出る見えない刺胞子にやられると子種がなくなるので神経を使う仕事である。

海だけですでにこれほど異形の景観を持っているこの植民星に、それぞれ目的の違う怪しげでしぶとくて懲りない強者集団が、スラグ銃、破砕銃、マシンライフル、スコーピオン砲などといった武器を次々に繰り出してド迫力の殺しあいをする。

――こう書いてくると、一時代前のスペースオペラかと思うSF読者もいるだろうが、本シリーズでぼくが一番気にいっているのは、そういう異境でありながら、きちんとリアリティのある、そして綿密に書き込まれた背景に人物像がメリハリをもってからまっていくので、全体のトーンは北上氏がいうようにむしろギチギチ硬派のハードボイルド調であり、ときに哀調のこもった未来文学の基調さえも漂わせている。つまりは大人の小説として異境物語の背骨が常に安定して貫かれているのだ。

三部作をとおしてもっとも重要なファクターである二十七世紀という「時代の位置」と「小説の核」は、人間の「精神」や「性格」や「記憶」などのメンタル面のデジタルシステム化ができていて、人間の芯の部分、まあつまりは「魂」が「スタック」という、小さなメモリー物体に収められていて、それを脳幹の後ろ、脊髄のいちばん上部のあたりに「装塡」すると（それまで取り外されていたメモリースタックが安全に保管されてさえいれば）その「魂」の人物はまた再生する――という生命の革命である。もちろんそのときはスリーヴと呼ばれるあたらしい肉体が必要であるが。あたらしい魅力的なスリーヴは、そのもともとの持ち主のスタックが粉砕され、つまり「真の死」をとげた「抜け殻」だから、そうとうな金持ちでないと簡単には買えない。貧乏人は人造スリーヴという、まあ精巧なハイテクヌイグルミのようなものを着ているが、表情にとぼしくなにかとドジなこのキャラクターがぼくには面白くてたまらなかった。

本物の「人間」の脱け殻スリーヴを金にあかせて次々に乗り換えていけば、ある種のパラサイトシステムによって不老長寿が可能になっている世の中なのだ。

性格や記憶や感情や哲学や死生感が三百年の経験とそれにからむ思考時間を持っている仙人のような男が十六歳のピチピチした娘（！）に生まれかわることもできるのだ。しかし不老不死はいいことばかりではない。新しい服を買うように新しいスリーヴに何度も寄生するには特有のリスクがつきまとう。最終的には精神の崩壊だ。そういう意味では永遠の安全な「不死」の時代ではないのかもしれない。

主人公のコヴァッチも自分のスタックを第三者に取り外されたり、装塡されたりして何世代も生きている男であり、エンヴォイ・コーズというきわめて特殊で過酷な訓練を受けて、さらに体のいくつかのパーツがニューラケムなど擬体強化されていたりする戦う機械みたいな男である。本書には断崖をよじのぼったり高い場所でのタタカイが沢山出てくるが、今回のコヴァッチのスリーヴには手足にヤモリの遺伝子加工が成されていて、蜘蛛男のような特技をもっており、これが結構おかしかったりする。戦闘時には体内に仕込まれたハイテク機能が自然に起動し、戦力を強化するようにもなっており、わかりやすくいえばすでに部分的に「ターミネーター化」しているブラックヒーローである。

他の登場人物も魅力的であり、ときに恐怖的でもある個性豊かなキャラクターに彩られていて、それらの複雑な人間関係をじっくり理解しながら読んでいくのも面白い。とくに本書の舞台は日本の植民星なので、ムラカミ、ユキオ・ヒラヤス、キヨカ、オオシマ、シゲオ・クルマヤなどという完全な和名の登場人物が活躍するし、スシやヤクザや漢字教室や「祈願大漁」と書かれた「奉納額」などが出てきたりという思いがけない面白さに出会う。

けれど、このシリーズのいくつもある魅力のひとつは、三部作に必ず出てくるとんでもない武器と戦略と作戦と謀略による幾多の「戦闘場面」であり、この展開の凄まじさだけでも、この作者が飛び抜けて規格外の、強烈非情なるハードアクションの書き手であることがはっきりする。

さらにぼくが注目していたのは、このモーガンが創出した二十七世紀というのは、女がめちゃくちゃタフで強く、そしてときには男よりも存在感が大きい、ということであった。

二十七世紀ともなると、人間と動物の融合や非人類の、つまり宇宙人との接触も見えてくる、いまの地球とはベースの違う価値観が定着している、ということも、作者はいろんな場面で読者に伝えてくれる。

しかしそれでもなお、ヒューマノイドは、二十七世紀になっても、こんなふうになにやらとてつもない地球破滅的な武器を駆使して、戦いあっているものなのか、といささかむなしく諦観する部分もある。でも、そういう遠い未来に、世界中の人々は花や七色の虹の中で溢れる愛につつまれて、平和で笑顔のたえないしあわせな日々を送っている、などという小説を書かれても、あまり読む気はしないだろう。テクノロジーが加速度的に進歩しても我々はコヴァッチのようなタフな男に時空を越えてまだまだ活躍してもらわないと読者として困るのである。地球および太陽系に薄っぺらで曖昧な平和などこないためにも――だ。

■著者紹介

リチャード・モーガン（Richard Morgan）

1965年、ロンドン生まれ。処女作の『オルタード・カーボン』でフィリップ・K・ディック賞受賞。著書に『ブロークン・エンジェル 』（パンローリング）、『Market Forces』（ジョン・W・キャンベル記念賞受賞）、『Thirteen』（アーサー・C・クラーク賞受賞）、『The Steel Remains』『The Cold Commands』『The Dark Defiles』などがある。イギリス在住。

■訳者紹介

田口俊樹（たぐち・としき）

1950年奈良市生まれ。早稲田大学英文科卒。『ミステリマガジン』で翻訳家デビュー。訳書にローレンス・ブロック『八百万の死にざま』（ハヤカワ・ミステリ文庫）、ジョン・ル・カレ『パナマの仕立屋』（集英社）、トム・ロブ・スミス『チャイルド44』（新潮文庫）、リチャード・モーガン『オルタード・カーボン』『ブロークン・エンジェル』、ドン・ウィンズロウ『ザ・ボーダー』（ハーパーBOOKS）など多数。

本書は『ウォークン・フュアリーズ　目覚めた怒り』（2010年８月、アスペクト）を新装改訂したものです。

2020年５月２日 初版第１刷発行

フェニックスシリーズ⑩④

ウォークン・フュアリーズ 下

著　者　リチャード・モーガン
訳　者　田口俊樹
発行者　後藤康徳
発行所　パンローリング株式会社
〒 160-0023　東京都新宿区西新宿 7-9-18　6階
TEL 03-5386-7391　FAX 03-5386-7393
http://www.panrolling.com/
E-mail　info@panrolling.com
装　丁　パンローリング装丁室
印刷·製本　株式会社シナノ

ISBN978-4-7759-4230-7